浙江省普通本科高校「十四五」重点教材

U0569813

中外文学经典十六讲

主 编 周保欣

副主编 汤燕君 蔡海燕

浙江工商大学出版社 ZHEJIANG GONGSHANG UNIVERSITY PRESS | 杭州

图书在版编目（CIP）数据

中外文学经典十六讲 / 周保欣主编；汤燕君，蔡海
燕副主编 . — 杭州：浙江工商大学出版社，2023.3（2024.8 重印）
ISBN 978-7-5178-5133-2

Ⅰ . ①中… Ⅱ . ①周… ②汤… ③蔡… Ⅲ . ①世界文
学－文学欣赏 Ⅳ . ① I106

中国版本图书馆 CIP 数据核字 (2022) 第 177855 号

中外文学经典十六讲

ZHONGWAI WENXUE JINGDIAN SHILIU JIANG

周保欣 主　编　汤燕君　蔡海燕 副主编

策划编辑	任晓燕
责任编辑	熊静文
责任校对	张春琴
封面设计	望宸文化
责任印制	包建辉
出版发行	浙江工商大学出版社
	（杭州市教工路 198 号　邮政编码 310012）
	（E-mail：zjgsupress@163.com）
	（网址：http://www.zjgsupress.com）
	电话：0571-88904980，88831806（传真）
排　　版	杭州彩地电脑图文有限公司
印　　刷	杭州高腾印务有限公司
开　　本	710 mm × 1000 mm　1/16
印　　张	25.75
字　　数	343 千
版 印 次	2023 年 3 月第 1 版　2024 年 8 月第 2 次印刷
书　　号	ISBN 978-7-5178-5133-2
定　　价	78.00 元

本书编辑委员会

前　言

　　新世纪以来，国内高等教育越来越重视对复合型、博通性人才的培养，这是对传统专业教育下学生知识面狭窄、思维固化，学生知识汇通、生产与运用能力偏弱等问题的有力调适。一方面，以复旦大学创设志德等五大书院、北京大学创办元培学院为标志，高校通识教育风生水起，注重"全人"培养，恢复中国传统的博雅教育，成为人才培养的新共识；另一方面，从大类招生到新工科、新医科、新农科、新文科的专业建设改革，无不体现出国家层面对打破学科专业壁垒、培养跨领域知识融通能力的重视。开放视野、跨界思维、创新能力，都有赖于"通"，这既是各专业内涵式发展的新增长点，也是人才培养的新思路、新途径。本教材的编写即以此为基本出发点，力图打破传统文学研读类教材在作品选目上的时间、地域界限，以及撰写思路上偏重文学审美的局限，重点着眼于"中外交通""古今贯穿""审美—文学—文化—文明"相统一，以"通"致"新"。

　　除此以外，我们还力求基于学情，撰写难易适度，具有教学实用性、可延展性，服务于课程思政的文学研读类教材。大学生阅读文学作品的热情毋庸置疑。据高等教育数据咨询平台麦可思对国内 101 所高校 2021 年度图书借阅情况的调查，在所有图书类型中，文学作品的借阅量"一马当先"。但令人忧虑的是，学生阅读经典的数量却明显不足，其中有部分原因是当下快节奏生活所衍生出的快餐式阅读、娱乐式阅读习惯不利于经典阅读，但也有部分原因是学生不得门径，畏而却步。读什么，如何读，可以从哪些角度切入，可以展开哪些不同的思考，如何以此为基点做进一步延展……这些都是我们在编写时试图为学生指出的。文学经典存在的意义，不单是给人类树立创作的典范，更是以其蕴涵的不朽情感、道德、价值和意义，激活不同时代人们对生活、生命，对社会、历史、人生等展开持续而深入的思考。文学经典教育的重要一步，就是帮助学生用正确的姿态回归经典阅读，在跨学科、跨文化视野中，树立"大历史观""大时代观"和"人类文明观"，培养学生的历史自觉与文化自信，这是我们编写这本教材的重要落脚点。

因此，我们以时代发展为经，以文学—文化—文明的互动式发展为纬，以中外经典作家作品为联结点，将经典研读置于宏阔的社会、历史、文化图景下。通过对各时期中外社会文化背景的介绍、代表作家作品的分析，既纵向显现中国文学之发展，折射文化、文明之演进，又横向比照世界其他地方文学之状貌，以及文化、文明演进之趋势，将各民族经典放在人类文明的发展历程中予以整体观照。毕竟，人类的文学，是建基于各民族不同的自然、地理、社会历史条件，建基于各民族不同的文明土壤之上的，但是文学所面对、所处理的人类的基本情感、道德、价值，人类所追求的美好事物，又有普遍的共通之处。世界各处文学同中有异，异中有同，同异的互鉴与比照，便是文明的互鉴与比照。有此一世界性的互鉴与比照，为我们认识中国文学的经典性提供了一个别样的视野。

教材共分十六讲，每讲设置一个主题，统摄全讲要旨。各讲内容包括"背景与导读""作品选目""众家评说""思考与讨论""延伸阅读"五个部分，同时配套微课视频，致力于提供通识与专业相融合、课程与思政相融合、统一与开放相结合、基础与延展相结合的学习内容。既便于教师围绕主题展开教学，即小见大，由浅入深，由此及彼；又便于学生利用教材，完成课前自学与预习、课中学习与讨论、课后复习与延展，构建完整的学习闭环，使不同专业、不同层次的学生皆受裨益。

相较于传统的文学经典研读教材，我们试图在以下三方面实现创新。

第一，突破单纯的文学性，将审美、文学、文化、文明统一，以审美和文学性为基准，通过选本的文学选目，观测中国与世界文学、文化、文明演进的趋势与逻辑。

第二，以选本串通文学史，选取各时代最具代表性、现象性的作家作品，在纵横开阖中，观照文学现象形成的内在肌理，看到文学、文体、文类的历史推进脉络，看"中国文学"是如何形成的。

第三，中西比较，古今融通，将中国文学植入世界文学的总体性中，同步观照中国文学与同时期世界其他国家文学的发展状貌的异同，呈现出人类文学的历史同时代现象。

本教材为浙江省普通本科高校"十四五"重点教材，是浙江财经大学国家一流专业建设点汉语言文学专业教材建设系列成果之一，是省级一流本科课程经典阅读、中外文学经典研读教材建设成果。教材由周保欣负责设计各章主要内容与写作体例，汤燕君、蔡海燕负责统筹安排。中国文学部分由崔霞、郁冲聪、赵文源、熊啸、汤燕君、伏蒙蒙、毋丹、吴智斌、荆亚平、赵顺宏、周保欣参与撰写，外国文学部分由蔡海燕、许宏香、胡梦颖参与撰写。本教材可作为各高校汉语言文学专业文学研读课配套教材、文学经典类通识课参考教材，亦可作为文学爱好者提升文学素养的参考书。

在本教材编写、出版的过程中，得到了浙江财经大学人文与传播学院的大力支持，浙江工商大学出版社任晓燕编辑、熊静文编辑为本书的出版提供了热情的帮助与细致的建议，在此一并表示衷心感谢。

编　者
2023 年 2 月 20 日

目　录

第一讲

洪荒时代：远古神话

一、背景与导读

神话是每个民族在儿童时期的代表作品。我们细察这些作品时，会发现每个民族都是不同的：有的"儿童"正襟危坐，十足是个小大人；有的"儿童"永远长不大，几千年来不曾发生过变化；有的"儿童"率真活泼，毫不掩饰七情六欲。如果我们硬要进行归类的话，希腊神话当属"正常的儿童"，从中体现出的人性化、开放性、哲理性等特点，是其他民族的神话很难企及的。

在现存已知的各民族神话中，希腊神话最为完整和系统。早在公元前 9 世纪，希腊神话就已经通过游吟诗人荷马的歌唱得以保留，由此形成的《荷马史诗》，诸神关系脉络清晰，英雄传说也异常丰富。稍后的古希腊诗人赫西俄德，力图通过长诗《神谱》把这些神话谱系化。在此之后，古希腊的诗人、戏剧家以希腊神话和英雄传说为创作素材，使这些故事更为生动，并渗透到西方文明的发展历程中，构成了西方文化两"希"源头之一（另一源头是以《圣经》为核心的希伯来文化）。

我国神话也多姿多彩，但散见于经史子集，零碎芜杂，未能很好地留存下来。鲁迅在《中国小说史略》中阐释了"中国神话之所以仅存零星者"的原因，大致为如下三点：一是中国先民居住在黄河流域，农耕为主，重实际轻幻想；二是儒家讲究实用，避谈鬼神；三是神鬼不分，人神淆杂，原始的信仰不成体系，新的传说经常出现，旧的传说受到排挤僵死了，新的传说又没有特别出彩，于是两败俱伤。[①]一些现代作家和学者试图将散落在各类早期文本中的中国神话故事加以重新演绎，这方面比较系统化的成果是袁珂的《中国神话传说》[②]。

作为上古时代自然、社会、文化等诸多因素综合作用的产物，神话通常被认为是"人民的幻想用一种不自觉的艺术方式加工过的自然和社会形式本身"[③]。从人类学的角度来看，神话起源于原始巫术、祭祀和仪式。从哲学的角度来看，神话是一种认识论，是比拟类推这种基本思维方法的衍生物。各民族的神话都深深地扎根于他们的生存环境中，也都反映了特定人类共同体（氏族、民族、国家乃至全人类）的集体无意识。在各民族的创世神话里，世界的原初状态通常是"混沌"，但不同民族对"混沌"的想象却并不一样。我国流传较广的盘古开天辟地的故事将"混沌"描述为黑暗浑浊的一团，希腊神话将"混沌"描写为张着大嘴的幽暗深渊，北欧神话则将"混沌"与冰原联系在一起。不同的原初故事，折射出不同民族的文化基因。

毋庸置疑，神话是原始人类结合自身现实生活的各种体验，通过幻想进行创造、加工、升华而成，并能反映那个时代先民们的生活、思想感情和人生理想的一种艺术形式。倘若体验差不多，就会产生大致相同的文学母题，如"混沌"初开之际诸神创造人类的故事，古希腊抛石成

---

① 鲁迅撰，郭豫适导读：《中国小说史略》，上海：上海古籍出版社，2019年，第12页。

② 袁珂：《中国神话传说》，北京：北京联合出版公司，2016年。

③ [德]马克思：《〈政治经济学批判〉导言》，《马克思恩格斯选集》第二卷，北京：人民出版社，1972年，第113页。

人之说，《圣经》中上帝耶和华用尘土造人一事，中国女娲抟泥土造人等都广为人知。而在充满艰辛和磨难的史前时期，洪水肆虐，几至摧毁世界，是早期人类共同面对的最大自然灾害之一，因此不同国家都有与洪水相关的创世神话。古希伯来著名的"诺亚方舟"故事即为洪水再生神话，古希腊、古埃及、古巴比伦、古印度等地也流传着类似传说，中国各民族神话中也以洪水题材最为常见，如鲧禹治水、女娲补天，伏羲和女娲作为洪水遗民繁衍人类等神话传说都已烙印在我们的民族记忆里。

本讲所选的中国和希腊神话篇目，关涉人类起源和灾难母题，意在让大家通过赏析文明的摇篮和精神的源泉，追溯人类童年时代的精神风貌，亦借此管窥平行发展的两条文明线索里的共通之处。

二、作品选目

（一）中国神话选读

女娲造人

俗说天地开辟，未有人民，女娲抟黄土作人。剧务，力不暇供，乃引绳于絚泥中，举以为人。故富贵者，黄土人也；贫贱凡庸者，絚人也。[①]

鲧禹治水

《山海经·海内经》：洪水滔天。鲧窃帝之息壤以堙洪水，不待帝

[①] [宋]李昉：《太平御览》卷七十八，影印版，北京：中华书局，1960年，第365页。

命。帝令祝融杀鲧于羽郊。鲧复生禹。帝乃命禹卒布土以定九州。①

（二）希腊罗马神话（节选）②

杰西·塔特洛克

人类的起源

希腊人对于人的起源有三种解说。有人说，人是大地繁衍的，比如雅典城的第一个国王便是从大地中诞生，拥有半人半蛇的形态。有人说，人是神祇的后代，因为宙斯被称为"诸神和人类之父"。当然，最广为流传的说法是，提坦神族的子孙普罗米修斯用泥土捏出了人的模型，宙斯的女儿智慧女神雅典娜给予人类生命。据说，公元 2 世纪，一位希腊绅士在祖国漫游时，被带进了一座砖石小屋。当地人告诉他，普罗米修斯创造了人类始祖。正巧小屋里摆放着很多泥土色泽的石块，这位轻信的游客似乎从中闻到了人类肉体的气息。

盗取天火

普罗米修斯创造了人类后，又送给人类天火。人类凭借火而凌驾于所有其他动物之上，并且能够借此将周遭的资源锻造成武器和工具，开展农业生产。火，是创造文明的途径，也是文明本身的象征。然而，宙斯却对普罗米修斯维护人类的行为非常不满，因为在决定将献祭的野兽如何分配给神祇和人类的联合会议上，普罗米修斯为维护人类的利益而耍了计谋。他宰杀了一头公牛，将其分成两堆：一堆是牛肉，上面盖着牛皮；另一堆是牛骨，不过表面巧妙地盖着牛板油。宙斯看穿了普罗米

① 佚名著，李润英、陈焕良注译：《山海经》，长沙：岳麓书社，2006年，第387页。
② [美] 杰西·塔特洛克：《希腊罗马神话》，蔡海燕译，杭州：浙江大学出版社，2014年，第8—13页。

修斯的把戏，却决定将计就计，以此惩罚普罗米修斯及其造物——人类。他故意选择了摆放着牛骨和脂肪的那一堆，然后借此大发雷霆，收回了火，也剥夺了人类谋生的手段。后来，普罗米修斯偷偷地用一根空心的芦苇点燃了天火，再一次送给人类。宙斯对于普罗米修斯违抗自己权威的行为非常恼怒，下令将他锁在高加索山上的一块岩石上，又让一只老鹰年复一年地啄食他的肝脏，肝脏被吃掉后很快重新长了出来，然后又被老鹰啄食。普罗米修斯掌握着一个关乎天帝宝座的秘密，任何时候只要他屈服于宙斯说出那个秘密，他就可以重获自由，然而这位具有非凡忍耐力的提坦神宁愿承受经年累月的折磨，也不愿意低头。宙斯与普罗米修斯最终达成了和解，其调解人就是半人半神的宙斯之子赫拉克勒斯。赫拉克勒斯在一次冒险活动中解救了普罗米修斯，也缓解了诸神与甘为人类牺牲的护佑者之间的矛盾。

潘多拉

既然普罗米修斯盗取天火解决了人类的生存问题，宙斯便想出了另一个方法来惩罚人类。

> 我将给人类一件他们都为之兴高采烈而又导致厄运降临的不幸礼品，作为获得火种的代价。人类和诸神之父宙斯说过这话，哈哈大笑。他吩咐著名的赫淮斯托斯赶快把土与水掺和起来，在里面加进人类的语言和力气，创造了一位温柔可爱的少女，模样像永生女神。他吩咐雅典娜教她做针线活和编织各种不同的织物，吩咐金色的阿佛洛狄忒在她头上倾洒优雅的风韵以及恼人的欲望和倦人的操心，吩咐神使赫尔墨斯（斩杀怪物阿古斯者）给她一颗不知羞耻的心和欺诈的天性。
>
> ——赫西俄德《工作与时日》

> 匠神既已创造了这个漂亮的灾星报复人类获得火种，把她送到别的神灵和人类所在的地方……虽然这完全是个圈套，但不朽的神灵和会死的凡人见到她时都不由得惊奇，凡人更不能抵挡这个尤物的诱惑。她是娇气女性的起源，是可怕的一类妇女的起源，这类女人和会死的凡人生活在一起，给他们带来不幸，只能同享富裕，不能共熬可恨的贫穷。
>
> ——赫西俄德《神谱》

虽然普罗米修斯（预知者）已经告诫过自己的弟弟厄庇墨透斯（后知者）千万不要接受宙斯赠送的任何礼物，愚蠢的厄庇墨透斯还是从神使赫尔墨斯那里接纳了这个女人——潘多拉。她带了一只盒子，并被警告在任何情况下都不能将其打开。然而，她最终还是敌不过自己的好奇心。她刚一掀开盖子，盒子里面就飞出了成千上万的灾祸。疾病、痛苦和罪恶纷纷扑向人类，无人能幸免，只有希望依然留在盒子里，始终没有飞出来。这则希腊故事告诉我们，第一个女人的好奇心将和平纯真的世界变成了灾祸连连的世界，正巧《圣经》故事里也认为是夏娃造成了人类的堕落，从而失去了伊甸园里的天真生活。

人类的四个时代

关于世界的罪恶和困境的来源，希腊人的解说并非总是一致。有时候，他们认为它们来自潘多拉打开的盒子，然而四个时代的说法又记述了人类世界逐渐恶化的演变过程。这第一个时代被称为黄金时代，出现在克罗诺斯统治时期（罗马人称呼克罗诺斯为萨图恩）。那时，人类像神灵一样生活，没有忧愁，也没有劳苦。丰饶的大地结出各种果实，既不会出现严酷的冷，也不会有灼人的热。人类与大自然融为一体，无须筑建庇护所。他们不会衰老或衰弱，当死亡来临时，他们消失于大地就仿佛长眠于无边的祥和之中。随后，宙斯把他们变成了善良的精灵，守护着人类。第二个时代被称为白银时代。较之黄金时代，这时的人类在肉体和精神上都要差一些。人类的婴孩期被极度延长，待到长大成人时，他们也只剩下短短几年的余生了。他们从不克制自己的情感，而且互相伤害，困难重重。他们对众神不屑一顾，不再向众神献祭供品。尽管如此，这时的人类还是有一定尊严的，在肉体死亡后，他们变成了地下的幽灵。第三个时代是青铜时代，人类变得更加野蛮，沉溺于战争。他们使用青铜武器，居住在青铜搭建的房子里，内心也像青铜一样冷酷无情。最后一个时代是黑铁时代。白日里是无止无尽的倦乏和愁苦，夜晚则是无边无际的焦虑。亲情沦丧，父母被孩子们冷落，友谊和热心肠也已经荡然无存。变得正直、追寻真理和虔诚信奉都不再具有意义。尊严和正义女神蒙上了面纱，转身回到奥林波斯山，不再理会这样的人类。

大洪水中的丢卡利翁

宙斯见人类是如此劣迹斑斑，便决定彻底根除他们。在天庭会议上，由于深恐大火会殃及天国，众神转而附议用洪水淹没人类。为此，宙斯让北风和所有能够吹散云朵的风都别出来，然后下令南风尽情吹送雨水，又呼唤弟弟波塞冬出面操控各路水系。洪水向田野奔涌，卷倒了一片片庄稼，冲走了羊群和牧羊人，冲垮了一座座庙宇和房舍。顷刻之间，水陆难辨，整个大地陷入汪洋之中。鱼儿在枝丫间挣扎游动，笨手笨脚的海豹趴在山羊们曾经嬉戏的地方。水中仙女们惊慌失措地游荡在屋顶之间。鸟儿们飞个不停，一直找不到可以歇脚之处，精疲力竭地跌落在漫漫大水里。人类遭到了毁灭性的打击，只有普罗米修斯的儿子丢卡利翁及其妻子皮拉幸存了下来。这对善良的夫妇，事先得到了那位充满智慧的提坦神的警示，制造了一个可以容纳所有生活必需品的大箱子，在大洪水来临之际躲了进去，漂浮了整整九天九夜，最后在帕尔那索斯山顶重新触碰到了地面。宙斯从天上俯瞰人间，发现野蛮的人类已经全部被洪水吞噬，只剩下这位本性正直而又敬畏神灵的男人及其妻子，便召唤北风驱散了黑压压的乌云，又让波塞冬喝令洪水退去。丢卡利翁和皮拉走出箱子，面对荒无人烟的大地，他们备感凄凉。他们祈求神灵的指点和保佑，神谕提示他们将母亲的骨头扔在身后。丢卡利翁相信神灵不可能命令他们去骚扰亲生母亲的坟墓，去做那种违背孝道的大不敬之事，因而猜测到了这份神谕的真正含义。事实上，大地是所有生灵的母亲，石头便是她的骨头。他们恭敬地罩上面纱，下了山，将沿路的石块从肩头抛向了身后。丢卡利翁扔出的石块变成了男人，皮拉扔出的石块则变成了女人。人类再一次在大地上生生不息。

三、众家评说

（一）关于中国神话

历史长河漫漫，人类作为宇宙之主宰，万物之灵长，自诞生始便不断探寻生命之源和自然之谜。在一次次锲而不舍的追索叩问中，早期人类以简单而神奇的思维方式表达出对万事万物的理解和认知，神话由此而生。作为文学的最初形式，神话展现的是原始先民对宇宙起源、人类诞生等根本问题的朴素认识和诗性阐释，同时又真切地反映着现实生活。袁珂在《中国神话传说》中称：

神话这个字眼，看起来很容易叫人迷惑，由于它本身所包含的神怪幻变的因素，一般人每每认为所谓神话就是和现实生活无关，而是从人类头脑里空想出来的东西，这种说法是非常错误的……

…………………

……神话实质上也可以被看作人话。

……本质上，神话也和别的艺术一样，是反映一定的社会生活的，是产生在一定社会基础上的上层建筑，是一种作为观念形态的艺术。远古时代劳动人民创造神话，不是根据抽象的思想，而是根据在劳动过程中的具体感受和企求，所以我们说，神话是从劳动中产生出来的。[①]

对此，朱自清在《中国学术界的大损失——追悼闻一多先生》一文中表示：

我们要客观地认识古代；可是，是"我们"在客观地认识古代，现代的我们要能够在心目中想象古代的生活，要能够在心目中分享古代的生活，才能认识那活的古代，也许才是那真的古代——这也才是客观地认识古代。闻先生研究伏羲的故事或神话，是将这神话跟人们的生活打成一片；神话不是空想，不是娱乐，而是人民的生命欲和生活力的表现。这是死活存亡的消息，是人与自然斗争的记录，非同小可。[②]

我们研究文学时如果能从神话学或原始宗教的角度去寻绎人类文化

---

① 袁珂：《中国神话传说》，北京：北京联合出版公司，2016年，第2、4页。
② 朱自清：《文艺复兴》第2卷第1期，1946年8月1日。

的根系和血脉，就会发现，中国神话和其他国家的神话有共通性。夏曾佑在读完《旧约》的《创世纪》等文后，知晓希伯来诸族有洪水神话，又发现我国少数民族也流传着洪水神话，联想到儒家经典相关的洪水记载，如《诗经·商颂·长发》中的"洪水茫茫，禹敷下土方"，《尚书》中的"汤汤洪水方割"等，于是在论及传疑时代"禹之政教"的问题时指出：

> 似洪水之祸，实起于尧以前，特至尧时，人事进化，始治之耳。考天下各族，述其古书，莫不有洪水。巴比伦古事，言洪水乃一神西苏诗罗斯所造。洪水前，有十王，凡四十三万年；洪水后，乃今世。希伯来《创世记》，言耶和华鉴世人罪恶贯盈，以洪水灭之，历百五十日，不死者惟挪亚一家。最近发见云南猓猓古书，亦言洪水。言古有宇宙干燥时代，其后即洪水时代。有兄弟四人，三男一女，各思避水，长男乘铁箱，次男乘铜箱，三男与季女同乘木箱。其后惟木箱不没，而人类遂存。观此则知洪水为上古之实事，而此诸族者，亦必有相连之故矣。[1]

类似"我们从哪里来，将到哪里去"这样的问题探讨，在令人浮想联翩的神话中得到了非常有趣的解答。在人们科学知识还不够清晰、正确和充分时，神话实际上担负着引领普罗大众的任务，展现出大家孜孜以求探索自然界各色谜团的过程，也在一定意义上满足了史前人类对自我存在、人生价值的想象和肯定。在庞杂的神话体系中，那些关于宇宙鸿蒙、生存灾难的神话，是人类对自然的辩证思考和不懈征战的历史的原始记录，其中卓然耀眼的伟大人物在整个创世神话中占据了显赫位置。他们跌宕起伏、荡气回肠的奋斗经历，集中了早期人类最瑰丽炫目的想

---

[1] 夏曾佑：《中国古代史》，上海：上海人民出版社，2014年，第23—24页。

象，是民族原初精神气质的最佳体现。随着生产水平和科学技术的提升，人类对自然的认识不断丰富深化，神话解释自然的功能日益弱化，但并未消失，它开始成为一种象征符号进入集体文化积淀中，以更丰盈饱满的姿态活在后人的历史、文学、宗教、审美和精神殿堂里。

所以，当屈原在《天问》中发出"女娲有体，孰制匠之"的惊人质疑时，我们看到的是人们在关于宇宙起源和自身生存问题上的进一步思考反省，在感受到强烈的浪漫主义冲击之际，埋藏于人类灵魂深处的忧患意识和重土厚民的思想也愈发得以彰显。

在中国神话的众神之中，女娲作为伟大无私的创世者、启蒙者和拯救者，得到了非同一般的关注：

> 成为人皇的女娲，以其造人、补天、设立婚姻制度等对人类繁衍生长起决定性作用的功绩，屹立于一线大神之列，而其中尤以充满浪漫色彩的补天壮举，最为后人乐道。这大概因为在中国神话艰辛的英雄史记中，这个大地母亲于补天中展现了难得的浪漫主义精神，并在后世得到了承继。而这种朴素神话原型留给人的浪漫主义色彩，正是中国神话相对西方神话而言最为缺失的。[①]

而泥土造人神话是文学经典母题之一，在世界神话体系中以各种姿态呈现。中国的女娲抟黄土造人、希腊的普罗米修斯用泥土捏人、希伯来的耶和华用地上的尘土造亚当等均是其中的著名代表。这类神话故事展现了人类与土地水乳交融、相互依存的紧密关系，既包蕴着先民对土地深挚的眷恋、牵绊之情，又一定程度反映出原始社会末期的自然经济

---

① 李贞颖：《神话：远古记忆的重述与解读》，上海：华东师范大学出版社，2008年，第16页。

形态。其中，中国女娲形象的文化底蕴尤为深厚。造人、补天、创设婚姻制度等举，使她兼具了大地母神、英雄、爱神等身份，我们可以从她身上充分感知到造化人类的奉献精神、为民解忧的人本精神、炼石补天的创新精神、调适自然的和谐精神等。

学界不断有人通过挖掘同一母题神话中蕴含的深层内涵，去窥探不同文明最深层的文化元素。所以中国与希腊的造人神话中对人类起源问题的解释有同有异。相同之处表明了中西方的类似认识和体验，相异的地方则显示了中西方不同乃至相对的文化传统、心理意识和民族性格。在诺亚方舟故事里，上帝因为要惩罚人类的罪过，才降洪水将人类毁灭，蕴含着推倒一切重建，创造新世界的精神。中国治水神话中对洪水因何而起的叙述则显得模糊不清，难寻确证。古人在记录神话的时候，大概是按照自己的心理意志和实际需求做了程度不一的删削修改，导致后来者不知究竟该以何为准，但洪水泛滥毕竟实实在在发生了，洪灾荼毒生灵，是人类生活中极为悲壮的灾难事件，但相关神话叙述却充满浪漫的想象和悲剧的美感。对于中国的洪水神话，有人如是说：

> 洪水神话是世界各民族神话中共有的一个神话类型。典型的洪水神话是"洪水过后兄妹再殖"神话，由洪水灭绝人类与人类再生两部分内容组成。洪水神话已经不是单一的原型神话，而是由多种创世神话融合而成的复合型再生神话，是在原型洪水神话的基础上，融合水生人神话、葫芦生人神话、兄妹成婚生人神话而形成的。除了典型的人类再殖型洪水神话之外，可以将主要分布在我国黄河中下游区域的鲧禹治水神话视为一种非典型洪水神话，因为鲧禹治水神话虽具有洪水神话性质，有着洪水灾难的侵袭，人类面临灭亡，但它却没有与人类再殖母题相结合，没有人类再生的故事来把神话推向发展，而主要是

通过治水情节来推动神话叙事的发展。鲧禹治水神话的价值就在于它在叙述洪水灾难的同时，表现了华夏先民在特定生态环境下积极应对、勇于担当、战胜劫难的群体智慧与伟大精神。①

泥土造人和洪水神话都具有世界性和原始思维的特征，是一种用来解释人类自身起源现象的独特文化形式，反映了特定时代不同民族的生活、情感和思想。所以，同一母题神话，运用不一样的理论进行解析，意见难免各异。有人运用荣格和弗莱的原型理论分析女娲止水神话和诺亚方舟神话，认为同为拯救者，女娲是"慈母"形象，耶和华是"严父"形象，并得出中华民族重延续、犹太民族善净化的结论：

> 两个拯救者尽管在形象上有男女、身份的差异，但他们存在一个本质的相同点：深爱着自己的造物——人类。女娲身为母神，给予人类母亲一般的关怀，在人类危在旦夕时保护了人类；耶和华怒降洪水，但他留下了诺亚一家和万物的物种，这种行为也相当于为义人的后代创造一个更加纯净的世界，是身怀大爱的表现。拯救人类的动机是深爱人类，这种拯救者的形象在逻辑上也是合理的。
>
> 同时，我们可以发现二者都扮演着一种秩序守护者的角色。②

这样的思考进一步丰富了我们审视多维立体世界的可能。所以说，神话作为一种文化积淀，是不同民族意识和民族精神的反映和呈现，

---

① 段友文、秦珂：《鲧禹治水的洪水神话性质及其原始观念》，《中原文化研究》2018年第6期，第85页。

② 王雨、张一文：《神话原型视域下的两则洪水神话比较》，《长春师范大学学报》2017年第1期，第111页。

始终在以集体无意识的方式影响着东西方不同民族的文化思维与行为习惯。在与自然长期而严酷的较量中，人类既面临着一次次无能为力、惨不忍睹的失败，又不畏艰辛和挑战一次次重新崛起，奋力拼搏，不断修复、调整和完善着彼此之间的关系，在此过程中，将惊人的想象力和创造力与现实结合，构建了一处新的理想家园，造就了璀璨炫目的世界神话文化长廊。

中国历史文献记载中有关女娲、大禹等的神话及信仰的资料尽管支离破碎，所存有限，却在人们口头及民俗生活中顽强地存活和流传着，并在民间和官方的多重诉求及不同话语交织中成为地方性知识，其影响不可忽视。神话于人类而言，将永远是滋养我们精神世界不可或缺的重要成分。

（二）关于希腊神话

希腊神话是整个西方文明的精神源头，以诗性想象力表达了远古希腊人力图诠释纷繁复杂的自然现象和社会现象的原始观念，曲折地反映了人类从蒙昧时期到野蛮时期、从母系社会过渡到父系社会的史前史，是对人的存在和人生意义的一种前哲学、前逻辑的思考与阐释。马克思对希腊神话的重要性和历史地位有过精准阐述：

> 希腊神话不只是希腊艺术的武库，而且是它的土壤……任何神话都是用想象和借助想象以征服自然力，支配自然力，把自然力加以形象化；因而，随着这些自然力之实际上被支配，神话也就消失了……希腊艺术的前提是希腊神话，也就是已经通过人民的幻想用一种不自觉的艺术方式加工过的自然和社会

形式本身……

…………

但是，困难不在于理解希腊艺术和史诗同一定社会发展形式结合在一起。困难的是，它们何以仍然能够给我们以艺术享受，而且就某方面说还是一种规范和高不可及的范本。

一个成人不能再变成儿童，否则就变得稚气了。但是，儿童的天真不使他感到愉快吗？他自己不该努力在一个更高的阶梯上把自己的真实再现出来吗？在每一个时代，它的固有的性格不是在儿童的天性中纯真地复活着吗？为什么历史上的人类童年时代，在它发展得最完美的地方，不该作为永不复返的阶段而显示出永久的魅力呢？有粗野的儿童，有早熟的儿童。古代民族中有许多是属于这一类的。希腊人是正常的儿童。他们的艺术对我们所产生的魅力，同它在其中生长的那个不发达的社会阶段并不矛盾。它倒是这个社会阶段的结果，并且是同它在其中产生而且只能在其中产生的那些未成熟的社会条件永远不能复返这一点分不开的。①

马克思盛赞"希腊人是正常的儿童"，此言点出了希腊神话的人本意识。法国文艺理论家丹纳在《艺术哲学》里写道："希腊人竭力以美丽的人体为模范，结果竟奉为偶像，在地上颂之为英雄，在天上敬之如神明。"②意大利思想家维柯一针见血地指出其实质不是神创造了人，而是人按照自己的形象创造了神，"神是人的本质的对象化"③。这种

---

① [德]马克思：《〈政治经济学批判〉导言》，《马克斯恩格斯选集》第二卷，北京：人民出版社，1972年，第113—114页。

② [法]丹纳：《艺术哲学》，傅雷译，杭州：浙江人民美术出版社，2017年，第52页。

③ 朱光潜：《维柯的〈新科学〉简介》，《国外文学》1981年第4期，第12页。

以世俗个体为重心的人文精神，反映了人的意识和人性的觉醒。希腊人无意于崇拜超凡脱俗的境界，而是热情拥抱有限的自然人性和自然形体，无比珍视和热爱此时此在的世俗生活。美国著名的文化学家爱德华·麦克诺尔·伯恩斯和菲利普·李·拉尔夫有过这样的描述：

> 在古代世界的所有民族中，其文化最能鲜明地反映出西方精神的楷模者是希腊人。没有其他民族曾对自由，至少是为其本身，有过如此炽烈的热心，或对人类成就的高洁，有过如此坚定的信仰。希腊人赞美说，人是宇宙中最了不起的创造物，他们不肯屈从祭司或暴君的指令，甚至拒绝在他们的神祇面前低声下气。他们的态度基本上是非宗教性的和理性主义的；他们赞扬自由探索的精神，使知识高于信仰。在很大程度上正是由于这些原因，他们将自己的文化发展到了古代世界所必然要达到的最高阶段。[①]

瑞士著名的心理学家荣格从集体无意识的角度阐述了神话蕴藏的原型要素。他指出，每个人都先天遗传一种"种族记忆"，就像动物身上遗传有某些本能一样。种族记忆或集体无意识是潜藏在个体心底深处的超个人内容。基于此，他在分析原始神话（尤其是希腊神话）时直言，先民们不是"创造"神话，而是"体验"神话。

> 至今神话学者仍然求助于太阳、月亮、气象学、植物学以及其他类似的观念。他们至今才承认，神话是揭示灵魂现象的最早和最突出的心理现象。原始人对显见事实的客观解释并不那么感兴趣，但他有迫切的需要，或者说他的无意识心理

---

① [美]爱德华·麦克诺尔·伯恩斯、[美]菲利普·李·拉尔夫：《世界文明史》第一卷，罗经国等译，北京：商务印书馆，1987年，第208页。

有一股不可抑制的渴望，要把所有外界感觉经验同化为内在的心理事件。对原始人来讲，只见到日出和日落是不够的，这种外界的观察必须同时也是一种心理活动，就是说太阳运行的过程应当代表一位神或英雄的命运，而且归根到底还必须存在于人的灵魂之中。至于所有的神话化了的自然过程，例如冬夏、月亮的圆缺、雨季等都绝不是客观现象的喻言，而是内在的无意识心理的戏剧的象征性表现，通过形象化的方式接近人的意识——在自然现象中反映出来……

原始人的主观性给我们留下了如此强烈的印象，应该使我们早就猜想到神话与一些心理活动有关。他对自然界的知识从本质上说是一种无意识心理过程的语言和外衣。这个过程是无意识的，这件事实本身说明了为什么人在企图解释神话的时候想到了一切，但却恰恰想不到心理活动。他根本不知道，心理活动包括了产生神话的全部形象，而我们的无意识只是一个正在内在戏剧中表演和受难的主体，而这种戏剧是原始人借助比拟类推的方法在大大小小的自然过程中重新发现的。[①]

总之，古希腊人很注重现世生活，即便是天上的神祇和故去的亡灵，也都千方百计地牵挂着世俗的生活。一个相信命运和神谕的民族，却对人类生活抱有如此清晰的热爱和肯定，难怪西方的"及时行乐"主题发端于此，并且源远流长，也难怪美国古典文学研究家汉密尔顿在其《希腊精神》中高度赞誉他们的乐观精神。快乐的古希腊人，懂得将现世生活融于更高层次的伦理追求之中，因此在文化上征服了那个以武力征服他们的罗马民族，几千年来一直影响着西方人的精神生活和文化艺术，成为绵延不绝的伟大传统。

---

① [瑞士]卡尔·古斯塔夫·荣格：《集体无意识的原型》，《心理学与文学》，冯川、苏克译，南京：译林出版社，2014年，第24—25页。

◎ 思考与讨论

1. 神话产生的根源是什么？

2. 试评价分析中国古代神话历史化和历史神话化的问题。

3. 请比较分析中国和希腊神话造人传说中的"泥土"情结。

4. 如何理解中国和希腊神话里的大洪水传说？面对灾难，神话故事里的先民采取了不同的措施，这反映了什么样的民族文化心理？

❀ 延伸阅读

◆ 袁珂：《中国神话传说》（北京联合出版公司，2016 年）

本书是中国神话学专家袁珂的代表性著作。作者通过对浩如烟海的古文献资料进行整理，考辨真伪，订正讹误，将散落于各处典籍中的神话传说故事遴选出来，自成脉络，依次从传说中的盘古开天辟地叙述到秦始皇统一六国，构建出一个庞大有序又极富生机的古神话体系，为我们呈现了一个诡谲怪异、包罗万象、瑰丽璀璨的神话世界，生动地描述了古代中国人的社会生活图景。全书内容丰富，语言通俗，系统性强，经两次增补修订后字数有六十余万，堪称研究中国神话学方面的集大成之作。

◆ **鲁迅：《故事新编》（文物出版社，2006 年）**

《故事新编》是鲁迅难得的一部以远古时期为背景创作的小说集，主要以神话为题材，包括《补天》《奔月》《理水》《采薇》《铸剑》《出关》《非攻》《起死》八篇，庄谐并举，笔调从容幽默，文风洒脱率性，想象丰富有趣。鲁迅创造性地运用多种现代小说的表现形式，以诙谐的"游戏笔墨"对中国古代部分神话、传说和历史人物进行了新的叙述与评价，在"庄严"与"荒诞"交织的文字中巧妙地融入了自己对现实生活和思想文化的一些思考与批判。其中，《补天》一文主要针对上古神话女娲"抟黄土作人"与"炼石补天"进行再叙述，借助弗洛伊德理论解释"人和文学的缘起"问题，颇具深度；《理水》一文写的是"大禹治水"传说，在肯定大禹埋头苦干、拼命硬干、为民请命、舍身求法等精神的同时，对文中虚构的聚集于"文化山"上的学者进行了批判，讽喻意味十足。

◆ **李祥林：《女娲神话及信仰的考察和研究》（巴蜀书社，2018 年）**

本书立足于民俗学和文化人类学，结合文献阅读和田野寻访，以跨学科、跨文化的宏大视野，借助原型批评和性别理论等方法，对女娲神话文化底蕴予以重新解读，同时兼顾古代作品和当代表述，多角度、多层面地对女娲神话及信仰问题进行了文化学意义上的探讨。内容大致涉及原型识读、信仰考察、遗迹寻访、女娲神话及信仰的土壤分析、女娲神话及信仰的文化传播、女娲神话及信仰的当代呈现等，是了解女娲神话的重要参考著作之一。

◆ **杨栋：《夏禹神话研究》（中华书局，2019 年）**

大禹是我国上古时期神话传说中的代表人物之一，在漫长的历史流传过程中成了具有深刻民族认同感的特殊符号，铸成特定的"大禹文化"

和"大禹文化系统"。杨栋该书将夏禹神话置于其产生的历史文化土壤中，通过搜罗大量传世文献、出土材料和图像资料等，很好地梳理了大禹神话的演变，并就与夏禹相关的重要问题进行了考辨分析，揭示了夏禹神话传说演进的脉络、文化内涵及各种相关元素的内在关联性。全书结构完整，体系严密，内在逻辑性很强。

◆［德］古斯塔夫·斯威布：《希腊神话和传说》（楚图南译，人民文学出版社，1959 年）

德国浪漫主义诗人古斯塔夫·斯威布广泛取材，从多种不同的希腊文献中将凌乱复杂、矛盾歧出的希腊神话和传说加以整理编排，使之前后贯穿，形成更为完整的体系，为读者敞开了一扇观察和认识希腊神话的窗口。该书长期以来是我国读者了解希腊神话的重要参考。

◆［英］斯蒂芬·弗莱：《神话》《英雄》（黄天怡译，浙江教育出版社，2020 年）

这套书是英国喜剧大师斯蒂芬·弗莱为成人重新讲述的希腊神话和英雄故事。作者在书中以戏剧线索将这些故事串联起来，赋予了更加丰富的情节、更加鲜明的个性和具有吸引力的电影质感。如果说希腊神话是一个巨大的宝库，那么本套书的作者就是一位幽默的宝库引路人。

◆［美］查尔斯·米尔斯·盖雷编著：《英美文学和艺术中的古典神话》（北塔译，上海人民出版社，2005 年）

本书的精妙独到之处在于将朗费罗、济慈、雪莱、弥尔顿、丁尼生、洛威尔等人的传世美文融入希腊罗马神话故事中，并配以经典的绘画与雕塑作品，让读者在丰富多彩的神话与传说中感受未经雕琢的原初人性，体会人类想象力的源头。

第二讲

文学的发端：战争与家园

更多讲解，请扫描

一、背景与导读

文学即人学。文学自诞生之日起，便以貌似笨拙实则极富生命力的形式，通过语言文字记录和传达着各种人与人、人与自然、人与社会之间错综复杂的关系和丰富多变的情感。早期人类的喜怒哀乐爱恶憎等情绪，常常毫不掩饰地或托之以神，或寄之于诗。随着人类自我意识不断觉醒，人对自我认知的速度渐次加快，文学也拥有了更广阔强劲的发展而变得千姿百态、熠熠生辉。

三千多年前的先秦时期，一切尚未定型。中国最早的诗歌总集《诗经》用纯真质朴又不失诗意的方式，唱出了那个时代的故事。她土生土长、原汁原味，带着挥之不去的远古气息，却温润醇厚，直击人心。那时，战争是人们生活的常态，家园是人们永远的牵绊，二者交缠错结而成重要的文学母题，由之衍生的忧国爱民、伤生叹老、思乡恋家、流离失意等心理，构成人类基本的情感类型。于是，我们得窥《小雅·采薇》中因连年征战引发的乡关之思、无家可归的不满情绪和死生难料的人世沧桑，还有壮观盛大的军容声威、御敌制胜的骄傲自豪和意气昂扬的家国情怀；我们亦被《王风·黍离》中诗人因江山易主而蹉跎异地、彷徨失措，不知何处可安身立命的流浪悲情，以及其赤诚热烈的故国之思、无法言喻的亡国哀痛和悲天悯人的忧患意识等触及灵魂。

有人的地方就有江湖，有江湖的地方就有故事。战争和家园，一代表纷乱、破坏，一意指和平、建设，二者互为因果，其间变数关乎人类生存与发展。无论战争年代或是和平年代，人人皆希冀拥有一方净土——家园。家园是什么？家园既包括人类生存的现实世界——物质家园，也包括人类灵魂的栖居之所——精神家园。《诗经》产生的时代战争频发，被残酷现实裹挟的人们对家园的向往与构建需求越发浓郁直白，那些围绕战争而写的作品便处处散发出深刻的家园意识和浓厚的人文情怀。

西方亦如是。荷马的两部史诗《伊利亚特》和《奥德赛》均为二十四卷。前者讲述古希腊人与特洛伊（又译作特洛亚）人之间的一场旷日持久的战争，特洛伊人居住在爱琴海彼岸的小亚细亚地区，神话传说把这场战争的原因归结于神祇之间的纷争，而争执又牵扯到凡人；后者讲述了希腊军队的主要将领奥德修斯在战争结束之后历经十年漂泊返回家园的故事。有人言简意赅地将《伊利亚特》概括为"战争"的故事，《奥德赛》则是"回家"的故事，由此体现了人类文明发展初期的核心母题——战争与家园。

然而，即使在《伊利亚特》这样一部关于"战争"的史诗篇章里，我们在读到古战场上刀枪血刃、尸横遍野的描写的同时，也依然能够看到英雄们的铁血柔情。特洛伊最杰出的英雄、最优秀的领导者赫克托尔在城楼上与妻儿道别的情节，是《伊利亚特》中少有的温情片段，我们可以从他对妻子和孩子的温柔中品读出他对"家园"的眷恋，以及明知会命丧战场也要为"家园"拼死一搏的勇气。

本讲所选篇目意在通过分析东西方有关战争导致的人生流离、精神放逐和家园追寻、理想重构等话题，促使人们在回溯过往、展望未来的过程中能够静心思考当代人类如何安放自我和守护家园、如何保持人情人性之美、如何实现文化共存发展、如何通过选择身心归属来构筑真正的世外桃源等问题。

二、作品选目

（一）诗经（节选）

小雅·采薇 [1]

采薇采薇，薇亦作止。曰归曰归，岁亦莫止。

靡室靡家，猃狁之故。不遑启居，猃狁之故。

采薇采薇，薇亦柔止。曰归曰归，心亦忧止。

忧心烈烈，载饥载渴。我戍未定，靡使归聘。

采薇采薇，薇亦刚止。曰归曰归，岁亦阳止。

王事靡盬，不遑启处。忧心孔疚，我行不来。

彼尔维何？维常之华。彼路斯何？君子之车。

戎车既驾，四牡业业。岂敢定居，一月三捷。

驾彼四牡，四牡骙骙。君子所依，小人所腓。

四牡翼翼，象弭鱼服。岂不日戒？猃狁孔棘。

昔我往矣，杨柳依依。今我来思，雨雪霏霏。

行道迟迟，载渴载饥。我心伤悲，莫知我哀。

---

[1] 程俊英、蒋见元：《诗经注析》，北京：中华书局，2018年，第495—500页。

王风·黍离①

彼黍离离，彼稷之苗。

行迈靡靡，中心摇摇。

知我者，谓我心忧；

不知我者，谓我何求。

悠悠苍天，此何人哉！

彼黍离离，彼稷之穗。

行迈靡靡，中心如醉。

知我者，谓我心忧；

不知我者，谓我何求。

悠悠苍天，此何人哉！

彼黍离离，彼稷之实。

行迈靡靡，中心如噎。

知我者，谓我心忧；

不知我者，谓我何求。

悠悠苍天，此何人哉！

（二）伊利亚特（节选）②

荷马

第六卷　赫克托尔与家人告别

头戴闪亮铜盔的伟大的赫克托尔回答说：

---

① 程俊英、蒋见元：《诗经注析》，北京：中华书局，2018年，第210—212页。

② [古希腊]荷马：《荷马史诗·伊利亚特》，罗念生、王焕生译，北京：人民文学出版社，1994年，第140—141、143—148页。

"尊敬的母亲，请不要给我端来蜜酒，

免得你使我失去了力气，自己也忘记了

力量和勇气；我没有洗手，不敢向宙斯

奠下晶莹的酒。一个人粘上了血和污秽，

就不宜向克罗诺斯之子黑云神祈求。

你召集年老的妇女带着祭品去到

那位赠送战利品的女神雅典娜的庙上。

你把那件你视为最美丽，也最宽大，

放在厅堂里令你无比珍爱的袍子，

盖在美发的雅典娜的膝头上，向她许愿，

在她的神殿里杀献十二头从来没有

挨过刺棍的牛犊，如果她能对城市、

对特洛亚人的妻子和儿女大发慈悲，

把提丢斯之子、那个无比野蛮的枪手、

溃退的大制造者从神圣的伊利昂阻挡回去。

你现在去雅典娜女神、战利品赠送者的庙宇，

我现在去找帕里斯，召唤他，要是他还愿意

听从我的话。愿大地立刻把他吞下去，

奥林波斯大神把他养成特洛亚人、

普里阿摩斯和他的儿子们的一大祸根。

我要是能看见他进入冥府哈得斯，

我的心就会忘记所感受的一切不幸。"

他这样说，她就到大厅里去唤侍女，

叫她们到全城去召集全体年老的妇女。

王后下到那拱形的储藏室，里面有袍子，

是西顿^①妇女的彩色织物，神样的帕里斯

从那里运回家来，在他在大海上航行，

把出身高贵的海伦带回特洛亚的时候。

赫卡柏从中取出一件，把它作为

献给雅典娜的礼物带走，那是一件

最漂亮最宽大的绣花袍子，像天星闪亮，

很好地存放在许多件袍子的最下面一层。

她动身前去，有许多年老的妇女跟随。

…………

他这样说，头盔闪亮的赫克托尔没回答，

这时海伦用温和的话语对他这样说：

"大伯子，我成了无耻的人，祸害的根源，

可怕的人物，但愿我母亲刚生下我那一天，

有一阵凶恶的暴风把我吹到山上

或怒啸的大海的波浪中，那层浪会在

这些事发生之前把我一下子卷走。

既然神注定了这些祸害，只愿我成为

一个好一点的人的妻子，那样的人

对于人们的愤慨和辱骂会感到羞耻。

但是这个人的意志不坚定，将来也会这样，

因此我认为他这样一个人会自食其果。

大伯子，请过来，进来，在这张凳子上坐坐，

---

① 原注：腓尼基的古城。

既然你的心比别人更为苦恼所纠缠，

这都是因为我无耻，阿勒珊德罗斯糊涂，

是宙斯给我们两人带来这不幸的命运，

日后我们将成为后世的人的歌题。"

那个头盔闪亮的赫克托尔这样回答说：

"海伦，别叫我坐下，谢谢你的友爱，

你劝不动我；现在我的心急于要去

援助特洛亚人，他们很盼望我这个

不在他们身边的人。你鼓励这个人，

让他行动起来，趁我在城里追上我。

因为我还要到家里去看看家中的人、

我的妻子和我的小儿子，由于我不知道

能否再回到他们那里，或是神明

会借阿开奥斯人的手把我杀死。"

头盔闪亮的赫克托尔这样说，随即离开，

匆匆到达他的很宜于居住的家宅，

在厅堂里未找到白臂的安德罗马克，

因为她正在带着孩子和一个穿着

漂亮袍子的侍女站在望楼上哭泣。

赫克托尔因为没有找到他的好妻子，

便出来站在门槛上对他的女奴说道：

"侍女们，过来，把可靠的情况如实告诉我，

白臂的安德罗马克从厅堂去到哪里？

是去到我的姐妹或穿着漂亮袍子的

弟媳的家里，还是去了雅典娜庙宇？
美发的特洛亚妇女们在那里求女神息怒。"

有一个忙忙碌碌的女管家这样回答说：
"赫克托尔，你叫我们说出真实情况，
她没到你的姐妹和穿漂亮袍子的弟媳处，
也没有到雅典娜庙上去，别的美发的妇女
都到那里去祈求那可畏的女神息怒，
她却登上伊利昂的大望楼，因为她听说
特洛亚人正苦战，阿开奥斯人获大胜。
她因此急急忙忙爬上高高的城墙，
活像个疯子，保姆抱着孩子跟随她。"

女管家这样说，赫克托尔转身离开他的家，
循原路走过一条条铺得很平的街道。
他穿过那座大城，来到斯开埃城门，
打算穿过门洞，下到特洛亚平原，
他的妆奁丰厚的妻子安德罗马克，
埃埃提昂的女儿在那里迎面跑来，
那高傲的国王住在那林木茂盛的普拉科斯^①，
普拉科斯山下的特拜城，是基利克斯人的君主，
那身披铜甲的赫克托尔娶了他的女儿。
安德罗马克迎住丈夫，一同来的是女仆，
她怀中抱着那娇嫩的孩子，一个奶娃，

---

① 原注：普拉科斯山在赫勒斯滂托斯海峡东南的密西亚境内。

是赫克托尔的宠儿，像一颗晶莹的星星，

赫克托尔管他叫斯卡曼德里奥斯，别人却称他

阿斯提阿那克斯，因为赫克托尔是伊利昂的干城。[①]

赫克托尔默默地望着这个孩子笑一笑，

安德罗马克却在他身边泪流不止，

她把手放在他手里，唤他的名字对他说：

"不幸的人啊，你的勇武会害了你，

你也不可怜你的婴儿和将做寡妇的

苦命的我，因为阿开奥斯人很快

会一齐向你进攻，杀死你。我失去了你，

不如下到坟土；你一旦遭了厄运，

我就得不到一点安慰，只剩下痛苦。

我既没有父亲，也没有尊贵的母亲，

我父亲死在那神样的阿基琉斯手下，

他在洗劫我们的人烟稠密的都市，

那城高门大的特拜时，杀死了埃埃提昂，

他心里却尊重他，没有剥夺他的铜甲，

容他穿着那精制的戎装火化成灰，

还给他垒了一个坟墓，众山林女神，

那持盾的宙斯的女儿在坟周围栽上了榆树。

我家里还有七个弟兄，他们在同一天

进入了冥府，在蹒跚的牛群和雪白的羊群中，

死在那神样的、捷足的阿基琉斯手下。

母亲本是那茂盛的普拉科斯山下的王后，

---

① 原注：阿斯提阿那克斯，意思是"城邦的王"，因为他的父亲是特洛亚的保卫者。

却随着许多别的俘获品被阿基琉斯
带来这里。他后来接受了无数的赎礼，
才把她释放，她终于在她父亲的厅堂里
被弓箭女神阿尔特弥斯一箭射死。
所以，赫克托尔，你成了我的尊贵的母亲、
父亲、亲兄弟，又是我的强大的丈夫。
你得可怜可怜我，待在这座望楼上，
别让你的儿子做孤儿，妻子成寡妇。
你下令叫军队停留在野无花果树旁边，
从那里敌人最容易攀登，攻上城垣。
对方的精锐曾三次想在两个埃阿斯、
闻名的伊多墨纽斯、阿特柔斯的两公子、
提丢斯的强大的儿子的率领下攻上城来，
也许是一个有预见的先知指点过他们，
或他们自己的勇敢鼓励他们这样做。"

那头戴闪亮铜盔的伟大的赫克托尔对她说：
"夫人，这一切我也很关心，但是我羞于见
特洛亚人和那些穿拖地长袍的妇女，
要是我像个胆怯的人逃避战争。
我的心也不容我逃避，我一向习惯于
勇敢杀敌，同特洛亚人并肩打头阵，
为父亲和我自己赢得莫大的荣誉。
可是我的心和灵魂也清清楚楚地知道，
有朝一日，这神圣的特洛亚和普里阿摩斯，
还有普里阿摩斯的挥舞长矛的人民

将要灭亡，特洛亚人日后将会遭受苦难，

还有赫卡柏，普里阿摩斯王，我的弟兄，

那许多英勇的战士将在敌人手下

倒在尘埃里，但我更关心你的苦难，

你将流着泪被披铜甲的阿开奥斯人带走，

强行夺去你的自由自在的生活。

你将住在阿尔戈斯，在别人的指使下织布，

从墨塞伊斯或许佩瑞亚圣泉取水，①

你处在强大的压力下，那些事不愿意做。

有人看见你伤心落泪，他就会说：

'这就是赫克托尔的妻子，驯马的特洛亚人中

他最英勇善战，伊利昂被围的时候。'

人家会这样说，你没有了那样的丈夫，

使你免遭奴役，你还有新的痛苦。

但愿我在听见你被俘呼救的声音以前，

早已被人杀死，葬身于一堆黄土。"

显赫的赫克托尔这样说，把手伸向孩子，

孩子惊呼，躲进腰带束得很好的

保姆的怀抱，他怕看父亲的威武形象，

害怕那顶铜帽和插着马鬃的头盔，

看见那鬃毛在盔顶可畏地摇动的时候。

他的父亲和尊贵的母亲莞尔而笑，

那显赫的赫克托尔立刻从头上脱下帽盔，

① 原注：特萨利亚境内两处著名的泉水。

放在地上，那盔顶依然闪闪发亮。

他亲吻亲爱的儿子，抱着他往上抛一抛，

然后向着宙斯和其他的神明祷告：

"宙斯啊，众神啊，让我的孩子和我一样

在全体特洛亚人当中名声显赫，

孔武有力，成为伊利昂的强大君主。

日后他从战斗中回来，有人会说：

'他比父亲强得多。'愿他杀死敌人，

带回血淋淋的战利品，讨母亲心里欢欣。"

他这样说，把孩子递到妻子手里，

她把孩子接过来，搂在馨香的怀里，

含泪惨笑。丈夫看见，觉得可怜，

用手摸抚她，呼唤她的名字，对她说：

"夫人，我劝你心里不要过于悲伤，

谁也不能违反命运女神的安排，

把我提前杀死，送到冥土哈得斯。

人一生下来，不论是懦夫还是勇士，

我认为，都逃不过他的注定的命运。

你且回到家里，照料你的家务，

看管织布机和卷线杆，打仗的事男人管，

每一个生长在伊利昂的男人管，尤其是我。"

那显赫的赫克托尔这样说，随即拿起那顶

插着马鬃的帽盔，他妻子朝家走去，

频频回头顾盼，流下一滴滴泪珠。

她很快回到那杀人的赫克托尔的

居住舒适的宫室，遇见许多女仆

聚在那里，引起大家不停地哭泣。

她们就这样在厅堂里哀悼还活着的赫克托尔；

认为他再也不能躲避阿开奥斯人的

力量和毒手，从战斗中回到家里。

三、众家评说

（一）关于《诗经》

《诗经》是中国文学经典源头之作，记录着数千年前人们生活的苟且和诗意。其中有世易时移、江山变幻的历史，有聚散离合、爱恨悲欢的人情，有金戈铁马、生死难料的战争，也有历经流转、心向往之的家园……宗经重根的中国人，以或粗犷或细腻的笔触记录下了自己生存空间的真实状态，书写着战争赐予的荣耀与哀伤，关心着现实记忆和美好梦想里的家园，创造和追寻着生生不息的精神文化之泉。

人世纷扰，为博得食物和生存空间，各种有形和无形的争斗几乎每天都在发生。早期的农耕民族主要依赖土地存活，家园是人们赖以栖居和安放身心之处，人们因她而战，也为她而和。所以，战争无疑是周人生活的最主要内容之一：

历史文献的记载表明，在有周一代的统治历史上，一直战争频繁。周族从周（中）原慢慢扩充势力，几经迁徙，逐渐发展壮大，再到灭商建周，武力斗争是他们求自身生存、发展的重要手段。即使周族立国以后，为了维护国家安全和扩展疆域，对周围的其他部族、所属方国也经常用兵。①

文学作品是社会生活的一面镜子，"尚德""贵和"一直都是周人政治社会原则的核心主张。所以，战争诗在《诗经》中占了不小比例，但《诗经》写战争并不着力于刻画战斗的波澜壮阔或是渲染战场的腥风血雨，而是侧重反映先民反战厌战、向往和平、渴望与亲人共建家园的美好愿景，在凸显爱国精神的同时，避免个人英雄主义和复仇思想的蔓延。章培恒、骆玉明在《中国文学史》中曾说明：

> 《小雅》中的《采薇》《杕杜》《何草不黄》，《豳风》中的《破斧》《东山》，《邶风》中的《击鼓》，《卫风》中的《伯兮》……与叙述武功的史诗不同，这些诗歌大都从普通士兵的角度来表现他们的遭遇和想法，着重歌唱对于战争的厌倦和对于家乡的思念，读来倍感亲切。
>
> …………
>
> 应该说明：《诗经》中的这一类作品，不能简单地称之为"反战诗"。因为诗中虽然表达了对于从军生活的厌倦，对和平的家庭生活的留恋，却并不直接表示反对战争，指斥那些把自己召去服役的人。②

---

① 江林：《〈诗经〉与宗周礼乐文明》，上海：上海古籍出版社，2010年，第239页。
② 章培恒、骆玉明：《中国文学史》第一编，上海：复旦大学出版社，1997年，第93、94页。

在《诗经》的文学叙述命题中，战争和家园始终相生相存，一体两面，难以分割。而普通民众在动荡不安的战争年代产生强烈的家园意识最自然不过：

> 在中国最早的诗歌总集《诗经》中，华夏民族的先民就有不少成员由于各种原因而背井离乡，成为漂泊异乡的游子。游子们怀念故土，并由此产生了最早的家园意识，并因此成为中华民族源远流长的家园意识的源头，具有重要的精神史意义。
>
> ············
>
> 华夏民族的家园意识在中国最早的诗歌总集《诗经》中就已经获得了充分体现。这可谓一种历史的必然。因为在周王朝，华夏民族早已进入了农业文明时代，人们的乡土观念已经形成并日益厚重，而与此同时背井离乡的状况也日益频繁。而我们知道，无论在他乡的生活是贵是贱，是富是贫，是乐是苦，是得意还是失意，漂泊在外的游子总会情不自禁地思念故乡，于是怀乡病就定期不定期地发作了，家园意识也就油然而生了，《诗经》中的家园意识即由此而来。[1]

所以，《诗经》的战争诗中多融入了先民们深厚执着的家园意识。谁能想到"昔我往矣，杨柳依依。今我来思，雨雪霏霏"这样唯美浪漫、令人心醉的诗句，是来自一首写久戍之苦的战争诗呢？谁又能料到"知我者，谓我心忧；不知我者，谓我何求"这样浪迹天涯、苦觅知音的诗，蕴含着千古共振、痛定思痛的"黍离之悲"呢？对理想家园的执念和归属感的追寻已经渗进个人生命血脉中，交织着"战争"和"家园"两大

---

[1] 陈正燕：《论〈诗经〉中的家园意识》，《学理论》2013年第5期，第161、163页。

母题的作品在《诗经》中频频出现。为了守护家园，人们往往担负着多重身份：天下太平、岁月静好时，是凡夫俗子，隐没于芸芸众生中安然度日；一旦江山震荡、危机四伏时，便化身为骁勇战士，为保家卫国冲锋陷阵，驰骋疆场。诸如《小雅·采薇》《王风·黍离》之类的吟唱，都不乏对战争、侵扰和毁灭的描写，又充溢着渴望和平、希冀归乡的家园意识，形成一种浪漫而壮烈、温情而残酷的艺术美。李山认为西周较早时期战争诗篇有"礼乐"立场，他在分析《采薇》时说：

> 《采薇》构思很奇特，一开篇即以"曰归曰归"与"靡室靡家，猃狁之故"对峙，展现出思乡与征战两个主题，宛如交响乐章的奏鸣曲。继而是两个主题的展开，最后则归结为"昔我往矣，杨柳依依。今我来思，雨雪霏霏"的千古绝唱，其基本情调是浓郁的感伤。战争诗篇伴以"曰归"思乡主题的交织，实际显示出这样的生活逻辑：只是因为热爱家庭，将士们才毅然离开家庭走向战场。在这样"战争与和平"的逻辑中，没有建立功勋的意识，没有贪图奖赏的念头，战争就是捍卫那"杨柳依依"的美丽家园。与美丽家园相比，战争中的英雄荣誉是无足道的，起码诗篇的表现如此。正因如此，当他们回到阔别的家乡才会百感交集，而"杨柳依依"的妙句，其实也隐含着对战事生涯的评价：它是远低于和平生活的。[1]

当然，东西方因为生存环境、民族心理、审美理念等的不同，对于"战争"和"家园"的文学呈现也有差异。有研究者将《诗经》与《荷马史诗》中的战争诗篇进行比较发现：

---

[1] 李山：《〈诗经〉文学的宣王时代》，《文学遗产》2020年第5期，第17页。

《诗经》中的战争诗在审美方面是有节制的，表现出了中华文明中特有的温柔敦厚、哀而不伤的含蓄、节制之美。它未细致入微地描写惨烈血腥的战争场面，而主要是从正面歌颂和赞美王室军容的盛壮和无敌声威……

…………

与《诗经》里战争诗体现的理性节制的审美观照不同，《伊利亚特》则体现出荷马对特洛伊战争尤其是战争中英雄形象身上阳刚之美毫无节制的渲染。①

林中明则突破性地尝试选择和战争、兵旅、四方、万邦等有关的字句，通过字频检索，探讨《诗经》中的"战争与和平"问题。他结合地理文化及好战基因背景对诗和文明的影响等，重新审视了中华文化传统中的文武合一、王道和平、天下为公等思想的形成及意义，进一步明确古希腊民族尚武，其精神核心是"力"，是生存危机、物欲追求，或者说是对"自由"的极度渴望导致的；而汉民族尚武精神的核心是"德"。对于依赖大河流域形成的中华文明，只需要维护好中原农耕生活秩序即可。战争掠夺对农耕民族诱惑性不大，甚至从根本上与农耕生活原则相悖，所以中国人不好战：

《诗经》中强调的"温柔敦厚"教育，遇到游牧民族和海盗倭寇，总是吃亏。所以我们要重新重视文武合一的平衡教育，有文化，也要有武备。同时学习《五经》和先秦诸贤，如姜尚遗留下来的《六韬》、儒家吴起的《吴子》、辞如珠玉的《孙

① 刘浩天、周晓琳：《中国早期边塞诗与西方战争诗歌的比较——以〈诗经〉中的战争诗与〈伊利亚特〉的比较为例》，《阴山学刊》2012年第6期，第43、44页。

武兵经》、兼用仁义智勇的《司马法》等《武经七书》，并应用西汉赵充国的屯田军经政策，帮助生产力低下的边疆民族，自立生产，这才能不战而胜，以诗文化解残杀，复兴中华民族在周初和汉唐的文明盛世。[①]

随着人类走出原始蒙昧，进入理性时代，人们越发意识到精神家园建设的必要性与重要性。"战争"与"家园"两大文学母题因此被一再书写。而无论面临多少意料不到的生存困境和艰难的人生选择，人们都无法放弃内心对理想家园的永恒追求。或许历经漂泊流离后，面对的是回不去的家乡和守不住的故土，但建设家园的美好祈望和为实现美好祈望的努力一直会在，人们内心的悲悯情怀及背后的理性批判精神也始终会在，而如何安顿人类的心灵，实现真正诗意的栖居，亦将是恒久的话题。

（二）关于《伊利亚特》

古希腊文学是欧洲文学的源头，反映了欧洲从氏族社会向奴隶制社会过渡阶段的现实生活，尤其对古代的战争与和平、人的命运与英雄品格、社会历史的重大变迁等方面的深入刻画，体现了欧洲人较为原始的精神、心理、情感和文化等特征。归在古希腊大诗人荷马名下的两部史诗《伊利亚特》和《奥德赛》，是古希腊神话故事、口传文学和文人创作交流汇合的文学结晶，跻身于西方文化元典之列，不仅使特洛伊战争以降的数百年历史被直接命名为"荷马时代"或"英雄时代"，还被一代代后人尊奉为"万世的指南书"。

---

① 林中明：《〈诗经〉里的战争与和平》，《诗经研究丛刊》2015年第2期，第581—582页。

荷马史诗在古代好评如潮。悲剧之父埃斯库罗斯称自己的作品只是"荷马大筵席中的几样小菜"，哲学家德谟克利特认为"荷马，赋有神圣的天才"，而柏拉图更是承认"我从小就对荷马怀着热爱和敬畏之心……他好像是所有悲剧的第一位教师，首创了悲剧之美"。这些评价都说明了荷马史诗在古希腊时代享有崇高地位，而事实上它们也的确是古希腊节日表演和青年教育的主流。然而，对荷马最犀利的批判，正是来自高度赞颂其诗歌才能的柏拉图。这位哲学家解释道：

> 当你遇见颂扬荷马的人，他们说荷马是希腊的教育者，我们应当在人生修为方面向他学习，应当按照这位诗人的教导来安排我们的全部生活，在这种时候，你必须敬爱和尊重说这种话的人，因为这已经是他们的最高认识了。你还要向他们承认，荷马的确是最高明的诗人和第一位悲剧家。但我们必须明白这个真理，只有歌颂神明和赞扬好人的颂歌才被允许进入我们的城邦。如果你允许甜蜜的抒情诗和史诗进入城邦，那么快乐和痛苦就会取代公认为至善之道的法律和理性，成为你们的统治者。①

柏拉图认为城邦的法律和理性都必须建立在真善美的基础上，而以荷马史诗为代表的诗歌作品反映了人类幼稚的情感，对心灵有不良的影响。因此，他认为苏格拉底式哲学和荷马式诗歌的"争吵"古已有之，而今把荷马式诗歌排除在城邦之外具有巨大的历史意义。

有意思的是，作为柏拉图的学生，亚里士多德在其《诗学》中对荷马史诗的高度推崇，深刻地诠释了"吾爱吾师，吾更爱真理"这句话。

---

① [古希腊]柏拉图：《国家篇》，《柏拉图全集》第二卷，王晓朝译，北京：人民出版社，2003年，第630页。

亚里士多德认为荷马"是一个真正的诗人，因为唯有他的摹仿既尽善尽美，又有戏剧性"。在他看来，荷马史诗摹仿的不仅是现实世界的外形，而且包括其内在本质和规律，他论述的"摹仿说"为荷马史诗和其他艺术的存在与发展做出了有力辩护。关于荷马史诗的艺术性，他尤其推崇其"整一性"：

> 有人认为只要主人公是一个，情节就有整一性，其实不然；因为有许多事情——数不清的事件发生在一个人身上，其中一些是不能并成一桩事件的……惟有荷马在这方面及其他方面最为高明，他好像很懂得这个道理，不管是由于他的技艺或是本能。他写一首《奥德赛》时，并没有把俄底修斯的每一件经历，例如他在帕耳那索斯山上受伤，在远征军动员时装疯（这两桩事的发生彼此间没有必然的或可然的联系），都写进去，而是环绕着一个像我们所说的这种有整一性的行动构成他的《奥德赛》，他并且这样构成他的《伊利亚特》。[①]

亚里士多德从荷马史诗中看出其结构既完整又严谨，通过环绕主要人物的一个有整一性的行动来展开生活想象、构思故事情节。表现在《伊利亚特》中，荷马虽叙述了长达十年的战争，但并不从战争开头写起，而是围绕阿基琉斯的愤怒，对战争最后约五十天详加描述，在愤怒的起因、结果和消解转化过程中，为我们呈现了一个完整而又开放的故事。这种艺术性叙述，避免了把"整一性的行动"写成流水账，或者是各种事件的堆砌，历来是人们欣赏荷马史诗艺术性的重要角度。

荷马史诗的流传线索较为清晰，在古罗马时代也有一大批拥趸。有

---

① [古希腊]亚里士多德：《诗学》，杨周翰译，北京：人民文学出版社，1962年，第27—28页。

"古罗马文学史上第一个诗人和剧作家"之称的李维乌斯将荷马史诗翻译成拉丁文，使之成为贵族子弟最为重要的教材之一。虽然随着西方文明的另一源头基督教的兴起并占据统治地位，作为"异教文化"的荷马史诗在相当长一段时间内沉寂了下来，但这支文脉随着文艺复兴的到来进入人文主义者的视野，并成为古典教育的重要内容，形成了诠释和解读荷马史诗的传统。而今，我们可以在西方文化、艺术、历史、哲学、政治等各个领域看到荷马史诗的影响力，也可以在很多非西方国家的社会生活中找到荷马史诗的身影。

◎ 思考与讨论

1. 试比较分析中国与西方战争精神、家园情结的异同。

2. 怎么理解"黍离之悲"的文化象征意义？

3. 荷马史诗精于人物塑造，尤其是刻画了形形色色的英雄。请借助阿基琉斯、赫克托尔、帕里斯等英雄思考"英雄"的不同维度。

4. 荷马史诗如何表现人与命运的关系？请借此思考希腊精神的人本主义特征。

🌀 延伸阅读

◆ 《诗经》关涉战争、家园类题材诗歌选篇（程俊英、蒋见元：《诗经注析》，中华书局，2018 年）

《豳风·东山》

我徂东山，慆慆不归。我来自东，零雨其濛。我东曰归，我心西悲。制彼裳衣，勿士行枚。蜎蜎者蠋，烝在桑野。敦彼独宿，亦在车下。

我徂东山，慆慆不归。我来自东，零雨其濛。果臝之实，亦施于宇。伊威在室，蟏蛸在户。町畽鹿场，熠耀宵行。亦可畏也？伊可怀也。

我徂东山，慆慆不归。我来自东，零雨其濛。鹳鸣于垤，妇叹于室。洒扫穹窒，我征聿至。有敦瓜苦，烝在栗薪。自我不见，于今三年。

我徂东山，慆慆不归。我来自东，零雨其濛。仓庚于飞，熠耀其羽。之子于归，皇驳其马。亲结其缡，九十其仪。其新孔嘉，其旧如之何？

《卫风·伯兮》

伯兮朅兮，邦之桀兮。伯也执殳，为王前驱。

自伯之东，首如飞蓬。岂无膏沐？谁适为容！

其雨其雨，杲杲出日。愿言思伯，甘心首疾！

焉得谖草，言树之背？愿言思伯，使我心痗！

《秦风·无衣》

岂曰无衣？与子同袍。王于兴师，修我戈矛，与子同仇！

岂曰无衣？与子同泽。王于兴师，修我矛戟，与子偕作。

岂曰无衣？与子同裳。王于兴师，修我甲兵，与子偕行。

《邶风·击鼓》

击鼓其镗，踊跃用兵。土国城漕，我独南行。

从孙子仲，平陈与宋。不我以归，忧心有忡。

爰居爰处，爰丧其马。于以求之？于林之下。

死生契阔，与子成说。执子之手，与子偕老。

于嗟阔兮，不我活兮！于嗟洵兮，不我信兮！

《王风·君子于役》

君子于役，不知其期，曷至哉？鸡栖于埘，日之夕矣，羊牛下来。
君子于役，如之何勿思！

君子于役，不日不月，曷其有佸？鸡栖于桀，日之夕矣，羊牛下括。
君子于役，苟无饥渴？

◆ [清]方玉润：《诗经原始》（李先耕点校，中华书局，1986年）

本书是方玉润晚年费时两年完成的一部著作。作者从《诗经》作品
实际出发，无意寻求所谓确解与深义，而注重领会诗人抒发的情感本身
及作诗原意。因其欲探求古人作诗本旨而原其始意，故以"原始"二字
名之。书除录诗歌文字本身以外，还另附全诗大旨、诗歌批注等内容，
有助于我们了解《诗经》的原汁原味。

◆ 周振甫译注：《诗经译注》（中华书局，2013年）

《诗经》是中国早期社会状况和先民生活状态的集中反映。国学名
家周振甫先生精心打造而成的《诗经译注》一书摒除复杂、深奥、难解
的注释模式，译注追求简洁精当，对生僻字词标有注音，译文通俗易晓，
极富诗歌韵律，读起来朗朗上口。

◆ 程俊英、蒋见元：《诗经注析》（中华书局，2018年）

《诗经》是我国文学经典之作，历代注家很多，但大都将它作为儒
家经典来研究。本书作者坚持以文学观点解读《诗经》，复其原貌，不

从宗经立场出发，而立于前贤研究基础之上，参校各家，择善从之，做好最基本的题解、注释、分析、注音等工作，力求不失《诗经》本身面目和韵味。该书题解贴切，注释详尽，分析精湛，"韵读"一项更设法以便"庶几近之"，用心良苦。其中战争、家园、爱恋等主题诗篇均历历在册，可堪玩味。作为《诗经》新注本，在《诗经》研究方面既成一家之言，又集诸家之成，非常扎实，而且新排版方便读者阅读，值得细品。

◆ ［法］皮埃尔·纳杰:《荷马的世界》(王莹译, 中国人民大学出版社, 2007 年)

本书不仅勾勒出当今荷马研究的主要方向和丰硕成果，更试图带领读者揭开围绕着这部旷世传奇而结成的一个个谜团，比如：荷马是谁？特洛伊战争是否真的发生过？特洛伊城到底在哪里？在解谜的过程中，作者以丰富的资料和翔实的论述帮助读者构建出希腊社会的雏形，同时阐释了荷马史诗对后世西方生活的深远影响。

◆ ［古罗马］塞内加:《特洛亚妇女》(杨周翰译, 上海人民出版社, 2016 年)

《伊利亚特》中，赫克托尔哀叹亡国妇孺必然会遭遇苦难，这份哀叹在《奥德赛》中通过他人的回忆被血淋淋地呈现出来，也一再出现于后世作品中，其中有关赫克托尔的遗孀安德罗马克的着墨最多。古希腊悲剧家欧里庇得斯写有《安德洛玛刻》，古罗马悲剧家写有《特洛亚妇女》，法国古典悲剧诗人让·拉辛也曾写有《昂朵马格》（又译《安德洛玛刻》）。这些作品各有侧重，而塞内加的版本在故事情节上更为丰富，极大地影响了欧洲文艺复兴时期的悲剧。

第三讲

长江的声音：

文学与地域文化

更多讲解，请扫描

一、背景与导读

从考古发现可以推断，人类文明莫不是发源于大江大河流域。悠悠流水哺育着两岸的土地，给沿岸人民提供耕作和生存的便利，催生了形态各异的民族文化和地域文学。黄河文学和长江文学共同构成了中国文学的最初形态，它们与尼罗河文学、两河（幼发拉底河、底格里斯河）文学、印度河—恒河文学等诸多文学发源地共同构成了世界文学的雏形。

中国先秦时期南北两大交相辉映的文学形式，分别是诞生于长江流域的楚辞，和诞生于黄河流域的《诗经》。就如同我国南北的地貌差异一样，北方雄健造就了《诗经》的沉稳，南方灵秀孕育了楚辞的奇崛。如果从文学修辞的角度来看，《诗经》最明显的特色就是整齐的四言诗句和侧重现实生活的写作倾向，情感表达上讲究温柔敦厚、克己复礼；而楚辞则有着参差自由的句式和华美绮丽的语言雕琢，情感表达喷涌而出，并且蕴含着独特的世界观。在楚人对宇宙和生命本体的认知中，天与地、生与死、人与神、人与鬼不是截然对立的，通过如巫觋一类的神职人员，以招魂的宗教仪式完成生与死、人与神以及人与鬼之间的沟通。

"楚人好巫"，几乎成为后世对这一地域文化特色的概括性认知。

有人认为楚文化是受到了商文化的影响。周人好礼，商人好巫。商王武丁时期，商王朝曾南征北战，势力一度跨过了长江。从现在考古发掘成果来看，在今湖北、湖南、江西等沿长江流域，确实都发现过商文明的遗址和文物。如著名文物学家孙机先生所言："中华古民族的文化是多源的，但彼此之间并不是互相封闭，各自独立发展的；而是多源共汇的，形成了统一的中华古文化。"[1]

楚文化中浪漫的情感表达方式、挣脱现实的自然主义精神等，其影响远不止于楚辞。汉取代了秦，以浪漫多情的楚文化包容了激切峻刻的秦文化，就是楚文化的一次全面胜利。汉赋文辞铺张扬厉，情感丰腴跌宕，以囊括宇宙的气概席卷天地万物而来。司马迁也深受楚文化的影响，他的《史记》追求实录，同时也具有爱才、爱奇、爱智的鲜明特点。他们饱含情感，追求天与地、生与死、人与神鬼以及天地万物之间的大融通。

没有一种文化类型能像楚文化影响中国两千余年而不断绝。从时间影响来看，直至今日，许多两湖地区的作家，他们的作品中依旧保留有原始的巫风色彩和对家乡山水的挚爱。例如，湖北荆州籍作家欧阳山（1908—2000）的《高干大》中，就游走着神官、法师、梦仙、巫神等半人半仙式的人物；湖南龙山籍作家蔡测海短篇小说《远处的伐木声》中的老桂，也是一个半人半仙半神式的形象；湖南长沙籍作家残雪的《山上的小屋》，更是以一种梦魇般的文笔推进着；更不用说湖南长沙籍作家韩少功，他的代表作《爸爸爸》既有对以原始部落鸡头寨为代表的传统文化的批判，又极具楚辞光怪陆离的艺术精神。

从空间影响来看，楚辞诞生的长江中游地区是延绵千里的长江流域文学的发端区域。如果把长江比作一条项链，那么诞生于两湖平原的楚辞就是项链上最先闪耀的那颗钻石。之后，点逐渐汇成了线。在文学觉

---

[1] 孙机：《从历史中醒来：孙机谈中国古文物》，北京：生活·读书·新知三联书店，2016年，第11页。

醒意识到来的魏晋南北朝之前，以诗赋创作为核心的文学概念已经在西汉逐渐形成。在长江上游支流岷江滋养的成都平原上，司马相如成了第一位崛起的文学家。他的成功影响了一个时代，"及司马相如游宦京师诸侯，以文辞显于世，乡党慕循其迹。后有王褒、严遵、扬雄之徒，文章冠天下"[①]。在长江入海口的吴越地区，很早就诞生了像《越绝书》这样带有方志雏形的史乘。到了西汉时，出现了严助、朱买臣等能进入帝国文化核心层的士人。吴越之地迎来真正的文学兴盛，则要等到三国两晋之时。衣冠南渡，风流尽在江左。而鄱阳湖平原的文学，则在两宋时期达到了鼎盛，江西籍文人占据了宋代文坛的半壁江山，涌现出欧阳修、曾巩、黄庭坚等文坛巨擘。

长江横亘在我国的疆土中央，千年来奔腾不息。它几乎贯穿了我国的东西全境，全域八大水系滋养了成都平原、洞庭湖平原、江汉平原、鄱阳湖平原、太湖平原等一个个自然地带，同时也将我国划分为了南北两片文化差异甚大的地理区域。几千年来，南北文化有融合，有冲撞，在相融相荡中共获新生，最后泥沙俱下，奔流入海。

与我国有几千年文化交流史的印度，因流经境内的印度河而得名。公元前2500年至公元前1500年，达罗毗荼人在印度河流域创造了哈拉帕文化。但在自然灾害和外族入侵的双重打击下，哈拉帕文化逐步消亡。印度河流域文明消失以后，恒河文明逐渐昌盛，它起始于印度河东的牧业区，在向恒河农业区转移中，逐步确立了种姓制度，吠陀教开始发展为婆罗门教。生活在印度河和恒河所形成的冲积平原上的古印度人，仰赖于这里肥沃的土地和湿润的气候，形成了异常丰富、玄奥和神奇的民族文化，其宗教、哲学、文艺等领域的辉煌成就对东方乃至世界都有深远的影响。

---

① [东汉]班固：《汉书》卷二八《地理志下》，北京：中华书局，1962年，第1645页。

本讲选取长江流域的楚辞、印度恒河文化昌盛时期的吠陀文学和史诗，代表作品分别是《离骚》、《九歌》中的《山鬼》、吠陀诗、《罗摩衍那》的选段，以期通过对读中国和印度这两大文明古国的经典之作，品鉴各民族童年时代的文学面貌，理解文学与特定的自然人文地理环境的关联。

二、作品选目

（一）离骚（节选）[①]

屈原

··········

跪敷衽以陈辞兮，耿吾既得此中正；

驷玉虬以乘鹥兮，溘埃风余上征。

朝发轫于苍梧兮，夕余至乎县圃；

欲少留此灵琐兮，日忽忽其将暮。

吾令羲和弭节兮，望崦嵫而勿迫。

路曼曼其修远兮，吾将上下而求索。

饮余马于咸池兮，总余辔乎扶桑。

折若木以拂日兮，聊逍遥以相羊。

前望舒使先驱兮，后飞廉使奔属。

[①] [战国]屈原著，[宋]洪兴祖撰：《楚辞补注》，北京：中华书局，1983年，第25—47页。

鸾皇为余先戒兮，雷师告余以未具。

吾令凤鸟飞腾兮，继之以日夜。

飘风屯其相离兮，帅云霓而来御。

纷总总其离合兮，斑陆离其上下。

吾令帝阍开关兮，倚阊阖而望予。

时暧暧其将罢兮，结幽兰而延伫。

世溷浊而不分兮，好蔽美而嫉妒。

朝吾将济于白水兮，登阆风而绁马。

忽反顾以流涕兮，哀高丘之无女。

溘吾游此春宫兮，折琼枝以继佩。

及荣华之未落兮，相下女之可诒。

吾令丰隆乘云兮，求宓妃之所在。

解佩𦆾以结言兮，吾令蹇修以为理。

纷总总其离合兮，忽纬繣其难迁。

夕归次于穷石兮，朝濯发乎洧盘。

保厥美以骄傲兮，日康娱以淫游。

虽信美而无礼兮，来违弃而改求。

览相观于四极兮，周流乎天余乃下。

望瑶台之偃蹇兮，见有娀之佚女。

吾令鸩为媒兮，鸩告余以不好。

雄鸠之鸣逝兮，余犹恶其佻巧。

心犹豫而狐疑兮，欲自适而不可。

凤皇既受诒兮，恐高辛之先我。

欲远集而无所止兮，聊浮游以逍遥。

及少康之未家兮，留有虞之二姚。

理弱而媒拙兮，恐导言之不固。

世溷浊而嫉贤兮，好蔽美而称恶。

闺中既以邃远兮，哲王又不寤。

怀朕情而不发兮，余焉能忍与此终古。

索琼茅以筵篿兮，命灵氛为余占之。

曰两美其必合兮，孰信修而慕之？

思九州之博大兮，岂唯是其有女？

曰勉远逝而无狐疑兮，孰求美而释女？

何所独无芳草兮，尔何怀乎故宇？

世幽昧以昡曜兮，孰云察余之善恶。

民好恶其不同兮，惟此党人其独异。

户服艾以盈要兮，谓幽兰其不可佩。

览察草木其犹未得兮，岂珵美之能当？

苏粪壤以充帏兮，谓申椒其不芳。

欲从灵氛之吉占兮，心犹豫而狐疑。

巫咸将夕降兮，怀椒糈而要之。

百神翳其备降兮，九疑缤其并迎。

皇剡剡其扬灵兮，告余以吉故。

曰勉升降以上下兮，求榘矱之所同。

汤禹严而求合兮，挚咎繇而能调。

苟中情其好修兮，又何必用夫行媒。

说操筑于傅岩兮，武丁用而不疑。

吕望之鼓刀兮，遭周文而得举。

宁戚之讴歌兮，齐桓闻以该辅。

及年岁之未晏兮，时亦犹其未央。

恐鹈鴃之先鸣兮，使夫百草为之不芳。

何琼佩之偃蹇兮，众薆然而蔽之。

惟此党人之不谅兮，恐嫉妒而折之。

时缤纷其变易兮，又何可以淹留。

兰芷变而不芳兮，荃蕙化而为茅。

何昔日之芳草兮，今直为此萧艾也。

岂其有他故兮，莫好修之害也。

余以兰为可恃兮，羌无实而容长。

委厥美以从俗兮，苟得列乎众芳。

椒专佞以慢慆兮，樧又欲充夫佩帏。

既干进而务入兮，又何芳之能祗。

固时俗之流从兮，又孰能无变化。

览椒兰其若兹兮，又况揭车与江离。

惟兹佩之可贵兮，委厥美而历兹。

芳菲菲而难亏兮，芬至今犹未沬。

和调度以自娱兮，聊浮游而求女。

及余饰之方壮兮，周流观乎上下。

灵氛既告余以吉占兮，历吉日乎吾将行。

折琼枝以为羞兮，精琼靡以为粻。

为余驾飞龙兮，杂瑶象以为车。

何离心之可同兮，吾将远逝以自疏。

邅吾道夫昆仑兮，路修远以周流。

扬云霓之晻蔼兮，鸣玉鸾之啾啾。

朝发轫于天津兮，夕余至乎西极。

凤凰翼其承旗兮，高翱翔之翼翼。

忽吾行此流沙兮，遵赤水而容与。

麾蛟龙使梁津兮，诏西皇使涉予。

路修远以多艰兮，腾众车使径待。

路不周以左转兮，指西海以为期。

屯余车其千乘兮，齐玉轪而并驰。

驾八龙之婉婉兮，载云旗之委蛇。

抑志而弭节兮，神高驰之邈邈。

奏《九歌》而舞《韶》兮，聊假日以媮乐。

陟升皇之赫戏兮，忽临睨夫旧乡。

仆夫悲余马怀兮，蜷局顾而不行。

乱曰：已矣哉，

国无人莫我知兮，又何怀乎故都？

既莫足与为美政兮，吾将从彭咸之所居。

…………

（二）山鬼[①]

屈原

若有人兮山之阿，被薜荔兮带女萝。

既含睇兮又宜笑，子慕予兮善窈窕。

乘赤豹兮从文狸，辛夷车兮结桂旗。

被石兰兮带杜衡，折芳馨兮遗所思。

余处幽篁兮终不见天，路险难兮独后来。

表独立兮山之上，云容容兮而在下。

杳冥冥兮羌昼晦，东风飘兮神灵雨。

留灵修兮憺忘归，岁既晏兮孰华予。

---

① [战国]屈原著，[宋]洪兴祖撰：《楚辞补注》，北京：中华书局，1983年，第79—
81页。

采三秀兮于山间，石磊磊兮葛蔓蔓。

怨公子兮怅忘归，君思我兮不得闲。

山中人兮芳杜若，饮石泉兮荫松柏，

君思我兮然疑作。

雷填填兮雨冥冥，猿啾啾兮又夜鸣。

风飒飒兮木萧萧，思公子兮徒离忧。

（三）吠陀（节选）

梨俱吠陀·苏摩酒①

人的愿望各式各样：

木匠等待车子坏，

医生盼人跌断腿，

婆罗门希望施主来。

苏摩酒啊！快为因陀罗（神）流出来。

铁匠有木柴在火边

有鸟羽煽火焰，

有石砧和熊熊的炉火，

专等着有金子的主顾走向前。

苏摩酒啊！快为因陀罗（神）流出来。

我是诗人，父亲是医生，

---

① 《梨俱吠陀·苏摩酒》，金克木译，转引自辜正坤主编：《世界名诗鉴赏词典》，
北京：北京大学出版社，1990年，第839页。

母亲忙推磨，

大家都像牛一样

为幸福而辛勤。

苏摩酒啊！快为因陀罗（神）流出来。

马愿拉轻松的车辆，

快活的人欢笑闹嚷嚷，

男人想女人到身旁，

青蛙把大水来盼望。

苏摩酒啊！快为因陀罗（神）流出来。

阿达婆吠陀·相思咒 [①]

像藤萝环抱大树，

把大树抱得紧紧；

要你照样紧抱我，

要你爱我，永不离分。

像老鹰向天上飞起，

两翅膀对大地扑腾；

我照样扑住你的心，

要你爱我，永不离分。

像太阳环着天和地，

迅速绕着走不停；

---

① 《阿达婆吠陀·相思咒》，金克木译，转引自辜正坤主编：《世界名诗鉴赏词典》，北京：北京大学出版社，1990年，第841页。

我也环绕着你的心，

要你爱我，永不离分。

阿达婆吠陀·治咳嗽 [1]

像心中的愿望，

迅速飞向远方，

咳嗽啊！远远飞去吧，

随着心愿的飞翔。

像磨尖了的箭，

迅速飞向远方，

咳嗽啊！远远飞去吧，

在这广阔的地面上。

像太阳的光芒，

迅速飞向远方，

咳嗽啊！远远飞去吧，

跟着大海的波浪。

---

[1]《阿达婆吠陀·治咳嗽》，金克木译，转引自辜正坤主编：《世界名诗鉴赏词典》，北京：北京大学出版社，1990年，第841页。

（四）罗摩衍那（节选）①

蚁垤

"猴国篇"第一章

罗摩来到了这个荷花池塘，

日莲、蓝莲和鱼在里面生长；

他的神志错乱，不停地悲痛，

有罗什曼那在他的身旁。

看到了荷花池塘以后，

他高兴得五官四肢发抖；

他对罗什曼那开口说话，

爱情折磨他真是够受：

"罗什曼那呀！你看哪！

般波池的园林多么漂亮！

那里那些高耸的树木，

看上去跟山岳一模一样。

我受着哀痛的煎熬，

愁思又把我来折磨；

为了婆罗多的受难，

为了悉多被劫夺。

---

① [印]蚁垤：《罗摩衍那》（四），季羡林译，北京：人民文学出版社，1982年，第
3—9页。

大树开着各样的花，

花朵像展开的被单，

蓝色、黄色和草绿色，

都发出了亮光闪闪。

罗什曼那！这幸福的和风，

这充满了爱情的日子，

这个甜蜜芳香的月份，

树木都开花结了果实。

你看呀！罗什曼那！

那繁花满树的景象；

大树洒出了阵阵花雨，

好像那云彩下雨一样。

在美丽的林中平坦处，

林中的树木多种多样；

微风乍起，树木摇动，

把繁花吹落到大地上。

和风吹拂，愉快舒畅，

清凉中搀杂着旃檀香；

林子里弥漫蜜的香气，

蜜蜂嗡嗡地在那里飞翔。

在那些美丽的山上，

峰顶的石头闪闪发光；
山上生长着极大的树，
繁花满枝动人心肠。

你看四周那些，
光秃的顶上开满繁花；
好像穿着黄衣服的人，
黄金遮满了浑身上下。

罗什曼那！这是春天呀！
各种各样的鸟儿纵声歌唱。
我却是已经丢掉了悉多，
愁思煎熬，焦忧难忘。

我被忧愁所侵袭，
爱情折磨得我难受；
杜鹃对我尽情地挑逗，
它愉快地歌唱不休。

在美丽的林中瀑布那里，
一只鹬在愉快地唱歌，
罗什曼那！我春心荡漾，
这只鸟更把我来折磨。

各种雌鸟在自己群里，
同着公鸟一起嬉戏。

罗什曼那！狂欢的蜂王
唱出的声音非常甜蜜。

我焦思苦虑忧伤难忘，
那眼睛像幼鹿的女郎，
尽情地折磨我，罗什曼那！
像制咀逻月林中的风一样。

在群山的峰顶上，
母孔雀围着公孔雀；
它们触动了我的爱情，
我正受着爱情的折磨。

你看呀！罗什曼那！
公孔雀正在山顶跳舞；
求爱的母孔雀也舞蹈着，
围绕着它自己的丈夫。

林子里孔雀的老婆，
大概没有被罗刹抢走，
在这开花的季节里，
没有悉多日子真难受。

你看呀！罗什曼那！
那些花对我没有用。
在这寒冬已过的春天里，

林子被花朵压得沉重。

成群结队的鸟尽情地欢乐，
它们唱出了模糊不清的歌；
它们好像是在互相挑逗，
也让我忍受爱火的折磨。

悉多现在落入别人手中，
她也像我这样苦痛；
我的情人说话甜蜜，
黑皮肤，长着荷花眼睛。

惠风带着花香、旃檀香，
吹拂到人身上温暖舒畅。
我老是想着我的情人，
风吹着我像是烈火一样。

从前鸟声非常凄厉，
告诉我要同她分离；
如今鸟又落到树上，
叫声欢乐惬人心意。

这一只鸟儿在这里，
好像要传达悉多的信息；
这一只鸟儿会带我，
把那大眼女郎去寻觅。

…………

罗什曼那！我的眼睛
看到了那些荷花瓣；
我就认为是看到了
悉多那同它相似的双眼。

和风惬人的心意，
乍起在荷花丝里；
又从树丛中吹出，
好像悉多在叹息。

三、众家评说

（一）关于楚辞与《离骚》

如果说楚辞是长江流域最具地域特色的文学样式，那么《离骚》就是楚辞中最具代表性的作品；如果说有哪一篇文学作品的名称可以演化成为一种独立文体，那么除了枚乘的《七发》，便只有《离骚》。《昭明文选》中划分了"骚"与"七"两种文体，但"七体"的发展是不能与"骚体"相比的。"七体"创作只兴盛于魏晋南北朝时期，而"楚辞类"在《四库全书》"集部"中仍是一个单独门类。

汉朝是楚人建立的朝代，也是楚文化重新隆兴的时代。西汉初年，对楚辞研究极富造诣的首推淮南王刘安。《汉书》本传中记载当时汉武帝好文艺，因刘安博学且善文辞，故特为尊崇，令其为《离骚传》，"旦受诏，日食时上"。刘安所作究竟名何？不同文献中有不同记载。荀悦《汉纪》中记载为《离骚赋》，王逸《楚辞章句》中则称作《离骚经章句》。古人著述没有严格的引文规定，同书异名的情况很常见。刘安《离骚传》原文也久已散佚，只在《史记·屈原贾生列传》中保留了一段佚文：

> 《国风》好色而不淫，《小雅》怨诽而不乱。若《离骚》者，可谓兼之矣。上称帝喾，下道齐桓，中述汤武，以刺世事。明道德之广崇，治乱之条贯，靡不毕见。其文约，其辞微，其志洁，其行廉，其称文小而其指极大，举类迩而见义远。其志洁，故其称物芳。其行廉，故死而不容自疏。濯淖汙（污）泥之中，蝉蜕于浊秽，以浮游尘埃之外，不获世之滋垢，皭然泥而不滓者也。推此志也，虽与日月争光可也。[1]

刘安看到的是《楚辞》中宇宙万物与人生悲喜相谐相生的奇妙情感，正如许结说的那样，汉人"从楚人发抒浪漫情思间所寄寓的对大自然的惊愕与恐惧心态中接受了一种永恒忧患"[2]。

司马迁，又一位在精神内核上继承了楚文化的大学者、大文豪，他将《史记·屈原列传》夹在一众六国文化名流的列传中间，显示出在秦国势力压制六国过程中，六国名流贤人为拯救故国所做的努力。在一众六国的将领辩士之中，楚国士人代表屈原最特别，他是第一流的大诗人、大学者，同时身上也带有最为劲悍决裂的"楚气"。屈原淹博，所以他

---

① [汉]司马迁：《史记》卷八十四《屈原贾生列传》，北京：中华书局，1959年，第2482页。

② 许结：《汉代文学思想史》，南京：南京大学出版社，1990年，第11页。

的《天问》直追宇宙万物的本源问题；屈原自由，所以他的《离骚》从政治抒情诗写起，最终却成了囊括天地万物的大画卷，"以情为里，以物为表，抑郁沉怨"[1]，穿梭在"神"与"人"、"生"与"死"之间，情感上极度痛苦，精神上极度狂放。屈原在人世的纷乱中消磨了自己的肉体，却最终在亘古不变的自然万物中得到了精神的永存。在生命最后残存的时刻，还能以一种近乎艺术的行为走向终点的，无乃楚人乎？项羽被围垓下，作楚歌："力拔山兮气盖世，时不利兮骓不逝。骓不逝兮可奈何？虞兮虞兮奈若何！"屈原投河前，也作《怀沙》之赋，在人与自然的相融中走向生命的终结。

（二）关于《山鬼》

中国的上古时代保存神鬼资料最为完整的，应首推《山海经》。日本神话学家伊藤清司在其著作《〈山海经〉中的鬼神世界》[2]中曾经指出，《山海经》中蕴藏了两个世界：一个是人们生活的"内部世界"，这是一个安全的、熟悉的、现实的世界；另一个则是被神鬼占据的"外部世界"，这个世界格外广袤无垠，涉及的都是当时人尚未掌控的边缘区域。出于这种认知观，《山海经》中的神怪大多是阴森可怖的，他们在身体上大多有相较于人的异样，例如《海外北经》中说的"一目国"，就只有一目悬于面中间；《海内南经》中的"氐人国"，就是"人面鱼身，无足"的形象。只有少数像"丈夫国""君子国"的国民，才是文质彬

---

[1] 刘师培：《论文杂记》，洪治纲编：《刘师培经典文存》，上海：上海大学出版社，2004年，第279页。

[2] [日]伊藤清司：《〈山海经〉中的鬼神世界》，刘晔原译，北京：中国民间文艺出版社，1990年。

彬、可堪入目的。

《山鬼》中所描绘的这位"山林之神"，大概是一个例外。山鬼既不同于《山海经》中怪物的可怖形象，也不似先秦西王母"豹尾人身"的怪异形象，这是一个会哭、会笑、会用美丽的自然之物装扮自己的神人形象。"若有人兮山之阿，被薜荔兮带女罗。既含睇兮又宜笑，子慕予兮善窈窕。"这里值得注意的是"薜荔"这种植物。这是一种生长在广大南方地区的桑科榕属植物，又称"木莲"，它虽然是一种木本植物，却是爬藤生长的。薜荔还有许多地方别名，如四川、贵州一带呼为"冰粉子"，广东、湖南一带则称为"凉粉果"，江南其他地区也有呼为"鬼馒头""木馒头"的。屈原非常热爱这种植物，不仅让薜荔成为山鬼打扮自身的装裹，在他的《九歌·湘君》中也曾提及此物，"采薜荔兮水中，搴芙蓉兮木末"。这两句后来直接为柳宗元化用，"惊风乱飐芙蓉水，密雨斜侵薜荔墙"（《登柳州城楼寄漳汀封连四州》）。

所以，我们可以这么理解——山鬼从自然装扮上就是楚地巫文化中特有的神！

至于山鬼究竟是男神还是女神，宋元以前楚辞家倾向于理解成男性，根据是《国语》《左传》等文献。到了清代康雍年间，有位名为顾成天的学者在其著作《九歌解》中对《山鬼》做了新的阐释——"楚襄王游云梦，一妇人名曰瑶姬。通篇辞意，似指此事"①，乃是将《山鬼》的本事与楚地"巫山神女"传说联系了起来。这个传说故事在楚地流传已久，在昭明太子萧统编纂的《文选》中还收录了一篇《神女赋》，托名者是宋玉。《史记》称，屈原之后，楚地也出现了几位楚辞作家，宋玉、唐勒、景差之徒皆在其中。这么看来，《神女赋》与《山鬼》一样，是楚地的神。或许，也只有楚地的巫文化，才能滋养出这等能与人相通、

---

① 姜亮夫：《姜亮夫全集·五·楚辞书目五种》，昆明：云南人民出版社，2002年，第180页。

外形毫不可怖的神与鬼。

（三）关于《吠陀》

印度文学的产生年代已经无从稽考，但可以肯定的是，以梵语写成的《吠陀》是印度留存下来的最古老的文献材料和文体形式，主要是赞美诗、祈祷文和咒语。"吠陀"意为"智慧、知识和学问"，可谓古印度的百科全书，与神话、宗教、巫术的关系十分密切。狭义的《吠陀》指"四本集"——《梨俱吠陀》《娑摩吠陀》《耶柔吠陀》和《阿达婆吠陀》，尤以《梨俱吠陀》的文学价值最高，包含了人类幼年时期丰富多彩的思想萌芽，在诗歌艺术上达到了很高的水准。广义的《吠陀》不仅有"四本集"，还包括《梵书》《森林书》《奥义书》等一大批附属的经书和文献。

《吠陀》被印度人奉为宇宙的源头，后世婆罗门教、印度教的诸多文本往往想方设法与之建立联系，这种释经传统对印度社会文化的发展产生了深远的影响。但近现代意义上的吠陀研究，却以西方印度学的兴起为背景。我国学者林太言简意赅地指出："印度学研究以语言学、历史学、人种学、宗教学等方面为早期突破重点，并在此基础上迅速向其他各领域拓展。至 19 世纪下半叶印度学基本成型，整个印度的社会历史和心智历程基本上已为人明了。"[1]西方的印度学研究带有鲜明的"东方主义"色彩，美国当代学者迈克尔·莫洛伊在新世纪大致勾勒了其发展趋势：

---

[1] 林太：《〈梨俱吠陀〉精读》，上海：复旦大学出版社，2008年，第4页。

在 18 世纪晚期，西方学者认为梵语——印度的古代语言以及《吠陀经》所用语言——和希腊语及拉丁语有关联。他们同样还意识到，在《吠陀经》中所提及的众多神灵，与在希腊和罗马所崇拜的是相同的神；同时他们还发现，有着近似名称的神灵曾出现于伊朗的宗教文献中。不久学者们推理认为，有一个单一的民族，他们自称雅利安族，在公元前 2000 年由现在的俄罗斯南部向两个方向迁徙——向西到达了欧洲，而向东则到达了伊朗和印度。随着进入新的地域，人们认为他们也带去了自己的语言和宗教。学者们起初认为，外来者很快便将他们的社会秩序粗暴地强加到印度的古老文明之上。根据这个"雅利安人入侵理论"，《吠陀经》被视为这些入侵者的宗教作品。

接着，在这种旧理论的基础之上出现了变种：新理论取代了一次入侵的观点，它坚信不断有移民来到巴基斯坦和印度北部，在外族与土著文化的碰撞中，《吠陀经》的宗教出现了。不过，最近这第二种"雅利安人迁徙论"受到了质疑。迁徙理论仍然被普遍接受，不过一些学者把任何假定来自印度外部的影响的理论都视为延续西方文化帝国主义的行为。考古学、语言学以及遗传学的调查研究继续为此提供线索，但是他们的诠释却并未解决该问题。①

面对西方学者功利性极强的印度学研究，印度本土学者自 19 世纪末 20 世纪初开始反拨，他们的研究著作"带有明显民族主义烙印"，

---

① [美]迈克尔·莫洛伊：《体验宗教：传统、挑战与嬗变》，张仕颖译，北京：北京联合出版公司，2018年，第75页。

有的"在把握民族主义的'度'上，似有矫枉过正之嫌"①，这导致印度研究在相当程度上成了"殖民－反殖民"话语斗争的一个重要舞台，而作为印度文明"元典"的《吠陀》自然成为学者们关注和争论的焦点之一。

抛开这些"叙事政治"，学者们无不认可《梨俱吠陀》的文学价值和历史文献价值。我国学者黄宝生指出："印度古人在长达两三千年的时间内，始终习惯于将历史神话化，致使许多历史事实和神话传说融为一体，现代史学家很难将两者完全析离。"②可以说，《梨俱吠陀》既是一部颂神的诗歌总集，又是一部历史之书，这在《梨俱吠陀·苏摩酒》中有充分体现。有人认为，这是一首歌颂酒神的诗。也有人认为，这首诗富于生活气息，反映了上古印度人的生产劳动和社会生活。

《阿达婆吠陀》主要是一部巫术咒语诗集，涵盖了上古印度人物质和精神生活的各个方面，包括祈祷家庭和睦、恋爱顺畅、财运亨通、疾病痊愈、驱邪抗敌等，被认为是"印度神秘主义的密咒系统的最根本的、最原始的经典"③。《阿达婆吠陀·相思咒》体现了原始巫术的"相似律"原则，施展巫术的人相信"同类相生"，只需模仿事物情状便可以实现自己的意愿，而此番思想的基础正是万物有灵论。在《阿达婆吠陀·治咳嗽》中，疾病被人格化，在一定程度上反映了"巫"与"医"在上古人类生活中的"同一"现象。

（四）关于《罗摩衍那》

正如古希腊荷马的两大史诗，印度的两大史诗《罗摩衍那》和《摩

---

① 林太：《〈梨俱吠陀〉精读》，上海：复旦大学出版社，2008年，第5页。
② 黄宝生：《印度古代文学》，北京：知识出版社，1988年，第10页。
③ 巫白慧译解：《〈梨俱吠陀〉神曲选》，北京：商务印书馆，2010年，第353页。

诃婆罗多》也是漫长的历史积累的产物。根据我国梵文学者黄宝生的推
测，《摩诃婆罗多》的作者毗耶娑和《罗摩衍那》的作者蚁垤，很有可
能是这两大史诗的原始形式的作者，或是在这两大史诗形成过程中起过
加工整理作用的最为关键的人物。关于这一点，印度作家泰戈尔写道：

> 读了《罗摩衍那》和《摩诃婆罗多》，我们感到它们像恒
> 河和喜马拉雅山南侧一样属于整个印度，毗耶娑和瓦尔米基
> （按：蚁垤）只不过是标志而已。
>
> …………
>
> 所以，光阴流逝，世纪复世纪，但《罗摩衍那》和《摩诃
> 婆罗多》的源泉在全印度始终没有枯竭过……两位作者的名字
> 虽然已消失在时代的伟大旅途之中，但他们的声音至今仍然使
> 力量与和平的潮流，抵达各个阶层的男男女女的门口；它们携
> 带的亘古时代的肥沃而湿润的泥土，今天仍然不断地培育着全
> 印度心灵的花蕾。[1]

这两大史诗是"支撑印度教文化的一双巨足"[2]，也对亚洲许多国
家产生程度不同的影响。鸠摩罗什译《大庄严论经》曰："时聚落中多
诸婆罗门，有亲近者为聚落主说《罗摩延书》，又《婆罗他书》，说阵
战死者，命终生天。"[3]这说明两大史诗至少在公元 5 世纪就已经流传
于华夏之地，其中一个十分有趣的衍生物便是《西游记》的美猴王形象。

---

① 刘光前主编：《你应该读的书——37位文学大师推介的70部文学经典》，海口：海
　南出版社，2006年，第223、224页。
② 黄宝生：《印度古代文学》，北京：知识出版社，1988年，第7页。
③ [古印度]马鸣菩萨：《大庄严论经》卷五，转引自中国大百科全书总编辑委员会：
　《中国大百科全书·外国文学 I 》，北京：中国大百科全书出版社，1998年，第
　639页。

不少学者认为，孙悟空源自两大史诗中的神猴哈奴曼。胡适思忖道："我总疑心这个神通广大的猴子不是国货，乃是一件从印度进口的。也许连无支祁的神话也是受了印度影响而仿造的。"[1]陈寅恪和季羡林也同意此说。[2]不过，另有学者，尤以鲁迅为代表，力证孙悟空的原型来自中国本土[3]，此不赘述。

如果说《摩诃婆罗多》以其相当于荷马两大史诗总和的八倍篇幅而被公认为世界上最长的史诗的话，那么产生于从史诗向古典梵语文学发展的过渡阶段的《罗摩衍那》，则以高超的文学技巧被印度人民推举为"最初的诗"，为印度后来的长篇叙事诗奠定了基础。当然，称《罗摩衍那》为"最初的诗"、蚁垤为"最初的诗人"，并不是忽视《吠陀》的诗歌成就。印度学者格·支坦尼耶指出，这"是因为蚁垤用规模宏伟、音调和谐的诗体形式处理史诗主题的第一人"[4]。此外，相较于《摩诃婆罗多》而言，《罗摩衍那》的故事性更强，这使得它的流传度更广，影响力也更大。仅以《罗摩衍那》的传本为例，主要有印度尼西亚的《罗摩衍那古诗》《罗摩传》《罗摩衍那话本》，马来西亚的《罗摩圣传》，泰国的《拉玛坚》和缅甸的《罗摩达钦》等。

在我国，季羡林的《罗摩衍那》汉译本在1984年全部出齐，无疑是中印文化交流史上的一件大事。关于这部史诗，季先生在长达十余年的时间里发表了数篇论文，并出版了研究专著，考察其成诗年代，分析

---

[1] 胡适：《〈西游记〉考证》，《胡适文集》第四册，北京：北京燕山出版社，2019年，第1172页。

[2] 参见陈寅恪：《〈西游记〉玄奘弟子故事之演变》，《金明馆丛稿二编》，北京：生活·读书·新知三联书店，2001年，第219—220页。季羡林：《〈罗摩衍那〉浅论》，《外国文学评论》第一辑，北京：外国文学出版社，1979年，第29页。

[3] 鲁迅撰，郭豫适导读：《中国小说史略》，上海：上海古籍出版社，2019年，第63页。

[4] 石海军：《印度文学大花园》，武汉：湖北教育出版社，2007年，第28页。

其主题思想，探究其艺术特征，推敲其流传与演变。从艺术特征的角度而言，季先生认为印度两大史诗"在叙述所发生的事实、描绘人物的行动、刻画人物的心理状态、烘托自然景色或战斗场面"上使用的艺术手法十分类似，但指出"在《罗摩衍那》里面，我们不时遇到一些雕琢彩绘、风格华丽的语言，甚至使用同一个辅音，只把元音加以变换，企图利用辅音重复，达到某种艺术效果"，从而使其博得了"最初的诗"的美名。[①]

虽然季先生认为两大史诗的自然书写是类似的，但不少学者倾向于认为《罗摩衍那》技高一筹，甚至赞誉作者蚁垤为"大自然的真正画师"。当然，《梨俱吠陀》也有写景的诗篇，但据金克木统计，直接歌颂大自然的诗只有几十首，而且多数是将自然景物加以神化、人格化，并不是真正的自然景物诗。《摩诃婆罗多》在这方面的艺术表现力并没有显著的不同，只有在《罗摩衍那》中，自然景物才成为文学审美对象，彰显了一种较为成熟的、自觉的自然美意识，达到了情景交融、浑然一体的艺术效果，这是《罗摩衍那》被誉为梵语文学中最优美的诗篇的重要原因之一。

英国梵语学者阿·麦克唐奈在谈到印度史诗时说："一位读者要想充分地理解它，就必须领略过那种或是在骄阳的烤炙之下，或是沐浴在皎洁的月光中的印度热带平原和森林的风光；他必须亲眼观察过坐在神圣的无花果树下默默静修的苦行者；他必须体验过那种因季风的来临而产生的激情……一句话，他必须知道印度自然风光所具有的种种景色和音响……"[②]这实乃欣赏印度史诗的肺腑之言。

---

① 季羡林：《印度历史与文化》，北京：新世界出版社，2017年，第89—90页。
② [英]阿·麦克唐奈：《梵语文学史》，王邦维译，李宗华校，转引自季羡林、刘安武编：《印度两大史诗评论汇编》，北京：中国社会科学出版社，1984年，第524页。

思考与讨论

1. 表达现实世界中的痛苦是文学作品的一种终极指向，如何得到超脱是我们永远在寻求的答案。有哪些作品和《离骚》一样，是直接要求挣脱人世、飞升入天的？这种表达方式有何特殊之处？

2. 长江流域的成都平原、江汉平原、洞庭湖平原、鄱阳湖平原和太湖平原都诞生过不少作家，这些区域的文学各自有何特色？

3. 荆楚地区自古巫风盛行，这种地方文化风俗对当地古往今来的文学风格有何影响？

4. 古代亚非文明都诞生于大江大河流域，而西方文明的摇篮是地中海，请思考这两类文明的异同，以及相应的文学各有什么特点。

5. 神猴哈奴曼是解决困难的高手，一直以来深受印度人民的喜爱，请结合《罗摩衍那》和《西游记》，尝试分析哈奴曼与孙悟空的异同。

延伸阅读

◆ [唐] 韩愈：《柳州罗池庙碑》（孙昌武选注：《韩愈选集》，上海古籍出版社，2013 年）

《柳州罗池庙碑》又称为《荔子碑》，因其首句"荔子丹兮蕉黄"而名。韩愈文，苏轼书，写了柳宗元的事迹，故称"三绝"。碑文内容包含前记，记述柳宗元在柳州时的政绩及病殁的过程，文后附诗，以骚体写成，极具语言造诣。柳州位于今广西壮族自治区境内，在自然地理板块上属于岭南地区，可通过都庞岭、萌渚岭等天然山道与湖湘大地相沟通。而较之一山之隔的湖、湘古楚地区，岭南的文学发展要迟缓得多。碑文模仿的是《九歌》的体式，通过描写祭神风俗来表达当地百姓对柳宗元的思念。

◆ 韩少功：《爸爸爸》（人民文学出版社，2006 年）

韩少功是一位非常推崇楚地巫文化传统的湖南籍作家。《爸爸爸》中所描写的鸡头寨村民非常敬天畏神，他们认为这里的一草一木、一虫一鱼、一鸟一兽皆可成精，整个村寨为一种原始的、落后的、停滞不前的传统文化所笼罩着。村寨中的丙崽未老先衰、智力低下、长相猥琐，这样一位"反智"的人物却在这里备受推崇，被奉为"丙仙"。小说在展现对原始僵硬的传统文化批判的同时，也保留了楚文化中特有的追求奇绝、浪漫自由的艺术精神。

◆ 巫白慧译解：《〈梨俱吠陀〉神曲选》（商务印书馆，2010 年）

《梨俱吠陀》既有上古的神话传说，也有对自然界和现实社会生活的描绘与解释，探讨了宇宙的本质、人的本质等核心哲学命题。后吠陀哲学流派的形成与产生，基本上是基于对这些吠陀哲学问题的理解、接受、消化、阐释和发展。这本书不仅选译了《梨俱吠陀》中与哲学有关的诗歌，并对之做了详尽的注释，让我们读到上古印度人的宇宙本原说、宇宙如幻说、我与无我说、有无（空有）矛盾说、轮回转生说和物质先有说等思想。

◆ **刘安武：《印度两大史诗研究》（北京大学出版社，2001 年）**

本书采用了论文集的形式，从多角度分析了《摩诃婆罗多》和《罗摩衍那》，尤其围绕两大史诗的重要思想倾向和重要人物展开，可以引导和启发初学者了解两大史诗的内容、内核和影响，从而迈进印度历史文化的大门。在现今国内有关印度历史文化的书籍仍然比较稀少的情况下，本书显得尤为难能可贵，而且全书文笔流畅、观点鲜明、妙语迭出，时有出彩之论说，常令人拍案击节。

第四讲

混沌时代：哲人的争鸣

一、背景与导读

本讲选录的是《论语》《老子》和柏拉图对话录《会饮篇》。

公元前 800 年至公元前 200 年这六百年之间，尤其是公元前 500 年前后，人类文明史进入了一个学术思想空前活跃、文化成就异彩纷呈的黄金时代——德国学者卡尔·雅斯贝斯称之为"轴心时代"（Achsenzeit）。其时，涌现出了一批非凡的文化人物，他们提出的思想观念奠定了各大文明之后两千多年的走势。在南亚，释迦牟尼（Śākyamuni，约公元前565—约前486）创立了佛教；在西亚，有犹太先知在大地游走；在南欧，古希腊哲学家毕达哥拉斯（Pythagoras，约公元前580—约前500）、苏格拉底（Socrates，公元前469—前399）、柏拉图（Platon，公元前427—前347）和亚里士多德（Aristotle，公元前384—前322）先后登场；在中国，则出现了老子和孔子。

孔子（公元前551—前479），名丘，字仲尼，春秋时鲁国人，是中国历史上伟大的思想家、教育家和政治家，儒家学派创始人。孔子身处的春秋末期，是一个令人绝望、动荡不安的年代。孔子出身于一个下等贵族家庭，后来成为以恢复古代文化传统为己任的"圣人"。孔子曾在鲁国做过官，也曾周游列国，但他一生的成就主要在学术和教育方面。孔子首创的私家讲学顺应了文化下移的历史潮流，是中华民族文化的光辉开端，为其后战国诸子蜂起、百家争鸣开辟了道路。

《论语》是记载孔子及其弟子言行的一部书，由孔子弟子及再传弟子编纂而成。《论语》成书约在战国初年，全书共二十篇、五百余章，近一万六千字，首创"语录体"。汉初所传的《论语》，有《古论》《齐论》《鲁论》之分。古文本的《古论》出自孔子住宅壁中，但已失传。《齐论》和《鲁论》为今文本，在齐、鲁流传。西汉末年安昌侯张禹据《鲁论》参考《齐论》编出定本，号《张侯论》。东汉郑玄以之为底本，参考《古论》，为之作注，今亦残佚。至魏，何晏集汉儒以来各家之说而成《论语集解》，是为传世的最早的《论语》注本。至唐代，《论语》被正式列入经书。宋代朱熹又把其与《大学》、《中庸》（《礼记》中的两篇）、《孟子》合为"四书"，并为之作了集注，成为人所共知的官定读本。《论语》也在宋代成为现传儒家"十三经"之一。

《论语》一书是儒家学派的核心经典之一。它是研究孔子及原始儒家思想最为可靠的资料，集中反映了孔子在政治、哲学、伦理道德、品德修养及教育等多方面的主张和观念，尤其体现了孔子的"仁""礼"和"中庸"等核心思想。《论语》虽不是纯粹的文学作品，但在语言表达、人物刻画和情节、细节描写等方面也具有非凡的文学价值，对中国文学的影响极为深远。

《论语》通行的注本有《论语注疏》（三国魏何晏集解，宋邢昺疏）、宋代朱熹的《论语集注》和清代刘宝楠的《论语正义》。近人程树德的《论语集释》、今人杨伯峻的《论语译注》也是有影响力的读本。

老子和孔子，如双峰并峙，都是中华文明的杰出代表。

《史记·老子列传》记载：老聃，姓李名耳，字伯阳。楚国苦县（今河南鹿邑东）厉乡曲仁里人（一说为今安徽涡阳人）。老子是当时的饱学之士，做过周朝"守藏室之史"（管理藏书的史官），孔子曾向他求道问礼，后退隐，著《老子》（道教称《道德经》）。

老子可以算作中国思想史上第一位有名可考的哲学家，为孔子以及诸子所共仰。战国以降，老子的众弟子、再传弟子及其后学，渐渐形成了道家学派，而与儒、墨、法诸家相抗衡。东汉中叶，张道陵依托传统民间信仰而创立道教，尊老子为教主，奉《道德经》为主要经典。老子的著作、思想在中国历史乃至世界历史上都有着非常深远的影响。

《老子》凡八十一章，约五千字，基本上是韵文。前三十七章为上篇"道经"，第三十八章以下属下篇"德经"。其语言优雅凝练，内容极其丰富，记载了无为、道法自然及朴素辩证法等思想。我们今天所能见到的最早的《老子》版本，是 1993 年在湖北荆门郭店楚墓中出土的竹简本，抄写时间不晚于战国中期；其次则是 1973 年在长沙马王堆汉墓出土的帛书《老子》甲、乙本，抄写时间在秦汉之际。

自汉初崇尚黄老以来，历代对《老子》一书的研究和注释之多，仅次于《论语》。其注本有六七百种，较有影响者有魏时王弼的《老子注》和后人假托题作"汉河上公"的《老子章句》，近现代有高亨《老子正诂》、任继愈《老子绎读》、陈鼓应《老子今注今译》等，都可参考。《老子》一书被译成多种文字，在世界上亦流传甚广。

《老子》和《论语》一样，都是在塑造中华民族心灵的过程中发挥过重大作用的"圣经"。老子和孔子留给我们的是一座无比珍贵的文化宝库，是一片永恒辽阔的精神家园，值得我们反复咀嚼、用心玩味。

柏拉图对话录《会饮篇》，副标题"或《论爱情》，伦理的"系后人所加，全书是理解柏拉图中期理念论和美学思想的重要文献。故事大概发生在公元前 416 年，悲剧家阿伽通为庆祝剧本获奖，举行了一次酒会，与会者有哲学家苏格拉底、修辞学家斐德若、喜剧家阿里斯托芬等人，柏拉图由此编撰了一组赞颂爱神爱若斯的颂词。发言遵循会饮礼仪，有一定顺序，实际进行过程中出现了插曲，阿里斯托芬是高声部，苏格拉底殿后，也是核心，阿尔西比亚德扮演了闯入者。七篇颂辞层层深入，从礼赞爱神转向追问爱的本质，进而探讨爱神激发求知、灵魂不断探索美直至发现"美的海洋"终抵美本身之胜境。

公元前8世纪前后，希腊人摆脱了多利亚人的侵扰，农业、商业逐步复苏。东西方往来再次合流，与埃及、西亚、小亚细亚等不同地区和文化的交流碰撞，特别是在腓尼基人开创的城邦国家影响下，历经三个多世纪的"黑暗时代"，希腊人迎来了自己的城邦文明。然而动荡并未彻底结束，公元前490年和公元前480年，波斯先后两次远征地中海，数十年的厮杀以希波双方签订停战合约收场。公元前431年，希波战争中的战友斯巴达人站到了敌人的位置上，伯罗奔尼撒战争爆发，战况之惨烈被修昔底德指摘为"越过了正义和公共利益的界限"，极端暴力只为发泄一时之恨，雅典就此沉沦，民主时代开启。

公元前399年，贵族出身的柏拉图亲历苏格拉底之死，对雅典民主制丧失信心，大约在老师离世的同一年（另说公元前385—前370），柏拉图开始写作《会饮篇》，为师辩护之心酝酿已久。在和对手智者学派的较量中，在对荷马、索福克勒斯等诗人和剧作家的批评和借鉴中，在感时伤世、反复追问何谓智慧、勇敢、节制和正义的探索中，柏拉图完成了他的哲学奥德赛之旅。而他的学生亚里士多德要平稳得多，其著作《诗学》对荷马做出了全然不同的评价，诗歌比历史更真实，诗人也不必面临被驱逐出理想国的责难，悲剧则毫无悬念地登上了诗艺的顶峰，净化成为希腊人奔赴剧场的充分理由，尽管这被后来的尼采大加讽刺。

在这一风云变幻、群贤毕至、由盛而衰的历史时期，神话的余光仍在，史诗魅力不减，抒情诗雨后登台，悲剧大放异彩，苏格拉底在雅典街头永无疲倦，修昔底德、柏拉图与荷马较劲，亚里士多德将"公民"和"幸福"（Eudaimonia）推到了前台，美与智慧共舞，诗歌与辩证法齐飞，如此种种交相激荡。于西方人而言，这是精神的故乡；于世界而言，两千多年来持续启发并激励着后来者。

二、作品选目

（一）论语（节选）①

子曰："学而时习之，不亦说乎？有朋自远方来，不亦乐乎？人不知而不愠，不亦君子乎？"（《学而》1.1）

子曰："君子食无求饱，居无求安，敏于事而慎于言，就有道而正焉，可谓好学也已。"（《学而》1.14）

子曰："吾十有五而志于学，三十而立，四十而不惑，五十而知天命，六十而耳顺，七十而从心所欲，不逾矩。"（《为政》2.4）

子曰："君子不器。"（《为政》2.12）

子曰："君子周而不比，小人比而不周。"（《为政》2.14）

子曰："富与贵，是人之所欲也；不以其道得之，不处也。贫与贱，

---

① 《论语》文本以中华书局1980年影印阮刻《十三经注疏》之《论语注疏》为底本，章节序号依杨伯峻《论语译注》（古籍出版社，1958年）编排。

是人之所恶也；不以其道得之，不去也。君子去仁，恶乎成名？君子无终食之间违仁，造次必于是，颠沛必于是。"（《里仁》4.5）

子曰："朝闻道，夕死可矣。"（《里仁》4.8）

孟武伯问："子路仁乎？"子曰："不知也。"又问。子曰："由也，千乘之国，可使治其赋也，不知其仁也。""求也何如？"子曰："求也，千室之邑，百乘之家，可使为之宰也，不知其仁也。""赤也何如？"子曰："赤也，束带立于朝，可使与宾客言也，不知其仁也。"（《公冶长》5.8）

颜渊季路侍。子曰："盍各言尔志？"子路曰："愿车马衣轻裘，与朋友共，敝之而无憾。"颜渊曰："愿无伐善，无施劳。"子路曰："愿闻子之志。"子曰："老者安之，朋友信之，少者怀之。"（《公冶长》5.26）

子曰："质胜文则野，文胜质则史。文质彬彬，然后君子。"（《雍也》6.18）

子曰："饭疏食，饮水，曲肱而枕之，乐亦在其中矣。不义而富且贵，于我如浮云。"（《述而》7.16）

叶公问孔子于子路，子路不对。子曰："女奚不曰：'其为人也，发愤忘食，乐以忘忧，不知老之将至云尔。'"（《述而》7.19）

（二）老子（节选）[①]

道可道，非常道；名可名，非常名。无名天地之始，有名万物之母。故常无欲，以观其妙；常有欲，以观其徼。此两者同出而异名，同谓之玄，玄之又玄，众妙之门。（一章）

天地不仁，以万物为刍狗；圣人不仁，以百姓为刍狗。天地之间，其犹橐籥乎？虚而不屈，动而愈出。多言数穷，不如守中。（五章）

上善若水。水善利万物而不争，处众人之所恶，故几于道。居善地，心善渊，与善仁，言善信，正善治，事善能，动善时。夫唯不争，故无尤。（八章）

五色令人目盲，五音令人耳聋，五味令人口爽，驰骋畋猎令人心发狂，难得之货令人行妨。是以圣人为腹不为目，故去彼取此。（十二章）

绝圣弃智，民利百倍；绝仁弃义，民复孝慈；绝巧弃利，盗贼无有。此三者，以为文不足，故令有所属，见素抱朴，少私寡欲。（十九章）

绝学无忧。唯之与阿，相去几何？善之与恶，相去若何？人之所畏，不可不畏。荒兮其未央哉！众人熙熙，如享太牢，如春登台。我独泊兮其未兆，如婴儿之未孩。儽儽兮若无所归。众人皆有余，而我独若遗。我愚人之心也哉！沌沌兮！俗人昭昭，我独昏昏；俗人察察，我独闷闷。澹兮其若海，飂兮若无止。众人皆有以，而我独顽似鄙。我独异于人，

[①] 通行本《老子》以楼宇烈校释《老子道德经注校释》（中华书局，2008年）为底本。

而贵食母。（二十章）

有物混成，先天地生，寂兮寥兮，独立不改，周行而不殆，可以为天下母。吾不知其名，字之曰道，强为之名曰大。大曰逝，逝曰远，远曰反。故道大，天大，地大，王亦大。域中有四大，而王居其一焉。人法地，地法天，天法道，道法自然。（二十五章）

知人者智，自知者明。胜人者有力，自胜者强。知足者富，强行者有志，不失其所者久，死而不亡者寿。（三十三章）

反者，道之动；弱者，道之用。天下万物生于有，有生于无。（四十章）

为学日益，为道日损。损之又损，以至于无为，无为而无不为。取天下常以无事，及其有事，不足以取天下。（四十八章）

治大国若烹小鲜。以道莅天下，其鬼不神。非其鬼不神，其神不伤人；非其神不伤人，圣人亦不伤人。夫两不相伤，故德交归焉。（六十章）

小国寡民，使有什伯之器而不用，使民重死而不远徙。虽有舟舆，无所乘之；虽有甲兵，无所陈之；使人复结绳而用之。甘其食，美其服，安其居，乐其俗。邻国相望，鸡犬之声相闻，民至老死不相往来。（八十章）

（三）会饮篇（节选）①
柏拉图

…………

阿里斯多潘接着说："对，鄂吕克锡马柯，我打算换个方式来说，和你们两个的说法，包括你的和包萨尼亚的，都不一样。依我看，一直到现在，人们对爱神的威力还是完全不了解。要是他们了解，就会给爱神建立最庄严的庙宇，筑起最美丽的祭坛，举行最隆重的祭典。可是一直到现在爱神还没有得到这样的崇敬，尽管他理应得到。因为他是一切神祇之中最爱护人类的，他援助人类，给人类医治一种疾病，治好了，人就能得到最高的幸福。我今天要做的，就是让你们明白爱神的威力。你们明白了就可以把我的教义传给全世界。

"你们首先要领教的是人的本性以及他所经过的变迁。从前的人和现在不一样。从前的人本来分成三个性别，不像现在只有两个性别。在男人和女人之外，从前还有一种人不男不女，亦男亦女。这第三类人现在已经绝迹了，只有名称还保留着，就是所谓阴阳人，他们原来自成一类，在形体上和名称上都是兼具阴阳两性的。现在阴阳人这个名称却成了骂人的字眼。此外，从前人的形体是一个圆形的东西，腰和背部都是圆的，每个人有四只手，四只脚，一个圆颈项上安着一个圆头，头上长着两副面孔，一副朝前一副朝后，可是形状完全一模一样，耳朵有四个，生殖器有一对，其他器官的数目都依比例加倍。他们走起路来也像我们一样直着身子，但是可以随意向前向后。可是要快跑的时候，他们就像现在杂技演员翻筋斗一样，四只胳臂四条腿一齐翻滚，滚动得非常快。其所以有这三个性别，是由于男人原来是由太阳生的，女人原来是由大

---

① [古希腊]柏拉图：《会饮篇》，王太庆译，北京：商务印书馆，2013年，第29—33页。

地生的，至于阴阳人则是由月亮生的，月亮本身就同时具备太阳和大地的性格。他们的形体和运动都是圆的，是像他们的产生者。他们的体力精力当然非常强壮，因而要想和神灵比高低，就像荷马说的艾披亚尔德和俄铎一样，企图打开一条通天路，去和诸神交战。

"于是宙斯和其他的诸神会商应付的办法，他们茫然莫知所措。因为他们不能灭绝人类，像从前用雷电灭绝巨灵那样，要是灭绝了人类，就断绝了人对神的崇拜和牺牲祭祀；可是人类的蛮横无礼也是确实不能容忍的。宙斯费尽心思，终于想出一个办法。他说：'我相信有一种办法，一方面让人类还活着，一方面削弱他们的力量，使他们不敢再捣乱。我提议把每个人剖成两半，这样他们的力量就削弱了，同时他们的数目也加倍了，这就无异于说，侍奉我们的人和献给我们的礼物也就加倍了。剖开之后，他们只能用两只脚走路。如果他们还不肯就范，还要捣乱，我就把他们再剖成两半，让他们只能用一只脚跳来跳去。'宙斯说到做到，把人剖成两半，就像切水果做果脯，用头发割鸡蛋一样。剖开之后，他吩咐阿波隆把人的面孔和半边颈项扭转到切开的那一边，让人常见切割的痕迹，学乖一点；扭转之后，再把伤口治好。于是阿波隆把他们的脸扭过来，把切开的皮从两边拉到中间，拉到现在的肚皮的地方，好像用绳子封紧袋口一样。他把缝口在肚皮中央系起，造成现在的肚脐。然后他像皮匠把皮子放在鞋楦头上打平一样，把皱纹弄平，使胸部具有现在的样子，只在肚皮和肚脐附近留了几条皱纹，使人永远不忘过去的惩罚。

"原来，人这样剖成两半之后，这一半想念那一半，想再合拢起来，常常互相拥抱不肯放手，饭也不吃，事也不做，直到饥饿麻痹而死，因为他们不想分开。要是这一半死了，那一半还活着，活着的那一半就到处寻求配偶，一碰到就跳上去拥抱，不管那是整个女人剖开的一半，即我们现在所谓的女人，还是整个男人剖开的一半。这样，人类就逐渐消灭掉了。宙斯起了慈悲心，就想出一个新办法，把人的生殖器移到前边

（从前都是在后面，生殖不是凭男女交媾，而是把卵生到土里，像蝉一样孵化），使男女可以凭交媾生殖。由于这种安排，如果抱着相配合的是男人和女人，就会传下人种；如果抱着相配合的是男人和男人，至少也可以平息情欲，让心里轻松一下，好去从事人生的日常工作。就是这样，从很古的时候起，人与人相爱的欲望就植根于人心，它要恢复原始的整一状态，把两个人合成一个，治好从前剖开的伤痛。

"所以我们每人都是人的一半，是一种合起来才成为全体的东西。所以每个人都经常在寻求自己的另一半。那些由剖开阴阳人造成的男人是眷恋女人的，大多数奸夫都属于这种人；那些来自这种人的女人则眷恋男人，是淫妇。那些由剖开女人造成的女人对男人没有多大兴趣，却更喜欢女人，她们是来自这种人的同性恋者；那些由剖开男人而造成的男人从少年时期起都还是原始男人的一部分，爱和男人做伴，和他睡在一起，乃至互相拥抱以为乐事。他们在少年男子当中多半是最优秀的，因为具有最强烈的男性。有人骂他们为无耻之徒，其实这是错误的，他们的行为并非由于无耻，而是由于强健勇敢，急于追求同声同气的人。最好的证明是这样的男人到了成年之后就在政治上显示出雄才大略。一到壮年，他们就会眷恋青年男子，对娶妻生子并没有自然的愿望，只是随俗而行；他们自己倒是宁愿不结婚，常和爱人相守。总之，这种人之所以眷恋少年、爱当被人眷恋的人，是因为他们永远在同气相求。"①

---

① 阿里斯多潘的颂辞，像他的喜剧作品一样，在谑浪笑傲的外表之下隐藏着很严肃的深刻思想。从表面来看，他替人类的起源和演变描绘了一幅极滑稽可笑的图画，替同性爱和异性爱找了一个既荒唐又似近情理的解释。从骨子里的思想来看，他说明爱情是由分求合的企图，人类本是浑然一体，因为犯了罪才被剖分成两片，分是一种惩罚，一种疾病，求合是要回到原始的整一和健康；所以爱情的欢乐不只是感官的或肉体的，而是由于一种普遍的潜在的要求由分而合的欲望得到实现。这番话着重爱情的整一，推翻了包萨尼亚的两种爱神的看法；同时，像鄂吕克锡马柯的看法一样，也寓有矛盾统一的道理。

三、众家评说

（一）关于孔子与《论语》

无论为学，还是为人，《论语》都十分重要。北宋大儒程颐（1033—1107）说："学者当以《论语》《孟子》为本。《论语》《孟子》既治，则六经可不治而明矣。"① 历史学家钱穆（1895—1990）说："《论语》应该是一部中国人人人必读的书。不仅中国，将来此书，应成为一部世界人类的人人必读书。……我认为：今天的中国读书人，应负两大责任。一是自己读《论语》，一是劝人读《论语》。"②

作为儒家元典性作品，《论语》影响了国内外许多人。例如，日本作家井上靖（Inoue Yasushi，1907—1991）说：

> 我晚至七十岁才读《论语》，为之倾倒，到八十岁又将《论语》编成小说，就是这一部《孔子》。
>
> 无论是执笔阶段，还是创作前研读《论语》阶段，我的心情始终很愉快。
>
> 按理说，在初、高中总会背一两句"子曰"，我却没有这种记忆，可见和《论语》生来无缘。只是到了人生最后冲刺的阶段，一个偶然的机会翻阅《论语》，立即被孔子的言语所吸

---

① [宋]朱熹：《四书章句集注》，北京：中华书局，2016年，第45页。
② 钱穆：《劝读论语和论语读法》，北京：商务印书馆，2014年，第1—2页。

引，耽读入迷。这十年来爱不忍释，自由驰骋于《论语》的天地之间，不仅毫无倦意，而且渐入佳境。

我从书本上结识了许多《论语》学者、"孔子"专家，受益匪浅。这种《论语》入门法恐并非唯我独具，六七十岁的人读《论语》，大抵和我一样，都成为《论语》的俘虏。[①]

人民艺术家王蒙（1934年生）也曾说："中国国情，只有好好读《论语》等古代经典，才能拎得清。""简单地说一句，从孔子那边学做人，至今很棒；读读《论语》，保君击节赞赏，获益良多，无效包退。它有《处世奇术》（美国一本畅销书名）的精良，更有正心箴言的博雅，它是中华士子的《圣经》。"[②]

（二）关于老子与《老子》

清末大学者魏源（1794—1857）说："盖老子之书，上之可以明道，中之可以治身，推之可以治人，其言常通于是三者。"[③]

俄国大文豪托尔斯泰（Tolstoy，1828—1910）不但读过《老子》，还曾试图将其译成俄文。1884年3月10日，托尔斯泰在日记中写下他读《老子》的体悟："做人应该像老子所说的如水一般。没有障碍，它向前流去；遇到堤坝，停下来；堤坝出了缺口，再向前流去。容器是方的，

---

① [日]井上靖：《致中国读者》，《孔子》，郑民钦译，北京：人民日报出版社，1990年，第1页。

② 王蒙：《天下归仁——王蒙说〈论语〉》，北京：北京联合出版公司，2015年，第8、11页。

③ [清]魏源：《老子本义》，《魏源全集》第二册，长沙：岳麓书社，2004年，第714页。

它成方形；容器是圆的，它成圆形。因此它比一切都重要，比一切都强。"在 3 月 15 日的日记中又写道："我的良好的精神状态也要归功于阅读孔子，而主要是老子。应该给自己开辟一个阅读园地，收入爱比克泰德、马可·奥勒留、老子、佛、帕斯卡、《福音书》。这对于一切人都是必需的。"①

近代维新派领袖、学者梁启超（1873—1929）说："老子的大功德，是在替中国创出一种有统系的哲学。他的哲学，虽然草创，但规模很宏大，提出许多问题供后人研究。"②

胡适（1891—1962）说："老子观察政治社会的状态，从根本上着想，要求一个根本的解决，遂为中国哲学的始祖。"③

1948 年，林语堂（1895—1976）用英文写了一本《老子的智慧》（*The Wisdom of Laotse*），向西方介绍老子的思想。林语堂说："老子的隽语，像粉碎的宝石，不需装饰便可自闪光耀。"④

鲁迅（1881—1936）奉《老子》为经典的道教，他于 1918 年 8 月 20 日致许寿裳信中说："前曾言中国根柢全在道教，此说近颇广行。以此读史，有多种问题可以迎刃而解。"⑤近几十年中，坊间许多与《老子》有关的书常引用鲁迅语录："不读《老子》一书，不知中国文化，不知人生真谛。"然而此语并不见于《鲁迅全集》，恐怕也不是鲁迅的原话，多半是对鲁迅"中国根柢全在道教"一句的引申发挥。

---

① [俄]列夫·托尔斯泰：《列夫·托尔斯泰文集》第17卷，陈馥、郑揆译，北京：人民文学出版社，2013年，第126—127页。原注：爱比克泰德（约50—约140），罗马斯多葛派哲学家。马克·奥勒留（121—180），罗马皇帝、统帅、哲学家。帕斯卡（1623—1662），法国数学家、宗教思想家。
② 梁启超：《梁启超论诸子百家》，北京：商务印书馆，2012年，第28页。
③ 胡适：《中国哲学史大纲》，北京：北京大学出版社，2013年，第47页。
④ 林语堂：《老子的智慧》，黄嘉德译，西安：陕西师范大学出版社，2006年，第9页。
⑤ 鲁迅：《鲁迅全集》第十一卷，北京：人民文学出版社，2005年，第365页。

（三）关于柏拉图《会饮篇》

著名古典学者海厄特在其里程碑式著作《古典传统：希腊—罗马对西方文学的影响》中断言："希腊人发明了我们今天使用的几乎全部文学体裁，如悲剧和喜剧、史诗和传奇，不一而足。"[①]他大概不会料到有学者居然将现代小说的源头之一追溯到柏拉图的对话录，理由在于这些对话录是"合成的怪物"，它徘徊于叙事抒情诗歌、散文之间，却又对谁都不信任。连一向挑剔的罗素在质疑柏拉图究竟是搞虚构还是还原历史以后都不得不承认："柏拉图除了是哲学家以外，还是一个具有伟大天才与魅力而又富于想象的作家。"若结合《会饮篇》的阐释与接受，那么这个说法是远远不够的。

自古以来，众多神学家、哲学家、诗人和艺术家都关注过"会饮"。15 世纪晚期，意大利学者斐奇诺先后将《会饮篇》译为拉丁文和意大利文，创造了 Amor Platonicus 的说法（拉丁文"柏拉图式的爱"），并详细注解了《会饮篇》。百余年间，意大利谈"爱"成风，同性之爱和异性之爱的看法相争不下，随后精神之恋的价值毁誉参半，但柏拉图对美和爱的理解却影响至今。

在兼具哲人和诗人气质的阿兰·布鲁姆为《会饮篇》所作的注解本中，这部对话录呈现为广为流传的"爱之阶梯"形象，"爱"从个别的美上升到普遍的美。他说：

在《会饮》中，颂扬和论证的双重需求都得到充分满足，

---

① [美]吉尔伯特·海厄特：《古典传统：希腊—罗马对西方文学的影响》，王晨译，北京：北京联合出版公司，2015年，"前言"第19页。

在座的七个人，每人都根据自己的风格和对爱若斯神（Eros）的理解赞颂了这位神。希腊词汇中没有"性"（sex）这个概念，这个 19 世纪晚期的发明是对科学徒劳和懦弱的模仿。关于身体吸引的言辞总是要么和爱若斯神有关，要么和阿佛洛狄忒女神（Aphrodite）有关。这种吸引力具有神圣和神秘的特性，这些特性在关于它们的讨论之中随处可见。这并不意味着这些朋友中每个人都相信确实存在主宰这种欲望的神，但是，他们对欲望的理解显然受到它传说中的神圣起源的影响。①

这个理解很到位，借布鲁姆的慧眼，我们可以从阿里斯托芬的美丽神话中探出头来。如果爱欲（Eros）就是渴求，那么哲学家追求自己没有的知识即可理解为充满爱欲。在这个意义上我们说，"爱"意味着源源不断的动力，不论爱智慧还是爱人。这种激情到了 18 世纪的卢梭那里，演变为尝试在启蒙语境中重新引入爱欲。他赞叹柏拉图的哲学是相爱者的哲学，他视苏格拉底为伟大的世界灵魂。与尼采坚韧不拔直面丑陋的事实不同，苏格拉底看到了洞穴但更在意朝向太阳。

布鲁姆的解读基调回环而昂扬，然而不要忘了还有色诺芬的同名《会饮》及大量"同人作品"。学者曼格在评论德国作家维兰德的书信体小说《阿里斯底波和他的几个同时代人》时注意到阿尔西比亚德的非凡意义，"如其所是"和"美"如何成为"一切未来诗人们的标准"：

> 这类诗学反思贯穿全信，构成了莱怡丝的会饮的重要部分，而且使人看到，在这个地方柏拉图的诗与阿里斯底波的表述显然最为接近。可是，莱怡丝从阿尔西比亚德的表述中得出

① [美]阿兰·布鲁姆：《爱的阶梯——柏拉图的〈会饮〉》，秦露译，北京：华夏出版社，2017年，第7页。

了一个不幸的结论，因为她发现，艺术家按美的法则来创造的作品愈优美、愈具艺术性，必定愈会败坏风尚。当然，莱怡丝是以一个问题的形式提出自己的评说的，并以此使人关注阿里斯底波强调指出的问题：一个人的恶习多大程度上往往被赞赏他的那个人所忽视。（原注：《阿里斯底波》，页539）与柏拉图不同，爱并非始终只是对美的爱。但与柏拉图的这种分歧却难以解释，因为，柏拉图在使用爱若斯和欲爱（Liebe und lieben）时含义至为模糊，看不出他的真正意图。[1]

这意味着讨论"爱欲"是存在分歧或困难的。虽然历史上古希腊一度盛行同性恋，但与今人所言的性取向并不完全一致，其实质与政治和哲学教育有关。我们暂不论诗歌与哲学孰是孰非，从当代人的生活感觉出发，美国哲学家纳斯鲍姆在她的成名作《善的脆弱性：古希腊悲剧和哲学中的运气与伦理》[2]中进行了独到分析，常春藤紫罗兰被一番语言考古后而具有了别样涵义，阿尔西比亚德俨然化作了"审慎坠落者"的对立面，爱的知识从而注入了现代体验。

现在我们回到雅典。爱是勇敢、节制、完整、匮乏还是向往不朽的动力？艺术、美学和伦理是否存在正向的相关性？这些问题没有随着宴饮结束而出现定论，爱、美及其结局如何实则悬而未决，这也是柏拉图对话常见的言有尽而意无穷。

斯人已逝，余音袅袅。学者艾伦曾信心满满地指出，"会饮"不是一个泉眼，而是奔流的大河。布里引用数位作家的话称"柏拉图及'会

---

[1] [古希腊]色诺芬等：《色诺芬的〈会饮〉》，沈默等译，北京：华夏出版社，2005年，第212页。

[2] [美]玛莎·C.纳斯鲍姆：《善的脆弱性：古希腊悲剧和哲学中的运气与伦理》，2版，徐向东、陆萌译，南京：译林出版社，2018年。

饮'的学说已渗透了欧洲的思想"。柏拉图的影响早已是思想史的共识，至于其间意味几何，请读者自行品鉴。

◯ 思考与讨论

1.道家和儒家的创始人——老子和孔子都生活在春秋末期的乱世。《史记》记载，孔子还曾向老子问礼。为什么在同样的历史背景下，孔子和老子却发展出如此不同的两种思想体系？

2.《论语》和《老子》都是中华文明的元典，这两部经典在精神气质上有哪些不同？在文学上又各自有什么特色？

3.你认为《会饮篇》中的"爱"和当代人所说的"爱"有何不同？

4.你如何理解阿尔西比亚德这一不请自来的与会者？请结合文学艺术作品中的相关形象进行阐发。

✿ 延伸阅读

◆ **《孟子》（杨伯峻译注：《孟子译注》，中华书局，1960 年）**

儒家经典。战国孟轲（约公元前 372—前 289）思想的资料集。司马迁认为由孟子及其弟子公孙丑、万章等共同编辑。孟子的文章气势磅礴，感情激越，词锋犀利，以雄辩著称。它发展了《论语》语录体特点，由短篇对话发展为长篇大论。全书大旨以"人性善"立论，形成了一套以王道仁政为中心的完整思想体系，对后世产生了深远的影响。注释本有东汉赵岐《孟子章句》、南宋朱熹《孟子集注》。

◆ 《庄子》（陈鼓应注译：《庄子今注今译》，中华书局，1983 年）

道家经典。《庄子》又称《南华经》，战国时庄周（约公元前369—前286）及其后学著。《汉书·艺文志》著录五十二篇，西晋时已散佚。现仅存晋郭象注本凡三十三篇，一般认为内篇乃庄子自作，外、杂篇可能搀杂有其门人和后来道家的作品。庄子文章汪洋恣肆，恢奇壮阔，如梦似幻，多寓言故事，在哲学、文学上都具有极高价值。古来注庄者极多，现存以郭象注本为最早，清末有王先谦《庄子集解》、郭庆藩《庄子集释》。

◆ [古希腊]柏拉图：《理想国》（郭斌和、张竹明译，商务印书馆，1986 年）

此书可谓最伟大的西学经典之一，朱光潜先生曾向青年读者鼎力推荐。与《会饮篇》相似，柏拉图的写作手法体现了他高超的修辞技艺，而关注的议题更为宏大深远。全书十卷，谈锋甚健却又融入了神话诗歌，此起彼伏中常见妙喻。只要放慢阅读速度，追随对话者去思考什么是正义、个人的正义和城邦的正义有何关系、如何统一等，读者将可领略西人早期智识生活的杰出风范。

◆ [英]马丁·贝尔纳：《黑色雅典娜：古典文明的亚非之根》（第 1 卷）（郝田虎、程英译，南京大学出版社，2020 年）

古希腊文化的根源在哪里？或者说如何理解西方古典文明的古典性源头？学界一般认为主要存在两种模式：古代模式倾向认为北非、西亚地区的古代文化深刻影响了古代希腊文化的形成；而进入现代以后，由于欧洲种族主义文化的兴起，新的古希腊文化理解模式即雅利安模式逐渐占据主导地位。这种模式强调，古代希腊文化本质上由雅利安人所独创，同时期其他地域文化只提供了借鉴和改造的价值，古希腊文化具有无可比拟的高贵性和优越性。对此，作者贝尔纳积十年之功，跨越不同语言和学科，大胆挑战了古典学界的流行观点，指出西方古典文明的深厚根源在于亚非语文化，人们有必要复兴理解希腊文化源头的古代模式并认识到，所谓文化他者就在自身之中，固守文化独特性和纯粹性将阻碍文化之间的理解与交流。

第五讲

帝国的门面：
文学的自觉时代

更多讲解，请扫描

一、背景与导读

秦汉时期，中国告别了以分封制为政体的先秦邦国时代，开始进入疆域统一、中央集权的帝国时代。如果说秦始皇完成的是疆域的统一，那么汉武帝完成的就是思想文化的统一。这种转换我们可以从《史记》和《汉书》对人籍贯的称呼上看到：在西汉前中期成书的《史记》中，仍多以六国地名称人籍贯，而在东汉初年成书的《汉书》中则已使用汉代郡县名。

汉武帝的文化统一事业由两部分组成：第一，扩张帝国版图，探索更多未知区域进行文明交流，即所谓"王化远播"；第二，加强帝国内部的文化建设，以彰显帝国雄盛的实力。汉武帝与汉朝前期几位帝王不同，他本人很具有诗人气质，翦伯赞先生称他是一个"很活泼，很天真，很重感情"的人物。他在位期间，从全国各地征召了一批文学之士，如东方朔、司马相如等人，并给予他们创作文学的条件。就是在这样一种历史条件下，武帝时期的文学和学术都走向兴盛，诞生了像司马相如和司马迁这样名垂青史的文学大家、史学大家。

汉代的文学和学术，都与其雄张的国力一样，自发地追求一种囊括

105

宇宙的气象。司马相如与司马迁的文学风格、学术精神都体现出典型的雄汉气象。汉大赋中纷至沓来的名物，显示的是"赋家之心，苞括宇宙"的雄心；司马迁《史记》追求的是"究天人之际，通古今之变，成一家之言"的学术境界。除此之外，西汉的其他官学也莫不有这等盛大的气魄。对于西汉官学韩诗，清儒陈乔枞在《韩诗遗说考·序》中评价："上推天人性理，明皆有仁义礼智顺善之心；下究万物情状，多识于鸟兽草木之名。"①汉帝国的统治者是楚人的后代，他们骨子中拥有《离骚》贯通天人、席卷万物的自由精神。

此时，世界的西方也有一个强大的帝国——罗马帝国。先秦时，我们尚未打破地理的屏障，政治文化活动主要局限于六国旧疆土的辖境内。秦惠文王时，希腊马其顿帝国的亚历山大大帝就曾远征至大夏（Bactria，又译"巴克特里亚"），但他的军事活动没有继续向东推进。张骞出使西域后，汉人的西极观推进到了地中海沿岸。《史记·大宛列传》中记载了一个叫作"犁轩"的国度。这个国家在《后汉书》中有一个更为著名的名字——大秦，也就是罗马帝国。东汉桓帝延熹九年（166），大秦王安敦曾经派出一个使团，在汉朝位于中南半岛上的重要海港日南登陆。安敦，很有可能就是写作《沉思录》的罗马皇帝马可·奥勒留。这是有史可征的中国与罗马间的第一次直接交流。

与秦汉文化一脉相承的历史传统相比，罗马帝国的诞生是在攻城略地的殖民扩张活动中逐步建立的，面对代表了当时西方文明最先进水平的希腊文化，罗马人清醒地认识到自身原生文明的落后，以开放豁达的气度毫不犹豫地将希腊文化成就为己所用。这一点，恰如古罗马大诗人贺拉斯所吟唱的——"希腊被擒为俘虏；被俘的希腊，又反过来俘虏了野蛮的胜利者。文学艺术被搬进了荒僻的拉丁地区……"然而，在经历

---

① [清]陈乔枞：《韩诗遗说考·序》，《续修四库全书》经部七十六册，影印版，上海：上海古籍出版社，1996年，第494页。

了"拿来主义"的希腊化过程之后，罗马人日益彰显了探索与建构自身文化的"罗马化"倾向，这一意图在奥古斯都（又译作奥古士都）时期达到了巅峰。表现在文学领域，这一时期的罗马作家不仅以希腊古典文学为典范，而且力图在模仿之余竞争和超越，形成了罗马文学的"黄金时期"。无论是维吉尔的《埃涅阿斯纪》、贺拉斯的《诗艺》还是奥维德的《变形记》，这些作品虽然都有希腊范本可以溯源，但传达的却是独立的罗马精神，对后世西方文学的创作与发展做出了重要贡献。

本讲选取西汉时期的大赋与散文、罗马帝国时期的史诗，代表作品分别是司马相如的《上林赋》、司马迁《史记》中的《魏其武安侯列传》和维吉尔的《埃涅阿斯纪》，以期通过对读东西方两大帝国的优秀作品，感受强势文化浸润之下的民族自信心。

二、作品选目

（一）上林赋（节选）[①]

司马相如

亡是公听然而笑曰："楚则失矣，而齐亦未为得也。夫使诸侯纳贡者，非为财币，所以述职也；封疆画界者，非为守御，所以禁淫也。今齐列为东藩，而外私肃慎，捐国逾限，越海而田，其于义固未可也。且二君之论，不务明君臣之义，正诸侯之礼，徒事争于游戏之乐，苑囿之大，

---

① [汉]司马相如：《上林赋》，[梁]萧统编：《文选》，上海：上海古籍出版社，1986年，第361—370、378页。

欲以奢侈相胜，荒淫相越。此不可以扬名发誉，而适足以贬君自损也。

"且夫齐楚之事又乌足道乎？君未睹夫巨丽也，独不闻天子之上林乎？左苍梧，右西极。丹水更其南，紫渊径其北。终始灞浐，出入泾渭。鄷镐潦潏，纡余委蛇，经营乎其内。荡荡乎八川分流，相背而异态。东西南北，驰骛往来。出乎椒丘之阙，行乎洲淤之浦。经乎桂林之中，过乎泱漭之野。汨乎混流，顺阿而下，赴隘狭之口，触穹石，激堆埼，沸乎暴怒，汹涌彭湃。滭弗宓汩，逼侧泌㵔，横流逆折，转腾潎洌。滂濞沆溉，穹隆云桡，宛潬胶盭。逾波趋浥，莅莅下濑。批岩冲拥，奔扬滞沛。临坻注壑，瀺灂陨坠，沉沉隐隐，砰磅訇礚，潏潏淈淈，湁潗鼎沸。驰波跳沫，汩㿉漂疾。悠远长怀，寂漻无声，肆乎永归。然后灏溔潢漾，安翔徐回。翯乎滈滈，东注太湖，衍溢陂池。

"于是乎蛟龙赤螭，鰅鳙渐离，鰅鰫鳍魠，禺禺魼鳎。揵鳍掉尾，振鳞奋翼，潜处乎深岩。鱼鳖欢声，万物众夥。明月珠子，的皪江靡。蜀石黄碝，水玉磊砢，磷磷烂烂，采色澔汗，藂积乎其中。鸿鹔鹄鸨，驾鹅属玉。交精旋目，烦鹜庸渠。箴疵䴔卢，群浮乎其上，泛淫泛滥，随风澹淡。与波摇荡，奄薄水渚。唼喋菁藻，咀嚼菱藕。

"于是乎崇山矗矗，龍嵸崔巍，深林巨木，崭岩参嵯，九嵕巀嶭。南山峨峨，岩陁甗锜，摧崣崛崎。振溪通谷，蹇产沟渎，谽呀豁閜。阜陵别隝，崴磈嵔瘣，丘虚堀礨，隐辚郁㠥，登降施靡，陂池貏豸。沇溶淫鬻，散涣夷陆。亭皋千里，靡不被筑。揜以绿蕙，被以江蓠。糅以蘼芜，杂以留夷。布结缕，攒戻莎，揭车衡兰，槁本射干。茈姜蘘荷，葴持若荪。鲜支黄砾，蒋芧青薠。布濩闳泽，延曼太原。离靡广衍，应风披靡。吐芳扬烈，郁郁菲菲。众香发越，肸蚃布写，晻薆咇茀。

"于是乎周览泛观，缜纷轧芴，芒芒恍忽。视之无端，察之无涯。日出东沼，入乎西陂。其南则隆冬生长，涌水跃波。其兽则㺎㺎貘犛，沉牛麈麋，赤首圜题，穷奇象犀。其北则盛夏含冻裂地，涉冰揭河。其兽则麒麟角端，騊駼橐驼。蛩蛩驒騱，駃騠驴骡。

“于是乎离宫别馆，弥山跨谷。高廊四注，重坐曲阁。华榱璧珰，辇道𫄧属。步櫩周流，长途中宿。夷嵕筑堂，累台增成，岩窔洞房。頫杳眇而无见，仰攀橑而扪天。奔星更于闺闼，宛虹拕于楯轩。青龙蚴蟉于东箱，象舆婉僤于西清。灵圄燕于闲馆，偓佺之伦暴于南荣。醴泉涌于清室，通川过于中庭。盘石振崖，嵚岩倚倾，嵯峨嶕嶫，刻削峥嵘。玫瑰碧琳，珊瑚丛生。瑉玉旁唐，玢豳文鳞。赤瑕驳荦，杂臿其间，晁采琬琰，和氏出焉。

“于是乎卢橘夏熟，黄甘橙楱。枇杷橪柿，楟奈厚朴。梬枣杨梅，樱桃蒲陶。隐夫薁棣，答遝离支。罗乎后宫，列乎北园。貤丘陵，下平原。扬翠叶，扤紫茎。发红华，垂朱荣，煌煌扈扈，照曜钜野。沙棠栎槠，华枫枰栌。留落胥邪，仁频并闾。欃檀木兰，豫章女贞。长千仞，大连抱。夸条直畅，实叶葰茂。攒立丛倚，连卷欐佹。崔错癹骫，坑衡閜砢。垂条扶疏，落英幡纚。纷溶箾蔘，猗狔从风，浏莅芔歙，盖象金石之声，管籥之音。偨池茈虒，旋还乎后宫。杂袭累辑，被山缘谷，循阪下隰，视之无端，究之无穷。

…………

于是二子愀然改容，超若自失，逡巡避席，曰：“鄙人固陋，不知忌讳，乃今见教，谨受命矣。”

（二）史记·魏其武安侯列传（节选）[1]

司马迁

············

夏，丞相取燕王女为夫人，有太后诏，召列侯宗室皆往贺。魏其侯过灌夫，欲与俱。夫谢曰："夫数以酒失得过丞相，丞相今者又与夫有郤。"魏其曰："事已解。"强与俱。饮酒酣，武安起为寿，坐皆避席伏。已魏其侯为寿，独故人避席耳，余半膝席。灌夫不悦。起行酒，至武安，武安膝席曰："不能满觞。"夫怒，因嘻笑曰："将军贵人也，属之！"时武安不肯。行酒次至临汝侯，临汝侯方与程不识耳语，又不避席。夫无所发怒，乃骂临汝侯曰："生平毁程不识不直一钱，今日长者为寿，乃效女儿呫嗫耳语！"武安谓灌夫曰："程李俱东西宫卫尉，今众辱程将军，仲孺独不为李将军地乎？"灌夫曰："今日斩头陷匈，何知程、李乎！"坐乃起更衣，稍稍去。魏其侯去，麾灌夫出。武安遂怒曰："此吾骄灌夫罪。"乃令骑留灌夫。灌夫欲出不得。籍福起为谢，案灌夫项令谢。夫愈怒，不肯谢。武安乃麾骑缚夫置传舍，召长史曰："今日召宗室，有诏。"劾灌夫骂坐不敬，系居室。遂按其前事，遣吏分曹逐捕诸灌氏支属，皆得弃市罪。魏其侯大愧，为资使宾客请，莫能解。武安吏皆为耳目，诸灌氏皆亡匿，夫系，遂不得告言武安阴事。

魏其锐身为救灌夫。夫人谏魏其曰："灌将军得罪丞相，与太后家忤，宁可救邪？"魏其侯曰："侯自我得之，自我捐之，无所恨。且终不令灌仲孺独死，婴独生。"乃匿其家，窃出上书。立召入，具言灌夫醉饱事，不足诛。上然之，赐魏其食，曰："东朝廷辩之。"

魏其之东朝，盛推灌夫之善，言其醉饱得过，乃丞相以他事诬罪之。

---

[1] [汉]司马迁：《史记》卷一百零七《魏其武安侯列传》，北京：中华书局，1959年，第2849—2856页。

武安又盛毁灌夫所为横恣，罪逆不道。魏其度不可奈何，因言丞相短。武安曰："天下幸而安乐无事，蚡得为肺腑，所好音乐狗马田宅。蚡所爱倡优巧匠之属，不如魏其、灌夫日夜招聚天下豪杰壮士与论议，腹诽而心谤，不仰视天而俯画地，辟倪两宫间，幸天下有变，而欲有大功。臣乃不知魏其等所为。"于是上问朝臣："两人孰是？"御史大夫韩安国曰："魏其言灌夫父死事，身荷戟驰入不测之吴军，身被数十创，名冠三军，此天下壮士，非有大恶，争杯酒，不足引他过以诛也。魏其言是也。丞相亦言灌夫通奸猾，侵细民，家累巨万，横恣颍川，凌轹宗室，侵犯骨肉，此所谓'枝大于本，胫大于股，不折必披'，丞相言亦是。唯明主裁之。"主爵都尉汲黯是魏其。内史郑当时是魏其，后不敢坚对。余皆莫敢对。上怒内史曰："公平生数言魏其、武安长短，今日廷论，局趣效辕下驹，吾并斩若属矣。"即罢起入，上食太后。太后亦已使人候伺，具以告太后。太后怒，不食，曰："今我在也，而人皆藉吾弟，令我百岁后，皆鱼肉之矣。且帝宁能为石人邪！此特帝在，即录录，设百岁后，是属宁有可信者乎？"上谢曰："俱宗室外家，故廷辩之。不然，此一狱吏所决耳。"是时郎中令石建为上分别言两人事。

武安已罢朝，出止车门，召韩御史大夫载，怒曰："与长孺共一老秃翁，何为首鼠两端？"韩御史良久谓丞相曰："君何不自喜？夫魏其毁君，君当免冠解印绶归，曰'臣以肺腑幸得待罪，固非其任，魏其言皆是'。如此，上必多君有让，不废君。魏其必内愧，杜门龁舌自杀。今人毁君，君亦毁人，譬如贾竖女子争言，何其无大体也！"武安谢罪曰："争时急，不知出此。"

于是上使御史簿责魏其所言灌夫，颇不仇，欺谩。劾系都司空。孝景时，魏其常受遗诏，曰"事有不便，以便宜论上"。及系，灌夫罪至族，事日急，诸公莫敢复明言于上。魏其乃使昆弟子上书言之，幸得复召见。书奏上，而案尚书大行无遗诏。诏书独藏魏其家，家丞封。乃劾魏其矫先帝诏，罪当弃市。五年十月，悉论灌夫及家属。魏其良久乃闻，闻即恚，病痱，不食欲死。或闻上无意杀魏其，魏其复食，治病，议定不死矣。乃有蜚语为恶言闻上，故以十二月晦论弃市渭城。

其春，武安侯病，专呼服谢罪。使巫视鬼者视之，见魏其、灌夫共守，欲杀之。竟死。子恬嗣。元朔三年，武安侯坐衣襜褕入宫，不敬。

淮南王安谋反觉，治。王前朝，武安侯为太尉，时迎王至霸上，谓王曰："上未有太子，大王最贤，高祖孙，即宫车晏驾，非大王立当谁哉！"淮南王大喜，厚遗金财物。上自魏其时不直武安，特为太后故耳。及闻淮南王金事，上曰："使武安侯在者，族矣。"

太史公曰：魏其、武安皆以外戚重，灌夫用一时决策而名显。魏其之举以吴楚，武安之贵在日月之际。然魏其诚不知时变，灌夫无术而不逊，两人相翼，乃成祸乱。武安负贵而好权，杯酒责望，陷彼两贤。呜呼哀哉！迁怒及人，命亦不延。众庶不载，竟被恶言。呜呼哀哉！祸所从来矣！

（三）埃涅阿斯纪（节选）①

维吉尔

第八卷　维纳斯给埃涅阿斯送来火神打造的装备

这时女神维纳斯的洁白形象在云端出现，给埃涅阿斯送来礼物；她从远处看见她的儿子在一个隐蔽的山谷里，一条清凉的河川的岸边，她当即走到他面前并对他这样说道："看，这就是我答应给你的、我丈夫的手艺所制作的礼物，有了这个，我的孩子，你就用不着犹疑不决，不敢去向傲慢的劳伦土姆人，甚至图尔努斯本人挑战了。"她说完就走上

---

① [古罗马]维吉尔：《埃涅阿斯纪》，杨周翰译，南京：译林出版社，1999年，第224—228页。

前去拥抱她的儿子，然后把这光芒四射的武器放在他前面一棵橡树下面。女神送来礼物是莫大的光荣，使他心里十分喜悦，他的眼睛看了这件又看那件，又惊奇又钦佩，他把它们拿在手里，挂在臂上，翻过来又翻过去。其中有一顶盔，上面插着羽毛，好像吐着火焰一般，好不怕人；还有一柄剑，那是可以致人死命的；还有一副铜甲，坚硬无比，血红颜色，大得出奇，就像一片灰色的云被火红的太阳光照耀，从老远反射着夺目的光辉；还有一副光洁的胫甲，是用金银合金和纯金反复熔炼而成的；还有一根枪和一面盾牌，这盾牌是多层组合起来的，工艺之精，不可言状。司火的大神从先知们那里得知有关意大利的历史，罗马人的武功，未来岁月中将要发生的事，以及阿斯卡纽斯的后裔的所有支系和历次将要进行的战争，他把这些都铸刻在盾牌上了。盾上雕着那只母狼，产仔之后卧在战神玛尔斯的青葱的洞窟里，一对孪生的男婴围绕着它累累的乳头嬉戏，吸吮着他们的狼乳母的奶汁，毫无惧怕之意，母狼转动着她的光洁的头颈轮流抚弄着他们，还用舌头舔他们的身体。在这旁边，伏尔坎又雕刻罗马城和在举行大竞赛的竞技场上被无礼劫夺来的萨宾族女子，这次掠夺立即重新引起了罗木路斯和老塔提乌斯及库列斯粗犷居民之间的战争 ①；但是后来还是这两位全身披挂的国王，停止了彼此间的冲突，一起站在尤比特的祭坛前，手里拿着酒杯，杀猪结了盟。再过去刻的是墨土斯被四匹马撕裂的图景 ②，唉！你这个阿尔巴人啊，你应该信守你的誓言才对啊！图鲁斯把这个不守信用的人的尸首拖过一片树林，他的血斑斑点点地染红了荆棘。这旁边又刻着波尔森那命令罗马人接受被放逐的塔尔昆纽斯，并发动大军压城；还有埃涅阿斯的后裔拿起武器为自

① 原注：萨宾族是意大利最早的居民，地在拉丁姆之北，罗木路斯为给本族男丁成家，将萨宾族妇女抢来，引起两族的战争。塔提乌斯是萨宾王，库列斯是他的都城。
② 原注：阿尔巴的统治者墨土斯答应援助罗马王图鲁斯对敌作战，但却转而去帮助了罗马的敌人。

由而冲杀。你还可以看到波尔森那的怒气冲冲、威势凌人的形象，因为科克勒斯竟敢拆桥，而少女克洛厄利亚也竟挣脱枷锁，泅过河去。①

在盾牌的上方雕着曼琉斯②，他是塔尔佩亚城堡的守将，他站在神庙前他的岗位上，保卫着巍峨的卡匹托山，山上有罗木路斯的"宫殿"③，新铺的茅草顶。还雕着一只银色雁在金色的廊柱间飞着，来报告高卢人已经侵入国门；在天赐的昏暗的夜色的掩护之下，高卢人已穿过灌木荆棘而来，快逼近城堡了，他们的头发是金黄色的，衣服也是金黄色的，和他们穿的条纹花色的斗篷对比，显得十分灿烂，他们乳白的头颈上戴着黄金项链，每人手里挥舞着两根阿尔卑斯短枪，还拿着长盾保护躯体。这里伏尔坎还雕刻出一群舞蹈着的萨利祭司和赤身裸体的卢珀卡尔祭司，还有毛茸茸的帽子和天上掉下来的小椭圆盾，贞洁的母亲们坐在软车里捧着圣物穿过罗马城。④在盾牌的下方，伏尔坎又刻了地狱神普鲁托的宫殿，崇闳的宫门和那些造孽受刑的人，其中有卡提利那⑤，挂在一块吓人的巨石上，望着复仇女神们的脸瑟瑟发抖，另一处则是一些正直的人，其中有立法家卡托。在这些画面之间有一条宽宽的金带，表现的是大浪滚滚的大海，碧波上泛着白沫，银光闪闪的海豚围成一圈，用尾巴扫着海水，穿越波涛。

在盾牌的中央可以看到大队铜甲战舰和阿克提姆海战的景象，留卡

---

① 原注：罗马王塔尔昆纽斯由于儿子犯过而被放逐，他得到克鲁西乌姆王波尔森那的支持而复位。后来，波尔森那要攻占罗马，罗马英雄科克勒斯毁桥，阻止了他的进攻。少女克洛厄利亚是罗马人抵押给波尔森那的人质，她泅回罗马后，罗马人又把她送还波尔森那，波尔森那为她的勇敢所感动，把她释放。

② 原注：曼琉斯是罗马大将，公元前390年，有神雁向他报警，说高卢人入侵罗马了。

③ 原注："罗木路斯宫"是一间茅草屋，传为罗木路斯所居，在诗人的时代已成古迹，每年修缮屋顶一次。

④ 原注：以上是一组画面，中央是卡匹托山，一边是进攻的高卢人，一边是罗马人胜利后的庆祝场面。

⑤ 原注：罗马激进派政治家，公元前63年，反对元老院，被西塞罗击败。

特岛上兵马繁忙的情状历历在目，波浪耀着金光。一边是奥古士都率领着意大利人作战，在他一边有元老们和平民们，家神和司国家命脉的大神，而他巍然立在船头，额角吐出两道轻快的火光①，他父亲凯撒的星在他头顶照耀着。另一边是阿格利帕②，乘好风，借神力，统帅战舰，战兴正酣，他头上戴着一顶海军冠，形状像一只船头，这是辉煌战功的标志。对面是安东尼乌斯，还有他从外国收来的财宝和各种各样的武器，因为他刚从远征东方日出诸国和红海沿岸胜利归来，他携带着埃及的、东方的、远至巴克特拉③的士兵，还有（说来可耻！）他那埃及妻室④跟随着他。所有的船只互相撞击，划动的船桨和三岔的船头，在海面上搅起一片白沫。他们正在驶向外海，你看了还以为库克拉德斯群岛浮了起来，在海上漂动，要么是大山和大山撞到了一起，兵士们所乘的这些楼船就是如此高大。兵士们投掷着火把，铁头的箭矢满天乱飞，伤亡人员流出的鲜血染红了海神涅普图努斯的平野。女王克列奥帕特拉在舰队的中央手摇她们国家的响器号召部队作战，她还没有看见她背后那两条将来要致她死命的毒蛇⑤。她所崇奉的各种各样的妖神，包括嚎叫着的狗头神阿努比斯也都向涅普图努斯、维纳斯和敏涅尔伐投掷武器。在这激烈的战斗中，铁铸的战神玛尔斯和可怕的复仇众女神都在逞威，不和女神，扯烂了衣服，乘兴阔步而行，她后面跟着女战神贝罗娜，拿着血迹斑斑的皮鞭。但是阿克提姆的阿婆罗在天上看到这一切，正在弯弓准备射箭；所有的埃及人、印度人、阿拉伯人和萨拜人都吓得转身逃跑。至于那埃及女王，人们可以看到，她唤来了风，正在张帆，把帆抖开。司

---

① 原注：指闪耀的头盔，同时神化奥古士都。

② 原注：奥古士都手下大将。

③ 原注：土耳其。

④ 原注：克列奥帕特拉。

⑤ 原注：指战役失败后，她用毒蛇螫刺自己而自尽。在盾牌上，这两条蛇刻在她身后。

火之神把她勾画成面色苍白，一片杀人流血的景象使她感到死亡临头，浪潮和西北风催着她，前面是为她而悲伤的尼罗河的巨大的身躯，敞开着它的大袍，召唤着那些失败者来躲进它的衣衫里、它的蓝色的怀抱里、它的港汊纵横的水域里。

接着是奥古士都在三日庆祝节乘车向罗马城驶去，向意大利诸神做庄严不朽的誓言，要在全城建造三百座大庙。罗马的大街小巷响彻了游乐欢笑和掌声；在每座庙宇里母亲们在舞蹈，每座庙宇里伏尔坎都雕出它的祭坛，在祭坛前屠宰了的牛散布在地上。奥古士都本人坐在辉煌的阿婆罗庙的雪白大门前，检阅着万方人民献来的礼品，并把它们挂到豪华的殿柱上；被征服的各族人列着长队从他面前走过，他们说的是不同的语言，正如他们穿的是不同的衣服，佩戴的是不同的武器。伏尔坎雕刻出来的有非洲的诺玛德族人、穿着宽大长袍的阿非利加洲人、小亚细亚的勒勒格人和卡列人、斯库提亚的善射的勒隆尼人；幼发拉底河的河神也走过了，现在比从前驯服多了；还有从最远的高卢来的摩利尼人和双角的莱茵河神，桀骜不驯的斯库提亚的达海人和不肯让人架桥的阿拉克塞斯河。

埃涅阿斯看着伏尔坎造的、他母亲送来的这块盾牌上刻的这些情景，不禁看呆了，他虽然还不知道这些将来要发生的事，但这些图像使他高兴，于是他把这反映了他子孙后代的光荣和命运的盾牌，背在肩上。

三、众家评说

（一）关于《子虚赋》《上林赋》

《子虚赋》《上林赋》是司马相如最负盛名的作品，也是西汉大赋中的代表作。赋中三个虚拟人物，"子虚""乌有"和"亡是公"，"相如以'子虚'，虚言也，为楚称；'乌有先生'者，乌有此事也，为齐难；'亡是公'者，亡是人也，明天子之义。"① 所提人名虽虚，所写"云梦""上林"等地却是实指。

历代赋论家在评论司马相如《上林赋》时，多注意其讽谏意义。司马迁较早在《司马相如列传》中称："相如虽多虚辞滥说，然其要归引之节俭，此与《诗》之风谏何异。"② 元人祝尧也称："《上林赋》，此篇之末有风义。"③ 西晋左思《三都赋序》则批评司马相如"假称珍怪，以为润色"，以衬托自己的《三都赋》是"验以方志"的实写。

然而，上林苑并不是一座普通的园林，而是秦汉时期的皇家苑囿，"汉上林苑，即秦之旧苑也"④。司马相如赋中的"上林苑"，"把握蓦然呈示在眼前的地广物厚的现实世界"⑤，也是作为帝国门面的帝京大赋的滥觞之作。帝京大赋经过东汉班固《两都赋》和张衡《二京赋》，逐

---

① [汉]司马迁：《史记》卷一百一十七《司马相如列传》，北京：中华书局，1959年，第3002页。

② [汉]司马迁：《史记》卷一百一十七《司马相如列传》，北京：中华书局，1959年，第3073页。

③ [元]祝尧：《古赋辨体》卷三《上林赋注》，迟文浚、宋绪连主编：《历代赋：广选·新注·集评》，沈阳：辽宁人民出版社，2001年，第156页。

④ 《三辅黄图》卷四《苑囿》，何清谷：《三辅黄图校注》，2版，西安：三秦出版社，2006年，第270页。

⑤ 许结：《汉代文学思想史》，南京：南京大学出版社，1990年，第30页。

渐走向成熟,相关创作活动往往与政治意识形态密切相关。直到明清时期,在清人陈元龙奉敕编纂的《历代赋汇》①中,还收录了明人金幼孜的《皇都大一统赋》和陈敬宗的《北京赋》。

《上林赋》奠定了历代京都大赋的写作范式,使得都邑赋向着"地方志"的方向演进,形成了"赋代志乘"的文化形态。陆次云在《北墅绪言》中就称:"汉当秦火之余,典坟残缺,故博雅之儒,辑其山川名物,著而为赋,以代乘志。"②其后袁枚在《历代赋话序》中说得更为透彻:"古无志书,又无类书,是以《三都》《两京》,欲叙风土物产之美,山则某某,水则某某,草木、鸟兽、虫鱼则某某,必加穷搜博访,精心致思之功。是以三年乃成,十年乃成。而一成之后,传播远迩,至于纸贵洛阳。"③因此,司马相如笔下的"上林苑",以纷至沓来的名物汇总于一篇赋作之间,实际上也是当时疆域广袤、物产富饶的汉帝国的一个缩影。

(二)关于《史记·魏其武安侯列传》

司马迁在记述历史的同时,似乎又不满足于仅仅作历史的书记员,他想从中探寻出某些历史发展的律则。《史记》中的七十篇列传,记载了不同历史时期里形形色色的人物。李长之将其分成"上古至《春秋》集团""六国集团""秦始皇集团""陈涉项羽集团""汉高祖集团""文

---

① [清]陈元龙辑:《历代赋汇》,北京:北京图书馆出版社,1999年。

② [清]陆次云:《与友论作赋书》,《北墅绪言》卷四,《四库全书存目丛书·集部》第237册,转引自张峰屹:《两汉经学与文学思想》,北京:生活·读书·新知三联书店,2014年,第226—227页。

③ [清]袁枚:《历代赋话序》,[清]浦铣著,何新文、路成文校证:《历代赋话校证》,上海:上海古籍出版社,2007年,第3页。

帝景帝集团""汉武帝集团"七个矩阵①，而"汉武帝集团"的开篇之作，就是《魏其武安侯列传》。

《魏其武安侯列传》拉开了汉武帝时代的序幕。汉武帝即位之初，汉廷很缺乏相才。魏其侯窦婴在吴楚七国之乱中以军功崛起，但汉景帝并不欣赏他："魏其者，沾沾自喜耳，多易。难以为相，持重。"（《史记·魏其武安侯列传》）窦婴在武帝初年得以拜相，很大程度上是由于武帝需要平衡新老两代贵戚的势力。武安侯田蚡是汉武帝母亲王太后的同母弟，貌寝，却出身高贵。窦婴拜相时，田蚡为太尉。随着窦太后的去世，窦婴失去了政治靠山，而田蚡益贵。窦婴在失势后，并没有选择一种优游卒岁的生活方式，仍不甘寂寞，终于在与田蚡的政治斗争中落败，最后以"矫先帝诏"的罪名弃市渭城。

《史记》在写窦婴失势后的生活时，运笔非常精彩，本章节选了"魏其设宴款待田蚡""灌夫使酒骂座"和"东朝廷辩"几个片段，展现了武帝朝堂内波诡云谲的政治斗争，让我们看到了一个雄张的大帝国权力中枢的可怖政治旋涡。

司马迁最早对此事予以评价："魏其之举以吴楚，武安之贵在日月之际。然魏其诚不知时变，灌夫无术而不逊，两人相翼，乃成祸乱。"（《史记·魏其武安侯列传》）苏轼的评价则更为精辟："观婴、蚡所为，其名亦善矣。然婴既沾沾自喜，蚡又专为奸利，太平岂可以文致力成哉？"②《史记》所载历史，精妙之处就在于此。读者不仅仅能看到人性在历史发展时变中所起的作用，更能看到历史潮流对人的裹挟。

《魏其武安侯列传》之后，紧接而来的就是《李将军列传》《匈奴列传》《卫将军骠骑列传》，之后更有《南越列传》《东越列传》《朝

① 李长之：《司马迁之人格与风格》，天津：天津人民出版社，2015年，第271—272页。
② [宋]苏轼：《窦婴田蚡》，[宋]苏轼著，李之亮笺注：《苏轼文集编年笺注》卷六十五，成都：巴蜀书社，2011年，第656页。

鲜列传》《西南夷列传》《大宛列传》，汉帝国的全盛时期并没有因为一两个外戚的陨落而陨落。

汉武帝时代，既有强盛的功业，又有鲜明的时代特色。贤相、将星、良史、文人俊采星驰，他们身处伟大而危险的帝国之中，心中却怀有最深沉坚定的理想，这也是汉帝国留存于后世的最珍贵的精神财富。

（三）关于《埃涅阿斯纪》

如同埃涅阿斯是命中注定的英雄，《埃涅阿斯纪》也注定是西方经典不可绕过的核心。该史诗还未成形便已名声大噪，古罗马哀歌诗人普罗佩提乌斯早在公元前 1 世纪就毫不犹豫地预言说："罗马作家们，请走开，希腊人，你们也走开！一部比《伊利亚特》更伟大的著作正在诞生。"[①] 虽然普罗佩提乌斯的预言带有民族主义的倾向，但《埃涅阿斯纪》从成诗到传播的历程确实印证了这一点：维吉尔受命于屋大维，用十年时间苦心经营写成了手稿，友人们遵屋大维之命将它整理出版，随后罗马上至达官贵族、下至黎民百姓，争相传阅与诠释，纷纷视之为罗马帝国的国诗、诗歌艺术的典范。

作为第一部文人史诗，《埃涅阿斯纪》与传统史诗最大的不同在于其生成动机。在维吉尔之前，史诗往往是许多行吟诗人共同创作的结晶，离不开民间口头流传的过程。《埃涅阿斯纪》则不然，天帝尤比特在史诗开篇不久便向爱神维纳斯解说埃涅阿斯的使命和罗马的未来——"从这光辉的特洛伊族系将会产生一个凯撒，他的权力将远届寰宇之涯，他的令名将高达云天，而他的本名尤利乌斯则是从伟大的尤路斯派生而来

---

① [古罗马]斯维托尼乌斯：《维吉尔传》，[古罗马]维吉尔：《牧歌》，杨宪益译，上海：上海人民出版社，2009年，第97页。

的……那时，战争将熄灭，动乱的时代将趋于平和。"①维吉尔笔下的"凯撒"，指的是盖乌斯·尤里乌斯·凯撒·屋大维，公元前27年被授予"奥古斯都"的尊号。在他的统治下，罗马结束了长期以来的纷乱，实现了和平与昌盛。他竭力加强和提高自己的社会威望，巩固和捍卫自己的统治地位，文学成了他可以善加使用的利器，而他也乐于以"艺术保护者"自居。维吉尔在经济上接受屋大维的笼络，在思想上认可屋大维的新政，因而《埃涅阿斯纪》在一定程度上是"遵命文学"，带有"御用"的性质。

尽管《埃涅阿斯纪》是在屋大维的襄助下得以完成并出版的，尽管维吉尔的碑文上刻有"我歌唱过放牧、农田和领袖"的字样，但维吉尔对屋大维的歌颂却表现出一定的理性。他敬仰屋大维，埃涅阿斯的坚强、克制、忠诚和责任，部分是屋大维的品格，或者是屋大维倡导的品德。但埃涅阿斯在服从于建立一个新民族、新国家的漫长斗争中，失去了构成个人幸福的一切（爱人狄多、同伴们、仁慈）。维吉尔颇有深意地让史诗在埃涅阿斯对敌人图尔努斯的"怒火"中结束，诗行里流露出一种悲凉之音，既是对图尔努斯身体之死的哀悼，也是对埃涅阿斯精神之死的哀叹，表明他对屋大维的事业、罗马帝国的扩张持保留态度。这当然超出了屋大维的本意，也引发了后人对维吉尔在史诗中"支持奥古斯都还是反对奥古斯都、支持帝国还是反对帝国、支持罗马还是反对罗马"②的争议。正是基于此，美国学者大卫·丹比才会说，这部史诗可以"当作一部关于建设与摧毁的诗来读，当作一部关于父与子的诗来读，当作一部关于建立一个帝国却失去其他一切有关紧要的东西的诗来读"，是"一部忧伤的史诗，一场抑郁的歌颂，宏伟却夹杂着虚荣和悲哀，萦绕

---

① [古罗马]维吉尔：《埃涅阿斯纪》，杨周翰译，北京：人民文学出版社，1999年，第11页。

② 王承教选编：《编者前言——〈埃涅阿斯纪〉的解释传统》，《〈埃涅阿斯纪〉章义》，北京：华夏出版社，2009年，第14页。

不去"①。

作为一部神话传说史诗，《埃涅阿斯纪》的生成离不开对荷马史诗的模仿。美国学者阿德勒指出，《埃涅阿斯纪》最初的三个词语"Arma virumque cano"，已经表明维吉尔的"对手"是荷马：Arma（战争）代表的是阿喀琉斯和《伊利亚特》，virum（人）代表的是奥德修斯和《奥德赛》。《埃涅阿斯纪》将在一部作品里面既展现出"伊利亚特式"的战争英雄，也展现出"奥德赛式"的流浪英雄。的确，维吉尔把《伊利亚特》和《奥德赛》同时装进了《埃涅阿斯纪》：史诗由十二卷构成，第一至六卷叙述埃涅阿斯离开特洛伊后的漂泊经历，与《奥德赛》的题材性质相似；第七至十二卷叙述埃涅阿斯抵达意大利后的战争经历，与《伊利亚特》的题材性质吻合。但《埃涅阿斯纪》绝不是单纯的模仿之作，而是一首有企图心的变奏曲。例如，《伊利亚特》第十八卷描写了海洋女神忒提斯请求火神为爱子阿喀琉斯打造武器装备，着重描写了盾牌上呈现的"战争与和平"，而《埃涅阿斯纪》第八卷描写了爱美神维纳斯请求火神为爱子埃涅阿斯打造武器装备，同样着重描写了盾牌，但呈现的画面却是罗马的历史。这一细节很好地体现了《埃涅阿斯纪》脱胎于荷马史诗而精神内核完全属于罗马的本质特征。

我们从《埃涅阿斯纪》中看到的是有意识的神话制造和有责任的民族英雄，而不是荷马对神话的自发体现和对英雄的个性礼赞。维吉尔对荷马史诗的变奏处理，符合奥古斯都时期的民族精神，也符合维吉尔对罗马式英雄的歌颂、对黄金时代的展望和对人世和平的期待。

---

① 刘文孝主编：《罗马文学史》，昆明：云南人民出版社，2003年，第130页。

◎ 思考与讨论

1. 历史上常以汉、唐并称，唐人也有"以汉喻唐"的文化心理。王国维在《宋元戏曲考》中提出了"一代有一代之文学"的观念，汉以大赋、文章垂名，而唐则以诗歌独步。这两种代表文学样式的产生与兴盛，与汉、唐两个帝国的文化性格存在什么联系？

2. 司马相如的《子虚赋》《上林赋》可以看作历代帝京大赋的开篇之作。后世还有哪些帝京大赋？它们的写作与当时的政治形势发展存在什么联系？

3. 试比较《伊利亚特》第十八卷和《埃涅阿斯纪》第八卷的盾牌描写，思考诗与画的关系。

4. 人们惯于将古罗马文学附属于古希腊文学之后，表现出"重希腊、轻罗马"的倾向，黑格尔曾语带讥讽地谈到古罗马的文化艺术作品"都只是从希腊各地搜集所得，而不是他们自己制造出来的"。请思考古希腊文学与古罗马文学的关系。

✿ 延伸阅读

◆ [汉] 枚乘：《七发》（瞿蜕园选注：《汉魏六朝赋选》，上海古籍出版社，2019 年）

枚乘，字叔，淮阴人。他的《七发》是汉大赋的奠基之作。作品以吴客问楚太子疾为叙事线索，铺陈了音乐、饮食、车马、游览、田猎和观涛六事，最后以"妙道"启发太子，"霍然病已"。《七发》在《昭明文选》中被单独划作一种文体，以题为名曰"七体"，在后世也形成了一种写作体裁，三国两晋南北朝时，曹植、王粲、张协、陆机等都有"七体"大赋。枚乘虽不及汉武盛事，但他的《七发》"腴辞云构，夸丽风骇"（《文心雕龙·杂文》），艺术风格和文学风气上已开汉大赋之先河。

◆ ［汉］司马迁：《史记·货殖列传》（［汉］司马迁：《史记》，中华书局，1959 年）

《史记·货殖列传》是一篇经济地理专文，也是后世正史《食货志》的雏形。汉武帝时期，汉帝国不仅在疆域版图上完成了大一统，在文化上也从"九州异俗"开始走向"六合同风"。《货殖列传》将当时汉帝国北至燕、代，南至珠海、儋耳的广袤疆土划分为若干自然经济区域，并逐一指明各地风俗。如果说本纪、列传部分的汉帝国是活在帝王将相功业盛衰中的汉帝国，那《货殖列传》中的汉帝国就是一整块色彩斑斓的大地，用地理、经济、风俗和民情述说着别样的帝国故事。

◆ ［汉］司马迁：《史记·大宛列传》（［汉］司马迁：《史记》，中华书局，1959 年）

《史记·大宛列传》以张骞出使西域归来后所作的述职报告作为一手写作资料，第一次向世人展示了流沙以西的神秘世界。该传记记述了大宛、大月氏、大夏、康居、身毒、乌孙、奄蔡、安息、条支等一众西域国度，得出的结论是"自大宛以西至安息，国虽颇异言，然大同俗，相知言"。司马迁以"《山海经》《禹本纪》所有怪物，余不敢言也"的实录精神，结束了上古时期以来根深蒂固的"西域为神鬼世界"的地理观，开启了"西域为现实世界"的认知观，《大宛列传》也实际成了历代正史《西域传》的雏形。

◆ ［美］阿德勒：《维吉尔的帝国：〈埃涅阿斯纪〉中的政治思想》（王承教、朱战炜译，华夏出版社，2012 年）

阿德勒在本书开宗明义地指出，当代学界对《埃涅阿斯纪》的阐释中，最具争议的可以说是这个问题：维吉尔在这部史诗中究竟是支持奥古斯都还是反对奥古斯都，支持帝国还是反对帝国，支持罗马还是反对罗马。而本书的论证试图说明，维吉尔的意图既非支持亦非反对奥古斯都的罗马帝国，而在于建立他自己的帝国。他创作《埃涅阿斯纪》乃是出于一种政治哲学的自觉，描绘了他心目中的理想王国，因此该史诗可谓一部立国诗。

第六讲

乱世的哀音：帝国的衰微与文学的叩问

更多讲解，请扫描

一、背景与导读

　　东汉后期，伴随着国力的日渐衰微，代表性的文学类型不再是"苞括宇宙，总揽人物"的大赋，而是抒写一己之怀的小赋与诗歌。这里的诗歌指的是五言诗。五言诗源自民间，其在汉代还不是一种十分正式的诗体，直至梁代刘勰《文心雕龙》还有"四言正体"的观念，但相较于更为严肃庄重的四言诗，五言诗错落有致的句法显然更能胜任叙事、抒情等功能的要求，《古诗十九首》则可视为其成熟的标志性作品。

　　《古诗十九首》最早出自《文选》，所谓"古诗"，是指汉代一批作者和诗题信息都已遗失的作品，《文选》从中选出了十九首，其名遂沿用至今。《古诗十九首》产生的具体时期不详，自梁代以来即有争论，当今学界亦存在东汉后期与两汉、汉魏等说，但非一人一时一地之作是可以确定的。十九首诗的人物大抵围绕着思妇和游子展开，其题材包含相思离别、前途、知音、生死等，其所涉及的话题则可进一步提炼为爱情、价值与生命。因此《古诗十九首》探讨的乃是人生"根目录"的话题，所涉及的也是人类最为普遍的情感，其用语浅白又深厚有味，发问直击心灵，千百年后仍能发人深省。只要人还有爱情慰藉的需要，还有追问人生价值何在的动力，还会面临生命有限的困扰，这些诗作便将持续发挥其强大的生命力，不断与一代又一代读者的内心发生碰撞与共鸣。本讲所选的《驱车上东门》面对荒凉肃杀的墓地，作者想象着永远沉睡在地下的死者，清醒地认识到死亡的残酷与求仙的虚妄，最终得出"不如饮美酒，被服纨与素"这一看似放达实则沉重的结论。

曹植所处的建安时代是一个典型的乱世，人们不得不直面战争与死亡，中国诗歌传统中的一些因子由此被激发出来：一是《诗经》以变风、变雅书写衰世、乱世的传统，二是汉乐府"感于哀乐，缘事而发"的传统。他们需要用诗歌记录下这个残酷的时代，并在其中寄寓自己或沉痛或慷慨的情感，是以建安时期的诗歌历来多以"慷慨悲凉"概括之。汉末以降，中原由衰世进入乱世，儒学进一步衰落，与之相对，个性开始逐步挣脱礼法的束缚，因此这一时期的文学开始明显表现出强烈的个性与情感。在这之中，曹操的悲凉、曹丕的婉约、王粲的愀怆、刘桢的奇气，都在带有时代色彩的同时表现出各自鲜明的个性。而曹植的风格尤为多样化，既有意气风发的《白马篇》《名都篇》，又有缠绵婉转的《七哀诗》，其《赠白马王彪》则是一首兼悲愤、感慨、伤痛、勉励等诸多情绪为一体，且结构严整细密的诗作，堪称其代表作。

大约与此同时，在遥远的地中海沿岸，古罗马帝国在经历了"黄金时代"的光彩夺目之后，正从"白银时代"过渡到"后白银时代"，不可避免地出现了乱世的先兆，为帝国的覆灭埋下了哀音。日耳曼人在公元167年突破了多瑙河防线，进入罗马境内，随之而来的入侵势不可当，导致罗马帝国出现了分崩离析的景象。帝国君主制度也出现了危机，政局动荡、纷争不断、文化凋敝，皇帝和贵族们骄奢淫逸，军队糜烂蛮横，人民趣味日趋低下，曾经的繁荣昌盛一去不复返。一些作家抚今追昔，但无奈慑于专制淫威，只能采用各种艺术手段影射时政，因而讽刺文学逐渐兴起。阿普列乌斯（Lucius Apuleius）的长篇小说《金驴记》创作于公元 2 世纪，代表了古罗马后期文学的最高成就，也是欧洲原始小说的集大成之作。它以史诗般的广阔场景、引人入胜的故事情节、亦庄亦谐的叙事风格和生动传神的变形描写，从各个方面奠定了欧洲长篇小说的基本面貌，被誉为浩如烟海的欧洲小说艺术成果里的第一座丰碑。

本讲所选的篇目分别为《古诗十九首》中的《驱车上东门》，曹植的《赠白马王彪》，以及阿普列乌斯的《金驴记》节选，其所反映的大体是衰世与乱世时期墨客文人们的心声。文学不能简单视为对社会的被动反映，但它确实可以作为一个时代的文字写照，让后人阅读并体会当时人们在面对这一特殊时代所留下的思考与挣扎。

二、作品选目

（一）驱车上东门 [①]

驱车上东门，遥望郭北墓。

白杨何萧萧，松柏夹广路。

下有陈死人，杳杳即长暮。

潜寐黄泉下，千载永不寤。

浩浩阴阳移，年命如朝露。

人生忽如寄，寿无金石固。

万岁更相送，贤圣莫能度。

---

① 逯钦立辑校：《先秦汉魏晋南北朝诗》，北京：中华书局，1983年，第332页。

服食求神仙，多为药所误。

不如饮美酒，被服纨与素。

（二）赠白马王彪（并序）①
曹植

黄初四年正月，白马王、任城王与余俱朝京师，会节气。到洛阳，任城王薨。至七月与白马王还国。后有司以二王归藩，道路宜异宿止，意毒恨之。盖以大别在数日，是用自剖，与王辞焉，愤而成篇。

谒帝承明庐，逝将归旧疆。清晨发皇邑，日夕过首阳。伊洛广且深，欲济川无梁。泛舟越洪涛，怨彼东路长。顾瞻恋城阙，引领情内伤。

太谷何寥廓，山树郁苍苍。霖雨泥我涂，流潦浩纵横。中逵绝无轨，改辙登高冈。修坂造云日，我马玄以黄。

玄黄犹能进，我思郁以纡。郁纡将何念？亲爱在离居。本图相与偕，中更不克俱。鸱枭鸣衡轭，豺狼当路衢。苍蝇间白黑，谗巧反亲疏。欲还绝无蹊，揽辔止踟蹰。

踟蹰亦何留？相思无终极。秋风发微凉，寒蝉鸣我侧。原野何萧条，白日忽西匿。归鸟赴乔林，翩翩厉羽翼。孤兽走索群，衔草不遑食。感物伤我怀，抚心长太息。

太息将何为？天命与我违。奈何念同生，一往形不归。孤魂翔故域，灵柩寄京师。存者忽复过，亡没身自衰。人生处一世，去若朝露晞。年在桑榆间，影响不能追。自顾非金石，咄唶令心悲。

---

① 逯钦立辑校：《先秦汉魏晋南北朝诗》，北京：中华书局，1983年，第453—454页。

心悲动我神，弃置莫复陈。丈夫志四海，万里犹比邻。恩爱苟不亏，在远分日亲。何必同衾帱，然后展殷勤。忧思成疾疢，无乃儿女仁。仓卒骨肉情，能不怀苦辛？

苦辛何虑思，天命信可疑。虚无求列仙，松子久吾欺。变故在斯须，百年谁能持？离别永无会，执手将何时？王其爱玉体，俱享黄发期。收泪即长路，援笔从此辞。

（三）金驴记（节选）①

阿普列乌斯

卷三

二十五

我上下左右察看自己的身体，寻找着那种尚未察觉的变化。当我发现自己变成了毛驴而不是鸟儿时，马上就想对福娣黛的所作所为大发脾气。可是，我不仅已经行动不便，而且还失去了人声，所以只好垂下嘴角，斜着脑袋，用被泪水湿润的眼睛望着她，向她示意我那无言的乞求。

她呢，一见我陷入这等境地，立刻伸出巴掌对着自己，连连打起自己耳光来。

"不幸的我啊！"她叫喊着，"我这下可完啦！只因一时冲动和仓促，致使我铸成大错，还有那些一模一样的瓶瓶罐罐，让我上当受了骗。但幸运的是，这种变形的回身术非常简单可行：其实，你只要咬一口玫瑰花，便可脱离驴体，当即复原成我先前的鲁巧。幸好我今晚还正想像平日那样，再编织几个玫瑰花环呢！你不会忍受多久的，就连一个晚上

---

① [古罗马]阿普列乌斯：《金驴记》，刘黎亭译，南京：译林出版社，2012年，第77—81页。

都不会。尽管放心吧，因为只要天一亮，你就会得到解救。"

二十六

就这样，伤心的福娣黛表达了自己的想法。而我呢，虽说变成一头地地道道的毛驴，即从昔日的鲁巧沦为一头驮东西的牲畜，但我依然保持着人的智慧。因此，我非常认真地思索着，是否应该借助蹄子的猛踢或是牙齿的乱咬，去攻击和杀死这个下流无耻、罪大恶极的女人。

然而，一种最慎重的考虑使我放弃了不明智的意图。一言以蔽之：一旦我将福娣黛置于死地作为惩罚，那么我也将失去任何救助与求生的希望。

于是我低下了头，忍受着自己极为不幸的处境，并且钻进马厩中，紧挨在我那匹最忠实的坐骑身边。我发现，厩中还拴着另外一头毛驴，是我不久前的主人米老内家的。

此际我暗自思忖道：

"倘使存在着某种无声与天然的纽带，能把不会说话的动物联系在一起，那么我的马应该能认出我来，并会对我产生怜悯而立卧不安；因而它定会给我以照顾，让我享受一种特殊的待遇。"

啊，多么好客的主神宙斯！啊，多么孤僻的信义女神！谁料我的千里驹跟那驴子竟打得火热，两个家伙迅即合伙上来伤害我，显而易见，它们是在为自己的草料担忧；而且，只要一见我靠近槽头，它们就把耳朵垂下来，追在我屁股后头，暴怒地踢着蹄子。

结果我只好尽量躲得离大麦远一点儿。从一个效劳者方面来说，这是什么样的恩将仇报啊！要说的是：那些大麦正是我前天晚上亲手备的料。

二十七

它们这么对待我之后，我便陷入孤苦伶仃的境地，蜷缩在厩内的一个角落里。

同伴们的蛮横无理引起了我的苦思冥想。正当我考虑着翌日吃下玫瑰花恢复鲁巧原貌后要将忘恩负义的马严厉教训一顿时，突然一眼瞥见支撑厩棚横梁的石柱上有个壁龛，位置恰巧就在石柱正中，内放一尊艾波娜女神①的小雕像，旁边精心地装饰着玫瑰花环，花儿正好是新鲜的。

我一下子便想到补救的办法，一心想实现我的希望。我把前腿探上去，使劲儿找到一个得以立足之点，然后伸长脖子，过分地张开嘴唇，竭尽全力去碰花环。

可是命运显然在跟我的企图作对，原因在于，日日夜夜照料着那匹马的仆人发现了我，于是悻悻地爬起来，粗鲁地呵斥道：

"到哪阵子才能容忍这个畜生呢？刚才它争夺别人的食料，现在竟又想玷污圣像。我要把这个渎圣的贼狠揍一顿，让它瘸着腿走路。"

说罢，他就动手去寻一件家伙，走到一捆恰巧放在厩棚里的柴火前；他在里面摸索一阵，最后抽出一根多杈的树枝，是中间最粗的一根，然后就用它开始抽打我。可怜的我啊！他连一瞬间都不肯停一下。

但是忽然间听得一阵嘈杂的喧闹声，一种撞击大门的震耳欲聋声，继而从邻居家里传出惊恐的尖叫声，还有"强盗来啦"的呼喊声，因而仆人失魂落魄地逃走了。

二十八

须臾，一伙暴徒破门而入，布满四处，与此同时，另外一些持械者团团围住了建筑物。从四面八方跑来救助的人们，都被那些虎视眈眈的

---

① 原注：罗马神话中保护马和驴的女神，通常其雕像皆置于厩馆内。

强盗推到一边。所有强盗都手持刀剑，在照明火把的光焰下，刀锋上闪耀着火焰的反光，犹如初升的太阳放射的光芒。

院中央有一间仓库，牢牢地上着粗大的铁锁，里面放满了米老内的宝物。强盗们蜂拥而上，用斧头在锁上猛砍，直至将其砸开；接着，他们打开多处孔眼后，将内存之物一抢而光，并匆匆忙忙地打成许多包袱，每人分得一些。

可是，行囊的数量超过了携带者的人数，强盗们面对过量的大宗赃物，反倒束手无策了。最后，他们从牲畜棚里拖出我们两头毛驴和我的马儿，给我们载上几乎就要压垮我们的驮子，在棍打棒击的威胁下，赶着我们离开了洗劫一空的宅子。

他们中有个人作为密探就地留了下来，以便随后通风报信；其他人则用棍棒吆喝着，领着我们在山间羊肠小道上疾行。

二十九

重负的超载、山路的陡峭和旅途的漫长，终于耗尽了我的精力，使我到了与一具死尸毫无区别的地步。

于是我产生了一个念头，它虽然来得晚些，却不失为一个好主意：那就是以一种可行的方式投奔某一公民，高呼皇帝的尊名，让他把我从漫无边际的磨难中解救出来。

天大亮时，我们路经一个人烟稠密、熙来攘往的村镇，这天正好是赶集之日。我正巧走在一群希腊人中间，于是想用家乡话呼求恺撒①大帝的威名，但是一开口只发出一声"呜"的长嘶来，既响亮且粗大，却无法发出恺撒名字的各个音节。

我这声不合时宜的嘶叫，颇使强盗们窘迫不安，因此，他们时而棍

---

① 原注：古罗马时代的卓越军事统帅，政治家和作家，生前曾南征北战，建立独裁统治，名声响彻四方，故其后西方帝王常用他的名字作为头衔。

打我的腰这边，时而棒击那一边，打得我那可怜的皮肉落入连一只筛子都不如的境地。

但毕竟天无绝人之路，至高无上的宙斯要来拯救我。原来，当我们行至一片乡间小别墅和高大的牛奶房前面时，我发现了一个小花园，建造得别有一番风味，园内除了种着其他赏心悦目的植物外，还开着一些鲜嫩的玫瑰花，花朵上滋润着清晨的露水。我情不自禁地靠近玫瑰，张开嘴巴，一副活蹦乱跳的样子，似乎得救的希望近在眼前。我流着口水正要把花儿咬在嘴里，可就在这时，一个非常明智的考虑把我止住了。那就是：如果我抛弃掉驴子的外形，再露出鲁巧的原貌，那么我显然将会在强盗手中殒命。因为，他们或者会把我当作一个妖怪，或者害怕我将来可能去告发。

因此，眼前我不得不委曲求全，将玫瑰花放弃；我暂时对自己的处境听天由命，仍以毛驴的形象开始咀嚼青草。

三、众家评说

（一）关于《驱车上东门》

人的生命是有限的，死亡虽令人厌恶，却是人类所不可抗拒的命运，中国传统习惯向来讳言生死，但这一问题实在不容人所回避。古来帝王如秦始皇、汉武帝在建立了功业之后，最大的诉求就是生命的永恒，故分别有徐福求仙、金茎玉露之事。在汉代，一般人也普遍萌生了这样的愿望，汉乐府《薤露》《蒿里》等诗作即展现了人们对于死亡的厌恶与恐惧——"露晞明朝更复落，人死一去何时归"，以及死亡的平等——"蒿里谁家地？聚敛魂魄无贤愚"①。与此思维相对应，许诺人以长生的道教开始发展，汉乐府《艳歌行》即描绘了一幅凡人登上仙界，接受众仙招待的奇妙画卷。

《驱车上东门》对死亡思考的态度与汉乐府一脉相承，它首先渲染墓地的肃杀与荒凉，复联想至长眠地下的死者，指出他们永远不能醒来的事实，并进而提出人短暂的寿命如同清晨的露水，且由生而死乃是自然规律，任何人都不得违背，此十几句顺势而下，如长江大河，浩浩荡荡，不容人反驳。朱筠评其：

> 此诗另是一宗笔墨。一路喷泼，不可遏抑，韩潮苏海，皆本于此。上东门在东北，故次句接曰："遥望郭北墓。"因"白杨""松柏"，想到"黄泉"死人；"陈"字妙，"永"字妙。此处越说得很（狠），下文越感叹得透。②

当作者把人们最后的堡垒"求仙"也攻破时，诗作遂成不可阻挡之势，结句的"不如饮美酒，被服纨与素"和盘托出，煞得精彩又简洁。但美酒和纨素果真是诗人心中最好的选择吗？恐又并非如此简单，其中的无奈与悲愤若草草放过，就实在是浪费了作者的一片苦心：

> 此诗感慨激切，甚矣。然通篇不露正意一字，盖其意所愿，据要路，树功名，光旗常，颂竹帛，而度不可得，年命甚促，今生已矣！转瞬与泉下人等耳！神仙不可至，不如放意娱乐，勿复念此。其勿复念此者，正不能不念也。夫"饮酒被纨素"，

---

① 逯钦立辑校：《先秦汉魏晋南北朝诗》，北京：中华书局，1983年，第257页。
② 隋树森：《古诗十九首集释》，北京：中华书局，1955年，第57—58页。

果遂其乐乎？与"极宴娱心意，荣名以为宝"同一旨，妙在全不出正意，故佳。愈淋漓，愈含蓄。[①]

后世许多诗人借醇酒、妇人消磨雄心壮志的做法，实已在此诗中开了先河。颓废固然不值得提倡，但在某些时刻，它是一种不得已而为之的选择，能将这种无奈的悲愤通透地呈现出来，即是一首好诗。王世贞《艺苑卮言》指出："至于'被服纨素'，其趣愈卑，而其情益可悯矣！"[②]王国维《人间词话》亦举此诗与《生年不满百》中的诗句，认为"写情如此，方为不隔"[③]。对此马茂元做了如下阐释：

> 诗人真正能够写出自己从经验感觉中所产生出来的东西，它必然是一针见血，能深深地吸引住读者；而这类的诗句，经常是眼前极为平常的而又是高度概括的语言，是人人所能理解的。反之，缺乏真实感受的诗篇，它就不得不在文字技巧上做功夫；尽管语言雕琢得再精美，但转弯抹角，读起来总是像雾里看花，终于隔了一层。[④]

为什么《古诗十九首》能引起读者的普遍共鸣？陈祚明的一番阐释颇为中肯：

---

① [清]陈祚明评选，李金松点校：《采菽堂古诗选》，上海：上海古籍出版社，2019年，第87页。

② [明]王世贞著，罗仲鼎校注：《艺苑卮言校注》，济南：齐鲁书社，1992年，第127页。

③ 王国维撰，黄霖等导读：《人间词话》，上海：上海古籍出版社，1998年，第10页。

④ 马茂元：《古诗十九首初探》，西安：陕西人民出版社，1981年，第92页。

《十九首》所以为千古至文者，以能言人同有之情也。人情莫不思得志，而得志者有几，虽处富贵，慊慊犹有不足，况贫贱乎！志不可得而年命如流，谁不感慨！人情于所爱莫不欲终身相守，然谁不有别离？以我之怀思，猜彼之见弃，亦其常也。夫终身相守者，不知有愁，亦复不知其乐，乍一别离，则此愁难已。逐臣弃妻，与朋友阔绝，皆同此旨。故《十九首》唯此二意，而低回反复。人人读之，皆若伤我心者。此诗所以为性情之物，而同有之情，人人各具，则人人本自有诗也。但人有情而不能言，即能言而言不能尽，故特推《十九首》以为至极。①

要之其所言为"人同有之情"，亦即导读中所提及的"人生'根目录'的话题"，所谓"人情不相远"，我们在这些话题中总能读出属于自己的一份共鸣，应当说它极好地兼顾了绝大多数受众，加以用语浅白又深厚有味，是以任何年龄层、文化水平的人在读后皆能有所领会、感悟，这是《古诗十九首》长盛不衰的一个重要原因。

（二）关于《赠白马王彪》

曹植属于天才型的诗人，这类诗人写诗往往以一股强烈的气势推动，与之相似的还有唐代的李白。这种气势使得作品不太能顾得上现实层面的合理性，但能达成一种"艺术的真实"，如其《白马篇》"长驱蹈匈奴，左顾陵鲜卑"②，前半句姑不论身经百战的武将如何，一介贵公子

---

① [清]陈祚明评选，李金松点校：《采菽堂古诗选》，上海：上海古籍出版社，2019年，第81页。
② 逯钦立辑校：《先秦汉魏晋南北朝诗》，北京：中华书局，1983年，第432页。

是绝无可能做到的，后半句的"顾"，那是仅仅靠一个眼神就让敌人溃败，这在现实之中固然不可能，但至少读者在这首诗中相信他具备这种能力。这就如同电影中发生再夸张的事情也不会令人感到难以置信，因为我们已经接受了这一设定。在这首诗中，他就是无所不能的少年英雄，李白的"天生我材必有用，千金散尽还复来"亦是如此。

在《赠白马王彪》中，曹植的气势源于愤怒，原因在序中已经说得非常明白，所谓"意毒恨之""愤而成篇"，皆毫不掩饰其情绪，这股情绪最终指向的是其兄曹丕。但他毕竟不能直言，故在诗作中以"鸱枭""豺狼""苍蝇"等比喻小人，但小人的阻挠不可能没有曹丕的授意，是以他对曹丕也不能没有微辞。刘克庄称其"终无一毫怨兄之意"[①]，恐不免皮相。除此之外，此诗还善用比兴，如"欲济川无梁""中逵绝无轨""欲还绝无蹊"等，既是说路途的艰险，实则也是暗喻其人生之途的进退维谷。曹植在曹丕登基后屡屡受到打压，陈寿在《三国志·魏书》中有一段评论谈及魏代诸侯王百般受到压抑排挤的处境：

> 魏氏王公，既徒有国土之名，而无社稷之实。又禁防壅隔，同于囹圄；位号靡定，大小岁易；骨肉之恩乖，棠棣之义废。为法之弊，一至于此乎！[②]

是以曹植的悲愤也是日积月累，终至不能忍受而喷发的结果。除了愤怒之外，此诗还涉及不少其他的内容，我们不能忘记这首诗的主旨在于赠别，而与白马王的赠别又和任城王的死别互为表里：

对于曹彰，曹植和他是死别；对于曹丕，曹植和他是生离。

---

① [宋]刘克庄撰，王秀梅点校：《后村诗话》，北京：中华书局，1983年，第3页。
② [晋]陈寿撰，陈乃乾校点：《三国志》，北京：中华书局，1959年，第591页。

生离是这首诗的主要线索，然而写生离却又不能不带出死别。从更深的层次看，诗人写与任城王的死别，意在点醒这与今日和白马王的生离实无二致。①

生离这条线索又关联至路途艰险、离别之痛与彼此的勉励，死别这条线索则关联到对世事无常的感叹和求仙虚妄的认识，这些都构成了诗作的书写内容，而将这些庞杂的内容串联起来的便是诗作所采用的顶针手法。该手法最初源自民歌，其作用是令诗歌朗朗上口，但在这里，曹植把它创造性地运用在段与段之间，从而使得前后诗意不产生中断，后者又在部分否定前者的基础上进一步生发出新的内容，达到层层转进、愈出愈奇的效果。这又与此诗抒情的特征相吻合，即并非一气贯注，而是一层一层转折，使得情感在部分否定前者并持续加深的态势中逐渐臻于极致：

"玄黄犹能进，我思郁以纡"，一个转折就把路途上的苦恼又加深了一层。有的人写诗是一口气投注到底的，像李后主的"自是人生长恨水长东""恰似一江春水向东流"，中间没有表现强烈挣扎的顿挫，完全是一往情深的奔泄。这当然有它的好处。可是，还有另外一种美，它不是一下子整个投入的，而是表现出一种挣扎的力量，竭力要从痛苦中挣扎出来，然而这挣扎并不成功，最后还是沉下去了，于是这种悲痛就显得更深、更重。②

故此诗并非仅有气势与情感，也有严密的章法和结构。钟嵘《诗品》

---

① 陈庆元：《三曹诗选评》，上海：上海古籍出版社，2018年，第217页。
② 叶嘉莹：《汉魏六朝诗讲录》，2版，石家庄：河北教育出版社，2000年，第183页。

称曹植"骨气奇高，辞采华茂"①，前者指的是情感，后者指的则是文辞。曹植的诗歌多用对句和精心锤炼的字眼以增强气势，这一手法在西晋以后逐渐形成雕琢绮靡的诗风，此后数百年内的诗歌注重炼字与文辞之美皆是受到曹植的影响。胡应麟即指出：

> 子建《名都》《白马》《美女》诸篇，辞极赡丽。然句颇
> 尚工，语多致饰，视东、西京乐府天然古质，殊自不同。②

总之，这篇《赠白马王彪》既是曹植的代表作，也堪称建安文学的代表；既有强烈的个性与情绪，又通过精准的字词、对偶、章法恰当地将这种情感表达出来。王世贞《艺苑卮言》卷三称其"悲婉宏壮，情事理境，无所不有"③，堪称确评。

（三）关于《金驴记》

这部杰作最初题名为《马达乌拉城阿普列乌斯的变形记》，后以《变形记》传世。公元5世纪，基督教教父奥古斯丁根据小说中人变形为驴的故事，称其为《驴》。后人在"驴"前冠上"金"字，以此称赞小说是"最优良的""奇妙的"，《金驴记》的名称因而流传于世。小说全篇十一卷，讲述了年轻人鲁巧（又译卢基乌斯）非同寻常的际遇：他因

---

① [梁]钟嵘著，曹旭集注：《诗品集注》（增订本），2版，上海：上海古籍出版社，2011年，第117页。

② [明]胡应麟：《诗薮》，陈广宏、侯荣川编校：《明人诗话要籍汇编》，上海：复旦大学出版社，2017年，第3117页。

③ [明]王世贞著，罗仲鼎校注：《艺苑卮言校注》，济南：齐鲁书社，1992年，第111页。

误敷魔药变为一头毛驴，在寻找能让他恢复人形的玫瑰花的过程中历经千辛万苦，相继服役于强盗、隶农、骗子、磨坊主、菜农、兵痞，以及贵族厨奴，同时阅尽世间百态和奇闻轶事，最后在埃及女神爱希丝的神恩之下吞食玫瑰花环，蜕掉驴皮，恢复人形，并皈依教门。

阿普列乌斯在小说中开宗明义地表明："笔者欲以米利都之文体，为你编造各种笑谈，想用本人娓娓动听之叙述，抚慰你那宽容的耳朵。"[①]这里点出了《金驴记》的体裁与古希腊作家阿里斯提得斯的作品《米利都的故事》的承袭关系。《米利都的故事》主要由带有异域色彩的爱情传奇故事组成，采用了"故事接故事、故事套故事"的写作手法，影响了现存的第一部古罗马小说——佩特罗尼乌斯创作于公元 1 世纪的《萨蒂利孔》。从《米利都的故事》到《萨蒂利孔》，流浪汉小说的模式和插曲式的结构愈发清晰，可惜它们都过早地沉寂于时间的流沙之下，除了直接影响了当时的作家，尤其是阿普列乌斯的创作以外，并没有为后世欧洲小说的发展提供助益。反倒是博采众长的《金驴记》，继承了以往小说的主题表现、叙事手法和写作技巧，扬弃了那些浓重的色情描写或落拓不羁的爱欲细节，获得了普遍性认可，奠定了欧洲长篇小说的基础。

《金驴记》的"变形"题材，尤其是"人—驴"的变形，也有深厚的渊源。古希腊罗马神话传说里蕴藏着丰富的变形故事，神祇和凡人皆有可能变成动物、植物、石头、星辰等，古罗马作家奥维德的《变形记》便是这样一部描写从开天辟地到奥古斯都时期的各种变形故事的史诗性巨制。古希腊哲学家毕达哥拉斯的"灵魂轮回说"也为变形思维提供了理论依据。

在丰富的变形故事中，"人—驴"变形格外醒目。小亚细亚地区古老的民间传说里就有此类变形传说。比如在古老的《旧约·民数记》第

---

① [古罗马] 阿普列乌斯：《金驴记》，刘黎亭译，南京：译林出版社，2012年，第1页。

二十二章中，巫师巴兰的驴就曾忽作人言。据说，后来有个名叫卢基乌斯的希腊人完整地写过"人—驴"变形的小说，只不过早已失传。到了公元 2 世纪，几乎与阿普列乌斯同时期的希腊讽刺作家卢奇安（又译"琉善"）写了一篇不太长的小说《卢基乌斯或驴》。关于这部作品，公元 9 世纪后半期的君士坦丁堡总主教福提乌斯曾经说，他读过希腊人卢基乌斯的《变形记》，并称该书的前两卷被卢奇安用于自己的作品《卢基乌斯或驴》。卢奇安的故事讲得并不复杂，阿普列乌斯在《金驴记》中沿用了这一题材，却并未满足于此。他的独创主要有以下三方面：一是铺陈演绎，在原有的"人—驴"变形大框架的基础上穿插了大量妙趣横生的神话、传奇、寓言，以及形形色色人物的生活插曲，从而扩充了篇幅，极大地丰富了小说的内涵；二是妙笔生花，细致入微地描写了鲁巧变驴和复形的过程，入木三分地刻画了鲁巧及其他人物面对不同情景和境遇时的心理活动，把这些莫须有的事情写得似乎触手可及；三是道德劝喻，欲念横流、蛊惑害人者无法得到真正的幸福，只有像鲁巧那样历经了"灵"与"肉"的双重洗礼的人才能重获新生，其中的劝诫性和喻世性不言自明。

作为最靠近古希腊文学传统的古罗马长篇小说之一，有学者一针见血地指出，《金驴记》是阿普列乌斯"向荷马致敬"的诚意之作。阿普列乌斯在小说中借主人公鲁巧之口感叹荷马的过人之处："古代希腊人中的诗圣确实有其道理，因为当他想描写一个智慧超群的人时，便会在诗篇中将那人想象成这个样子：他游历了许多城邦，了解各种各样的人，之后就获得了巨大的才能。"[1]具体到艺术表现力，阿普列乌斯在叙事策略、人物塑造和修辞手法上多有借鉴荷马史诗，尤其是《奥德赛》。尽管阿普列乌斯直言他效仿古希腊作家米利都的文体，而米利都文体最大的特色在于流浪汉小说模式和插曲式结构，但主人公的漫游和大故事

---

[1] [古罗马]阿普列乌斯：《金驴记》，刘黎亭译，南京：译林出版社，2012年，第231页。

套小故事的结构，其实也是《奥德赛》最为重要的叙事策略，两者之间的承袭关系并不隐晦。

阿普列乌斯博采众长，融合古希腊罗马以来的各种文学文化渊源，赋予《金驴记》独具特色的文学与历史价值，自问世之初就广受青睐，以手抄本的形式广为流传，后又以各种译本行世。据《金驴记》的中文译者刘黎亭观察，"从十四世纪起，《金驴记》逐渐传入欧洲乃至世界各地，到目前为止，外文译本几乎应有尽有"，在语言风格、写作技巧和创作素材上，为后世作者树立了典范。[①]

仅以"人—驴"变形题材而言，虽然这并非《金驴记》首创，但其无可挑剔的艺术价值和审美趣味持续地吸引读者的目光，从而将该题材流传至其他民族的文学母题里。无论是英国作家莎士比亚在戏剧《仲夏夜之梦》中设置的织工波顿变身为驴的桥段，还是法国作家巴尔扎克在小说《驴皮记》里构思的人披驴皮的细节，抑或是意大利作家科洛迪在童话《木偶奇遇记》中描绘的皮诺曹变成驴的经历，都可以说明"人—驴"变形题材是欧洲文学里的常青树。据我国学者刘以焕筚路蓝缕的考证，这个题材一方面在波斯、阿拉伯流传，并由此中转到印度，另一方面传至西亚、非洲，甚至传到了中国。[②]例如，宋代话本《大唐三藏取经诗话》里有关小沙弥变身为驴、恢复人形的描述。当然，"人—驴"变形题材在我国更广为流传的版本是唐传奇《幻异志》[③]中的"板桥三娘子"的故事。这则人驴互变的故事，据杨宪益考证，应该不是经由印度流传过来的，而是"与唐宋时著名的昆仑奴同来自非洲东岸，被大食商人带到中国来的"[④]，此言隐隐勾绘了《金驴记》的一抹影子。

① 刘黎亭：《译本序》，[古罗马]阿普列乌斯：《金驴记》，刘黎亭译，南京：译林出版社，2012年，第4页。
② 刘以焕：《古代东西方"变形记"雏形比较并溯源》，《文学遗产》1989年第1期。
③ [唐]孙頠：《幻异志》，《丛书集成初编》，北京：中华书局，1991年。
④ 杨宪益：《文学漫识》，北京：北京出版社，2020年，第125页。

🔆 思考与讨论

1.“忧生之嗟”是中国古典诗歌的重要主题，请结合《驱车上东门》文本与文化背景分析这一主题书写的意义，并思考其在当下是否还有继续言说的价值。

2.《诗品》称曹植“骨气奇高，辞采华茂”，你认为何者在其诗中发挥了更为重要的作用？请结合具体诗句加以分析。

3.《金驴记》对后世小说发展影响至深，不仅体现于“人—驴”变形题材，而且表现在透过“驴形人”的异类视角观察社会、体悟生活的构思模式。请思考这种异类视角的独到之处。

4.请对读《金驴记》和“板桥三娘子”的故事，理解同一题材在文化流变中的扬弃。

🔅 延伸阅读

◆《今日良宴会》（逯钦立辑校：《先秦汉魏晋南北朝诗》，中华书局，1983 年）

《今日良宴会》借宴会上演唱的一首歌曲生发，提出人生苦短，不能令其虚度，故应努力追求富贵荣华：“无为守贫贱，辗轲长苦辛。”

但以孔子为代表的儒家不提倡利益，而更多提倡品德、操守与理想，二者在有限的人生中不可避免地会产生冲突。这首诗与其说是对儒家价值观的背离，不如说是将普通人放在这样一种艰难的情境之中令其进行选择，对于接受过儒家教育的人来说，这一选择显得尤为艰难。王国维《人间词话》说："'昔为倡家女，今为荡子妇。荡子行不归，空床难独守'，'何不策高足，先据要路津？无为守贫贱，辗轲长苦辛'，可谓淫鄙之尤。然无视为淫词、鄙词者，以其真也。"① "真"是文学最为可贵的品质，因此我们并不会去苛责这首诗所提出的价值观。《古诗十九首》极为看重生命的可贵，人只能活一次，你会做何选择？

◆ **《西北有高楼》（逯钦立辑校：《先秦汉魏晋南北朝诗》，中华书局，1983 年）**

此诗先写高楼之高、窗饰之美，复写琴声之悲，却始终不令弹琴之人正面出现在镜头前，构思极为精巧。至陆机《拟西北有高楼》则直写"佳人抚琴瑟，纤手清且闲"，"玉容谁能顾，倾城在一弹"②，便稍落了下乘。但这首诗的主旨不是写这个"人"，而是写能弹奏如此悲哀曲调的人却没有知音，唯独"我"听出了曲中的真意，故愿与之比翼翱翔。古人宦游外地，即如同我们现在为求学和工作漂泊在外，除了理想、现实之外，还有被理解、被安慰的需要，《古诗十九首》对个体的关怀是此前及此后的诗作都不太多见的。至于诗中这个人果真存在，抑或只是作者的幻想呢？二者皆有可能。

---

① 王国维撰，黄霖等导读：《人间词话》，上海：上海古籍出版社，1998年，第15—16页。

② 逯钦立辑校：《先秦汉魏晋南北朝诗》，北京：中华书局，1983年，第688—689页。

◆ 曹操：《苦寒行》（逯钦立辑校：《先秦汉魏晋南北朝诗》，中华书局，1983 年）

若要体会建安诗歌的"慷慨悲凉"，曹操的作品或许最为合适，其作诗不太讲究文采，多直言其事、直抒胸怀，但因其多写战争、民生之艰苦及其感慨，故此种写法亦恰如其分。这首《苦寒行》作于远征途中，作者有感于天气的寒冷、路途的艰险，遂慷慨悲歌，诗中许多意象都是建安诗歌中的常客，如萧瑟之树木、悲号之北风，以及"水深桥梁绝"的境遇等，钟嵘《诗品》评曹操为"古直，甚有悲凉之句"[1]，是十分恰当的。

◆ 王粲：《七哀诗》（其一）（逯钦立辑校：《先秦汉魏晋南北朝诗》，中华书局，1983 年）

王粲的这首《七哀诗》作于汉末董卓之乱离开长安奔赴南方途中，写其看到路上种种惨绝人寰的景象，发挥了诗歌记录实事以为史书之备的功能。诗写一位妇人忍心抛弃了自己的孩子，这在一般情况下是违背人性的；但在这个特殊的时代，因为饥荒，她自己都不知身死何处，是以不忍亲见其死而弃之。所谓"乱离人不如太平犬"，战争对百姓的伤害莫甚于此。作者最后登上了霸陵，霸陵是汉文帝的陵墓，那是一个太平的时代，他于此时此处回首望向烽火中的长安，多少感慨都凝聚在了这一"望"中。

◆ 曹植：《白马篇》（逯钦立辑校：《先秦汉魏晋南北朝诗》，中华书局，1983 年）

这是曹植早年的诗作，写得意气风发。游侠少年本是《汉书》中描

---

[1] [梁]钟嵘著，曹旭集注：《诗品集注》（增订本），2版，上海：上海古籍出版社，2011年，第478页。

绘过的人物，他们不受法律的约束，探丸杀吏，于社会规矩之外执行着自己的正义。曹植此诗则进一步赋予其"国家大义"，写其为国杀敌，视死如归，后来金庸《神雕侠侣》中所说的"侠之大者"，或有受其影响的可能？此诗写游侠射艺的高超，乃上、下、左、右四个方位并举，极具气势，所用的字眼亦极具力量感；写其杀敌的神勇，则是"长驱蹈匈奴，左顾陵鲜卑"，营造了一个夸张却又合理的艺术境界。

◆ ［英］爱德华·吉本：《罗马帝国衰亡史》（席代岳译，吉林出版集团有限责任公司，2011 年）

爱德华·吉本以宏阔的篇幅叙述了罗马帝国从公元 2 世纪安东尼时代的赫赫荣光，到 1453 年君士坦丁堡陷落时的黯然谢幕，一千三百多年的历史风貌跃然纸端，诠释了盛衰兴替的永恒历史命题。虽然随着考古界、古典学术界、科技史等领域的大量新资料、新成果的涌现，本书所涉及的参考文献和所得出的研究结论已经不再前沿，但正如不少评论家所指出的，作者在处理复杂历史现象时的史学家视野、洞悉人类精神本质的哲学家胸怀，以及文辞华赡优雅的文学家笔法，都确保了这本书成为文史学问之经典著作。

第七讲

开拓的乱世：
民族的融合与文学的演进

一、背景与导读

汉帝国在绵延四百余年后，至桓、灵时，衰败气象已露。《古诗十九首》中反映出的都市衰败感和人生虚无感，无一不是帝国崩溃的前兆。终于，在经历黄巾军起义和董卓之乱等兵燹后，汉帝国在曹魏受禅的政治戏码中迎来了最体面的终结。之后，到公元589年隋朝重新恢复大一统的政治秩序，中国又经历了将近四百年的大动乱。这段被称为魏晋南北朝的乱世，以其独特的魅力在中国思想文化史上占据了重要的一页。

以往在理解魏晋南北朝时，人们倾向于认为这是一个玄风盛行、高蹈出世的时代。这种理解不能涵盖历史的全部。如果从地理大发现这一角度来理解魏晋南北朝，那么这段时期甚至可以看作一个"开拓"的乱世，是对汉帝国功业精神内核的继承。

从地理大发现的角度来说。秦汉时期，郡县制已经推行到了五岭地区，但实际的控制力还是较为有限的。像司马迁在《史记·货殖列传》中描述的一样，整个江南地区仍处于"刀耕火种"的落后状态。魏晋南北朝时期，对广大南方地区进行了长时间、大规模的拓殖活动。其中，东吴政权虽然只存在了六十余年，但对南方山地的开垦功不可没。日本学者金文京曾统计，孙权前期征服了十余万山越人，充作兵源。蜀汉存在时间更短，但也对南中地区进行了深度开拓。南中是汉晋间诞生的一个专门地理称谓，指代蜀西南的广大地区，包括今天云南、贵州大部分地区。西汉的势力只进入了滇东北，因昆明夷久不能征服，汉帝国从西南方打通前往西域的宏伟计划终究没能实现。征服滇西南的"哀牢部"，是东汉时完成的，也是班固《两都赋》中盛赞的大功绩。蜀汉时，诸葛亮曾"五月渡泸，深入不毛"，就是为了向南中斥境。更不用说五胡十六国和北朝时期与西域的连通了。张骞通西域后，汉帝国的势力在西域艰难推进，并几经反复。东汉永平十六年（73），汉朝重新控制了通往西域的交通线，又派班超控制了鄯善、于阗等国，重立西域都护府，才算是恢复了西汉时期的疆土。之后，西域都护府又几经废立，汉代的西北疆域边界也撤到了今天山山脉西段，没能越过葱岭(今帕米尔高原)。十六国中，如前凉、前秦和后凉等政权，都未曾放弃对西域的经营，前凉后期还设有西域长史，文化交流非常密切。

另外非常值得提及的是，魏晋南北朝时期，我国对海外国度的认知是突破性的。孙权是三国集团领导人中最具海洋意识的一位，可能与他本人是南方人、家乡近海有关系。他在略定岭南后，立刻派遣了康泰、朱应两人出使扶南。扶南，就是现在的柬埔寨，在宋代三佛齐（又称"室利佛逝"，7—14世纪大巽他群岛上兴起的海上强国)等海岛国家崛起前，位于中南半岛上的扶南是南海诸国中的霸主。康泰一行来到扶南宣化国事后，经行、传闻者有百数十国，归来撰成《吴时外国传》。这是一次丝毫不亚于张骞出使西域的壮举。《吴时外国传》中记载了大量南海诸国的政治、经济、风俗、物产、宗教，是隋唐时人撰写南海国度传记的重要倚靠资料，如扶南、林邑、金邻、林阳、波辽、斯调、薄叹洲、马五洲等地名，都是首次见于汉文典籍。

这样一种天翻地覆的外界地理环境，对于魏晋南北朝人的价值观、人生观都有很深的影响。他们既是移民者，也是拓荒者。两汉时人生活的土地是他们所熟悉的故土，他们向往的是帝国政治的中心。魏晋南北朝时，这种平衡在一定程度上已经被打破了，人们面临的更多是新环境。在对新环境征服和适应的过程中，东晋、南朝人创作了诸多山水诗和描写一地山川风物的地记，北朝人则留下了诸多前往西域的行记。南北朝的文学风格不甚相同，大抵南朝柔媚，北朝刚劲，而作品中折射出来的对新知外部世界的惊异与赞叹，却是南北统一的。

本讲所选的两个作品，分别是东晋孙绰的《游天台山赋》和北朝民歌《木兰诗》。孙绰，字兴公，原籍太原中都人，永嘉南渡后家于会稽。天台山真正闻名天下，乃是在唐代之后，魏晋时期，这里还属于较为偏远、人迹罕至之地，故孙绰的《游天台山赋》算是较早以文学的形式盛赞天台山的名作。赋作对天台山的景物，如"石梁""瀑布"等的描写，对后世诗作的写作方式形成了一定影响。赋作以"然图像之兴，岂虚也哉"为发端，先综述天台山之造化神秀，乃"运自然之妙有"的结果，说明此山神奇秀丽，令人心驰神往；然后开始铺陈登山过程中的鸟禽、草木等，思索此山的高峻和玄远；最后描述登临绝顶之后的超脱之情。孙绰本人精于玄学，又通佛理，故赋作中的玄妙之道也溢于字里行间。

《木兰诗》是北朝民歌中为数不多的长篇叙事诗，也是后世知名度较广的北朝民歌。此诗讲述了一个勇敢的女子，代父从军十二年后凯旋，又放弃功名利禄，素朴还乡的传奇故事，塑造了一个勇敢、质朴而又率真的女英雄形象。她既高大又贴近生活，故"木兰代父从军"的故事在后世流传不息。全诗语言流畅，在其流传过程中应该添加了文人的润色之词。

二、作品选目

（一）游天台山赋（并序） ①
孙绰

　　天台山者，盖山岳之神秀者也。涉海则有方丈、蓬莱，登陆则有四明、天台。皆玄圣之所游化，灵仙之所窟宅。夫其峻极之状，嘉祥之美，穷山海之瑰富，尽人神之壮丽矣。所以不列于五岳，阙载于常典者，岂不以所立冥奥，其路幽迥。或倒景于重溟，或匿峰于千岭。始经魑魅之途，卒践无人之境。举世罕能登陟，王者莫由禋祀，故事绝于常篇，名标于奇纪。

　　然图像之兴，岂虚也哉！非夫遗世玩道，绝粒茹芝者，乌能轻举而宅之？非夫远寄冥搜，笃信通神者，何肯遥想而存之？余所以驰神运思，昼咏宵兴，俯仰之间，若已再升者也。方解缨络，永托兹岭。不任吟想之至，聊奋藻以散怀。

　　太虚辽廓而无阂，运自然之妙有，融而为川渎，结而为山阜。嗟台岳之所奇挺，实神明之所扶持。荫牛宿以曜峰，托灵越以正基。结根弥于华岱，直指高于九疑。应配天于唐典，齐峻极于周诗。

　　邈彼绝域，幽邃窈窕。近智以守见而不之，之者以路绝而莫晓。哂夏虫之疑冰，整轻翮而思矫。理无隐而不彰，启二奇以示兆。赤城霞起而建标，瀑布飞流以界道。

　　睹灵验而遂徂，忽乎吾之将行。仍羽人于丹丘，寻不死之福庭。苟台岭之可攀，亦何羡于层城？释域中之常恋，畅超然之高情。被毛褐之森森，振金策之铃铃。披荒榛之蒙茏，陟峭崿之峥嵘。济楢溪而直进，

---

① [晋]孙绰：《游天台山赋》，[梁]萧统：《文选》，上海：上海古籍出版社，1986年，第493—500页。

落五界而迅征。跨穹隆之悬磴，临万丈之绝冥。践莓苔之滑石，搏壁立之翠屏。揽樛木之长萝，援葛藟之飞茎。虽一冒于垂堂，乃永存乎长生。必契诚于幽昧，履重险而逾平。

既克隮于九折，路威夷而修通。恣心目之寥朗，任缓步之从容。藉萋萋之纤草，荫落落之长松。觇翔鸾之裔裔，听鸣凤之嘤嘤。过灵溪而一濯，疏烦想于心胸。荡遗尘于旋流，发五盖之游蒙。追羲农之绝轨，蹑二老之玄踪。

陟降信宿，迄于仙都。双阙云竦以夹路，琼台中天而悬居。朱阙玲珑于林间，玉堂阴映于高隅。彤云斐亹以翼棂，曒日炯晃于绮疏。八桂森挺以凌霜，五芝含秀而晨敷。惠风伫芳于阳林，醴泉涌溜于阴渠。建木灭景于千寻，琪树璀璨而垂珠。王乔控鹤以冲天，应真飞锡以蹑虚。驰神变之挥霍，忽出有而入无。

于是游览既周，体静心闲。害马已去，世事都捐。投刃皆虚，目牛无全。凝思幽岩，朗咏长川。尔乃羲和亭午，游气高褰。法鼓琅以振响，众香馥以扬烟。肆觐天宗，爰集通仙。挹以玄玉之膏，嗽以华池之泉。散以象外之说，畅以无生之篇。悟遣有之不尽，觉涉无之有间；泯色空以合迹，忽即有而得玄。释二名之同出，消一无于三幡。恣语乐以终日，等寂默于不言。浑万象以冥观，兀同体于自然。

（二）木兰诗 [1]

唧唧复唧唧，木兰当户织。不闻机杼声，唯闻女叹息。问女何所思，问女何所忆。女亦无所思，女亦无所忆。昨夜见军帖，可汗大点兵，军书十二卷，卷卷有爷名。阿爷无大儿，木兰无长兄，愿为市鞍马，从此

---

[1] [宋]郭茂倩编撰：《乐府诗集》，上海：上海古籍出版社，2016年，第350—351页。

替爷征。东市买骏马，西市买鞍鞯，南市买辔头，北市买长鞭。且辞爷娘去，暮宿黄河边，不闻爷娘唤女声，但闻黄河流水鸣溅溅。且辞黄河去，暮至黑山头，不闻爷娘唤女声，但闻燕山胡骑鸣啾啾。万里赴戎机，关山度若飞。朔气传金柝，寒光照铁衣。将军百战死，壮士十年归。归来见天子，天子坐明堂。策勋十二转，赏赐百千强。可汗问所欲，"木兰不用尚书郎，愿驰千里足，送儿还故乡"。爷娘闻女来，出郭相扶将。阿姊闻妹来，当户理红妆。小弟闻姊来，磨刀霍霍向猪羊。开我东阁门，坐我西间床，脱我战时袍，著我旧时裳。当窗理云鬓，挂镜帖花黄。出门看火伴，火伴皆惊忙："同行十二年，不知木兰是女郎。"雄兔脚扑朔，雌兔眼迷离。双兔傍地走，安能辨我是雄雌？

三、众家评说

（一）关于《游天台山赋》

天台山在今浙江省天台县和临海县之间，在孙绰生活的东晋，这一带还属于比较偏远的地方，正如赋中所称："所以不列于五岳，阙载于常典者，岂不以所立冥奥，其路幽迥。"中国古代最早的山水诗，发端于浙江省东南部的永嘉、天台一带，是有其深厚的历史背景的。秦汉时期的会稽郡，虽然出现过像严助、朱买臣这样的文人，诞生过像《越绝书》这样的方志性质的史籍，但其文化辐射圈主要是在环太湖流域，南方大部分地区还处于一种待开发的状态。直到东吴，为了获得充足的立国资本，就不断向南拓殖边地。天台山所处的临海郡，就是东吴后期设立的。

当时东吴本土人士对于这一带的地理环境还不甚知晓，东吴沈莹就作有《临海水土异物志》，为人们介绍这一带丰富的海陆物产。到了东晋时期，因为无力克复中原，故选择了一种偏安的政治策略，南方大地也得到了进一步拓殖。孙绰的《游天台山赋》算是较早描写此山的文学作品。当时关于天台山的图像已经流传开了。从中我们也可以看到，在谢灵运来到永嘉并写出了真正意义上的"山水诗"之前，浙东山水已经开始在士大夫的生活中占据越来越重要的位置了。

　　天台山真正闻名天下，是在唐代以后。这里作为"浙东唐诗之路"的终点，也作为一座风景秀丽的宗教名山，曾吸引了一众著名诗人前来吟咏。例如，李白《天台晓望》"天台邻四明，华顶高百越。门标赤城霞，楼栖沧岛月"，孟浩然《寻天台山》"吾友太乙子，餐霞卧赤城。欲寻华顶去，不惮恶溪名。歇马凭云宿，扬帆截海行。高高翠微里，遥见石梁横"，李郢《重游天台》"南国天台山水奇，石桥危险古来知。龙潭直下一百丈，谁见生公独坐时"，写的都是对此山的向往。①并且，唐代吟咏天台山的诗，在语言修辞手法上，或多或少都受到孙绰《游天台山赋》的影响。如李白"门标赤城霞"一句，就从孙绰赋"赤城霞起而建标"一句化用而来；孟浩然"高高翠微里，遥见石梁横"一句，则是孙绰赋"跨穹隆之悬磴，临万丈之绝冥。践莓苔之滑石，搏壁立之翠屏"的演化。"悬磴"就是"石梁"，也叫"石桥"。天台山的石梁在六朝时期就已经非常有名，顾恺之《启蒙记》中就曾记载："前有石桥，路径不盈一尺，长数十丈，下临绝冥之涧。"②

　　孙绰生活的东晋，是一个玄风盛行的时代，孙绰本人就是一个著名的玄学家，也精通佛理。田晓菲对"玄"有非常精当的解释："'玄'

①安祖朝编注：《天台山唐诗总集》，杭州：浙江古籍出版社，2018年。
②[晋]顾恺之：《启蒙记》，[清]马国翰辑：《玉函山房辑佚书》，上海：上海古籍出版社，1990年，第2333页。

是四世纪广泛应用于哲学、宗教和文化话语的概念，既描述终极真理，也描述栖息于真理之中的心态。"① 因此对于东晋士大夫来说，发现山水并不够，还必须以一种正确的态度来看待山水。"身至"山水是不够的，必须要"神至"，让山水与人之间有更深层次的映照，才能达到对山水的"观"。

田晓菲说法的精神内蕴，我们在清人何焯对《文选》的批注中已可看到：

> 非赋山，乃赋游耳。山为实，游为虚，运实于虚，特为精妙。中兴才笔，兴公为冠。②

又清人方廷珪《文选集成》中对相似意见表述得更为详尽：

> 晋人祖述老庄以清虚为学，以无为为宗。此赋借天台以谈元（玄）理，非仅写游屐之乐也。前由下望上，意其中必有灵境，先从险处游起，写其一路艰危，盖求长生，非用勇猛工夫，何处可求进步；后复从平处游起，写其一路闲旷，盖求长生既矢坚固愿力，自然日就坦途。由是精进不已，不觉身跻顶上，俗障顿空，超众有而入真无矣。一篇大意，俱于结段处和盘托出。③

在孙绰看来，游山的内核就是玄理，玄理的外现就是游山。只要愿望足够强烈，就可以跨越一切地理障碍，神游山岳，这样的游览甚至胜

---

① 田晓菲：《神游：早期中古时代与十九世纪中国的行旅写作》，北京：生活·读书·新知三联书店，2015年，第32—33页。

② 魏耕原主编：《历代小赋观止》，西安：陕西人民教育出版社，1998年，第212页。

③ 魏耕原主编：《历代小赋观止》，西安：陕西人民教育出版社，1998年，第212页。

过登仙。不仅孙绰的《游天台山赋》持此观点，东晋时期还有一些写作游览天台山的诗歌，如孙绰的好友支遁就写过同题材的诗歌，其精神内核都有相似之处，就是凸显"观想"对游山的重要作用。

《文心雕龙·明诗》这样描写东晋到刘宋的诗歌趣味嬗变——"庄老告退，而山水方滋"，是说文坛上的玄风退却，真正的山水诗才开始勃兴。而从东晋的一些游览山水的诗赋中，我们或者可以说，当时的玄学思想是依附在山水游览之上的，只是"观想"的精神力量逐步减弱时，真正的山水美才进一步凸显出来。瞿蜕园先生早就已经注意到孙绰《游天台山赋》对谢灵运山水诗的影响，他称：

> 这篇赋可说是替谢氏（按：指谢灵运）的山水诗开了门径。……采取记游的形式，而不将天台山做旁观的、静态的描写，尤为后来的游山诗所祖述。又，篇中杂有道、释两教的话头，仙佛思想与山水的题材合而为一，这种诗风也对谢灵运及后来的山水诗人有所影响。谢灵运的山水诗中往往也涉及某些名理，且有消极隐遁的情调，和孙绰表现在《游天台山赋》中的虚幻的求仙思想相近。这也反映了晋代纷乱动荡的局势下士大夫的苦闷情绪。[1]

以我们今人的眼光去理解孙绰"神游天台山"的行为，已经很有隔膜了。相比起盛唐时期王维、孟浩然语言圆融的山水诗，我们在阅读谢灵运的山水诗时，也会感觉困顿。东晋南朝时期，东南山水为士人所发现和激赏，成为他们的精神寄托。但正如后世评价谢灵运，"山水不足以娱其情，名理不足以解其忧"，我们在观照某一自然风景时，很难不

---

[1] 瞿蜕园选注：《汉魏六朝赋选》，上海：上海古籍出版社，1979年，第162页。

带上个人的情绪和时代给人留下的思想意识形态。"以我观物，故物皆着我之色彩"，东晋南朝时期充满玄言色彩的山水诗，也不过时人在表达对山水的激赏之情时留下的属于那个玄风盛行的年代的特殊表达方式而已。

（二）关于《木兰诗》

《木兰诗》较早著录于陈光大二年（568）僧智匠的《古今乐录》中。后北宋初年类书《文苑英华》又有收录，题作《木兰辞》。郭茂倩《乐府诗集》中再次收录，并归入"梁鼓角横吹曲"一类。诗歌写了家喻户晓的木兰代父从军的故事，整篇作品语言流畅、情节生动，充满了传奇色彩。清人沈德潜在《古诗源》中这样评价《木兰诗》——"事奇诗奇，卑靡时得此，如凤凰鸣，庆云见，为之快绝"[1]，正中鹄的。北朝民歌中还有一首与《木兰诗》有异曲同工之妙的《李波小妹歌》："李波小妹字雍容，褰裳逐马如卷蓬，左射右射必叠双。妇女尚如此，男子安可逢？"[2]北朝许多民众本身是南下的游牧民族，又常年处于战争状态，故女子也善于骑射，并非罕事。

在被收录进文集之前，《木兰诗》已在民间流传甚久。我们根据已知的较早收入该诗的《古今乐录》的年代来推定，《木兰诗》在南北朝时已经存在。根据诗歌所记内容，大致可以推定写的是北朝之事，很有可能是北魏。在《木兰诗》长期流传的过程中，诗中主人公也一直以"木兰"闻名。有学者猜测"木兰"很有可能是鲜卑人的姓氏。明朝徐渭在

---

① [清]沈德潜：《古诗源》，沈阳：辽宁教育出版社，1997年，第228页。
② [清]陈祚明评选，李金松点校：《采菽堂古诗选》，上海：上海古籍出版社，2019年，第1264页。

其杂剧《四声猿》中，有一折《雌木兰替父从军》，才冠以"花"姓，木兰也成了现在读者所熟悉的花木兰。

从五胡十六国到南北朝时期，各家政治实体旋起旋灭，最纷乱时竟有七八个政权并立了十余年。但是其中大部分只能被称为"国"，如果有能被称为"朝"的，那就只能是鲜卑人建立的北魏。北魏的出现，是纷乱的南北朝时期最明朗的一轮间隙。

北魏时期诞生了许多脍炙人口的民歌。郭茂倩《乐府诗集》中收录的北朝民歌，大多数产生于北魏、北齐和北周时期。北朝民歌风格刚健质朴、粗犷豪放，全然不同于南朝民歌的婉转细腻。当时，许多北朝民歌最初是以鲜卑语的形式流传，之后才被翻译成汉语。例如，著名的《敕勒歌》——"敕勒川，阴山下。天似穹庐，笼盖四野。天苍苍，野茫茫，风吹草低见牛羊"，郭茂倩《乐府诗集》就称"其歌本鲜卑语，易为齐言，故其句长短不齐"[1]。《木兰诗》是否原本也以鲜卑语流行不得而知。曹旭先生根据诗中称天子为"可汗"，以及战争的发生地点在"黑山""燕山"一带，推断木兰参加的是北魏与柔然之间的战争。[2]

曹旭先生的说法，能从历史事实中得到印证。柔然在南北朝的正史中，又被记作"蠕蠕""芮芮"等，兴起于5世纪初期，在进入5世纪20年代后，其在西域的势力发展非常迅猛，这就与有意图谋西域的北魏发生了直接冲突。可以看到，这一时期，西域许多国家的兴废，其背后都有北魏与柔然的军政操纵。例如，阚氏高昌的建国就是柔然直接插手的结果；在伊犁河流域活动长达五个世纪的乌孙人，也因为柔然势力迅速在西域扩张而被迫迁徙，从此乌孙人的活动不见于史籍记载；乘机占领了乌孙故地的悦般，为谋划自身的发展，则积极联络北魏以夹击柔然。柔然内部也有动乱，可汗伏图之子、丑奴之弟阿那瓌，就曾因内乱于北

---

[1] [宋]郭茂倩编撰：《乐府诗集》，上海：上海古籍出版社，2016年，第1039页。
[2] 曹旭撰：《古诗十九首与乐府诗评选》，上海：上海古籍出版社，2002年。

魏正光元年（520）南投北魏。《洛阳伽蓝记》中记载了这件事情①，称阿那瓌在进入洛阳城时，城中百姓唱道："闻有匈奴主，杂骑起尘埃。列观长平坂，驱马渭桥来。"②

根据《木兰诗》中提到的"昨夜见军帖，可汗大点兵。军书十二卷，卷卷有爷名""东市买骏马，西市买鞍鞯，南市买辔头，北市买长鞭"这些内容来推测，木兰家很有可能是"军户"。北魏实行的是府兵制，所谓"军户"就是编入军籍的户口，在"民户"之外，虽然可以免去"租调"，但是其子弟必须世代为兵，并且打仗时的作战工具也必须由自己准备。"阿爷无大儿，木兰无长兄"，木兰在收到军帖之后，只能代父从军，这是由当时的军政制度所决定的。

也有学者认为，《木兰诗》中提到的"点兵""爷娘""大儿"等词，都是隋朝之后才出现的，而"天子坐明堂""策勋十二转"，则是唐朝时的制度。如果说《木兰诗》晚至隋唐时期才出现的话，那么诗歌中所描写的北方民族战争，与隋唐时期的历史实情不甚相符。隋朝时与北方突厥实行和亲政策，唐贞观四年（630）时，李靖阴山一战擒获突厥颉利可汗，从此东突厥覆亡，并不存在长达十几年的战争。

比较让人信服的解释就是：《木兰诗》产生于北朝，后又流入南朝，在长期的流传过程中，曾经过诸多文人之手加以润色。《木兰诗》本身就是民族大交融的产物，在其漫长的流传过程中，加入了南北朝至隋唐各个时期的文化元素。《木兰诗》写的是北朝战争事宜，但它的语言却有南北朝各个时期的风格特色。明代胡应麟在《诗薮》中这样剖析《木兰诗》中的"语言层叠特色"：

---

① [北魏]杨衒之著，俞婉君译注：《洛阳伽蓝记》，南昌：二十一世纪出版社集团，2018年，第189页。
② [宋]郭茂倩编撰：《乐府诗集》，上海：上海古籍出版社，2016年，第936页。

《木兰歌》是晋人拟古乐府，故高者上逼汉、魏，平者下
兆齐、梁。如"南市买辔头，北市买长鞭"，尚协东京遗响；
至"当窗理云鬓，对镜贴花钿"，齐、梁艳语宛然。又"出门
见伙伴"等句，虽甚朴野，实自六朝声口，非两汉也。①

胡应麟说的"南市买辔头，北市买长鞭"有"东京遗响"，大有趣味。
这里的"东京"指的是汉魏旧都洛阳城。北魏时期的洛阳城大致延续了
汉魏的旧规制，城内共有"三市"，陆机《洛阳记》称洛阳市场有三："大
市名金市，在大城西南，市在大城南，马市在大城东。按金市在临商观西，
兑为金，故曰金市；马市在东，旧置丞焉。"②《木兰诗》中例举的"东
南西北"四市，是一种文学的语言修辞，但也在一定程度上反映了洛阳
当时的实况。洛阳金市在金墉城前，是一座官市；羊市在城南；马市则
在城东，马市又称牛马市，在建春门外，曹魏时嵇康就是在这里被处决的。

《木兰诗》本为北朝民歌，在其长期流传过程中，经历了许多文人
的润色，因此在"古语"中又掺杂了诸多"律调"，成为我们今天看到
的文学样貌。明人谢榛在《四溟诗话》中精辟地指出了《木兰诗》中蕴
含的以上两种截然不同的语调：

《木兰词》云："问女何所思？问女何所忆？女亦无所思，
女亦无所忆……北市买长鞭。"此乃信口道出，似不经意者，
其古朴自然，繁而不乱。若一言了问答，一市买鞍马，则简而
无味，殆非乐府家数。"万里赴戎机，关山度若飞。朔气传金柝，
寒光照铁衣。将军百战死，壮士十年归"，绝似太白五言近体，

①［明］胡应麟：《诗薮》，上海：上海古籍出版社，1958年，第44—45页。
②［宋］乐史著，王文楚等点校：《太平寰宇记》卷三，北京：中华书局，2007年，第
54页。

但少结句尔。能于古调中突出几句律调，自不减文姬笔力。"雄兔脚扑朔……"此结最着题，又出奇语，若缺此四句，使六朝诸公补之，未必能道此。①

魏晋南北朝是一个地理大发现和民族大交融的时代，这一时期的民族融合不仅发生在像北魏孝文帝推行汉制这样的和平演变中，更发生在民族战争和民族屠戮中。而最终，较低程度的文明要向较高程度的文明靠拢，这是一种历史发展的趋势。通过一首短短的《木兰诗》，我们既看到了北朝时期的真实历史写照，又从该诗的语言风格中看到了南朝文学对其的浸染，所以有学者称《木兰诗》是南北朝民族交融的产物，相关说法是比较妥当的。

☉ 思考与讨论

1. 东晋南朝时期有哪些描写浙江南部地区山水的文学作品？在这些文学作品中，当地的山川风貌是怎样一种形象？

2. 孙绰在《游天台山赋》中称"然图像之兴，岂虚也哉"。相比于"身至"，魏晋时期的游览山川更追求"神至"的境界，即关注外界对内心世界产生的观照。这种精神追求对相关山水诗文的写作有何影响？

3. 南朝有诸多作家曾滞留北地，最为著名者如庾信。杜甫有"庾信文章老更成"句，就是指庾信在故国亡破、淹留北地后，文章风格大变。

---

① [明]谢榛：《四溟诗话》，北京：商务印书馆，1936年，第51页。

试谈北地的自然风光与创作氛围对庾信后期写作有何影响。

🕸 延伸阅读

◆ [晋] 谢灵运：《山居赋》（李运富编注：《谢灵运集》，岳麓书社，1999 年）

谢灵运是南朝非常具有影响力的诗人，沈约《宋书·谢灵运传》称："（谢灵运）每有一诗至京师，贵贱莫不竞写。"同时，他也是中国山水诗的写作鼻祖。《山居赋》作于他隐居会稽别业时。魏晋南北朝时期庄园经济非常发达，许多文人都曾描绘过理想家园的蓝图，实乃总结一种人生态度，表明自身的精神追求，如潘岳《闲居赋》、石崇《金谷园序》等。谢灵运本人对《山居赋》非常看重，亲为作注。他以"江海人"自名，描写了别业周围的山林、园圃及一年四季的物候变化，抒发了仕途失意而寓寄托山川的心迹。该赋作在艺术上"真于情性，尚于作用，不顾词彩，而风流自然"①。

◆ [晋] 喻希：《与韩豫章笺》（[清] 严可均辑：《全晋文》，商务印书馆，1999 年）

喻希，字益期，豫章人。东晋穆帝升平末年曾为治书侍御史，累迁至将作大匠。他这封书笺中提及的"韩豫章"就是韩康伯，是东晋著名的玄学家。清阮元校刻的《十三经注疏》中《周易》一种，就采用了韩

---

① [唐]皎然著，周维德校注：《诗式校注》，杭州：浙江古籍出版社，1993年，第17页。

康伯的注。《与韩豫章笺》原文已散佚，佚文见于郦道元《水经注》《北堂书钞》《艺文类聚》《太平御览》等唐宋类书，其中描写槟榔树的一段文字，兼备科学性与文学性，颇具文学欣赏价值。魏晋南北朝时期，随着对交广地区的深度拓殖，诸多岭南物产开始走入中原人士的生活圈子。喻希这篇《与韩豫章笺》将科学知识融于优雅的文笔之中，是一篇难得的兼具文学、科学和历史地理价值的散文佳作。

◆ ［北魏］郦道元：《水经·河水注》（陈桥驿校证：《水经注校证》，中华书局，2007 年）

晋代以降，为《水经》作注的共有两家，皆见于《隋书·经籍志》：一为三卷本，郭璞注；一为四十卷本，郦善长（道元字）注。两种皆不著录《水经》原作者名姓。郭璞所注的三卷本《水经注》，在中唐杜佑作《通典》时犹可见，宋后散佚。郦道元所注的四十卷本《水经注》，在北宋仁宗时修成的《崇文总目》中已称亡佚五卷。我们今天所看到的四十卷本《水经注》，是后人拆分内容以凑足原数的结果。《水经注》是中国古代地理名著，也是六朝私撰地记中的集大成者。它以水道为纲目，记载了两千八百多座沿水道的城邑聚落，以地存人，记载了一地的山川、民俗、掌故、植被、矿产、自然灾害等一系列地理信息。《水经注》共记载了大大小小一千两百五十二条河流，而实际涉及的干支流水道有五千多条。郦道元生活的北魏虽然只统一了中国北方大地，但一直有一统全国的雄心。北魏时期的许多地理书也很能体现这种大气概。除了郦道元《水经注》外，阚骃《十三州记》、佚名《大魏诸州记》等，都能反映出北魏时期积极向上、开拓奋进的精神。

◆ ［北魏］杨衒之：《洛阳伽蓝记》（杨勇校笺，中华书局，2006 年）

《洛阳伽蓝记》是北魏流传至今的一部非常重要的著作。作者是北魏旧臣杨衒之，他在国家分裂十年后重游旧都洛阳，回忆遭遇劫难前的洛阳城佛寺之盛，感时抚事而作，全书隐藏了一种黍离之悲。北魏是中国佛教的重要发展时期，其后期都城洛阳在当时也是一座不折不扣的佛教圣城。《洛阳伽蓝记》全书共分五卷，按"城内""城东""城南""城西""城北"等地理方位划分，以北魏洛阳城中大大小小佛寺的兴废为叙事纲领，串联起北魏时期的政治、人物、风俗、军事、地理以及各类传闻中的故事，可以说是一幅北魏洛阳城的风俗画卷。从文学成就上来说，《洛阳伽蓝记》全书以骈文写成，文字清丽，单篇都可称佳作；从写作思想来看，全书极具"微言大义"的"春秋笔法"，在叙述寺庙的同时，也寄托了对北魏兴亡的深层思考。

◆ [晋] 释法显：《佛国记》（ 章巽校注，中国旅游出版社，2016 年）

《佛国记》一名《法显传》，是东晋（早年生活于前秦）僧人法显根据自身前往天竺求经的经历撰写而成的。书中记载了鄯善、焉耆、于阗、子合、于麾、竭叉、陀历、乌苌、宿呵多、犍陀卫、天竺等一众西域国度，详细记述了西域的政治、经济、宗教、语言、山川、气候、物产等信息。法显是唐玄奘法师前，成功前往天竺并留下相关游记的最为著名的僧人。相比于玄奘前往天竺时正当年富力强，年过花甲才动身奔赴绝域的法显的经历更让人肃然起敬。《佛国记》文字质朴无华，却因法显个人的佛学修为和执着精神而独具魅力。在记述到同伴慧景南渡小雪山不幸病死时，相关文字尤为真切感人。南北朝时期的中国正处于大分裂和大动乱中，佛教就在这样一种动荡不安的时代情绪中迅猛发展起来。通过《佛国记》，我们可以看到乱世中的一位普通僧人极不普通的内心修为。

第八讲

盛世气象（一）：

巅峰时代的南北融合

更多讲解，请扫描

一、背景与导读

本讲所选篇目为李白《答王十二寒夜独酌有怀》、杜甫《自京赴奉先县咏怀五百字》。

中华文明在亘古绵延的发展中，总体表现出中心稳定、边缘起伏的特点。隋唐便是这一文明经由南北融合而中心渐趋稳定，又适度容纳周边部族与外域文化的重要时期。

隋朝虽然国祚甚短，但是结束了自西晋末年以来长达三百年的南北分治局面，形成了一个较为完整的政权模型。唐承隋而来，其三省六部制、科举制、均田制、租庸调制、府兵制等基本沿袭了隋代的典章制度，又能持开放的视野、宏阔的气度，取精用宏，顺时应势，最终成为在当时世界范围内首屈一指的大一统帝国。在这前后相继的两个朝代里，虽然是北方政权统一了全国，但北人以江南为文物衣冠正统之所在。从隋炀帝开始，就突破了关陇本位的局限，倾心于经济、文化发展程度更高的南方。他开通贯穿南北的重要经济大动脉——运河，使经济重心南移，黄河流域、长江流域文化得以进一步交融。他重用文化素养更高的南方士人，推动了南学北输。唐太宗致力于文治，同样重视提拔南方士人，他整合南北经学注疏传统，《五经正义》的经注便多依"南学"。魏征在当时提出的"各去所短，合其两长""文质斌斌，尽善尽美"的诗美理想，也是初唐统治者融合南北文化的一种表现。此外，唐代在宗教、音乐、绘画、书法、工艺、医药等方面也都十分重视南方因素。

正是在这样一种南北文化交流融合的背景下，"诗仙"李白、"诗圣"杜甫应运而生。他们都有远大的理想、开阔的胸襟、不灭的激情，即使历经坎坷，也始终昂扬向上，彰显出盛唐诗人所特有的精神气度。但同时，他们的诗风又各具其貌：李白的创作往往以自我为轴心，杜甫以天下为轴心；李诗清新飘逸，杜诗沉郁顿挫；李诗主才、主气，杜诗主意、主经营。倘若从诗歌发展角度来考察，他们的差异体现了唐诗在演进过程中的转型。但倘若转换视角，从文化发展角度来看，"仙""圣"之别，实际上是长江流域与黄河流域不同文化在诗人身上折射出的不同光彩；而他们全国性一流大诗人地位的最终确立，则有赖于他们对南北文化多样性的汲取。

李白在蜀中长大，长期游历于楚湘、江左一带，主要受长江流域文化影响。在巴蜀、荆楚、江左文化中，非理性的神话思维、丰富的浪漫想象、神仙道教信仰、非儒倾向、诗性思想等都对"诗仙"的产生发挥了重要作用。与之相对，"诗圣"杜甫自幼身处河洛地区，又长期在洛阳、长安生活，主要受黄河流域文化浸染，再加上奉儒守官的家庭环境影响，故终身以儒学为圭臬，注目现实，关心民瘼，具有宽厚、博大、深沉的特点。同时，二人都有漫游经历，得以海纳百川。李白除受长江流域文化影响外，还曾广泛吸取关陇文化、齐鲁文化、燕赵文化等；杜甫除受黄河流域文化影响外，还曾接触吴越文化、巴蜀文化、荆楚文化。他们都在拥有个人基本文化特色以外，兼收并蓄南北文化，从一个侧面展现出盛世帝国内部，南北文化逐渐会通融合为大一统华夏文明的趋势。

总之，只有在政治上大一统、地域上四海归一的唐代，在北方文化与南方文化得以碰撞融合的时代，才能孕育诞生李白、杜甫这样的诗人——既具有强烈的个性文化特点，又具有多种文化相融合的丰富性。他们的创作代表了中国古典诗歌发展巅峰时期的诗人所能达到的最高水平。

本讲对读李白、杜甫的代表作品，意在体认盛唐诗歌的艺术成就、盛唐气象的精神内蕴；通过分析"诗仙""诗圣"创作上的共同性与差异性，理解形成这些同异背后的文化原因。

二、作品选目

（一）答王十二寒夜独酌有怀[①]

李白

昨夜吴中雪，子猷佳兴发。万里浮云卷碧山，青天中道流孤月。孤月沧浪河汉清，北斗错落长庚明。怀余对酒夜霜白，玉床金井冰峥嵘。人生飘忽百年内，且须酣畅万古情。君不能狸膏金距学斗鸡，坐令鼻息吹虹霓；君不能学哥舒，横行青海夜带刀，西屠石堡取紫袍。吟诗作赋北窗里，万言不直一杯水。世人闻此皆掉头，有如东风射马耳。鱼目亦笑我，请与明月同。骅骝拳跼不能食，蹇驴得志鸣春风。《折杨》《皇华》合流俗，晋君听琴枉清角。巴人谁肯和《阳春》，楚地犹来贱奇璞。黄金散尽交不成，白首为儒身被轻。一谈一笑失颜色，苍蝇贝锦喧谤声。

[①] [唐]李白著，[清]王琦注：《李太白全集》，北京：中华书局，2011年，第777—780页。

曾参岂是杀人者，谗言三及慈母惊。与君论心握君手，荣辱于余亦何有？
孔圣犹闻伤凤麟，董龙更是何鸡狗？一生傲岸苦不谐，恩疏媒劳志多乖。
严陵高揖汉天子，何必长剑拄颐事玉阶。达亦不足贵，穷亦不足悲。韩
信羞将绛、灌比，祢衡耻逐屠沽儿。君不见李北海，英风豪气今何在？
君不见裴尚书，土坟三尺蒿棘居。少年早欲五湖去，见此弥将钟鼎疏。

（二）自京赴奉先县咏怀五百字[①]

杜甫

　　杜陵有布衣，老大意转拙。许身一何愚，窃比稷与契。居然成濩落，
白首甘契阔。盖棺事则已，此志常觊豁。穷年忧黎元，叹息肠内热。取
笑同学翁，浩歌弥激烈。非无江海志，潇洒送日月。生逢尧舜君，不忍
便永诀。当今廊庙具，构厦岂云缺？葵藿倾太阳，物性固莫夺。顾惟蝼
蚁辈，但自求其穴。胡为慕大鲸，辄拟偃溟渤？以兹悟生理，独耻事干
谒。兀兀遂至今，忍为尘埃没。终愧巢与由，未能易其节。沉饮聊自遣，
放歌颇愁绝。岁暮百草零，疾风高冈裂。天衢阴峥嵘，客子中夜发。霜
严衣带断，指直不得结。凌晨过骊山，御榻在嵽嵲。蚩尤塞寒空，蹴踏
崖谷滑。瑶池气郁律，羽林相摩戛。君臣留欢娱，乐动殷嶱嵑。赐浴皆
长缨，与宴非短褐。彤廷所分帛，本自寒女出。鞭挞其夫家，聚敛贡城
阙。圣人筐篚恩，实欲邦国活。臣如忽至理，君岂弃此物？多士盈朝廷，
仁者宜战栗。况闻内金盘，尽在卫霍室。中堂舞神仙，烟雾散玉质。暖
客貂鼠裘，悲管逐清瑟。劝客驼蹄羹，霜橙压香橘。朱门酒肉臭，路有
冻死骨。荣枯咫尺异，惆怅难再述。北辕就泾渭，官渡又改辙。群冰从

---

① [唐]杜甫著，谢思炜校注：《杜甫集校注》（一），上海：上海古籍出版社，2015
年，第167—169页。

西下，极目高崒兀。疑是崆峒来，恐触天柱折。河梁幸未拆，枝撑声窸
窣。行旅相攀援，川广不可越。老妻既异县，十口隔风雪。谁能久不顾，
庶往共饥渴。入门闻号咷，幼子饥已卒。吾宁舍一哀，里巷亦呜咽。所
愧为人父，无食致夭折。岂知秋未登，贫窭有仓卒。生常免租税，名不
隶征伐。抚迹犹酸辛，平人固骚屑。默思失业途，因念远戍卒。忧端齐
终南，澒洞不可掇。

三、众家评说

（一）关于《答王十二寒夜独酌有怀》

这是一首回赠之作。王琦《李太白年谱》据天宝八年（749），"六月，
陇右节度使哥舒翰攻吐蕃石堡城，拔之"，推断此诗当作于是年之后。[①]

长篇古体是李白擅长的，只有这种大开大阖、波澜迭起的诗歌体式
方能承载他惊涛骇浪式的情感。这位素来自信狂放的诗人因抱负落空而
经历了情感上的巨大落差，他以内在勃郁的情感，通过喷射式的抒发、
议论式的独白、层层推进的结构，以及现实与典故的交错，激荡澎湃地
写出了自己的"万古情"。

诗中最引人注目的是李白对现实，尤其是对权贵的尖锐批判。此前
他被玄宗赐金放还，既不被统治集团认可，又无法在俗世中觅得知音，
因而内心充满了孤独感、失落感，以及出世入世的矛盾。他在作品中鄙

---

① [唐]李白著，[清]王琦注：《李太白全集》，北京：中华书局，2011年，第1366页。

夷投机取巧的斗鸡徒和以屠戮邀功的武臣，抨击志士才人不受重用、贤愚颠倒的现实，控诉世态炎凉、自己受谗遭谤，最后愤慨地表示要泛舟五湖，弃绝钟鼎，无不是在以批判的途径宣泄这种孤独感、失落感。因此，全诗涌动着一股难以遏抑的不平之气，深刻展现了诗人内心的牢骚与愤慨。但同时，我们也要注意到，李白在诗中对黑暗现实的种种抨击，固然带有诗人狷狂的个性烙印，但也确实折射了天宝以来，唐王朝繁盛表象底下的危机四伏：统治集团内部昏庸腐朽，奸臣当道，排除异己；各种社会矛盾迅速激化，腐朽力量迅速膨胀。

李白对自身仕途失意的愤懑不平，与他对"士"的独特理解有关。在中国文化史上，"士"这一阶层具有非常特殊的地位。春秋战国，礼崩乐坏，各地诸侯依赖"士"来重建社会秩序，因此，他们与王侯之间确立的，与其说是君臣关系，不如说是师友关系。"这种师友关系不仅强调了士的地位，而且增添了士的独立性与批判性。士与政治势力之间保持着一种不即不离的关系，有相当大的自由度，这就保证了士与政治势力的合作必须在尊重他的前提下实现。"[1] 李白"深深地追念着士在原始时期的特征和性格，并以先秦游士的价值判断为自己的价值判断"[2]。他既有高度的社会责任感，又力图保持自己的独立人格，"将'为帝王师'作为入仕的基础，将'解世纷'作为入仕的终极目的"[3]。李白的这一价值系统必然会受到社会现实的强烈冲击。大一统的唐帝国早已没了"游士"存在的空间，"特别是科举制度的产生和逐渐完善，以及'仕'在'士'生活中的地位和价值的不断提高，李白所追求的那

---

[1] 朱易安：《李白的价值重估——兼论李白的文化意义》，《〈中国李白研究〉集萃》（下），合肥：黄山书社，2017年，第827页。

[2] 朱易安：《李白的价值重估——兼论李白的文化意义》，《〈中国李白研究〉集萃》（下），合肥：黄山书社，2017年，第828页。

[3] 朱易安：《李白的价值重估——兼论李白的文化意义》，《〈中国李白研究〉集萃》（下），合肥：黄山书社，2017年，第827页。

种鲁仲连—谢安式的人格和个性，便愈来愈为附属于政治势力的欲望所淹没"①。因此，他的不得志是必然的。作品中那个"一生傲岸苦不谐"的诗人形象是极富代表性的：

> 李白的诗几乎是由孤傲的自我串联起来的……这种空前的孤傲包含着世人对他的不理解以及他对世人不理解的双重痛苦，而痛苦的根源则来自李白的价值观与现实的剧烈冲突，来自他对价值理想直拗的追求而始终不肯屈服……当然，李白的孤傲并不是一味地表示这种不能理解和不被理解的悲愁，而更多地体现在不入俗流的气魄和敢于"狂歌"的坦荡上。特别是他的价值观与现实的冲突本身具有超越个人利益的因素，因而极度的痛苦往往表现为极度的超脱和非凡的气势……
>
> ·············
>
> ……李白作品突出地展示了士阶层自我价值的确立，突出地充分地展示了士的独立人格和个性。②

此外，李白在这首诗中表现出来的嫉恶如仇、关心时局、襟怀磊落、放言无忌，亦与其儒、道、侠、纵横等诸家人格要素相糅合的特点有关：

> 以文化原点而论，李白的一生一是接受了儒家人格境界的精华，二是秉承了道家人格风范的经脉，三是糅合了墨、侠、纵横诸家人格模式的要素，在盛唐文化背景下通过仗剑远游、

---

① 朱易安：《李白的价值重估——兼论李白的文化意义》，《〈中国李白研究〉集萃》（下），合肥：黄山书社，2017年，第829页。
② 朱易安：《李白的价值重估——兼论李白的文化意义》，《〈中国李白研究〉集萃》（下），合肥：黄山书社，2017年，第831、835页。

追求理想、归依自然的实践历程整合为独立的人生风格，诸如
"狂者进取""至大至刚""刚健有为""道法自然""行侠
仗义"等。李白理想主义的精神世界，超然物外的处世态度，
俯察宇宙的生命体认，张扬个性的生活主调，渴求解放的激情
呼唤，在人格表现上凝聚着鲜明的文化特质。这些特质烙印在
李白情系社稷、贵民固本、亲和自然、刚肠嫉恶、恪守真诚的
文化人格精神中。①

无论是李白追念先秦游士，还是其鲜明的人格特质，究其根底，都
与长江流域文化对他的影响有关。"这一地区由于距离中央朝廷所在
的咸阳、长安、洛阳等地较远……人文气氛一直处于相对宽松和自由状
态……思想作风上的自由放浪，宗教信仰上的归趋老庄和道教，文学艺
术上的浪漫和华美，可算是长江大区域的文化特征，同时也深刻体现于
李白为人与创作之中。"②而表现在这首诗中，便是豪纵不羁的风格、
不从流俗的批判精神、汹涌激荡的情感和矫腾跃的节奏。

（二）关于《自京赴奉先县咏怀五百字》

杜甫是中国古典诗歌史上最早写五言长篇的诗人之一，也是最典型
的自传诗人。《自京赴奉先县咏怀五百字》便是其诗集中最令人瞩目的
长篇之一。叶梦得《石林诗话》称其"穷极笔力，如太史公纪传，此固

① 康怀远：《李白的文化人格精神及其当代价值》，《〈中国李白研究〉集萃》
（下），合肥：黄山书社，2017年，第876—877页。
② 余恕诚：《李白与长江》，《文学评论》2002年第1期，第27页。

古今绝唱也"①。

"魏晋以来，咏怀类诗大多用托喻寄兴的手法，采取五言古诗的体裁，集中反映作家对社会和人生的感想。杜甫的这首长篇咏怀诗则吸取建安诗人王粲《七哀诗》和蔡琰《悲愤诗》根据自身经历抒发所见所感的写法，以还家探亲的过程为全篇主线。"②该诗作于天宝十四载（755）十一月初，是杜甫困守长安十年、耳闻目睹社会各种乱象后，产生出的一种深沉忧思和敏锐预判。其深刻的现实性既是杜甫忧国忧民精神的具体体现，也是其诗歌被称为"诗史"的重要原因。全诗融抒情、叙事、议论、写景为一体，错综交织着诗人爱国、忠君、念家、怀才不遇、忧国恤民等多种感情，既恢宏沉雄、自然浑成，又开阖排宕，富有顿挫之致。《唐宋诗醇》称"此与《北征》为集中巨篇，摅郁结，写胸臆，苍苍莽莽，一气流转。其大段中有千里一曲之势而笔笔顿挫，一曲中又有无数波折也"③，突出展现了其沉郁顿挫的诗歌主体风格。

全诗分为三层：

首从咏怀叙起，每四句一转，层层跌出。自许稷契本怀，写仕既不成，隐又不遂，百折千回，仍复一气流转，极反复排荡之致。次叙自京赴奉先道途所闻见，而致慨于国奢民困，此正忧端最切处。……
…………

---

① 陈伯海等编：《唐诗汇评》（增订本）（三），上海：上海古籍出版社，2015年，第1451页。

② 葛晓音：《穷年忧黎元　浩歌惊千古——读杜甫〈自京赴奉先县咏怀五百字〉》，《名作欣赏》1990年第4期，第33页。

③ 陈伯海等编：《唐诗汇评》（增订本）（三），上海：上海古籍出版社，2015年，第1425页。

末叙抵家事，仍归到忧黎元作结，乃是咏怀本意。[①]

杜甫"窃比稷与契"，长安十年，一心希望实现辅弼君王、澄清天下的政治理想，但现实却让他"居然成濩落""兀兀遂至今"；他想与妻儿"庶往共饥渴"，却孰料"幼子饥已卒"。然而"诗圣"的伟大正在于其绝不溺于一己之不幸，而是"将儒家的君国观念与人伦日用的价值观付诸实践……将己溺己渴，推及于人"[②]。这是一位站在更高处，以仁爱之心观察、体认社会的"圣者"，是一位深蓄儒家文化修养的"圣者"，故能悲天悯人，推己及人。全诗的核心是"穷年忧黎元"。他在凌晨听到"君臣留欢娱，乐动殷崾峥"，便想到"朱门酒肉臭，路有冻死骨"；由自己"生常免租税，名不隶征伐"，想到"失业""远戍"的百姓处境更为悲惨。黄彻《碧溪诗话》评其："志在大庇天下寒士，其心广大，异夫求穴之蝼蚁辈，真得孟子所存矣。"[③]将杜甫与孟子做类比，赞颂了"诗圣"赤诚的儒者情怀。卢世㴂认为此诗"肝肠如火，涕泪横流，读此而不感动者，其人必不忠"[④]，同样肯定了诗人的一腔热忱以及作品所富有的巨大感染力。

若仅选一篇来分析他对时政的观察与思考，我以为绝对以这篇《自京赴奉先县咏怀五百字》最为重要。

---

① [唐]杜甫著，[清]杨伦笺注：《杜诗镜铨》卷三引李安溪语，上海：上海古籍出版社，1980年，第109、111页。

② 葛景春：《李杜之变与唐代文化转型》，郑州：大象出版社，2009年，"前言"第19页。

③ 陈伯海等编：《唐诗汇评》（增订本）（三），上海：上海古籍出版社，2015年，第1424页。

④ 陈伯海等编：《唐诗汇评》（增订本）（三），上海：上海古籍出版社，2015年，第1425页。

············

《自京赴奉先县咏怀五百字》在杜甫一生诗歌写作中具有重要地位，在整个中国诗歌史上也具有重大的开拓意义。可以说，在杜甫以前，议政的诗有，咏怀的诗也有，但却从来没有一篇作品涉及如此重大的时政叙述。全篇……表达在盛世外表下，各种社会矛盾之积累已经达到总爆发的临界点。对此，不能不佩服杜甫敏锐的社会观察和政治感觉……可以说，这是一篇空前宏大而激烈的时代抗议书。①

同时，我们也要注意到，"杜甫身上仍保持了盛唐思想纷杂的时代特点……杜诗中的自我具有相当的思想厚度，也显示出相当的复杂性和多面性"②。以《自京赴奉先县咏怀五百字》为例：

一方面他由个人苦难联想到社会苦难，运用孟子推己及人的方法，经历了一种情感发现和人性自觉，道德使命感大为加强；另一方面经过一番反省自剖，他对自己的现实处境也有了更清醒的认识："顾惟蝼蚁辈，但自求其穴。胡为慕大鲸，辄拟偃溟渤？"这是对个人的无力卑微和无济于事处境的深刻自省，而这恰恰是此前各位唐诗人没有人愿意面对的事实。……它的涵义也是双重的：一方面，按照后人的道德解释，他在道德上的神圣化便由此开始；但另一方面，他又由此堕入平凡人

---

① 陈尚君：《杜甫的盛世危言——重读〈自京赴奉先县咏怀五百字〉》，《古典文学知识》2019年第6期，第85、92—93页。

② 谢思炜：《杜诗的自我审视与表现》，《唐宋诗学论集》，北京：商务印书馆，2003年，第53—54页。

生，唐士人也由此摆脱了过分的自我夸张意识。①

这是杜诗最宝贵的另一特征——真。他总是真诚地面对自我，面对他人，"毫不装腔作势，他的诗都是在一种'不吐不快'的状况下写出来的"②。正是这份"真"，使其凡人成"圣"的价值更加突出。

◎ 思考与讨论

1. 请结合具体作品，谈一谈你对李、杜差异及差异背后的文化内涵的理解。

2. 李白惊涛骇浪式的狂放之作，与儒家"温柔敦厚""怒而不怨，哀而不伤"的诗教相背离，你对这类作品的价值作何理解？

3. 秦观《韩愈论》一文曾评杜甫是"集诗文之大成者"，你认同这个观点吗？为什么？

---

① 谢思炜：《杜诗的自我审视与表现》，《唐宋诗学论集》，北京：商务印书馆，2003年，第55页。

② 张忠纲：《萧涤非与杜甫研究》，《文苑纵横谈〔1〕》，济南：山东人民出版社，1981年，第8页。

🌀 **延伸阅读**

◆ **李白乐府诗、古体诗阅读**（[唐] 李白著，[清] 王琦注：《李太白全集》，中华书局，2011 年）

《远别离》

远别离，古有皇、英之二女，乃在洞庭之南，潇湘之浦。海水直下万里深，谁人不言此离苦。日惨惨兮云冥冥，猩猩啼烟兮鬼啸雨，我纵言之将何补。皇穹窃恐不照余之忠诚，雷凭凭兮欲吼怒，尧、舜当之亦禅禹。君失臣兮龙为鱼，权归臣兮鼠变虎。或云尧幽囚，舜野死，九疑联绵皆相似，重瞳孤坟竟何是。帝子泣兮绿云间，随风波兮去无还。恸哭兮远望，见苍梧之深山。苍梧山崩湘水绝，竹上之泪乃可灭。

《梁甫吟》

长啸《梁甫吟》，何时见阳春。君不见朝歌屠叟辞棘津，八十西来钓渭滨。宁羞白发照清水，逢时壮气思经纶。广张三千六百钓，风期暗与文王亲。大贤虎变愚不测，当年颇似寻常人。君不见高阳酒徒起草中，长揖山东隆准公。入门不拜骋雄辩，两女辍洗来趋风。东下齐城七十二，指挥楚汉如旋蓬。狂客落魄尚如此，何况壮士当群雄。我欲攀龙见明主，雷公砰訇震天鼓。帝旁投壶多玉女，三时大笑开电光，倏烁晦冥起风雨。阊阖九门不可通，以额扣关阍者怒。白日不照吾精诚，杞国无事忧天倾。猰㺄磨牙竞人肉，驺虞不折生草茎。手接飞猱搏雕虎，侧足焦原未言苦。智者可卷愚者豪，世人见我轻鸿毛。力排南山三壮士，齐相杀之费二桃。吴、楚弄兵无剧孟，亚夫咍尔为徒劳。《梁甫吟》，声正悲。张公两龙剑，神物合有时。风云感会起屠钓，大人峣屼当安之。

《玉壶吟》

烈士击玉壶，壮心惜暮年。三杯拂剑舞秋月，忽然高咏涕泗涟。凤凰初下紫泥诏，谒帝称觞登御筵。揄扬九重万乘主，谑浪赤墀青琐贤。朝天数换飞龙马，敕赐珊瑚白玉鞭。世人不识东方朔，大隐金门是谪仙。西施宜笑复宜颦，丑女效之徒累身。君王虽爱蛾眉好，无奈宫中妒杀人。

《梁园吟》

我浮黄河去京阙，挂席欲进波连山。天长水阔厌远涉，访古始及平台间。平台为客忧思多，对酒遂作《梁园歌》。却忆蓬池阮公咏，因吟渌水扬洪波。洪波浩荡迷旧国，路远西归安可得？人生达命岂暇愁，且饮美酒登高楼。平头奴子摇大扇，五月不热疑清秋。玉盘杨梅为君设，吴盐如花皎白雪。持盐把酒但饮之，莫学夷、齐事高洁。昔人豪贵信陵君，今人耕种信陵坟。荒城虚照碧山月，古木尽入苍梧云。梁王宫阙今安在？枚、马先归不相待。舞影歌声散渌池，空余汴水东流海。沉吟此事泪满衣，黄金买醉未能归。连呼五白行六博，分曹赌酒酣驰晖。歌且谣，意方远，东山高卧时起来，欲济苍生未应晚。

《江夏赠韦南陵冰》

胡骄马惊沙尘起，胡雏饮马天津水。君为张掖近酒泉，我窜三巴九千里。天地再新法令宽，夜郎迁客带霜寒。西忆故人不可见，东风吹梦到长安。宁期此地忽相遇，惊喜茫如堕烟雾。玉箫金管喧四筵，苦心不得申长句。昨日绣衣倾绿樽，病如桃李竟何言！昔骑天子大宛马，今乘款段诸侯门。赖遇南平豁方寸，复兼夫子持清论。有似山开万里云，四望青天解人闷。人闷还心闷，苦辛长苦辛。愁来饮酒二千石，寒灰重暖生阳春。山公醉后能骑马，别是风流贤主人。头陀云月多僧气，山水何曾称人意。不然鸣箛按鼓戏沧流，呼取江南女儿歌棹讴。我且为君捶碎黄鹤楼，君亦为吾倒却鹦鹉洲。赤壁争雄如梦里，且须歌舞宽离忧。

《庐山谣寄卢侍御虚舟》

我本楚狂人，凤歌笑孔丘。手持绿玉杖，朝别黄鹤楼。五岳寻仙不辞远，一生好入名山游。庐山秀出南斗旁，屏风九叠云锦张，影落明湖青黛光。金阙前开二峰长，银河倒挂三石梁，香炉瀑布遥相望，回崖沓嶂凌苍苍。翠影红霞映朝日，鸟飞不到吴天长。登高壮观天地间，大江茫茫去不还。黄云万里动风色，白波九道流雪山。好为庐山谣，兴因庐山发。闲窥石镜清我心，谢公行处苍苔没。早服还丹无世情，琴心三叠道初成。遥见仙人彩云里，手把芙蓉朝玉京。先期汗漫九垓上，愿接卢敖游太清。

《临路歌》

大鹏飞兮振八裔，中天摧兮力不济。余风激兮万世，游扶桑兮挂石袂。后人得之传此，仲尼亡兮谁为出涕？

◆ **李白诗文集的其他版本**

瞿蜕园、朱金城校注：《李白集校注》，上海古籍出版社，1980年

此书以王琦本为底本，以唐宋以来有关诗话、笔记、考证资料及近人研究成果，加以评笺。

安旗等编：《李白全集编年注释》，巴蜀书社，1990年

此书以王琦本为底本，将李白作品按编年诗、未编年诗、编年文、未编年文顺序排列。

詹瑛等编：《李白全集校注汇释集评》，百花文艺出版社，1996年

此书以宋蜀本为底本，每首诗（文）有题解、校记、注释、集评、备考五部分。书后附有《李白集版本源流考》。

《李白诗歌鉴赏辞典》，上海辞书出版社，2012年

此书收录李白最具代表性的名篇，涵盖诗、词、文等几大类，较全面地反映了李白在文学上的卓越成就。鉴赏文字出自马茂元、王运熙、霍松林、刘学锴等名家之手，深入浅出，精彩纷呈。书后附有《李白生平与文学创作年表》。

◆ 杜甫古体诗、律诗阅读（[唐]杜甫著，谢思炜校注：《杜甫集校注》，上海古籍出版社，2015年）

《奉赠韦左丞丈二十二韵》

纨袴不饿死，儒冠多误身。丈人试静听，贱子请具陈。甫昔少年日，早充观国宾。读书破万卷，下笔如有神。赋料扬雄敌，诗看子建亲。李邕求识面，王翰愿卜邻。自谓颇挺出，立登要路津。致君尧舜上，再使风俗淳。此意竟萧条，行歌非隐沦。骑驴三十载，旅食京华春。朝扣富儿门，暮随肥马尘。残杯与冷炙，到处潜悲辛。主上顷见征，欻然欲求伸。青冥却垂翅，蹭蹬无纵鳞。甚愧丈人厚，甚知丈人真。每于百寮上，猥诵佳句新。窃效贡公喜，难甘原宪贫。焉能心怏怏，只是走踆踆。今欲东入海，即将西去秦。尚怜终南山，回首清渭滨。常拟报一饭，况怀辞大臣。白鸥波浩荡，万里谁能驯？

《兵车行》

车辚辚，马萧萧，行人弓箭各在腰。耶娘妻子走相送，尘埃不见咸阳桥。牵衣顿足拦道哭，哭声直上干云霄。道傍过者问行人，行人但云点行频。或从十五北防河，便至四十西营田。去时里正与裹头，归来头白还戍边。边亭流血成海水，武皇开边意未已。君不闻汉家山东二百州，千村万落生荆杞。纵有健妇把锄犁，禾生陇亩无东西。况复秦兵耐苦战，被驱不异犬与鸡。长者虽有问，役夫敢申恨？且如今年冬，未休关西卒。县官急索租，租税从何出？信知生男恶，反是生女好。生女犹是嫁比邻，生男埋没随百草。君不见青海头，古来白骨无人收。新鬼烦冤旧鬼哭，天阴雨湿声啾啾。

《赠卫八处士》

人生不相见，动如参与商。今夕复何夕，共此灯烛光？少壮能几时，鬓发各已苍。访旧半为鬼，惊呼热中肠。焉知二十载，重上君子堂。昔别君未婚，儿女忽成行。怡然敬父执，问我来何方。问答乃未已，儿女罗酒浆。夜雨剪春韭，新炊间黄粱。主称会面难，一举累十觞。十觞亦不醉，感子故意长。明日隔山岳，世事两茫茫。

《北征》 （归至凤翔，墨制放往鄜州作）

皇帝二载秋，闰八月初吉。杜子将北征，苍茫问家室。维时遭艰虞，朝野少暇日。顾惭恩私被，诏许归蓬荜。拜辞诣阙下，怵惕久未出。虽乏谏诤姿，恐君有遗失。君诚中兴主，经纬固密勿。东胡反未已，臣甫愤所切。挥涕恋行在，道途犹恍惚。乾坤含疮痍，忧虞何时毕？靡靡逾阡陌，人烟眇萧瑟。所遇多被伤，呻吟更流血。回首凤翔县，旌旗晚明灭。前登寒山重，屡得饮马窟。邠郊入地底，泾水中荡潏。猛虎立我前，苍崖吼时裂。菊垂今秋花，石戴古车辙。青云动高兴，幽事亦可悦。山果多琐细，罗生杂橡栗。或红如丹砂，或黑如点漆。雨露之所濡，甘苦齐结实。缅思桃源内，益叹身世拙。坡陀望鄜畤，岩谷互出没。我行已水滨，我仆犹木末。鸱鸟鸣黄桑，野鼠拱乱穴。夜深经战场，寒月照白骨。潼关百万师，往者散何卒。遂令半秦民，残害为异物。况我堕胡尘，及归尽华发。经年至茅屋，妻子衣百结。恸哭松声回，悲泉共幽咽。平生所娇儿，颜色白胜雪。见耶背面啼，垢腻脚不袜。床前两小女，补绽才过膝。海图拆波涛，旧绣移曲折。天吴及紫凤，颠倒在裋褐。老夫情怀恶，呕泄卧数日。那无囊中帛，救汝寒凛栗。粉黛亦解苞，衾裯稍罗列。瘦妻面复光，痴女头自栉。学母无不为，晓妆随手抹。移时施朱铅，狼藉画眉阔。生还对童稚，似欲忘饥渴。问事竞挽须，谁能即嗔喝？翻思在贼愁，甘受杂乱聒。新归且慰意，生理焉得说？至尊尚蒙尘，几日休练卒？仰看天色改，旁觉妖气豁。阴风西北来，惨澹随回鹘。其王愿助顺，其俗善驰突。送兵五千人，驱马一万匹。此辈少为贵，四方服勇决。所用皆鹰腾，破敌过箭疾。圣心颇虚伫，时议气欲夺。伊洛指掌收，西京不足拔。官军请深入，蓄锐何俱发。此举开青徐，旋瞻略恒碣。昊天积霜露，正气有肃杀。祸转亡胡岁，势成擒胡月。胡命其能久，皇纲未宜绝。忆昨狼狈初，事与古先别。奸臣竟菹醢，同恶随荡析。不闻夏殷衰，中自诛褒妲。周汉获再兴，宣光果明哲。桓桓陈将军，仗钺奋忠烈。微尔人尽非，于今国犹活。凄凉大同殿，寂寞白兽闼。都人望翠华，佳气向金阙。园陵固有神，扫洒数不缺。煌煌太宗业，树立甚宏达。

《观公孙大娘弟子舞剑器行》（并序）

大历二年十月十九日，夔州别驾元持宅，见临颍李十二娘舞剑器。壮其蔚跂，问其所师。曰："余，公孙大娘弟子也。" 开元三载，余尚童稚，记于郾城观公孙氏舞剑器浑脱，浏漓顿挫，独出冠时。自高头宜春、梨园二伎坊内人，泊外供奉，晓是舞者，圣文神武皇帝初，公孙一人而已。玉貌锦衣，况余白首。今兹弟子，亦匪盛颜。既辨其由来，知波澜莫二。抚事慷慨，聊为《剑器行》。往者吴人张旭善草书书帖，数尝于邺县见公孙大娘舞西河剑器，自此草书长进。豪荡感激，即公孙可知矣。

昔有佳人公孙氏，一舞剑器动四方。观者如山色沮丧，天地为之久低昂。㸌如羿射九日落，矫如群帝骖龙翔。来如雷霆收震怒，罢如江海凝清光。绛唇珠袖两寂寞，况有弟子传芬芳。临颍美人在白帝，妙舞此曲神扬扬。与余问答既有以，感时抚事增惋伤。先帝侍女八千人，公孙剑器初第一。五十年间似反掌，风尘倾动昏王室。梨园弟子散如烟，女乐余姿映寒日。金粟堆南木已拱，瞿唐石城草萧瑟。玳筵急管曲复终，乐极哀来月东出。老夫不知其所往，足茧荒山转愁疾。

《登楼》

花近高楼伤客心，万方多难此登临。

锦江春色来天地，玉垒浮云变古今。

北极朝廷终不改，西山寇盗莫相侵。

可怜后主还祠庙，日暮聊为梁甫吟。

《江汉》

江汉思归客，乾坤一腐儒。片云天共远，永夜月同孤。

落日心犹壮，秋风病欲苏。古来存老马，不必取长途。

《秋兴八首》

玉露凋伤枫树林，巫山巫峡气萧森。江间波浪兼天涌，塞上风云接地阴。

丛菊两开他日泪，孤舟一系故园心。寒衣处处催刀尺，白帝城高急暮砧。

夔府孤城落日斜，每依南斗望京华。听猿实下三声泪，奉使虚随八月查。

画省香炉违伏枕，山楼粉堞隐悲笳。请看石上藤萝月，已映洲前芦荻花。

千家山郭静朝晖，一日江楼坐翠微。信宿渔人还泛泛，清秋燕子故飞飞。

匡衡抗疏功名薄，刘向传经心事违。同学少年多不贱，五陵衣马自轻肥。

闻道长安似弈棋，百年世事不胜悲。王侯第宅皆新主，文武衣冠异昔时。

直北关山金鼓振，征西车马羽书迟。鱼龙寂寞秋江冷，故国平居有所思。

蓬莱宫阙对南山，承露金茎霄汉间。西望瑶池降王母，东来紫气满函关。

云移雉尾开宫扇，日绕龙鳞识圣颜。一卧沧江惊岁晚，几回青琐点朝班？

瞿唐峡口曲江头，万里风烟接素秋。花萼夹城通御气，芙蓉小苑入边愁。

朱帘绣柱围黄鹤，锦缆牙樯起白鸥。回首可怜歌舞地，秦中自古帝王州。

昆明池水汉时功，武帝旌旗在眼中。织女机丝虚月夜，石鲸鳞甲动秋风。
波漂菰米沉云黑，露冷莲房坠粉红。关塞极天唯鸟道，江湖满地一渔翁。

昆吾御宿自逶迤，紫阁峰阴入渼陂。香稻啄余鹦鹉粒，碧梧栖老凤凰枝。
佳人拾翠春相问，仙侣同舟晚更移。彩笔昔游干气象，白头吟望苦低垂。

◆ 杜甫诗文集的其他版本

[明] 王嗣奭撰：《杜臆》，上海古籍出版社，1983 年

此书不录诗文，但标诗题。以意逆志，评解诗旨，深刻透辟，能发前人之未发，于明代治杜大家中成就最大。

[明] 钱谦益笺注：《钱注杜诗》，上海古籍出版社，1958 年

此书按诗体编次，于史实考核较详，注释简明扼要。

[清] 金圣叹：《杜诗解》，上海古籍出版社，1984 年

此书所收皆为律诗，将对杜诗的解读分为"前解""后解"，分析其中的起承转合、跌宕起伏，评语明媚流宕，对读者有点睛之效。但多才子式的扬才露己，有喧宾夺主之嫌。

[清] 黄生撰：《杜诗说》，黄山书社，1994 年

此书著述审慎，重在以意逆志。注释分析，于字法句法逐一剖别，继之论评，颇多灼见。

[清] 仇兆鳌注：《杜诗详注》，中华书局，1979 年

此书特点在"详"，每诗题下有小注编年、诗末解说、注释典故、诸家评论，汇集大量前人研究成果，是杜诗注本中集大成之作，但有时过于追求征引繁富，有时失之穿凿。

[清] 浦起龙：《读杜心解》，中华书局，1961 年

此书按创作年代先后排列，去繁就简，重在"心解"，立论多通达。书后附《少陵编年诗目录》。

[清] 杨伦笺注：《杜诗镜铨》，上海古籍出版社，1980 年

此书对前人编年，详加斟酌。参考自宋迄清各家注本，裁择众家之长。尤其注重依据时地背景，阐明主旨，评注简明扼要，平正通达。

更多讲解，请扫描

一、背景与导读

本讲所选篇目为岑参《走马川行奉送出师西征》、中世纪英雄史诗《罗兰之歌》。

就帝国核心而言，隋唐的大一统促进了黄河流域与长江流域文化的融合。而就帝国整体来看，隋唐的大一统是在魏晋南北朝华夷政权长期分裂对峙，在中原农耕和北方游牧两种差异巨大的族群文化不断碰撞、融合的基础上实现的。无论是隋朝的杨氏，还是唐朝的李氏，都出自北魏关陇集团，这一集团杂糅了汉、鲜卑、突厥血统，既秉承了胡人尚武进取的精神，又受过良好的汉化教育，在统治制度上兼取汉族农耕和北方游牧之长。他们夷夏观念淡薄，在华夏民族认同方式上，表现得更包容开放。唐太宗曾言"自古皆贵中华，贱夷、狄，朕独爱之如一"[1]，一改自春秋以来的夷夏之辨，表现出一种新的对世界的认识、对华夏民族的建构。他是帝国的天子，也是天可汗，累计在边疆民族地区设置羁

---

[1] [宋]司马光：《资治通鉴》卷一百九十八，北京：中华书局，1956年，第6247页。

糜府州八百五十六个，"号为羁縻云"^①，涉及突厥、回纥、党项、吐谷浑、奚、契丹、靺鞨、龟兹、于阗、焉耆、疏勒、羌等多个民族。他实行和亲政策，赐国姓，在朝中尤其是军队中任用非汉族官员，仅突厥人担任五品以上官职者，就占同级官员的近半数；贞观后期，有数千回纥人担任各种官职。虽然有唐一代，疆域始终处于相对不稳定的状态，与周边各族的冲突不断，但这并不妨碍对外交流的频繁。与唐王朝有往来的国家和地区多达三百以上^②，派遣使臣五百八十二次^③。新的陆路、海上贸易促使商贸活动与人口迁移频仍，古老的丝绸之路复现生机。据吴松弟《中国移民史》统计，贞观十三年（639），全国有统计的人数约一千二百三十五万人，内迁民族移民占人口总数的百分之六至百分之七。其中北方五道（关内、河南、河东、河北、陇右）约有人口五百七十万，非汉移民占这五道人口的七分之一或八分之一。^④

在此背景下，自孟子以来的"用夏变夷"的中心论发展成为"夷""夏"之间的双向度。一方面，周边国家与地区不断接受汉化，例如日本仿唐制进行大化改新，编纂汉诗文集"敕撰三集"；新罗立国参用唐制，设立国学传授儒学；胡儿不仅能"唱琵琶篇"，还参与到唐诗写作中，《全唐诗》收录西域人利涉、胡僧宝月、吐蕃人明悉猎等所写作品。中华文化圈的逐渐形成显示出中华文化在语言文字传播基础上的对外影响力。另一方面，唐人在生活方式与习性上也不断胡化。胡乐、胡舞、胡食、胡服、胡妆等颇受唐人欢迎。《旧唐书·舆服志》载："太常乐尚胡曲，

---

① [宋]欧阳修、[宋]宋祁：《新唐书》卷四十三《地理志·羁縻州》，北京：中华书局，1975年，第1120页。

② [唐]李林甫等著，陈仲夫点校：《唐六典》卷四《尚书礼部·主客郎中》，北京：中华书局，1992年，第129页。

③ 何芳川：《古代来华使节考论》，《北京大学学报》（哲学社会科学版）2005年第3期，第66页。

④ 吴松弟：《中国移民史》第3卷，福州：福建人民出版社，1997年，第138—139页。

贵人御馔，尽供胡食，士女皆竟衣胡服。"①《新唐书·车服志》载："有衣男子衣而靴，如奚、契丹之服。"②唐诗中不乏描写胡乐、胡舞、胡姬的作品。隋唐之际燕乐产生，至开元天宝年间繁盛，并由此催生词体，亦与胡乐入华密切相关。而《开元天宝遗事》所载"都人士女每至正月半后，各乘车跨马，供帐于园圃或郊野中，为探春之宴"③，则显示出胡风影响下民俗风气的自由。盛世文人被激发出游历大漠、立功边塞的豪情，形成宏阔的空间观念，普遍呈现出任侠使气、豪放不羁、尚武进取的精神。他们诗歌中的少年侠气、边塞强音和由此展现出的慷慨激昂的情调、阔大壮美的诗境、奋厉发扬的诗气，皆可折射出此种胡化对唐人心理、唐代文学所产生的深刻影响。鲁迅评价唐人"大有胡气"，是准确的。本讲所引诗人岑参便是抱着建功立业的豪情，两度出塞，深入西北边陲，亲身体验迥异于中原的胡地风土人情。他用欣赏的眼光、好奇的态度、充满奇情壮彩的笔墨为我们描绘了一幅幅富有异域情调的边塞图，也展现了盛世诗人不同凡响的胸襟气度。

如此疆域辽阔、体制庞大、构成复杂的帝国，能联结成一个整体且持续近三百年，除了倚赖于政治、经济、文字外，还有宗教的作用。伴随丝绸之路的畅通无阻，佛教成为唐代对外文化交流的重要媒介，不少高僧大德长途跋涉，游化四方。例如，鉴真东渡，玄奘西行，向日本、西域各国宣扬大唐声威。佛教是唐王朝与周边各族友好交流的纽带，也是形成、巩固华夏大家庭的重要力量。佛教的传播还催生了少数民族文字，促进了少数民族文学的发展和彼此间的文化融合。7世纪初，佛教

---

① [五代]刘昫：《旧唐书》卷四十五《舆服志》，北京：中华书局，1975年，第1958页。

② [宋]欧阳修、[宋]宋祁：《新唐书》卷二十四《车服志》，北京：中华书局，1975年，第531页。

③ [五代]王仕裕著，曾贻芬点校：《开元天宝遗事》，北京：中华书局，2006年，第56页。

先传入吐蕃，后影响到河西地区，最终形成独尊局面。在敦煌千佛洞石室中，留下了大量唐朝的藏文文献，有历史著述、民间文学作品、翻译的汉文史料和故事、翻译的印度故事等。此外，石窟中的敦煌变文、僧侣诗集亦显现出佛教的兴盛扩大了底层文化及民间文学的社会影响力。

与此同时，欧洲社会正在经历巨大的社会动荡。被罗马人称为"蛮族"的日耳曼各个部落，比如哥特人、汪达尔人、法兰克人、盎格鲁人等，他们不断袭击并摧毁了已经衰落的罗马帝国，在原帝国领土上建立起一些"蛮族"王国。这个过程，一方面是古希腊罗马的先进文化与"蛮族"落后文化的融合，催生了整体性欧洲文化的形成；另一方面是欧洲本土文化与来自东方的希伯来文化的融合，使基督教成了适应封建制度需求的上层建筑和精神支柱。在此期间生成的英雄史诗《罗兰之歌》，歌咏了"美好的法兰西""可爱的法兰西""亲爱的法兰西"，即存在时间最长、版图最大、最具有代表性的王国——法兰克王国，充分反映了封建制度上升阶段的时代主题——在世俗层面上拥护中央集权，在精神层面上捍卫基督教文化。

本讲选取岑参《走马川行奉送出师西征》、中世纪英雄史诗《罗兰之歌》，以期通过对读东西方封建社会上升时期的优秀作品，来看封建社会发展过程中各民族之间的碰撞与融合，以及宗教思想发挥的意识形态作用。

二、作品选目

（一）走马川行奉送出师西征[①]
岑参

　　君不见走马川行雪海边，平沙莽莽黄入天！轮台九月风夜吼，一川碎石大如斗，随风满地石乱走。匈奴草黄马正肥，金山西见烟尘飞，汉家大将西出师。将军金甲夜不脱，半夜军行戈相拨，风头如刀面如割。马毛带雪汗气蒸，五花连钱旋作冰，幕中草檄砚水凝。虏骑闻之应胆慑，料知短兵不敢接，车师西门伫献捷。

（二）罗兰之歌（节选）[②]

一

我们伟大的皇帝，查理王，

整整有七年在西班牙打仗；

他攻占高地一直到海边，

没有一座堡垒能够留在他面前，

没有一座城镇没有被他打破，

---

① [唐]岑参著，陈铁民、侯忠义校注：《岑参集校注》，上海：上海古籍出版社，1981年，第148页。

② 《罗兰之歌》，杨宪益译，上海：上海译文出版社，1981年，第1—2、101—111页。

除了一座山上的沙拉古索 ①；

那里的王马西理不尊敬上天，

只信奉摩诃末 ② 和阿波连，

大祸就要临头，他难以逃免。

二

马西理王在沙拉古索城里；

他来到果园，在树荫下休息；

他躺在树下青石座上，

有两万多人在他身旁；

他对他的公侯们说道：

"诸位，我们遇到何等烦恼，

美好的法兰西的查理大帝

同我们作对，要进攻此地；

我没有部队可以同他对阵，

没有足够的兵力去打垮他们；

诸位贤卿，给我策划一下，

免得我受辱，免得我被杀。"

没有一个异教徒吭气作声，

除了瓦峰寨主白狼康丁。

…………

---

① 原注：萨拉戈萨。

② 原注：穆罕默德。

一四一

罗兰伯爵又回到战场。

他拿着杜伦达宝剑勇敢打仗，

他把普依的法德仑一剑砍死，

又杀了二十四个最好的战士，

从来没有人比他更急于雪耻。

像野鹿在猎狗前面乱跑，

异教徒就这样在罗兰面前奔逃。

主教说道："你打得很好；

勇敢的骑士正应当如此，

他骑着好马拿着兵器，

在战争中应该坚强猛厉，

否则他就连四个铜钱都不值，

就该做个和尚住在寺里，

每天为我们祷告赎罪。"

罗兰回答道："杀吧，不要放松。"

法兰西人听了这话再度进攻，

基督徒们的损失也很惨重。

一四二

大家知道不能做俘虏投降，

在这样战斗中必须拼命抵抗，

法兰西人勇猛得像狮子一样；

你可以看到勇敢作战的马西理王，

骑在他那名为盖戎的战马上，

他急催着马去进攻贝汪，

那位侯爷统领着贝奈和迪戎地方；

他穿过了贝汪的盾，刺透他铠甲，

把他刺死，不需要再来一下。

伊沃里和伊温也被他打下了马，

鲁西荣的解拉也同时被杀；

罗兰伯爵这时离他很近，

他对异教王说："上天要你送命！

你杀了我的伙伴，罪大难逃，

在我们分手之前要挨我一刀，

今天我的宝刀称号要你知道。"

他前去进攻，大逞英豪，

伯爵把马西理的右手砍掉。

又让黄发的儒法留人头落地，

那是马西理王的儿子。

异教徒喊叫："摩诃末，给我们支持，

我们的大神要给我们雪耻；

查理王派到此地这样的恶人，

他们宁可战死也不放弃斗争。"

他们彼此说道："唉呀，我们要逃命。"

这话才说完就逃走了十万人。

就是叫他们回来，他们也不肯。

一四三

但是那有什么用？即使马西理逃去，

那里还有他的叔叔马干泥，

他管辖着卡达坚、阿尔芬和加马里，

还有可诅咒的埃塞俄比亚等地，

黑种人都归他治理，

他们长着宽耳大鼻，

一共有五万人在一起。

他们凶猛地向前奔跑，

还喊着异教徒的战争口号。

罗兰说道："我们将要殉国，

很清楚我们没有多少时间好活，

可是我们先要取得重大代价。

诸位拿起磨光的剑，痛快地杀吧，

做出一次殊死挣扎。

不能让可爱的法兰西羞愧无光！

当我主查理回到这个战场上，

他将看到大食人怎样受到严惩，

我们死一个，他们要死十五个人，

他不会忘记祝福我们。"

一四四

当罗兰看到这些异类，

他们比墨水还要更黑，

除了牙齿，没有一点白的气味，

伯爵说道："我真正明了了，

我们要死了，这我自己也知道。

杀吧，法兰西人，我们要再战一遭。"

奥利维说："让上天惩罚屠种。"

听了这话，法兰西人又向前猛冲。

一四五

异教徒看到法军人数很少，

他们都感到放心骄傲，

他们相互说道："查理皇帝做错了。"

马干泥骑的是一匹红色名骏，

他用黄金马刺用力踢蹬，

到了奥利维背后，刺中两肩中心。

他把奥利维的白甲刺破，

他的矛一直穿胸而过，

他然后说道："这一下够你受的，

查理大王把你留下送死哩！

他对我们无礼，他也不能高兴；

杀死你一个，就为我们的人解了恨。"

一四六

奥利维知道他受了致命的打击，

他把磨亮的豪特克雷宝剑举起，

向着马干泥的金盔尖顶砍下去，

把花饰和水晶都打碎落地，

砍开了头，直到前面牙齿，

他把剑一摇，把敌人打下坐骑，

他又对尸首说："异教徒，你活该如此。

我不能说查理没有损失，

可是当你见到妇女们在你的国里，

你也不能对她们吹嘘，

说你从我这里得到一点便宜，

说你让我和别人失利。"

然后他喊罗兰来助他一臂之力。

一四七

奥利维知道他受了致命重伤，

再不能给他做出足够的补偿，

他英勇地在人群中继续斗争，

砍断长矛，砍穿尖顶的盾，

砍断敌人手脚、身体和马鞍。

你如果看见他把大食人打个稀烂，

一个死尸堆在一个上面，

你将永远记得他的英勇善战。

他没有忘记查理王的呼喊，

他喊着"蒙鸠依"，呼声震天，

呼喊着他的好友和同僚罗兰：

"我的伙伴，来到我的身旁，

今天我们要永别了，怀着巨大悲伤。"

一四八

罗兰看着奥利维的容貌，

他又青又白，脸色枯槁，

鲜血从他身上直淌，

一滴一滴落到地上。

"天啊，"伯爵说，"我不知道该怎么样。

我的伙伴，你的勇敢使你命丧！

再没有人像你那样高强。

啊，亲爱的法兰西，你将变得荒凉，

失掉了好战士威名下降！

皇帝受到了重大损伤。"

他说着话，就晕倒在马背上。

一四九

你看罗兰晕倒在马背上，

奥利维受到致命的创伤，

他流了许多血，双目模糊，

远近东西都看不清楚，

任何人他也都分辨不出；

当他同他的伙伴两人见面，

他向着对方镶着金宝的头盔猛砍，

砍破了头盔，一直到护鼻上面，

但是剑锋没有碰到对方的脸。

罗兰挨了打击，就看着他同僚，

用温和的口吻对他说道：

"伙伴，你难道有意要这样干？

这里是非常爱你的罗兰，

你没有任何理由同我作战。"

奥利维说："我听见你讲话的声音，

我看不见你，愿上帝把你看清！

我打击了你，请原谅我的罪行。"

罗兰回答："我并没有受伤，

我在此地和上帝面前都将你原谅。"

他说完话，两人相互倚靠，

你看他们这样亲爱，但是快要分别了。

一五〇

奥利维感到死亡的巨大苦难，

他的两只眼睛在头里上翻，

他完全听不见也看不见，

他下了马，躺在平原，

他高声忏悔了他的罪愆，

他合起双手，举手向天，

祷告上帝让他进入乐园，

为查理和可爱的法兰西祝愿，

在众人中尤其为他的伙伴罗兰祝愿。

他的心停止跳动，头盔倒向前，

他的整个身体伏在地面。

伯爵死了，他不再拖延，

罗兰将军为他哭泣悲叹。

你没有听过世上人哭得这样凄惨。

一五一

罗兰看到他的朋友死掉，

躺在地上，脸和土地紧靠，

他很温柔地同他告别，说道：

"伙伴，你英雄一世落到这样下场。

我们在一起岁月久长，

你从未对我不起，我从未把你遗忘，

你死了，我还活着，这真使我悲伤。"

说完这话，侯爷又晕倒

在他马上，那匹马有维昂提的称号。

他的黄金马镫把他支起，

无论向哪边倒，他都不会落地。

一五二

罗兰虽然神志还未清，

晕倒马上还没有苏醒，

他已经晓得遭受重大伤损；

法兰西人都战死了，他失掉全部人马，

只有洪姆的瓜提和主教二人留下；

瓜提正从山上转回头，

他同西班牙人打了很久，

他的人都打死了，都被异教徒杀死，

他不得不跑到山谷底；

他就喊罗兰前来助他一臂之力，

"好伯爵，勇敢的人，你在哪里？

我什么也不怕，只要有你。

这里是打败过麦尔古的瓜提，

那个年老头白的德洛恩的侄子。

你曾最喜欢我，因为我的勇气；

我的枪断了，我的盾被刺穿，

我的铠甲也被打得稀烂，

矛锋刺透了我的胸膛，

我要死了，可是我也取得了很多赔偿。"

罗兰听到了他的呼喊，

立刻催马到他身边。

一五三

罗兰很悲痛，他怒气冲冲，

在敌阵中重新开始进攻，

他把二十个西班牙人打下马，

瓜提杀了六个，五个被主教砍杀。

异教徒都说："这些人太凶恶，

大家要注意，不能让他们活着；

谁不进攻，就是对我们背叛，

谁就是叛徒，如果让他们逃窜。"

他们就再一次呼喊进逼，

从各方面向他们猛烈攻击。

三、众家评说

（一）关于《走马川行奉送出师西征》

　　唐朝前期的边塞战争促进了民族统一，为丝绸之路的畅通、中西文化的交流、社会发展的稳定提供了重要保障。岑参便是这一时期出现的最重要的边塞诗人之一。

郑振铎评价岑参是"开、天时代最富于异国情调的诗人"[①]。奇景、奇意、奇法、奇语，可以说，"奇"是岑参有别于盛唐其他诗人的最大特点：

> 无论立意、题材、手法、风格，均有其特异之处：（一）它集中描绘遥远神奇的西部地区（东起陇右西至中亚伊塞克湖附近）的异域风光、习俗及其内在精神，这些都是别的诗人笔下不曾出现的；（二）作者长期（前后约六年之久）挣扎、奋斗在那片神奇而又艰难的土地之上，具有其他边塞诗人不可能拥有的真实、亲切的感受；（三）艺术形式上有新的创造，拥有最适宜于表现西部精神的艺术手法，形成了比其他边塞诗人更加具有边塞气派的艺术风格；（四）岑参的西部诗歌最多，超过了盛唐主要边塞诗人之边塞诗的总和。自中国这块土地上出现诗人以来，还没有一个诗人能像岑参那样满腔热忱地从事西部诗歌的创作，并由此而成为文学史上一花独放的绝唱。[②]

需要注意的是，岑诗之"奇"不是奇中弄巧，而是奇中求壮。陈铁民、侯忠义《岑参集校注·前言》概述："岑诗发展变化的趋向是由'奇'转向'奇壮'，并在第二次出塞时，最终完全形成'奇壮'的独特风格。"[③]《走马川行奉送出师西征》正是岑参第二次出塞时期的代表作。全诗写军情紧急，却没有恐惧与犹豫；写环境恶劣，却没有悲观和抱怨；写敌人有备而来，唐军夜行艰辛，却更显大唐声威。诗人自中原来到边陲，

---

① 郑振铎：《中国文学史》（上），长春：吉林出版集团股份有限公司，2016年，第254页。
② 陶尔夫、刘敬圻：《盛唐高峰期的西部诗歌——岑参边塞诗新探》，《文学评论》1987年第3期，第130—131页。
③ [唐]岑参著，陈铁民、侯忠义校注：《岑参集校注》，上海：上海古籍出版社，1981年，"前言"第4页。

面对胡地独特的自然环境和风土人情，没有鄙夷轻视，没有自视甚高，而是抱着好奇、欣赏的态度，惊叹边塞自然风光的神奇。在这首诗中，他形象地描绘飞沙走石、天寒地冻的边塞环境，使读者如身临其境般地感受到自然的伟力。但更令人惊叹的，是诗人笔下那些气吞山河、勇往直前的唐军将士，他们的爱国精神显得比自然更有力量、更加雄健。而就岑参来说，如果没有强烈的民族自信心和自豪感，没有建功立业的豪情、不惧艰险的精神，他断然不能在面对生与死、血与火的磨难时，仍然保持好奇的态度，描绘如此富有奇情壮彩的画面；也断然不能在追求功名与思乡怀家的矛盾冲突中挺立起来，仍然坚持吟唱激昂雄壮的战斗曲。其"奇壮"风格充满了阳刚之气，完美地演绎了唐人甘于奉献的忠君报国思想、靖定边尘的自信自强精神以及立功边塞的英雄主义追求。这是杂糅了胡气的盛世气概。

因为正是它最为生动典型地展现了盛唐知识分子追逐边塞军功的生活道路，那种"为国立功的荣誉感和英雄主义"；那种"盛极一时的长安风尚"，那种"无所畏惧无所顾忌地引进和吸取，无所束缚无所留恋地创造和革新，打破框框，突破传统"的精神，那种"对有血有肉的人间现实的肯定和感受，憧憬和执着""丰满的、具有青春活力的热情和想象""闪烁着青春、自由和欢乐"！总之，正是它为我们创造了当代边塞军旅生活的一个悲壮而丰实的宇宙，从中洋溢着以非门阀士族知识分子为代表的一代新人的能动创造力量，展现出一种积极进取的时代精神面貌。①

---

① 胡大浚：《充实善信　悲壮奇丽——岑参边塞诗艺术风格述论》，《西北师大学报》（社会科学版）1983年第4期，第76页。

岑参曾经先后两度出塞：

> 第一次出塞表现了诗人的努力，也显现出诗人超越自我的运动轨迹。从山林寺院、都城市井走向风沙大漠，和谐的水月山风变成冰天雪地，生活环境的改变带来审美习惯的改变。第二次入幕，岑参边塞诗出现了惊人发展，创作了以七言歌行为主体的盛唐边塞诗，七言歌行的形式与边塞奇异的自然风光达到前所未有的统一。《岘佣说诗》云："岑嘉州七古，劲骨奇异，如霜天一鹗，故施之边塞最宜。"①

歌行体散漫纵横的特点，适合岑参用来表现奇伟的边塞风物和难以用常情常感揣度的体验。《走马川行奉送出师西征》是一首七言歌行，句句押韵，三句一换韵，韵脚平仄相间，使节奏短促迅急，音调铿锵激烈。诗人融合声情与文情，将飞沙走石、夜间行军的紧张气氛渲染得惊心动魄，从而达到形式与内容、音乐与画面相统一的双重效果。这是他自觉接受西域艺术文化的影响，并将之用于边塞诗创作的结果：

> 首先，岑参巧妙地把西域音乐和舞蹈中的节拍和节奏，成功地运用到新的诗体形式中来……直接接受了西部地区少数民族的音乐节奏与舞蹈动作的影响……据《通典》所载，这种舞蹈出自康国，唐玄宗开元、天宝时传入中国内地，岑、白所写，当即为此种乐舞。其特点是："舞急转如风，俗谓之胡旋。"……这种乐舞很近似三拍子的圆舞曲和华尔兹舞。《走马川行》中的三句一转韵特殊诗歌韵律，也就是这种圆舞曲式的三拍子节

---

① 戴伟华：《论岑参边塞诗独特风格形成的原因》，《文学遗产》1997年第4期，第28—29页。

奏的诗化。所以，应当说正是西部的奇异生活引发出岑参诗歌手法的更新；而西域文化与中原文化的融合，又进一步催化着传统诗体形式的变革。

其次，欣赏岑参的西部诗歌，还可以使我们联想到唐初以尉迟乙僧为代表的西域画派。尉迟的画，色彩浓重，反复晕染，立体感很强，也称"晕染法""凹凸法"或"天竺法"（相传是从印度传来的）……岑参西部诗歌的构图与用笔，实际上就有这种重彩晕染的特点。

……"奇"，不仅表现在岑参诗歌的内容、题材、构思诸方面，同时也表现为融汇西域文化、在艺术形式与艺术手法上大胆创新等等。岑参的西部诗歌是中原文化与西域文化互相撞击闪现出的耀眼火花。[①]

岑参用边塞诗歌典型地表现了全盛时期的唐人在五方杂厝、胡汉交融的特定时代氛围里所形成的开阔胸襟、壮伟气度，以及崇尚军功、追求报国的英雄主义、爱国主义精神；同时，他的边塞诗还深含中原文化与西域文化交汇的文化意蕴，这在其他边塞诗人中十分罕见。

（二）关于《罗兰之歌》

西方历史哲学之父维柯在《新科学》[②]中把整个人类历史划分为"神的时代""英雄时代"和"人的时代"。"英雄时代"的特点是贵族政

---

① 陶尔夫、刘敬圻：《盛唐高峰期的西部诗歌——岑参边塞诗新探》，《文学评论》1987年第3期，第139页。

② [意]维柯：《新科学》，朱光潜译，北京：人民文学出版社，1986年。

体的统治和"自以为比平民具有某种自然的优越性"的英雄的出现，由此产生了中世纪英雄史诗。需要注意的是，古希腊大诗人赫西俄德在《工作与时日》①中将人类发展史分为"黄金时代""白银时代""青铜时代""英雄时代"和"黑铁时代"，其中的"英雄时代"是一种狭义的概念，特指荷马史诗所反映的那个时代。两种"英雄时代"，聚焦两类英雄，体现了"两希"传统注入欧洲的不同侧面。古希腊的英雄是"半神性"的英雄，半人半神的出身让他们具备了充沛的力量和捍卫个人荣誉的敏感意识，蕴藏了古希腊精神对个体价值与尊严的肯定，而中世纪的英雄往往表现出明确的集体意识。《罗兰之歌》中的众英雄，就是典型的集体主义英雄。

作为封建制度发展过程中的产物，《罗兰之歌》取材于真实的历史，封建欧洲最著名的国王查理大帝在公元 778 年远征西班牙，在南下进攻萨拉戈萨时受到了阻力，因国内发生叛乱而返回，途中遭到了伏击，损失惨重，狼狈撤退。更为重要的是，在这次伏击中，他失去了一员大将——罗兰。这场失败的战役，却在民间流传中逐渐"改头换面"，演变为一场大胜仗，并且在公元 11 世纪出现了最初的抄本。

经过流传加工的《罗兰之歌》，歌颂的是封建王国的英雄。法兰西王查理被描写成封建世界的首领，既是德高望重的理想国王，也是将士们的表率。罗兰、奥利维等骑士被描绘成臣仆的榜样，带有强烈的忠君、爱国的封建意识。英雄们的所作所为，不是为了抢夺和占有，而是出于崇高的集体荣誉，为民族荣光而以死拒敌，成为从容就义的民族英雄。为此，有学者认为，中世纪英雄史诗是一个民族文化精神形成时期的活化石。这种民族性，是叙事长诗的基本条件之一，也是民族特性的深沉烙印。虽然史诗所宣扬的封建思想已经失去了时代土壤，但其称颂的爱

---

① [古希腊]赫西俄德：《工作与时日》，张竹明、蒋平译，北京：商务印书馆，1991年。

国精神却永远不会过时，因而在法国抵抗法西斯德国入侵时仍然具有巨大的号召力和影响力。

作为中世纪后期的英雄史诗，《罗兰之歌》还带有鲜明的基督教色彩，不少内容与《圣经·新约》有相似之处。我国学者胡小跃指出，查理大帝和圣约翰一样，时常受到一道神圣的光环的保护，上帝总是在他们危难之时派天使前去帮助，罗兰牺牲后也被天使接回了天堂。当查理大帝为罗兰报仇全歼敌人时，太阳甚至为他推迟了下山的时间。因此，国外不少学者把《罗兰之歌》看成一部教谕作品，根据《圣经》来解释和破译史诗中的人物与场景。

虽然从基督教欧洲的层面上而言，查理大帝的征战是一场宗教圣战，罗兰、奥利维等人是捍卫神圣信仰、抵抗外族异教徒的十字军战士，但是这种刻意反映宗教冲突与战争的写法却有一定的局限性。《罗兰之歌》的中文译者杨宪益写道：

> 虽然中世纪文人企图把这部史诗加工改造成一部描写基督教徒和伊斯兰教徒战争的作品，但他们做得并不成功……诗里描写伊斯兰教徒崇拜各种邪神，实际上是反映了欧洲基督徒自己的信仰。伊斯兰教并不是多神教，也不会供奉穆罕默德的神像；至于其他邪神，如特瓦冈本来是中古基督教中魔鬼的一个名称，再如阿波连是希腊罗马时代的阿波罗，朱庇特也都是希腊罗马的神名。诗里的"异教徒"也并不完全指伊斯兰教徒，其中也包括了撒克逊人、丹麦人、斯拉夫人、匈牙利人、鞑靼人等，也就是说，包括任何在当时西欧基督教文化以外的人。[①]

① 《罗兰之歌》，杨宪益译，上海：上海译文出版社，2008年，"译本序"第4—5页。

中世纪教会文人对伊斯兰世界并没有真正了解，在他们眼里，以伊斯兰教为代表的异教徒不过是"他者"，是确立和定位基督教欧洲的一面镜子。用著名的"东方学"专家爱德华·萨义德的表述方式来说，基督教欧洲人特地建构了一个伊斯兰世界，使之作为一种对峙而存在，并且在一定程度上反映了自身。土耳其学者易卜拉欣·卡伦沿着"东方学"开辟的路径深究伊斯兰与西方社会的关系，直言《罗兰之歌》是"叙述中世纪基督教尚武精神的最著名作品"，"以夺回耶路撒冷和击溃穆斯林这两个当时最重要的问题为脉络被更新、改写和再创作"，生动地见证了基督教欧洲与伊斯兰世界之间的冲突：

> 我们看到，十字军东征时期流行的作品中已经构建起了穆斯林和土耳其人清晰的形象。当时的人们知道，查理大帝和拜占庭帝国的皇帝们从 8 世纪起就开始与穆斯林作战。在《罗兰之歌》和其他类似的作品里，阿拉伯穆斯林们被描绘为野蛮、粗鲁、独裁、沉迷于感官欲望、毫无理智、狂热、保守、上帝的敌人等形象。随着十字军的东征，这个画面中又加入了土耳其人的形象。因为在萨拉丁·阿尤布之前，最先抵御十字军的穆斯林族群是土耳其人……在基督教欧洲的眼中，无论是土耳其人，还是库尔德人、阿拉伯人、切尔克斯人和鞑靼人，所有的穆斯林族群归根结底都是同一种敌对宗教的成员。[1]

我们处于一个多元而交融的时代，东西方文化和历史再一次不可避免地碰撞着、激荡着。我们在接触与阅读世界各国文学经典的时候，既要以批判性的鉴赏目光审视其有益、有利之处，在"他者之镜"中更好

---

[1] [土耳其]易卜拉欣·卡伦：《认识镜中的自我：伊斯兰与西方关系史入门》，夏勇敏、汤剑昆、范珣等译，北京：新世界出版社，2018年，第81—82页。

地建构本民族的文化与精神，也要对某些文本宣扬的西方主义思想和种族优越论保持警惕，在兼收并蓄之中凝聚民族自信心。

☼ 思考与讨论

1. 你如何理解、评价唐人的"胡气"？唐诗中有哪些体现"胡气"的地方？

2. 相较于其他民族的战争类诗歌，你认为中国古代文学中的边塞题材创作，其民族特色主要体现在哪些方面？

3. 基督教文化倡导的神本主义、来世主义和禁欲主义，与古希腊罗马文化倡导的人本主义、现世主义和享乐主义构成了西方文明的两大源流。请结合古希腊时期的英雄和中世纪时期的骑士思考两类英雄的品格。

4. 西方社会与伊斯兰社会的关系错综复杂，早在欧洲各民族的英雄史诗里就是被述说的主要内容。请思考这些英雄史诗是如何通过"异教徒"（"他者"）建构民族精神的。

✿ 延伸阅读

◆ 岑参其他边塞诗阅读（[唐]岑参著，陈铁民、侯忠义校注：《岑参集校注》，上海古籍出版社，1981年）

《经火山》

火山今始见，突兀蒲昌东。赤焰烧虏云，炎氛蒸塞空。不知阴阳炭，何独燃此中？我来严冬时，山下多炎风，人马尽汗流，孰知造化功！

《凉州馆中与诸判官夜集》

弯弯月出挂城头，城头月出照凉州。凉州七里十万家，胡人半解弹琵琶。琵琶一曲肠堪断，风萧萧兮夜漫漫。河西幕中多故人，故人别来三五春。花门楼前见秋草，岂能贫贱相看老。一生大笑能几回，斗酒相逢须醉倒。

《轮台歌奉送封大夫出师西征》

轮台城头夜吹角，轮台城北旄头落。羽书昨夜过渠黎，单于已在金山西。戍楼西望烟尘黑，汉兵屯在轮台北。上将拥旄西出征，平明吹笛大军行。四边伐鼓雪海涌，三军大呼阴山动。虏塞兵气连云屯，战场白骨缠草根。剑河风急雪片阔，沙口石冻马蹄脱。亚相勤王甘苦辛，誓将报主静边尘。古来青史谁不见，今见功名胜古人。

《奉陪封大夫宴》（得征字，时封公兼鸿胪卿）

西边虏尽平，何处更专征？幕下人无事，军中政已成。座参殊俗语，乐杂异方声。醉里东楼月，偏能照列卿。

《白雪歌送武判官归京》

北风卷地白草折，胡天八月即飞雪。忽如一夜春风来，千树万树梨花开。散入珠帘湿罗幕，狐裘不暖锦衾薄。将军角弓不得控，都护铁衣冷难着。瀚海阑干百丈冰，愁云惨淡万里凝。中军置酒饮归客，胡琴琵琶与羌笛。纷纷暮雪下辕门，风掣红旗冻不翻。轮台东门送君去，去时雪满天山路。山回路转不见君，雪上空留马行处。

《天山雪歌送萧治归京》

天山雪云常不开，千峰万岭雪崔嵬。北风夜卷赤亭口，一夜天山雪更厚。能兼汉月照银山，复逐胡风过铁关。交河城边鸟飞绝，轮台路上马蹄滑。晻霭寒氛万里凝，阑干阴崖千丈冰。将军狐裘卧不暖，都护宝刀冻欲断。正是天山雪下时，送君走马归京师。雪中何以赠君别，惟有青青松树枝。

《热海行送崔侍御还京》

侧闻阴山胡儿语，西头热海水如煮。海上众鸟不敢飞，中有鲤鱼长且肥。岸旁青草常不歇，空中白雪遥旋灭。蒸沙烁石燃虏云，沸浪炎波煎汉月。阴火潜烧天地炉，何事偏烘西一隅？势吞月窟侵太白，气连赤坂通单于。送君一醉天山郭，正见夕阳海边落。柏台霜威寒逼人，热海炎气为之薄。

《火山云歌送别》

火山突兀赤亭口，火山五月火云厚。火云满山凝未开，飞鸟千里不敢来。平明乍逐胡风断，薄暮浑随塞雨回。缭绕斜吞铁关树，氛氲半掩交河戍。迢迢征路火山东，山上孤云随马去。

《赵将军歌》

九月天山风似刀，城南猎马缩寒毛。

将军纵博场场胜，赌得单于貂鼠袍。

《优钵罗花歌》（并序）

参尝读佛经，闻有优钵罗花，目所未见。天宝景申岁，参忝大理评事，摄监察御史，领伊西北庭支度副使。自公多暇，乃于府庭内栽树种药，为山凿池，婆娑乎其间，足以寄傲。交河小吏有献此花者，云得之于天山之南。其状异于众草，势巃嵸如冠弁；嶷然上耸，生不傍引；攒花中拆，骈叶外包；异香腾风，秀色媚景。因赏而叹曰："尔不生于中土，僻在遐裔，使牡丹价重，芙蓉誉高，惜哉！"夫天地无私，阴阳无偏，各遂其生，自物厥性，岂以偏地而不生乎？岂以无人而不芳乎？适此花不遭小吏，终委诸山谷，亦何异怀才之士，未会明主，摈于林薮耶？因感而为歌。歌曰：

白山南，赤山北，其间有花人不识，绿茎碧叶好颜色。叶六瓣，花九房，夜掩朝开多异香，何不生彼中国兮生西方？移根在庭，媚我公堂。耻与众草之为伍，何亭亭而独芳！何不为人之所赏兮，深山穷谷委严霜。吾窃悲阳关道路长，曾不得献于君王。

《田使君美人如莲花舞北旋歌》（此曲本出北同城）

如莲花，舞北旋，世人有眼应未见。高堂满地红氍毹，试舞一曲天下无。此曲胡人传入汉，诸客见之惊且叹。曼脸娇娥纤复秾，轻罗金缕花葱茏。回裙转袖若飞雪，左旋右旋生旋风。琵琶横笛和未匝，花门山头黄云合。忽作出塞入塞声，白草胡沙寒飒飒。翻身入破如有神，前见后见回回新。始知诸曲不可比，《采莲》《落梅》徒聒耳。世人学舞只是舞，姿态岂能得如此！

◆ **岑参诗文集的其他版本**

廖立笺注：《岑参诗笺注》，中华书局，2018 年

原名《岑嘉州诗笺注》，2004 年初版，后作了较多修订，改为今名。以明正德十五年（1520）济南刊七卷本《岑嘉州诗》为底本，参校诸本。考订窜入诗与误署诗，汇集历代评论附于每诗之后，对本事、年代、地理、背景、题旨等，做了揭示与阐发，尤其对岑诗所涉及的五百余处地名，做了实地考察。书末附岑参文章，亦作校勘和注释，另有历代总评、《岑参年谱》等。

刘开扬笺注：《岑参诗集编年笺注》，巴蜀书社，1995 年

以明正德济南刊本《岑嘉州诗》排印，参校诸本。分为编年诗、未编年诗、文赋、误收之诗、附录五个部分。每篇先解题后注释，有作年考证、前人对作品的评论。

孙钦善、武青山、陈铁民等选注：《高适岑参诗选》，人民文学出版社，1985 年

选高诗五十八首，岑诗七十六首，大致按写作年代先后为序。注重入选诗作的思想性和艺术性，兼顾不同内容、体裁及各期作品，能总体反映高、岑诗歌主要成就。校勘较精审，注释详明精当，串讲难解之句，有题解，有益读者理解诗歌旨意。

高文、王刘纯校注：《高适岑参选集》，上海古籍出版社，1988 年

选高诗一百二十九首，岑诗一百二十三首。选诗以边塞题材为主，兼顾不同内容、体裁、风格。编排以写作时间为序，无从系年者，附列于后。注释力求简明扼要，对难解字词均作简要注释，不做烦琐考证。

陈铁民撰：《高适岑参诗选评》，上海古籍出版社，2018 年

选高诗四十五首，岑诗六十四首。作品按作者不同人生阶段分类编排。每人各四个阶段，每一阶段有总述，介绍此段生平情况。作品注释力求简明，其后有对作品较为详细的分析。

◆ ［土耳其］易卜拉欣·卡伦：《认识镜中的自我：伊斯兰与西方关系史入门》（夏勇敏、汤剑昆、范珣等译，新世界出版社，2018 年）

无论是从文化角度，还是从思想和政治角度来看，伊斯兰文化和西方基督教文化都是世界最为敏感的问题之一，两者的碰撞和冲突可以追溯至中世纪。本书在共时和历时的双重方面都详尽地呈现了伊斯兰社会和西方社会之间复杂的千年关系史，以及影响了双方对彼此认知的大大小小的历史事件，从而客观、辩证地展现了两种文化之间的关联、龃龉、分歧与冲突，缜密地论证了双方的千年关系史就是"自我"与"他者"的关系，即通过"他者"之镜映照并定位"自我"。

◆ 《尼伯龙根之歌》（钱春绮译，人民文学出版社，1959 年）

英雄史诗《尼伯龙根之歌》被称为德国的《伊利亚特》，其内容取材于尼德兰王子齐格弗里德屠杀恶龙、取得宝物的一系列传奇故事，并结合了匈奴人灭勃艮第王朝的部分史实，呈现了中世纪后期德意志民族的社会生活和以骑士为代表的英雄品格。德国作曲家威廉·瓦格纳的著名歌剧《尼伯龙根的指环》便据此改编，同名电影以及《指环王》的热映进一步将这部古旧的史诗推到大众面前。

第十讲

文人与官场：

诗性精神和家国情怀

更多讲解，请扫描

一、背景与导读

宋代皇帝在"兴文教，抑武事"的基本国策下，扩大科举取士的规模，大量网罗人才，形成了皇帝与士共治天下的局面。这使得宋代士大夫阶层取代世族豪门，成为政治体制的主导力量，故柳诒徵谓："宋之政治，士大夫之政治也。"①国力的孱弱使得宋代士大夫在忧虑之下参政意识空前高涨，对国家有着极强的道德责任感，产生一种担负天下重任的"自觉的精神"（钱穆语），以天下为己任成为"宋代士风"的重要内核。

在"不诛戮士大夫及上书言事人"的准则下，宋代皇帝对文官的处罚不再是剥夺性命，贬谪替代了杀戮，以致宋代文人多有贬谪经历。但以苏轼为代表的宋代文人汲取儒、道、释三教，在人生逆境之中，仍然能够保持相对平和自持的超然心态。到了南宋，国家时刻处于危险之中的处境激发了士人心中的爱国情怀，在强烈的危机意识下，以民族为本位的爱国精神成为士人心态的主流，其中表达最为激烈的便是辛弃疾。

---

① 柳诒徵：《柳诒徵文集》第七卷《中国文化史》（下），北京：商务印书馆，2018年，第579页。

227

　　词由于情感狭深的特质，往往被学人视为"心绪文学"，宋代文人借词抒写幽思愤懑，使词成为管窥宋代士人心灵特征的绝佳途径。在苏轼与辛弃疾的手下，词不再是囿于把盏佐酒的附属品，词的书写从花底尊前走向了山川江河，向内思考人生，向外思考家国，获得了全新的生命力。张綖《诗余图谱》将词分为豪放与婉约二派，其豪放一脉便常以苏轼为肇始。辛弃疾接过豪放派的大旗，在词之豪气上一发不可收。苏、辛等一改词之纤弱之气，开创了词之变体，客观上达到了抬尊词体之用，苏、辛词风也为后世词人追继。

　　在遥远的地中海沿岸，欧洲即将迎来历史上"名副其实的第一个近代国家"。这是欧洲社会大变革前夜的意大利佛罗伦萨，经济领域的资本主义因素催动了社会的整体变革，各方势力展开了漫长的你死我活的斗争，以教皇为中心的中世纪欧洲秩序正在被重组。大诗人但丁成长于这场血与火的内战，也直接参与了党派纷争。他一度被推选为佛罗伦萨的六位执政官之一，最终却受到迫害，终身流亡他乡。他在极度艰苦的条件下走遍了意大利，意识到自己不仅属于佛罗伦萨，也属于整个意大利，而流亡期间创作的《神曲》便是他献给意大利民族的不朽绝唱。

　　本讲选取苏轼与辛弃疾的代表词作，以及但丁《神曲》的开篇，通过对读中西优秀诗人的经典作品，体会伟大作家的诗性精神和家国情怀。

二、作品选目

（一）念奴娇·赤壁怀古 [①]
苏轼

大江东去，浪淘尽、千古风流人物。故垒西边，人道是、三国周郎赤壁。乱石穿空，惊涛拍岸，卷起千堆雪。江山如画，一时多少豪杰。

遥想公瑾当年，小乔初嫁了，雄姿英发。羽扇纶巾，谈笑间、强虏灰飞烟灭。故国神游，多情应笑我，早生华发。人间如梦，一尊还酹江月。

（二）菩萨蛮·书江西造口壁 [②]
辛弃疾

郁孤台下清江水，中间多少行人泪。西北望长安，可怜无数山。

青山遮不住，毕竟东流去。江晚正愁余，山深闻鹧鸪。

---

① 邹同庆、王宗堂：《苏轼词编年校注》（中册），北京：中华书局，2002年，第398—399页。
② [宋]辛弃疾撰，邓广铭笺注：《稼轩词编年笺注》（增订本），上海：上海古籍出版社，1993年，第41—42页。

（三）神曲（节选）①

但丁

地狱篇·第一章②

在人生的中途③，我发现我已经迷失了正路，走进了一座幽暗的森林④，啊！要说明这座森林多么荒野、艰险、难行，是一件多么困难的事啊！只要一想起它，我就又觉得害怕。它的苦和死相差无几。但是为了述说我在那里遇到的福星，我要讲一下我在那里看见的其他的事物⑤。

我说不清我是怎样走进了这座森林的，因为我在离弃真理之路的时刻，充满了强烈的睡意⑥……

我使疲惫的身体稍微休息了一下，然后又顺着荒凉的山坡走去，所

---

① [意]但丁：《神曲》，田德望译，北京：人民文学出版社，1990年，第1—3页。

② 原注：《神曲》全诗开宗明义的序曲。

③ 原注：指1300年但丁三十五岁时。《旧约·诗篇》卷四第九十篇中说："我们一生的年日是七十岁。"但丁在《筵席》卷四第二十三章中把人生比作拱门，拱门的顶点，就人的天年来说，是三十五岁。这里又把人生比作旅程，"人生的中途"必然指三十五岁。此外，但丁这句诗还受了《旧约·以赛亚书》第三十九章中"正在我中年之日，必进入阴间的门"这句话的启发。

④ 原注："幽暗的森林"具有双重寓意。一、象征1290年但丁所爱的女性贝雅特丽齐死后，他失去精神上的向导，陷入迷惘和错误不能自拔；二、象征当时基督教世界，尤其是意大利，由于教皇掌握世俗权力，买卖圣职，主教僧侣贪婪成风，教会日益腐败，神圣罗马皇帝放弃自己的职责，封建割据势力纷争不已，以致完全陷入混乱状态。诗中表明但丁作为个人，则迷途知返，悔过自新；作为人类代表，则揭露现实的黑暗，唤醒人心进行改革，使自己和世界都达到得救的目的，这大致是全诗的主旨。

⑤ 原注："福星"指古罗马诗人维吉尔（公元前70—公元前19）的灵魂；"其他的事物"指下文所说的三只拦路的野兽。

⑥ 原注："真理之路"即上文所说的"正路"；"睡意"指灵魂因有罪陷入昏沉迷糊的状态。

以脚底下最稳的，总是后面那只较低的脚^①。瞧！刚走到山势陡峭的地方，只见一只身子轻巧而且非常灵便的豹^②在那里，身上的毛皮布满五色斑斓的花纹。它不从我面前走开，却极力挡住我的去路，迫使我一再转身想退回来。

这时天刚破晓，太阳正同那群星一起升起，这群星在神爱最初推动那些美丽的事物运行时，就曾同它在一起^③；所以这个一天开始的时辰和这个温和的季节，使我觉得很有希望战胜这只毛皮斑斓悦目的野兽^④；但这并不足以使我对于一只狮子^⑤的凶猛形象出现在面前心里不觉得害怕。只见它高昂着头，饿得发疯的样子，似乎要向我扑来，好像空气都为之颤抖。还有一只母狼^⑥，瘦得仿佛满载着一切贪欲，它已经

① 原注：字面的意义说明但丁在一步步走上山坡，上坡时，较低的那只脚着地，支撑全身的重量，脚底下总是最稳的。寓意是人在改过自新的过程中，并非一往直前，而是时而踟蹰、时而前进。

② 原注："豹"象征肉欲。

③ 原注："群星"指白羊座。太阳进入白羊宫为春分，即阳历3月21、22日，在白羊宫的时间约一个月，诗中以此来表明但丁在山坡上遇到豹拦路时，是在春天的清晨（具体时间是1300年4月8日清晨）。"神爱"即上帝，因为意大利经院哲学家托马斯·阿奎那斯（1225—1274）在《神学大全》卷三十七第三章中说："爱是圣灵固有的名称。"基督教传说，上帝创造宇宙在春季，创造太阳后，就安放在白羊宫，使它从那里开始运行。"那些美丽的事物"指星辰。

④ 原注：中世纪计算白天的时辰，从日出时（约在六点钟）算起，到日没时（约在十八点钟）为止。"破晓"是一天开始的时辰，"温和的季节"指春天，是一年开始的季节，二者都是天文学上有利的时机，所以但丁认为自己很有希望逃脱豹的危险。

⑤ 原注："狮子"象征骄傲。

⑥ 原注："母狼"象征贪婪（包括贪财、贪求名位和物质利益等）。贪婪是人的最难消除的劣根性，所以诗中表明，三只野兽中，母狼是最大的危险。根据圣保罗的话，"贪财是万恶之根"（见《新约·提摩太前书》第六章），但丁认定贪婪之风是佛罗伦萨和意大利的祸根，是教会腐败的原因，是实现正义的障碍。当时在位的神圣罗马皇帝阿尔伯特一世放弃职责，不来意大利行使皇帝的权力，制止贪婪，致使社会风气每况愈下。因此，但丁在诗中着重描写象征贪婪的母狼，借维吉尔的口预言将有驱逐它的猎犬来到世间。

迫使很多的人过着悲惨的生活，它的凶相引起的恐怖使得我心情异常沉重，以致丧失了登上山顶的希望。正如专想赢钱的人，一遇到输钱的时刻到来，他一切心思就都沉浸在悲哀沮丧的情绪中，这只永不安静的野兽也使我这样，它冲着我走来，一步步紧逼着我退向太阳沉寂的地方^①。

我正往低处退下去时，一个人影儿^②出现在眼前，他似乎由于长久沉默而声音沙哑^③……

他见我流下泪来，回答说："你要逃离这个荒凉的地方，就需要走另一条路^④，因为这只迫使你大声呼救的野兽不让人从它这条路通过，

---

① 原注：指不见阳光的"幽暗的森林"。这里诗人大胆使用了一个以声觉代替视觉构成的隐喻。

② 原注：他是维吉尔的灵魂来为但丁游地狱和炼狱做向导，把但丁从"幽暗的森林"领到炼狱山顶上的地上乐园（象征现世的幸福）。他既象征能使人获得现世幸福的皇帝的权威，又象征理性和哲学，因为皇帝需要根据哲学把人类引上现世幸福的道路（见《帝制论》卷三第十六章）。但丁认为自古以来最伟大的哲学家是亚里士多德，称他为"智者们的大师"，但并不选他而选维吉尔做自己的向导，因为后者在中世纪享有极大的声誉，被视为学识最渊博的哲人，甚至被说成术士和预言家；他在第四首《牧歌》中预言一个婴儿的诞生将给人类带来黄金时代，被教会附会为预言耶稣基督的降生，他的史诗《埃涅阿斯纪》歌颂罗马和罗马帝国的光荣，其中还叙述埃涅阿斯在神巫引导下往游阴间的故事。此外，还由于他是但丁最敬爱的、受益最深的诗人，愿在《神曲》中加以歌颂。

③ 原注：注释家关于此句众说纷纭，莫衷一是。维吉尔尚未开口，但丁怎么会觉得他声音沙哑？按照常情，说话太多，声音才会沙哑，怎么会由于长久沉默而声音沙哑？寓意讲得通：维吉尔象征理性，理性的声音在迷失正路的人心中久已沉默，在他刚觉悟时，还难以听得清楚，就觉微弱沙哑。字面上的意义，虽有种种解释，但多失之牵强附会。这句话的寓意和字面上的意义虽然不相吻合，我们需要从诗的角度去领会，不要从逻辑上去理解。

④ 原注：由于三只野兽（寓意：肉欲、骄傲、贪婪），尤其是母狼（寓意：贪婪）的障碍，不可能直接登上小山（寓意：个人和人类不可能获得现世幸福），必须走游历地狱（寓意：考虑罪孽的严重后果）、炼狱（寓意：经受磨难赎罪）、天国（寓意：获得来世永恒幸福的希望）的道路。

而是极力挡住他，把他弄死^①；它本性穷凶极恶，永远不能满足自己的贪欲，得食后，比以前更饿^②。同它结合的人很多，而且以后更多^③，直到猎犬来到，使它痛苦地死掉为止。他既不以土地也不以金钱，而以智慧、爱和美德为食，将降生在菲尔特雷和蒙特菲尔特罗之间^④。他是衰微的^⑤意大利的救星，处女卡密拉、欧吕阿鲁斯、图尔努斯和尼苏斯都

---

① 原注：寓意是贪婪使灵魂堕入地狱。

② 原注：贪得无厌、欲壑难填之意，这里显然以寓意为主，真狼习性并非如此。

③ 原注：意大利文"animali"（复数）含义是"动物"或"众生"。有些注释家认为这里指的是"兽"，他们根据圣保罗所说的"贪财是万恶之根"这句话（《提摩太前书》第六章），把这句诗解释为"娶它（指母狼）的野兽是很多的"（直译），寓意是同贪婪结合在一起的罪恶是很多的；旧译本大都根据这种解释。现在一些很可靠的注释家根据但丁用拉丁文写的《致意大利各枢机主教书》中"每人都已经娶贪婪为妻"这句话，把"animali"理解为"人"，寓意是沾染上贪婪这种歪风邪气的人是很多的。译者的译文采取了这种解释。

④ 原注：猎犬善于追踪搜索野兽，用它来指驱除象征贪婪的母狼的未来救星是很恰当的。但是寓意与字面上的意义的一致性，只限于此。"既不以土地也不以金钱，而以智慧、爱和美德为食"这句话，则需要完全从寓意的角度来理解，命意在于说明未来的救星由于具有这样高贵的品格，才能清除贪婪之风，实现和平、正义。至于未来的救星究竟指谁，注释家有种种不同的猜测，迄无定论。对"菲尔特罗"（feltro）的解释，也存在着重大的分歧。有人认为是一种好布，说明这位救星出身高贵；有人认为是一种坏布，说明他出身微贱；有人甚至认为是包装投票箱的布，说明他是投票选出的；还有人认为是地名（在版本中将第一个字大写），表明他降生在菲尔特雷（Feltre）和蒙特菲尔特罗（Montefeltro）两地之间，从而断定这位救星就是但丁曾在其宫廷受到礼遇的维罗纳封建主堪格兰德·德拉·斯卡拉（Cangrande della Scala）。由于这里是预言未来的事，犹如我国古代的谶纬一般，恐怕泄漏天机，故意把话说得非常隐晦，所以无法确定救星所指的具体人。根据但丁在《帝制论》阐明的政治观点来看，大概是指他理想中的皇帝。

⑤ 原注：这里沿用维吉尔史诗中（《埃涅阿斯纪》卷三522—523行）所用的形容词humilis（相当于意大利文umile）来形容意大利；但是在维吉尔诗中，"humilis"含义是地势低平，指拉丁姆地区，这里"umile"含义是衰微、悲惨、不幸，泛指但丁时代的意大利。

是为这个国土负伤而死①的。他将把这只母狼赶出各个城市，最后把它重新放进地狱，当初是忌妒从那里放出它来的②。所以，为你着想，我认为你最好跟着我，由我做你的向导，从这里把你带出去游历一个永恒的地方，你在那里将听到绝望的呼号，看到自古以来的受苦的灵魂每个都乞求第二次死③；你还将看到那些安心处于火中的灵魂，因为他们希望有一天会来到有福的人们中间④。如果你想随后就上升到这些人中间，一位比我更配去那里的灵魂⑤会来接引你，我离开时，就把你交给她；因为统治天上的皇帝由于我未奉行他的法度，不让我进他的都城⑥。他的威权遍及宇宙，直接主宰天上，那是他的都城和崇高的宝座所在，啊！被他挑选到那里的人有福啊！"于是，我对他说："诗人哪，我以你所不知的上帝的名义恳求你，为使我逃脱这场灾难和更大的灾难⑦，请你

① 原注：卡密拉是沃尔斯克人的国王之女，同埃涅阿斯率领的特洛亚人打仗时阵亡。图尔努斯是鲁图利亚人的国王，曾向拉丁姆国王之女求婚，但她顺从神意和埃涅阿斯结婚，他兴师问罪，为埃涅阿斯所杀。欧吕阿鲁斯和尼苏斯是好朋友，同沃尔斯克人打仗时阵亡。他们都是《埃涅阿斯纪》中的英雄，前两个是特洛亚人的敌人，后两人是特洛亚人的将领，双方都为意大利光荣牺牲。

② 原注：指魔鬼忌妒亚当和夏娃在乐园里的幸福，从地狱里放出象征贪婪的母狼。他俩受贪欲的诱惑，偷吃了分别善恶之树的果子，被上帝逐出乐园。

③ 原注："永恒的地方"指地狱；地狱和天国永远存在，炼狱一到世界末日，就不存在了。在地狱里受苦的灵魂完全陷入绝望的境地，所以大声乞求第二次死，即灵魂灭亡，来解脱永恒之苦。

④ 原注："安心处于火中的灵魂"指在炼狱经受磨难的灵魂；"火"泛指炼狱的种种磨难，这些灵魂安心经受磨难，因为经受磨难消除罪孽后，就有升入天国的希望。

⑤ 原注：指贝雅特丽齐。但丁以她象征信仰和神学，以维吉尔象征理性和哲学，因为他作为"中世纪最后一位诗人"，囿于时代的偏见，认为信仰和神学高于理性和哲学，理性和哲学只能使人认识罪恶的严重后果，通过悔罪自新，获得现世幸福，依靠信仰和神学才能使灵魂得救，享受天国之福。

⑥ 原注："天上"指上帝所在的净火天（Empireo）；"他的都城"即天国。维吉尔在世时，耶稣尚未降生，所以不可能信基督教，死后灵魂也就不可能进天国。

⑦ 原注："这场灾难"指"幽暗的森林"和三只野兽拦路；"更大的灾难"指死后灵魂可能入地狱。

把我领到你所说的地方去，让我看到圣彼得之门和你说得那样悲惨的人们[①]。"

于是，他动身前行，我在后面跟着他。

三、众家评说

（一）关于《念奴娇·赤壁怀古》

王兆鹏、郁玉英、郭红欣《宋词排行榜》[②]尝试确定了宋词经典的顺序，其中苏、辛高居前列，尤其以苏轼《念奴娇·赤壁怀古》为榜首。《念奴娇·赤壁怀古》是苏轼的代表作，展现了苏轼异于其他词家的独特况味。历来对《念奴娇·赤壁怀古》的解读存在一些疑惑，学者们多有商榷之文。首先便是它的创作地点历来多有争论，范成大、陆游在重游故地时目睹的赤壁与词中所写相差巨大，范成大便言"东坡辞赋微夸焉"[③]，陆游亦言"亦茅冈尔，略无草木"[④]。王兆鹏通过现场照片与卫星地图，对比苏轼《赤壁怀古》中所记录的赤壁的景象，指出《念奴娇·赤壁怀古》所写赤壁之貌，当为想象。

---

① 原注："圣彼得之门"指炼狱之门；"你说得那样悲惨的人们"指在地狱受苦的灵魂。

② 王兆鹏、郁玉英、郭红欣：《宋词排行榜》，北京：中华书局，2012年。

③ [宋]范成大：《吴船录》卷下，顾宏义、李文整理校标：《宋代日记丛编》，上海：上海书店出版社，2013年，第866页。

④ [宋]陆游著，蒋方校注：《入蜀记校注》卷四，武汉：湖北人民出版社，2004年，第144页。

不仅苏轼描写的场景是他虚构的，许多学者也指出《念奴娇》所写周瑜与小乔的故事亦有悖于历史细节，对周瑜赤壁之战的书写解读存在着诸多疑惑。其一，赤壁之战发生于建安十三年（208），但是小乔嫁给周瑜的时间则是赤壁之战发生的十年前，为什么苏轼要将这相差十年的事情穿插在一起？其二，为何苏轼在写飒爽英姿的周瑜之外，穿插"小乔初嫁了"一事，单独于此处凸显一女子身份？所用之词为何是"嫁了"而非"嫁时"？其三，"一樽还酹"的既不是周瑜，也不是赤壁，为何是那江月？《念奴娇》仅仅是"表达了作者对周瑜功业的向往与赞颂之情，抒发了'人生如梦'的感慨与彻悟"吗？有研究者尝试解析：

> 作为北宋最高阶层（皇亲国戚除外）的宰辅在选择姻亲时，"尚门第"或"尚官"，目的就是"攀权势、猎富贵"。通过门第相当的高官大族结成姻亲，在朝廷上相互奥援，相互提携，形成牢固的姻亲网络，借以巩固自身的地位，维护本家族既得的以及潜在的经济、政治的利益。"乌台诗案"中，迫害苏轼者主要是以王安石为领袖的新党成员。当时，以王安石家族为中心，存在一个势力庞大的姻亲集团。……
>
> …………
>
> ……正如王季思先生所说："……'了'字连在上句读，意味着周瑜娶了小乔，婚姻问题得到完满的解决，孙吴政权更加信赖周瑜，他'雄姿英发'，建立了盖世功业。"至此"初""了"两字的含义便凸显出来了。周瑜的建功立业和新党人物的权倾朝野，至少在此方面相似，即姻亲是他们重要的政治资本，而这正是苏轼及多少豪杰所没有的。
>
> …………
>
> 总之，该词名为赤壁怀古，实为借古写今。不是怀念和赞

颂周郎功业，而是感慨君臣不遇，表达自己忠心耿耿却不被理解的忧愤心情。他艳羡周瑜与孙权的特殊君臣关系，但却不愿像周瑜和当时新党人物那样趋炎附势，追名逐利。因此，赤壁怀古，作者更为怀念的是古代那些失败失意的英雄、不被理解的豪杰志士，并借以表明自己不屈的独立人格和耿耿忠心。[①]

苏轼对周瑜到底是向往赞颂，还是有着这样复杂的情感呢？也许你有不同的答案。但不管怎样，我们可以看出苏轼并非一直如与《赤壁怀古》同一时期所作的《赤壁赋》中表现得那样旷达，他在《赤壁赋》中的一番陈词与其说是劝慰他人，不如说是说服自我。把《念奴娇·赤壁怀古》《赤壁赋》等相比较还是能看出苏轼在人生态度上的挣扎的：

> 我们反对把黄州的苏轼拔得太高。写《赤壁赋》的东坡确实飘逸，确实超脱了凡尘，进入了一个澄澈的空灵境界。但是写《念奴娇》的东坡，却还在功名富贵中挣扎叹息，前思后想，并没有洞穿一切。走出黄州的东坡，也并没有将两个苏轼合而为一，现身为写赋的东坡。走出黄州后，一转身之间，翰林学士的苏东坡再次嘲笑了黄州的苏东坡，把他全部的自我救赎努力都轻轻抹去了。……大宋帝国能够出现《念奴娇》《赤壁赋》这样顶尖、不朽的伟大作品，不是因为完满，而是因为受伤；不是因为成熟，而是因为挣扎。[②]

尽管苏轼不是完全"放下"，但是他依然是将"放下"做得最好的

---

① 李飞跃：《苏轼赤壁怀古词新论》，《中南民族大学学报》（人文社会科学版）2014年第5期，第142—143、145页。
② 肖鹏、王兆鹏：《重返宋词现场》，上海：东方出版中心，2021年，第94页。

文人之一，也成为后世文人心中永恒的丰碑。这诉诸词，便大大开拓了词境，正如胡寅《酒边集·序》所说："眉山苏氏，一洗绮罗香泽之态，摆脱绸缪宛转之度，使人登高望远，举首高歌，而逸怀豪气，超然乎尘垢之外，于是《花间》为皂隶而柳氏为舆台矣。"①苏轼被视为宋代文化的代表人物，明清的词选中仍大量选择苏轼的词作，在此后苏轼逐渐变成一种文化符号与精神图腾，与陶渊明等并立，成为身处贬谪逆境中的文人灵魂上的慰藉。

（二）关于《菩萨蛮·书江西造口壁》

与苏轼在词中所表现的旷达胸襟与怀抱不同，辛弃疾的词总是或明或暗地包含着忧虑，这份忧虑离不开南宋时局与辛弃疾自身的遭遇。辛弃疾的词有着恒定的主题，那就是对故国忠贞不贰的感情。《菩萨蛮·书江西造口壁》是稼轩词中所谓"词外尚有事在"的代表之作，一般认为作于淳熙二年（1175）或者淳熙三年（1176）间，当时辛弃疾正担任江西提点刑狱。这首词的创作地点有许多种说法，清代张德瀛《词徵》卷一"词与风诗意义相近"条指出："自唐迄宋，前人巨制，多寓微旨……辛稼轩郁孤台上，燕燕慨失偶也。"②许多学者也认为本词的写作现场是在郁孤台上。但是肖鹏、王兆鹏在《重返宋词现场》中指出郁孤台周围视野实则非常开阔，并不符合词作本意，对照江西造口地势，辛弃疾

① [宋]胡寅：《酒边集·序》，转引自孙克强：《唐宋人词话》（增订本），天津：南开大学出版社，2012年，第634页。
② [清]张德瀛：《词徵》卷一，唐圭璋：《词话丛编》第五册，北京：中华书局，1986年，第4079页。

《菩萨蛮·书江西造口壁》的写作场景应当是在造口驿。①

　　本词的写作地点造口，古人尝言与隆祐太后南逃一事或有渊源，因此前人也有认为辛弃疾这一词作乃是思及南宋隐痛书写而成。罗大经《鹤林玉露》便指出：“盖南渡之初，虏人追隆祐太后御舟至造口，不及而还。幼安自此起兴。‘闻鹧鸪’之句，谓恢复之事行不得也。”②此条之所以为历代所引，乃是道出了隆祐太后逃亡至此弃船上岸的旧闻。我们自然而然就会想到，这段屈辱的历史为后世文人铭记，辛弃疾行至此处，便回想起此事。清代宋翔凤《乐府余论·绝妙好词以于湖为首》在罗大经基础之上，进一步论说，“庆元党禁云：嘉泰四年，辛弃疾入见，陈用兵之利，乞付之元老大臣。侂胄大喜，遂决意开边。则稼轩先以韩为可倚，后有《书江西造口壁》一词。《鹤林玉露》言‘山深闻鹧鸪’之句，谓恢复之事行不得也，则固悔其轻言。然稼轩之情，可谓忠义激发矣”③。其中对词作创作时间的认知明显出现了问题，但所及之重要一点便是在罗大经之外，仍彰显了辛弃疾之“忠义”。有学者不太认同罗大经的说法，认为此中所道乃是“借古典以道今情”，比如邓广铭先生就提出了异议。④不论这首词作所思是否是隆祐太后逃亡一事，但词中显现出的未能收复失地所带来的悲痛，却为共识。收复失地的愿望，在这个南归后的“归正人”身上从未消失，即便是这愿望没有得到实现。

　　辛弃疾与苏轼在面对人生逆境时的表现，展现出北宋与南宋士人在气质与思想上的差异。这种差异某种程度上出于政治时局的巨大改变，

---

① 肖鹏、王兆鹏：《重返宋词现场》，上海：东方出版社，2021年，第125—142页。

② [宋]罗大经：《鹤林玉露》甲编“辛幼安词”，上海：上海古籍出版社，2012年，第11页。

③ [清]宋翔凤：《乐府余论》，唐圭璋：《词话丛编》第三册，北京：中华书局，1986年，第2502—2503页。

④ [宋]辛弃疾撰，邓广铭笺注：《稼轩词编年笺注》（增订本），上海：上海古籍出版社，1993年，第42—43页。

苏轼所处的北宋，外部环境相对安宁，因此北宋文人多着眼于人生的内在思辨；而南宋面对着金人对国土的威胁，士人往往有着强烈的危机意识，有着强烈的社会责任感：

> 苏轼对《易经》《论语》等做过诠释，但毕竟算不得建立了哲学体系的思想家，然而他对天道、人道以及知天知人之道，尤其是以出处为中心的人生问题，表现在他文学作品中的思考，超过了他的不少前辈，因而他是一位具有思辨型倾向的智者。辛弃疾却是醉心于事功的、带有强烈的现实行动要求的实践型人物，他似乎无意于对生死、天人关系等做形而上的思考，而执着于现实人生的此岸世界，真所谓"未知生，焉知死"。两人虽然都出入儒佛道三大传统思想，但苏轼已整合成一套具有灵活反应功能的思想结构，足以应付他所面对的任何一个政治的、生活的难题；在贬居时期，佛学思想占据了主导地位，借以保持乐观旷达的人生态度。辛弃疾却始终把社会责任的完成、文化创造的建树和自我价值的实现融为一体，并以此作为终生奋斗的目标；虽然随着境遇的顺逆，这个目标有所倾斜，但基本导向一生未变。①

辛弃疾在文人心中有着极高的地位，乃至于南宋后期出现了一批辛派词人。《历史的选择——宋代词人历史地位的定量分析》②通过计量分析，指出辛弃疾是历史地位最高的宋代词家。

---

① 王水照：《苏、辛退居时期的心态平议》，《文学遗产》1991年第2期，第68—69页。
② 王兆鹏、刘尊明：《历史的选择——宋代词人历史地位的定量分析》，《文学遗产》1995年第4期。

（三）关于《神曲》

但丁的《神曲》（"神圣的喜剧"）采用了中世纪文学特有的梦幻体形式，假想他自己作为一个活人幻游地狱、炼狱和天堂的经历。关于标题，但丁曾经说过："这部作品的目的是要让这个世上生活的人，摆脱痛苦状态，指引他们走向幸福状态……由此可见为什么这部作品叫作喜剧……如果我们审视其主题，开头它是可怕的、罪恶的，因为它是地狱；结尾处是幸福的、称心的、欢快的，因为它是天国……"[1]而"神圣"一词，是后人对这部作品的尊崇，因作品的神圣主题和崇高内涵而加上去的。

与许多中古文学作品一样，《神曲》是一座众多小径错综交叉的意义迷宫。但丁自己说："这部作品的意义不是单纯的，毋宁说，它有许多意义。"[2]按照他的说法，《神曲》至少有字面的、寓言的、哲理的、神秘的意义。从寓言的意义来看，"主题就是人凭自由意志去行善行恶，理应受到公道的奖惩"，整整一千年的教会和封建统治，让人们怀着对上帝的敬畏和对不堪现实的厌恶，相信天堂和地狱的存在，相信每个人最终都会面临末日的审判。但丁认为《神曲》所隶属的哲学是"属于道德活动或伦理那个范畴的，因为全诗和其中各部分都不是为思辨而设的，而是为可能的行动而设的，如果某些章节的讨论方式是思辨的方式，目的却不在思辨而在实际行动"[3]。我们从中可以看出，但丁写《神曲》是为了影响人的实际行动。就个体的层面而言，正如美国学者乔治·桑塔亚那所说，"但丁并非一位单纯的热爱善的人，他也是一位强烈的憎

---

① [意] 但丁：《致斯卡拉大亲王书》，转引自[美] 丹尼尔·J.布尔斯廷：《创造者》，汤永宽等译，上海：上海译文出版社，1997年，第384—385页。
② 转引自朱光潜：《西方美学史》（上），北京：商务印书馆，2017年，第149页。
③ 转引自朱光潜：《西方美学史》（上），北京：商务印书馆，2017年，第151页。

恨恶的人"①，他希望人们能够在阅读他的作品时受到刺激和教育。我国学者潘一禾颇为诗意地写道，他希望人们"从身不由己的恐惧上升到心甘情愿地洗涤罪恶"②。而在神秘的意义上，《神曲》被誉为"神学总论"，是中世纪思想和学术的"诗体总结"，其丰富意蕴不言自明。我们可以通过美国学者哈罗德·布鲁姆的这段话加以理解：

> 但丁比古今其他诗人更大胆，更咄咄逼人，更高傲也更有胆略。他对于不朽有自己的见解；但他与同时代博学而虔诚的诠释学者们毫无共通之处。如果一切都在奥古斯丁和托马斯·阿奎那的著作中，那我们就可以去阅读这二人的作品。不过，但丁要我们阅读他的作品。他写诗不是为了解说传承的真理。《神曲》就意味着真理，我认为，把但丁去神学化和将他神学化都是没有意义的。
>
> ············
>
> 假如我们想知道是什么使得但丁能跻身经典……那我们就需要重现他成功的陌生性，也就是他持久的原创性。③

但丁的原创性离不开现实生活的土壤。意大利学者维柯把《神曲》视为反映时代生活的伟大史诗，把但丁称作"基督教时代的荷马"，此言虽然与恩格斯称但丁为"中世纪最后一位诗人"和"新世纪最初一位诗人"的理论基础不同，但都指出了但丁及其《神曲》的社会现实基础。

---

① [美]乔治·桑塔亚那：《诗与哲学》，华明译，北京：北京大学出版社，1991年，第94页。

② 潘一禾：《故事与解释——世界文学经典通论》，上海：学林出版社，2000年，第77页。

③ [美]哈罗德·布鲁姆：《西方正典：伟大作家和不朽作品》，江宁康译，南京：译林出版社，2005年，第61、65页。

但丁生活在欧洲大变革的前夜，其热爱并为之奋斗过的故乡佛罗伦萨，正是中世纪欧洲封建统治最薄弱而资本主义萌芽最早的地方。经济领域的发展深刻地影响了上层建筑，围绕教权与政权的斗争此起彼伏。但丁是这一系列政治斗争的直接参与者和不幸受害者：从政时，他秉公执法，坚持与一切危害意大利人民利益的行为战斗；被迫流亡后，他以诗笔写出鸿篇巨制，反思意大利的动乱现实和世人的拯救之途。当伟大的批判现实主义作家巴尔扎克在几百年后将自己的作品命名为《人间喜剧》的时候，他所致敬《神曲》的，应该正是其揭示现实、暴露弊端的批判性一面。

需要注意的是，鲍桑葵在他的《美学史》中曾谈到《神曲》对诗人的不同寻常的关注，"它的中心兴味却在于灵魂们的命运，尤其是诗人的灵魂的命运"[①]。我国学者姜岳斌指出，但丁在《神曲》中实际上给自己选择了两个位置：一个是赎罪基督徒的位置，另一个是伟大诗人的位置。但丁站在时代的高度对诗歌的地位和古今诗人的成就展开了思索：

> 而在但丁看来，现代诗人则有较重的道德责任，因为他们描绘的是现代生活，与现代人当然密切相关，于是，"迎逢人性卑劣成分"的诗歌（包括追求诗歌形式的浮华美艳）都难逃其咎而需要在炼狱里净罪。我们相信这便是但丁将许多中世纪诗人放在炼狱的原因。于是但丁推动现代诗人在艺术维与道德维之间寻找自己的坐标：他永远追求着荷马的境界却永远不可能达到，因为荷马在艺术上已成为"高不可企及的范本"，同时，他又必须追求一个基督社会的道德标准，必须给人以道德精神的启示，必须代表人类精神追求的方向，指示人们"在新

---

① [英]鲍桑葵：《美学史》，北京：商务印书馆，1986年，第202页。

旧交替的时代，个人和人类怎样从迷惘和错误中经过苦难和考验，达到真理和善的境地"，而实际上但丁正是要把他的《神曲》写成这样一部在艺术和宗教道德两个方面同时取得伟大成就的作品——事实上只有但丁达到了天堂的顶点，也就是说，达到了"真理和至善"的境界。①

作为诗人的但丁，在文学界有众多奉他为经典的同行，彼特拉克、薄伽丘（又译作卜伽丘）、乔叟、雪莱、罗塞蒂、叶芝、乔伊斯、庞德、T.S.艾略特、博尔赫斯、史蒂文斯、贝克特……若不是篇幅有限，这个名单还可以拉得更长。有些人认为但丁是神学寓言家，有些人则认为他是先知式诗人，不同的解读角度，正是但丁这面多棱镜折射出的多彩光芒。

◎ 思考与讨论

1. 东坡词与稼轩词反映出宋代士人具有怎样的心态？

2. 后世词选收录东坡词、稼轩词数量与风格如何？你觉得造成收录差异的原因是什么？

3. 如何理解《神曲》是两条文化河流相互激荡而产生的壮丽图景？请结合"两希"（古希腊和古希伯来）文化传统谈谈你对《神曲》的认识。

4.《神曲》虽然旨在描述亡灵的世界，但字里行间无不与现世生活展开对话。请解读但丁的政治家和文学家身份在作品中的兼容与共生。

① 姜岳斌：《伦理的诗学——但丁诗学思想研究》，杭州：浙江大学出版社，2007年，第178—179页。

🌀 延伸阅读

◆ [宋] 苏轼：《赤壁赋》（孔凡礼点校：《苏轼文集》，中华书局，
1986 年）

《赤壁赋》展现了苏轼通过自然的盈虚消长，看淡人生得失荣辱的
体悟。"水"与"月"在苏轼思想中有着重要地位，这与"一樽还酹江
月"一脉相通。《赤壁赋》集中体现了苏轼在贬谪的逆境之中仍然具有
旷达精神。

◆ [宋] 辛弃疾：《美芹十论》（邓广铭辑校审订，辛更儒笺注：《辛
稼轩诗文笺注》，上海古籍出版社，1995 年）

《美芹十论》集中展现了辛弃疾对于南宋北伐收复失地的战略思想。
古来忧心国家的词人很多，但是亲身经历战场并且有着极高战场指挥能
力的词家鲜见。透过《美芹十论》，我们可以看到辛弃疾不只是一个会
感慨"更能消、几番风雨"的失意文人，更是有着清晰战略思想的政治
家与军事家。

◆ 姜岳斌：《伦理的诗学——但丁诗学思想研究》（浙江大学出版社，
2007 年）

本书考察了中外学界对但丁诗学思想的评论，结合但丁创作的实际
情况，梳理了但丁独特的诗学思想，指出这种独特性主要表现为他的"诗
为隐喻说"、他的喜剧审美观和他提升俗语的诗歌语言要求。在此基础上，

本书进一步考察了但丁对意大利现实的伦理与政治的关注，以及这种关注的诗学意义，指出但丁诗学思想最突出的特征是强调诗的伦理性与政治功能。本书认为但丁的主张已经超越了西方传统的"寓教于乐"思想，把古典诗歌中的说教变成了崇高的精神探索与升华。

◆ 胡家峦:《历史的星空: 文艺复兴时期英国诗歌与西方传统宇宙论》（北京大学出版社，2001 年）

本书以思想史切入文学世界，内容涵盖历史的星空、英国诗人的宇宙观和文艺复兴时期的诗学，就英语诗歌与西方宇宙论的关系进行了深入探讨，从文艺复兴一直追溯到古希腊的毕达哥拉斯—托勒密宇宙观。书中关涉的很多概念，比如存在之链、天体音乐、数字的文化寓意和宗教内涵等，是西方的人文常识，有助于我们理解西方经典作品，比如但丁的《神曲》、约翰·弥尔顿的《失乐园》等以基督教神学宇宙观为基础的作品。

第十一讲

雅俗相生与『人』的

发现（一）：人性的舞台

更多讲解，请扫描

一、背景与导读

　　本讲所选的篇目是明代剧作家汤显祖《牡丹亭》中的《寻梦》一出和英国剧作家莎士比亚的《奥赛罗》（又译作《奥瑟罗》）中的一场。

　　《牡丹亭》是汤显祖的代表作，也是中国古代文学史、戏剧史上具有里程碑意义的杰作。《牡丹亭》中杜丽娘和柳梦梅所经历的梦中情、人鬼情、人间情，是对作者"至情"说最动人的诠释。作品虽以"三世情缘"为主线，但不落"才子佳人"窠臼。朝中政事线与爱情主线交错并行，闺阁之外，官场、战场、科场，无不展现得淋漓尽致。《牡丹亭》描绘了一片至情的天地，而"情"却不仅指爱情。杜丽娘寻梦，是为寻找梦中的爱情，更为追寻梦中随意所适的精神家园。她不能顺着人的本性获得爱情，幽闭在闺中，生命之花还未盛放，便已凋零。而杜丽娘的生命却并非父母扼杀。事实上，杜宝和夫人对女儿爱怜有加，这对老年丧女的封建家长也是制度最直接的受害者。杜丽娘本身对于生命和亲人都有着深深的眷恋。她的悲剧，以及如她一般受禁锢、受压制的女子的悲剧，并不全是家长的顽固与无情造成的，而是社会大环境对人性的压抑所导致的。汤显祖用他所颂扬的至情，对礼教束缚人性做出了最猛烈的抨击。

雅俗相生是明代文学的显著特征。在社会各类世俗化因素的驱动下，俗文学蓬勃的生命力引来文人士大夫的注视。文人的参与使俗文学逐渐呈现出雅化的趋势，审美品位大幅提升。同时，受到俗文学的感染，诗文创作也开始追求世俗趣味。日常琐事成了写作的对象，艺术趣味也向率真自然倾斜，许多文人甚至在理论上明确地肯定俗文学的价值。这一态势一直延续至清代。与之相映衬的，是文学思潮的兴变。从王守仁到泰州学派，普通人的私欲、自由得到肯定，作家普遍张扬主体意识，追求个人的人格自由与平等。

此时西欧文学进入文艺复兴时期，民族自觉逐渐发展，城市文化日益繁荣，新的文学体裁纷纷涌现，民众对本民族历史和古希腊罗马文化的兴趣得到提高，中世纪成熟期市民文化的内部发展出的人文主义倾向，奠定了该时期文学的基调。人文主义者意识到个性的价值，肯定个性的发展，相信人具有无限潜能，颂扬美好的、自由的、和谐发展的人，以取代中世纪对人的精神奴役。这一时期戏剧方面的成就在莎士比亚的创作中达到了顶峰。

然而随着日益复杂的政治和思想情势，莎士比亚中晚期的很多作品透露出悲剧的处事态度和对充满矛盾的现实的深刻意识，他分析人也分析社会，分析精神危机的原因，分析人的行为动机和逻辑，不过总的来说持有乐观的立场。《奥赛罗》的一大特点就是其人文主义观点摇摆不定，不仅对人的信仰在动摇，而且短时间内奥赛罗会堕落到大恶人伊阿古（又译作亚果）的地步，最终没能战胜自己的蛮性。可见这一时期西欧文学对人性丰满而深刻的刻画。

本讲所选的篇目，旨在展现15—16世纪中西方文学如何在市民文化发展浪潮的推动下，承载作家浓厚的主体意识、个人情感和时代思潮。

二、作品选目

（一）牡丹亭（节选）[①]

汤显祖

第十二出 寻梦

【夜游宫】（贴上）腻脸朝云罢盥，倒犀簪斜插双鬟。侍香闺起早，睡意阑珊；衣桁前，妆阁畔，画屏间。

伏侍千金小姐，丫鬟一位春香。请过猫儿师父，不许老鼠放光。侥幸《毛诗》感动，小姐吉日时良。拖带春香遣闷，后花园里游芳。谁知小姐瞌睡，恰遇着夫人问当，絮了小姐一会，要与春香一场。春香无言知罪，以后劝止娘行，夫人还是不放，少不得发咒禁当。（内介）春香，发个甚咒来？（贴）敢再跟娘胡撞，教春香即世里不见儿郎。虽然一时抵对，乌鸦管的凤凰？一夜小姐焦躁，起来促水朝妆。由他自言自语，日高花影纱窗。（内介）快请小姐早膳。（贴）报道官厨饭熟，且去传递茶汤。（下）

【月儿高】（旦上）几曲屏山展，残眉黛深浅。为甚衾儿里不住的柔肠转？这憔悴非关爱月眠迟倦，可为惜花，朝起庭院？

忽忽花间起梦情，女儿心性未分明。无眠一夜灯明灭，恣煞梅香唤不醒。昨日偶尔春游，何人见梦？绸缪顾盼，如遇平生。独坐思量，情

---

① [明]汤显祖，黄仕忠校点：《牡丹亭》，长沙：岳麓书社，2003年，第36—41页。

殊怅怏。真个可怜人也。（闷介。贴捧茶食上）香饭盛来鹦鹉粒，清茶擎出鹧鸪斑。小姐早膳哩。（旦）咱有甚心情也！

【前腔】梳洗了才匀面，照台儿未收展。睡起无滋味，茶饭怎生咽？（贴）夫人吩咐，早饭要早。(旦) 你猛说夫人，则待把饥人劝。你说为人在世，怎生叫作吃饭？（贴）一日三餐。（旦）咳，甚瓯儿气力与擎拳！生生的了前件。

　　你自拿去吃便了。（贴）受用余杯冷炙，胜如剩粉残膏。（下。旦）春香已去。天呵，昨日所梦，池亭俨然。只图旧梦重来，其奈新愁一段。寻思展转，竟夜无眠。咱待乘此空闲，背却春香，悄向花园寻看。（悲介）哎也，似咱这般，正是：梦无彩凤双飞翼，心有灵犀一点通。（行介）一径行来，喜的园门洞开，守花的都不在，则这残红满地呵，

【懒画眉】最撩人春色是今年。少甚么低就高来粉画垣，原来春心无处不飞悬。（绊介）哎，睡荼蘼抓住裙衩线，恰便是花似人心好处牵。这一湾流水呵，

【前腔】为甚呵，玉真重溯武陵源，也则为水点花飞在眼前。是天公不费买花钱，则咱人心上有啼红怨。咳，辜负了春三二月天。（贴上）吃饭去，不见了小姐，则得一径寻来。呀，小姐，你在这里！

【不是路】何意婵娟，小立在垂垂花树边。才朝膳，个人无伴怎游园？（旦）画廊前，深深蓦见衔泥燕，随步名园是偶然。（贴）娘回转，幽闺窄地教人见，那些儿闲串、那些儿闲串？

【前腔】（旦作恼介）哎，偶尔来前，道的咱偷闲学少年。（贴）咳，不偷闲，偷淡。（旦）欺奴善，把护春台都猜作谎桃源。（贴）敢胡言，这是夫人命，道春多刺绣宜添线，润逼炉香好腻笺。(旦)还说甚来？（贴）这荒园堑，怕花妖木客寻常见。去小庭深院，去小庭深院。

　　（旦）知道了。你好生答应夫人去，俺随后便来。（贴）闲花傍砌

如依主，娇鸟嫌笼会骂人。（下。旦）丫头去了，正好寻梦。

【忒忒令】那一答可是湖山石边，这一答似牡丹亭畔。嵌雕阑芍药芽儿浅，一丝丝垂杨线，一丢丢榆荚钱，线儿春甚金钱吊转！呀，昨日那书生将柳枝要我题咏，强我欢会之时，好不话长！

【嘉庆子】是谁家少俊来近远，敢迤逗这香闺去沁园？话到其间腼腆。他捏这眼，奈烦也天；咱噷这口，待酬言。

【尹令】那书生可意呵，咱不是前生爱眷，又素乏平生半面。则道来生出现，乍便今生梦见。生就个书生，恰恰生生抱咱去眠。那些好不动人春意也。

【品令】他倚太湖石，立着咱玉婵娟。待把俺玉山推倒，便日暖玉生烟。挨过雕阑，转过秋千，揳着裙花展。敢席着地，怕天瞧见。好一会分明，美满幽香不可言。梦到正好时节，甚花片儿掉下来也！

【豆叶黄】他兴心儿紧咽咽，呜着咱香肩。俺可也慢揸揸，做意儿周旋。等闲间把一个照人儿昏善，那般形现，那般软绵。忒一片撒花心的红影儿吊将来半天。敢是咱梦魂儿厮缠？咳，寻来寻去，都不见了。牡丹亭，芍药阑，怎生这般凄凉冷落，杳无人迹？好不伤心也！

【玉交枝】（泪介）是这等荒凉地面，没多半亭台靠边，好是咱眯瞇色眼寻难见。明放着白日青天，猛教人抓不到魂梦前。霎时间有如活现，打方旋再得俄延，呀，是这答儿压黄金钏匾。要再见那书生呵，

【月上海棠】怎赚骗，依稀想像人儿见。那来时荏苒，去也迁延。非远，那雨迹云踪才一转，敢依花傍柳还重现。昨日今朝，眼下心前，阳台一座登时变。再消停一番。（望介）呀，无人之处，忽然大梅树一株，梅子磊磊可爱。

【二犯幺令】偏则他暗香清远，伞儿般盖的周全。他趁这，他趁这春三月红绽雨肥天，叶儿青，偏迸着苦仁儿里撒圆。爱杀这昼阴便，再得到罗

浮梦边。罢了，这梅树依依可人，我杜丽娘若死后，得葬于此，幸矣！

【江儿水】偶然间心似缱，梅树边。这般花花草草由人恋，生生死死随人愿，便酸酸楚楚无人怨。待打并香魂一片，阴雨梅天，守的个梅根相见。（倦坐介。贴上）佳人拾翠春亭远，侍女添香午院清。咳，小姐走乏了，梅树一眠。

【川拨棹】你游花院，怎靠着梅树偃？（旦）一时间望，一时间望眼连天，忽忽地伤心自怜。（泣介。合）知怎生情怅然，知怎生泪暗悬？（贴）小姐甚意儿？

【前腔】（旦）春归人面，整相看无一言。我待要折，我待要折的那柳枝儿问天，我如今悔，我如今悔不与题笺。（贴）这一句猜头儿是怎言？（合前。贴）去吧。（旦作行又住介）

【前腔】为我慢归休，缓留连。（内鸟啼介）听，听这不如归春暮天，难道我再，难道我再到这亭园，则挣的个长眠和短眠！（合前。贴）到了，和小姐瞧奶奶去。（旦）罢了。

【意不尽】软咍咍刚扶到画阑偏，报堂上夫人稳便。咱杜丽娘呵，少不得楼上花枝也则是照独眠。

（旦）武陵何处访仙郎？释皎然

（贴）只怪游人思易忘。韦　庄

（旦）从此时时春梦里，白居易

（贴）一生遗恨系心肠。张　祜

（二）奥瑟罗（节选）①

莎士比亚

第五幕

第二场 城堡中的卧室

苔丝狄蒙娜睡床上，一灯照耀室内；奥瑟罗上。

奥瑟罗 只是为了这一个原因，只是为了这一个原因，我的灵魂！纯洁的星星啊，不要让我向你们说出它的名字！只是为了这一个原因……可是我不愿溅她的血，也不愿毁伤她那比白雪更皎洁、比石膏更腻滑的肌肤。可是她不能不死，否则她将要陷害更多的男子。让我熄灭了这一盏灯，然后我就熄灭你的生命的火焰。融融的灯光啊，我把你吹熄以后，要是我心生后悔，仍旧可以把你重新点亮；可是你，造化最精美的形象啊，你的火焰一旦熄灭，我不知道什么地方有那天上的神火，能够燃起你的原来的光彩！我摘下了蔷薇，就不能再给它已失的生机，只好让它枯萎凋谢；当它还在枝头的时候，我要嗅一嗅它的芳香。（吻苔丝狄蒙娜）啊，甘美的气息！你几乎诱动公道的心，使她折断她的利剑了！再一个吻，再一个吻。愿你到死都是这样；我要杀死你，然后再爱你。再一个吻，这是最后的一吻了；这样销魂，却又是这样无比的惨痛！我必须哭泣，然而这些是无情的眼泪。这一阵阵悲伤是神圣的，因为它要惩罚的正是它最疼爱的。她醒来了。

苔丝狄蒙娜 谁？奥瑟罗吗？

奥瑟罗 嗯，苔丝狄蒙娜。

苔丝狄蒙娜 您要睡了吗，我的主？

---

① [英]莎士比亚：《莎士比亚全集》（五），朱生豪等译，北京：人民文学出版社，1994年，第666—673页。

奥瑟罗 你今晚有没有祈祷过，苔丝狄蒙娜？

苔丝狄蒙娜 祈祷过了，我的主。

奥瑟罗 要是你想到在你的一生之中，还有什么罪恶不曾为上帝所宽宥，赶快恳求他的恩赦吧。

苔丝狄蒙娜 嗳哟！我的主，您这句话是什么意思？

奥瑟罗 嘿，祈祷吧，干脆点儿；我就在一旁等着你。我不愿杀害你的没有准备的灵魂；不，上天禁止这种罪行！我不愿杀害你的灵魂。

苔丝狄蒙娜 您在说杀人的话吗？

奥瑟罗 嗯，是的。

苔丝狄蒙娜 那么愿上天垂怜于我！

奥瑟罗 阿门，但愿如此！

苔丝狄蒙娜 要是您这样说，我希望您不至于把我杀死。

奥瑟罗 哼！

苔丝狄蒙娜 可是我怕您，因为您的眼珠这样滚转的时候，您已经动了杀机。我不知道我为什么害怕，因为我不知道我有什么罪；可是我觉得害怕。

奥瑟罗 想想你的罪恶吧。

苔丝狄蒙娜 除非我对您的爱是罪恶，我不知道我有什么罪恶。

奥瑟罗 好，你必须因此而死。

苔丝狄蒙娜 为了爱而被杀，那样的死是违反人情的。唉！您为什么这样咬着您的下唇呢？一种饮血的欲念震撼您的全身，这便是它的征兆；可是我希望，我希望您的怒气不是对我而发。

奥瑟罗 闭嘴，不要作声！

苔丝狄蒙娜 是；可是请您告诉我究竟为了什么事？

奥瑟罗 你把我给你的那条我的心爱的手帕送给凯西奥。

苔丝狄蒙娜 不，凭着我的生命和灵魂起誓！您叫他来问好了。

奥瑟罗 好人儿，留心不要发伪誓；你的死已在眼前了。

苔丝狄蒙娜 不，我现在还不能死。

奥瑟罗 你必须立刻死，所以赶快坦白招认你的罪恶吧；即使你发誓否
认每一件事实，也不能除去那使我痛心的坚强的确信。你必须死。

苔丝狄蒙娜 那么愿上帝垂怜于我！

奥瑟罗 阿门。

苔丝狄蒙娜 愿您也大发慈悲！我生平从不曾得罪过您，也从不曾用上
天所不容的非分的爱情滥施在凯西奥的身上；我没有给过他什么
东西。

奥瑟罗 苍天在上，我亲眼看见我的手帕在他的手里。欺罔神明的妇人！
你使我的心变成坚硬；我本来想把你作为献祭的牺牲，现在却被你
激起我的屠夫的恶念来了。我明明看见那手帕的。

苔丝狄蒙娜 那么是他在什么地方拾到的；我没有给他。叫他到这儿来，
让他供认事实的真相。

奥瑟罗 他已经承认了。

苔丝狄蒙娜 承认什么，我的主？

奥瑟罗 承认他已经和你发生关系。

苔丝狄蒙娜 怎么？非法的关系吗？

奥瑟罗 嗯。

苔丝狄蒙娜 他不会这样说的。

奥瑟罗 是的，他的嘴已经闭住，正直的伊阿古已经把他解决了。

苔丝狄蒙娜 啊，我的恐惧叫我明白过来了！什么！他死了吗？

奥瑟罗 即使他每一根头发里都有生命，我的复仇的怒火也会把它们一
起吞下。

苔丝狄蒙娜 唉！他被人陷害，我的一生也从此断送了！

奥瑟罗 不要脸的娼妇！你当着我的面为他哭泣吗？

苔丝狄蒙娜 啊，我的主，把我放逐，可是不要杀我！

奥瑟罗 倒下，娼妇！

苔丝狄蒙娜 明天杀我，让我活过今天！

奥瑟罗 不，要是你想挣扎——

苔丝狄蒙娜 给我半点钟的时间！

奥瑟罗 已经决定了，没有挽回的余地。

苔丝狄蒙娜 可是让我做一次祷告吧！

奥瑟罗 太迟了。（扼苔丝狄蒙娜咽喉。）

爱米利娅 （在内）将军，将军！喂！将军，将军！

奥瑟罗 这是什么声音？没有死吗？还没有完全死去吗？我虽然狠心，却还有几分慈悲；我不愿你多挨受一刻痛苦。好，好。（刺苔丝狄蒙娜。）

爱米利娅 （在内）喂！将军，将军！

奥瑟罗 哪一个？

爱米利娅 （在内）啊，将军！我要跟您说句话儿。

奥瑟罗 是的，这是爱米利娅。——等一等。——她死了。她多半要来说起凯西奥的死。外边已经听得见嘈杂的声音。嘿！一动也不动了吗？像坟墓一样沉寂。要不要让她进来？妥当不妥当？我想她又在动了，不，怎么办呢？要是她进来，她一定要跟我的妻子说话。我的妻子！我的妻子！什么妻子？我没有妻子。啊，难堪！啊，不幸的时辰！我想现在日月应该晦暗不明，受惊的地球看见这种非常的灾变，也要吓得目瞪口呆。

爱米利娅 （在内）啊，好将军！请您让我进来对您说句话儿。

奥瑟罗 我忘记了。啊，进来，爱米利娅。慢点儿，等一等。让我把帐幕拉下来。你在哪儿？（启锁开门。）

爱米利娅上。

奥瑟罗 什么事？

爱米利娅 啊，好将军！那边出了杀人命案啦！

奥瑟罗 什么！现在？

爱米利娅 就是刚才，将军。

奥瑟罗 那都是因为月亮走错了轨道，比平常更近地球，所以人们都发起疯来了。

爱米利娅 将军，凯西奥杀死了一个名叫罗德利哥的威尼斯青年。

奥瑟罗 罗德利哥被杀了！凯西奥也被杀了吗？

爱米利娅 不，凯西奥没有死。

奥瑟罗 凯西奥没有死！那么杀人认错了对象，痛快的复仇又有了变卦啦。

苔丝狄蒙娜 啊，死得好冤枉呀！

爱米利娅 嗳哟！那是什么呼声？

奥瑟罗 那！什么？

爱米利娅 嗳哟！那是夫人的声音。救命！救命啊！救命！啊，夫人，再说一声话儿！亲爱的苔丝狄蒙娜！啊，亲爱的夫人，说呀！

苔丝狄蒙娜 我是无罪而死的。

爱米利娅 啊！这是谁干的事？

苔丝狄蒙娜 谁也没有干；是我自己。再会吧；替我向我的仁慈的夫君致意。啊，再会吧！（死。）

奥瑟罗 啊！她怎么会被人杀死的？

爱米利娅 唉！谁知道？

奥瑟罗 你听见她说是她自己，我没有杀死她。

爱米利娅 她是这样说；我只好按照事实去报告。

奥瑟罗 她到地狱的火焰里去，还不愿说一句真话。杀死她的是我。

爱米利娅 啊，那么她尤其是一个天使，你尤其是一个黑心的魔鬼了！

奥瑟罗 她干了无耻的事，她是个淫妇。

爱米利娅 你冤枉她，你是个魔鬼。

奥瑟罗 她像水一样轻浮。

爱米利娅 你说她轻浮，你自己才像火一样粗暴。啊，她是圣洁而忠贞的！

奥瑟罗 凯西奥和她通奸，不信你去问你的丈夫吧。啊，要是我采取这种极端的手段，并没有正当的理由，死后就要永远堕入地狱的底层！你的丈夫一切全都知道。

爱米利娅 我的丈夫！

奥瑟罗 你的丈夫。

爱米利娅 他知道她不守贞节吗？

奥瑟罗 嗯，他知道她跟凯西奥有暧昧。嘿，要是她是个贞洁的妇人，即使上帝为我用一颗完整的宝石另外造一个世界，我也不愿用她去交换。

爱米利娅 我的丈夫！

奥瑟罗 嗯，他最初告诉我这件事。他是个正人君子，他痛恨卑鄙龌龊的行为。

爱米利娅 我的丈夫！

奥瑟罗 妇人，为什么把这句话说了又说呢？我是说你的丈夫。

爱米利娅 啊，夫人！你因为多情，受了奸人的愚弄了！我的丈夫说她不贞！

奥瑟罗 正是他，妇人，我说你的丈夫；你懂得这句话吗？我的朋友，你的丈夫，正直的、正直的伊阿古。

爱米利娅 要是他果然说了这样的话，愿他恶毒的灵魂每天一分一寸地糜烂！他全然胡说，她对于她的最卑鄙的男人是太痴心了。

奥瑟罗 嘿！

爱米利娅 随你把我怎么样吧。你配不上这样的好妻子，你这种行为是上天所不容的。

奥瑟罗 还不闭嘴！

爱米利娅 你没有半分力量可以伤害我；我的心碎了，还怕你什么！

啊，笨伯！傻瓜！泥土一样蠢的家伙！你已经做了一件大大不该的事——我不怕你的剑；我要宣布你的罪恶，即使我将要因此而丧失二十条生命。救命！救命啊！救命！摩尔人杀死了夫人啦！杀了人啦！杀了人啦！

…………

三、众家评说

（一）关于《牡丹亭》

明代曲论家沈德符说："《牡丹亭梦》一出，家传户诵，几令《西厢》减价。"[①]《牡丹亭》自问世起便引起了轰动，无论是案头还是场上，对后世都有着非常深远的影响。这部传奇在明清两代受到曲论家推崇的主要原因在于文采斐然。明代文人张岱盛赞《牡丹亭》"灵奇高妙，已到极处"[②]。清代曲论家吴山将《牡丹亭》的词句与唐诗、宋词、元曲并举："试观记中佳句，非唐诗即宋词，非宋词即元曲。然皆若若士之自造，

---

① [明]沈德符：《万历野获编》卷二十五，上海：上海古籍出版社，2012年，第541页。

② [明]张岱著，云告点校：《琅嬛文集》卷三《答袁箨庵》，长沙：岳麓书社，2016年，第107页。

不得指为唐为宋为元也。"①

近代以来，研究者将更多的目光投射在《牡丹亭》的思想内涵、艺术技巧、审美风格等方面。抨击封建宗法制度的古代戏曲作品不可胜数，但以浪漫主义的笔法、以赞扬美与爱的方式去与之对抗的，却不多见。徐朔方说：

> 虽然汤显祖关于她（注：杜丽娘）的外貌和行动的描写也是很成功的，但是《牡丹亭》所特有的魅人之处却在于描写杜丽娘的感情和理想的那些片段。我们觉得杜丽娘的外貌和行动也很美很动人，这固然是由于直接描写的结果，同时也是她的精神面貌使我们发生联想的原故。不像《西厢记》《红楼梦》一样，表达封建婚姻制度如何在一对爱人的幸福道路上设置重重障碍，加以破坏；《牡丹亭》以杜丽娘之死写出她要找到爱人是不可能的，更不要说结合了。她不是死于爱情被破坏，而是死于对爱情的徒然渴望。在这一点说，杜丽娘之死所表示的作家对现实的态度是特别清醒的，同时也充分体现了浪漫主义和现实主义相结合的特色。②

杜丽娘因情感梦，感梦而亡，又为了梦中的情而复生，这样超越生死的全情，几百年来打动了无数代读者和观众。然而，杜丽娘为什么寻梦不得便会郁郁而终呢？除了主观因素之外，汤显祖还构建了一个压抑人性的大环境。而杜丽娘所追求的"情"，也不仅仅是梦中的爱情，更

---

① [清]吴山：《〈还魂记〉或问十七条》，徐扶明：《牡丹亭研究资料考释》，上海：上海古籍出版社，2016年，第125页。
② 徐朔方：《论〈牡丹亭〉》，《徐朔方说戏曲》，上海：上海古籍出版社，2000年，第37—38页。

是作为一个人本该有的自然之性。郭英德认为，汤显祖之所以设置客观生存环境作为杜丽娘之死的依据，又将这种客观的生存环境象征化、寓意化，是"有意把杜丽娘生存环境的禁锢状态推向极端"[①]：

> 汤显祖力图以艺术形式表现，作为一位青春少女，杜丽娘尽管受到如此的隔绝，但是她与生俱来秉赋着一种对性爱的本能欲求，这是任什么样的生存环境都禁锢不了的。……

> 汤显祖说过："人生而有情。"这种生而有之的"情"，略近于李贽（1527—1602）所谓"心之初"的童心：……这种"情"，这种"童心"，指的是人源自本能的生存状态、心理状态，尤其突出这种生存状态和心理状态的原初性、本能性。"人生而有情"，但此"情"一开始是不自觉的，是隐藏在心中、压抑在心中的；随着年龄增长，此"情"不由自主、自然而然地萌生滋长，一旦受到某种外界的触发，即一发而不可止。这就是汤显祖在《牡丹亭记题词》中所说的"情不知所起，一往而深"。《牡丹亭》传奇中杜丽娘"只为痴情慕色，一梦而亡"（第二十七出《魂游》），生动地展示出"情"这种自然迸发的情形及其强烈效果。[②]

既然《牡丹亭》的题旨在于"至情"，那么故事发展至杜丽娘"回生"，似乎已经是一个团圆的结局，但汤显祖为什么在《回生》之后，还洋洋洒洒地写了二十出之多？《牡丹亭》的后半部是否多余？黄天骥

---

① 郭英德：《点铁成金：汤显祖〈牡丹亭〉传奇的改写策略及其文化意义》，《海内外中国戏剧史家自选集 郭英德卷》，郑州：大象出版社，2017年，第106页。
② 郭英德：《点铁成金：汤显祖〈牡丹亭〉传奇的改写策略及其文化意义》，《海内外中国戏剧史家自选集 郭英德卷》，郑州：大象出版社，2017年，第106页。

认为汤显祖并不只是想解决杜丽娘的爱情得到成全的问题，不只是要表达自己对婚姻爱情的态度问题，也不只是解决得到家长认可的问题。汤显祖的旨趣，还在于通过写杜丽娘回生后接触到的一切，正面展示他所理解的人世间：

> 抵御侵扰，开科取士，是当时朝廷发生的重要军事和政治活动，前者属武功，后者属文治。描写文、武这两方面的大事，最能概括反映社会现实的状况。汤显祖选择它们当中发生的事件，作为杜丽娘回生后的生活背景，也等于概括地告诉观众，她面对的就是一个外表光鲜内里溃疡的人世。
>
> 文治武功，两个"战"场，科场战场，一塌糊涂。这就是杜丽娘离开幽闭的花园，离开了阴森的地府，回到了人间面对的社会现实。
>
> ⋯⋯⋯⋯⋯⋯
>
> 汤显祖认为，虚虚实实，真真假假，亦真亦假，非虚非实，真假参半，有时是做梦，有时不是做梦，这便是人生，而且这才是"人世所可尽"的完整人生。他把杜丽娘放置在这样的环境里，正是为了表明她无论生前死后，死而复生，都是一个真实的人。她的存在以及形象，有时虽然以梦以魂的形式出现，却不虚妄。⋯⋯若按一般道理，所谓回生，是不存在的，是虚拟的；但情之所至，金石为开，作为可以穿越生死的情，是真实地存在着的。因此，在他看来，《牡丹亭》这一故事，描绘的是明代社会现实的真实。①

---

① 黄天骥：《意趣神色：牡丹亭创作论》第十三章，《黄天骥文集》（二），广州：广东人民出版社，2018年，第302、304—305页。

《牡丹亭》极力颂扬"至情"，张扬人性，以此来抗击当时的社会制度对人性的压抑。汤显祖用最瑰丽浪漫的笔法展开对这一故事的叙写，但始终落脚于现实。这些是与传统才子佳人剧迥异之处，也是这部作品最深刻的地方。

（二）关于《奥赛罗》

传统的莎学批评认为奥赛罗的悲剧是人文主义的悲剧，体现了种族偏见，以及邪恶与正义的交锋，认为奥赛罗的形象是光辉和高大的。不过罗益民提出，正是奥赛罗的矛盾性和两面性，促成了他的悲剧：

> 但也正是这些崇高、可爱的部分，发展成为奥赛罗与苔丝狄蒙娜爱情悲剧的"祸根"。刚从"黑暗时代"的桎梏下解放出来的个性，在宣扬个性、解放个性的"文艺复兴"时代大放光芒。但这里面仍然掺杂着丰厚的理想主义的成分，像奥赛罗那样单纯、热情、率直、正派的人，其性格中的优点往往发展成为某种走向反面的倾向。另一方面，奥赛罗身上也存在着某些自私、偏狭的缺点。事实并不完全是卞之琳先生所说的那样，"熄灭"苔丝狄蒙娜这盏光明之灯，是为了全人类。奥赛罗之所以醋海生波，实际首先是他自私、偏狭所致。如果他放开自己，替苔丝狄蒙娜想一想，以他应有的宽容心和平常心，冷静思考，也就不至于弄出大错了。更何况，以伊阿古为代表的邪恶势力，因为其利益未得到满足，往往采取阴险、狡猾和富有欺骗性的手段，使奥赛罗这样一个以己君子之心度他人小人之怀的人上当受骗。正如伊阿古所说，他"是心胸直爽的汉子，拿一副老

实相当作老实人"，暗箭难防，落入伊阿古铺设的陷阱，实在
是正常的事情。①

《奥赛罗》处理了和《哈姆雷特》类似的主题，即美好理想和丑陋
现实的矛盾，让黑暗得到揭发、光明得到阐扬，而文艺复兴时代的人文
主义思想也在这里发生了危机。卞之琳认为奥赛罗从高尚到凶残，绝不
是性格分裂，而是社会矛盾在他身上起作用的结果：

> 莎士比亚时代的英国社会既然处在封建基础崩溃、资本主
> 义关系兴起的大转变时代，奥瑟罗和苔丝德摩娜，实质上抱了
> 文艺复兴时代人文主义理想，互相吸引，自愿结合，自然首先
> 和封建束缚两不相容，首先得通过斗争，突破布拉班旭所代表
> 的封建家庭关系的障碍。
>
> …………
>
> 奥瑟罗和苔丝德摩娜一突破第一关，甚至还没有突破这个
> 第一关——布拉班旭所代表的社会统治势力，封建势力，就面
> 对了第二关，隐蔽的大关——亚果所代表的和封建势力相结合
> 的新的罪恶势力。
>
> 这两个方面本来是不相容的。只是胸襟博大的正人君子，
> 往往由于他们自己过分天真，缺少经验，"以君子之心度小人
> 之腹"，犯了主观主义的毛病，把貌似正人君子的小人也包含
> 在自己一方面，加以信任，不加警惕，而小人正好用卑鄙手段
> 钻大方空子，楔入正派人一方面，从内部破坏。奥瑟罗和亚果
> 的关系就体现了两方面的这种矛盾和冲突；奥瑟罗身上也就概

---

① 罗益民：《奥赛罗人物形象两面观》，《国外文学》2002年第1期，第64—65页。

括了理想和现实激烈斗争的悲剧性的经验和教训。[①]

莎士比亚刻画的奥赛罗人物形象无疑是对人文主义关于"什么是人"的问题的深层探索。奥赛罗可以说是美与恶的混合物。在莎士比亚的作品中，神性已经不再受到重视，而对人的关注已成为主流，在戏剧中对人性的刻画已变得至关重要，这是表现人文主义精神的起点，也是表现这一时代精神的归宿。莎士比亚在不同的作品中勾画了各种不同的人物，并且用这些人物来演示人性的方方面面，都是为了探讨复杂的人性。袁佳玲认为：

> 奥瑟罗表现的人文主义内涵在于其多重人格从不同的方面表现出人性的复杂性。作为一位悲剧英雄，他体现了人文主义者提倡的人的力量的巨大和人性的无限释放。他天性高贵、富于理想、耿直坦荡、豪放坚毅、珍视荣誉，具有强烈的责任心和事业心，崇尚和平与和谐。莎士比亚赋予了奥瑟罗各种英雄的魅力，是对人性中真实和正义面的歌颂。……
>
> 同时，莎士比亚还探讨了人性脆弱的一面，尽管莎士比亚用恐惧激发观众对奥瑟罗和苔丝狄蒙娜的怜悯之情，但这种恐惧同时也毫无掩饰地揭露了人性中脆弱和恶的本性。"为情而死"是莎士比亚常用的母题，而《奥瑟罗》中的"情"从表面上看是冲突的来源，而实质上揭露了人性中血腥的一面，事实上，奥瑟罗的人格经历了一个从英雄到英雄陨落的过程，这一过程使他显得更真实，是莎士比亚对人物性格复杂性的系统而

---

① 卞之琳：《论〈奥瑟罗〉》，《莎士比亚悲剧论痕》，北京：生活·读书·新知三联书店，1989年，第137、138页。

有步骤地探索。①

不过，莎士比亚笔下的悲剧虽然描写了人欲横流的事实，但总是在道义上留给人们些许安慰和缕缕希望，让人们相信，邪恶是暂时的，正义是永恒的。正如蒋承勇所说的：

> 显然，莎士比亚要追寻的并不是文艺复兴早期人文主义作家笔下高呼"人欲天然合理"、然后"想干什么就干什么"的"人"，而是富有理性、仁慈宽厚的"人"。哈姆莱特就是这种"人"的范本。他虽然常常犹豫甚至软弱，但从拥有"神性"的意义上看，他完全是一个理想的"人"。与之相似的还有霍拉旭、《李尔王》中的考狄莉娅和爱德伽以及人性复归后的李尔，再还有《奥赛罗》中的苔丝德蒙娜，等等。他们都是拥有理想人格、合乎道德规范的"人"，是上帝的"选民"，也是莎士比亚所呼唤的理想的"人"。
>
> …………
>
> 尽管莎士比亚看到了并描绘了"恶欲践踏仁厚"的现实，但他依然对世界抱有一线希望。因为人借助上帝的道德力量，也即仁慈、宽厚、节制、博爱，终究能实现"扭转乾坤"的理想。②

总之，悲剧除了可以净化我们的感情外，也可以给予我们高尚的和永久的对人类的关心。莎翁常在人性最隐微处下功夫，用尽苦心。都说

---

① 袁佳玲：《奥瑟罗的多重人格及其人文主义内涵》，《外国语文》2010年第6期，第18页。
② 蒋承勇：《"旧人"与"新人"的融合——莎士比亚人文主义思想新论》，《浙江大学学报》（人文社会科学版）2009年第3期，第75、76页。

"戏如人生，人生如戏"，读他的悲剧就好像是照一面镜子，你看到了别人在做什么，同时也照见了自己的内心。

◯ 思考与讨论

1.昆曲舞台上最流行的《寻梦》的演出，对原著做出了怎样的改动？为何会有这些改动？

2.如何理解杜丽娘"寻梦"的行为？

3.如何理解沈德符所说"《牡丹亭》一出，家传户诵，几令《西厢》减价"？

4.伊阿古这个反面人物作恶的动机究竟在哪里？

5.为何奥赛罗如此在意苔丝狄蒙娜的"手帕"？

6.奥赛罗是如何从高贵的将军堕落到可怕的谋杀犯的？

延伸阅读

◆ [清]洪昇：《长生殿》（[清]吴人评点，上海古籍出版社，2016年）

《长生殿》是清代剧作家洪昇的传奇作品，与孔尚任《桃花扇》并称为"清初传奇双璧"，代表清代戏剧创作的最高成就。作品以"安史之乱"为背景，叙写李隆基与杨玉环的爱情故事。洪昇参考了民间传说、白居易的《长恨歌》和白朴的《梧桐雨》，三易其稿，历经十余年，终于完成这部巨著。全剧共五十出，以爱情线和政治线双向并行的结构展开。前半部基本遵循史实的发展脉络，细致叙述帝、妃爱情的增进、转变过程，直至马嵬驿生离死别；后半部则使用浪漫主义的手法，以杨妃魂灵的追随、明皇刻骨的思念，继续讲述动人的故事，以二人在月宫重圆作为结局。作品在广阔的历史空间中，以生动的人物形象，表达了作者对帝、妃爱情的复杂感情，亦赞亦叹，亦歌亦哭。除了文学方面的突出成就之外，《长生殿》在艺术性和舞台性方面，也堪称中国戏剧史上的经典。

◆ [清] 孔尚任：《桃花扇》（[清] 云亭山人评点，上海古籍出版社，2016 年）

《桃花扇》是清代剧作家孔尚任的传奇作品，与洪昇《长生殿》齐名，同为清代戏剧最高成就的代表。孔尚任在出仕之前，听闻李香君血溅诗扇、杨龙友点染桃花的故事，便取材于此，写成一部反映南明灭亡的传奇剧本。作品以"离合之情"写"兴亡之感"：以复社文人侯方域与秦淮名妓李香君的悲欢离合为线索，描绘了明清之际广阔的社会画面，反映南明王朝从建立到覆灭的历史过程。故事的结局，侯、李二人跳出凡尘、修真入道，多年的痴情等待在兴亡的悲歌中消融，侯、李二人的命运是南明覆灭时凄凉社会图景的一个缩影。

◆ [英] 莎士比亚：《哈姆雷特》（中英双语珍藏版）（朱生豪译，译林出版社，2018 年）

《哈姆雷特》是莎士比亚四大悲剧作品之一，是莎士比亚最负盛名的剧本。故事主题丰富，包含复仇、死亡、不确定性、乱伦欲望、采取行动的复杂性等内容，表达了对人文主义理想的怀疑。哈姆雷特的叔叔克劳狄斯谋害了哈姆雷特的父亲，篡夺王位，娶了国王遗孀乔特鲁德，哈姆雷特王子为此向叔叔复仇。对哈姆雷特而言，死亡意味着逃脱了对世界承担的责任——至少包括对丹麦承担的责任。“生存还是死亡”，他最后提出了这样一个问题，感到自己被命运控制着去做自己不愿意做的事，同时无力反抗。作品带给人们沉重的反思。

◆ [英]莎士比亚：《麦克白》（中英双语珍藏版）（朱生豪译，译林出版社，2018年）

　　《麦克白》是莎士比亚根据古英格兰史学家霍林献特的《苏格兰编年史》中的古老故事改编而成的，大致讲述了国王麦克白和王后对权力的贪婪，一步步走向被推翻的过程。与其说女巫向麦克白预言其命运的外部力量，不如说她们揭示的是他本人意识到的隐秘愿望。莎士比亚深入人物内心，写出内在矛盾。该作具有命运悲剧与性格悲剧的双重审美特征，命运不直接作用于人，而是通过人类自身的欲望、罪恶、性格等间接作用于人，人们在自身欲望的驱使下，一步步走向自己既定的结局。

第十二讲

雅俗相生与『人』的发现（二）：人性的书写

一、背景与导读

本讲所选的篇目是清代曹雪芹所撰章回小说《红楼梦》的第一回，以及意大利作家薄伽丘短篇小说集《十日谈》中的一个故事。

《红楼梦》是清代小说最高成就的代表。以"四大家族"（贾、史、王、薛）之一——贾府为中心，通过贾宝玉的独特视角，讲述了"末世"中的众人所经历的多重悲剧。《红楼梦》在思想和写法上完全打破了传统的模式。小说以神话开篇，不仅交代写作缘起、点明主题，还以象征的方式为人物关系奠定基调，为全书的情节展开做铺垫。作者运用严密而浑融的网状结构，将补天、还泪、太虚幻境神话与大观园、荣宁二府，以及整个社会密切联结，点染四百多个形态各异的人物形象，以及互相制约牵连的大小事件，织就一个虚实参半、光怪陆离的广阔世界。

俗文学的势头之盛，在明代即已凸显。至清代，诸文体都已齐备，写作技巧亦臻成熟。而各文学门类中，以戏曲、小说为代表的俗文学所取得的成就无疑远高于同时代的其他文体。市民阶层的壮大、文学商品属性的增强，促生新型的作家群和读者群。雅、俗文化的互动，使俗文学的趣味逐渐向文人的审美格调靠拢。在异常激烈的科举竞争中，大批失意文人被边缘化，只得远离朝堂，投入俗文学的创作。怀才不遇、壮志难酬的文人形象在俗文学作品中形成了一支声势浩大的队伍。一方面，不少文人醉心词曲、小说，以"隐士"的姿态在各类雅玩中填补心中的不平；而另一方面，他们又是曾经或正在场屋蹭蹬、想要跻身庙堂的人。这种热衷功名而又回避政治中心的矛盾心态，在许多俗文学作品中都有所折射。《红楼梦》中"无才可去补苍天"的顽石（宝玉），"才自精明志自高"的探春，有齐家治国之才的王熙凤，家道没落、卖字为生的穷儒贾雨村，等等，皆不同程度地体现了这一微妙的文人心态。"生不逢时"是曹雪芹及许多俗文学作家共同的嗟叹。

《十日谈》是西欧文艺复兴时期小说的代表，作者薄伽丘是欧洲文艺复兴人文主义文化的奠基人。这部小说集并不意在写黑死病流行期间人们醉生梦死的及时行乐。黑死病使佛罗伦萨陷入无政府的混乱中，其发生被用来象征着旧世界社会解体。小说实质上意在表现这群讲故事的人如何克服社会混乱和无政府状态，用新的"自然"人的和谐和自由与之相对，恢复被破坏了的社会联系，订立某种类似宪法的制度，享受人生的欢乐。在14世纪的佛罗伦萨，已出现了一个相信能将大地变成"自由人的王国"的人文主义知识分子阶层，薄伽丘试图通过小说引入一个理想国。不过要确立理想势必要和宗教禁欲主义思想进行斗争，因此他在描写封建社会、商人社会或者教会时，也会大量采用讽刺手法来进行社会批评，一定程度上反映了文人与政治之间的对立。此外，薄伽丘使用佛罗伦萨方言来创作《十日谈》。和但丁一样，薄伽丘是意大利民族文学的奠基者。

本讲所选的篇目，旨在让大家发现东西方文学中先后出现的相似现象：文艺复兴时期，活跃在欧洲文坛的作家用小说反映文人与政治间的微妙关系；此后，远在东方的中国，处于封建社会末期、参与俗文学创作的文人，也在作品中表现出对于朝堂既亲近又对立的矛盾心态。

二、作品选目

（一）红楼梦（节选）[①]

曹雪芹

第一回

甄士隐梦幻识通灵 贾雨村风尘怀闺秀

列位看官：你道此书从何而来？说起根由虽近荒唐，细按则深有趣味。待在下将此来历注明，方使阅者了然不惑。

原来女娲氏炼石补天之时，于大荒山无稽崖炼成高经十二丈、方经二十四丈顽石三万六千五百零一块。娲皇氏只用了三万六千五百块，只单单剩了一块未用，便弃在此山青埂峰下。谁知此石自经煅炼之后，灵性已通，因见众石俱得补天，独自己无材不堪入选，遂自怨自叹，日夜悲号惭愧。

一日，正当嗟悼之际，俄见一僧一道远远而来，生得骨格不凡，丰神迥异，说说笑笑来至峰下，坐于石边高谈快论。先是说些云山雾海神仙玄幻之事，后便说到红尘中荣华富贵。此石听了，不觉打动凡心，也想要到人间去享一享这荣华富贵；但自恨粗蠢，不得已，便口吐人言，向那僧、道说道："大师！弟子蠢物，不能见礼了。适闻二位谈那人世间荣耀繁华，心切慕之。弟子质虽粗蠢，性却稍通；况见二师仙形道体，

[①] [清]曹雪芹、[清]高鹗：《红楼梦》，2版，北京：人民出版社，2005年，第2—19页。

定非凡品，必有补天济世之材，利物济人之德。如蒙发一点慈心，携带弟子得入红尘，在那富贵场中、温柔乡里受享几年，自当永佩洪恩，万劫不忘也。"二仙师听毕，齐憨笑道："善哉，善哉！那红尘中有却有些乐事，但不能永远依恃；况又有'美中不足，好事多魔'八个字紧相连属，瞬息间则又乐极悲生，人非物换，究竟是到头一梦，万境归空，倒不如不去的好。"

这石凡心已炽，那里听得进这话去，乃复苦求再四。二仙知不可强制，乃叹道："此亦静极思动，无中生有之数也。既如此，我们便携你去受享受享，只是到不得意时，切莫后悔。"石道："自然，自然。"那僧又道："若说你性灵，却又如此质蠢，并更无奇贵之处。如此也只好踮脚而已。也罢，我如今大施佛法助你助，待劫终之日，复还本质，以了此案。你道好否？"石头听了，感谢不尽。那僧便念咒书符，大展幻术，将一块大石登时变成一块鲜明莹洁的美玉，且又缩成扇坠大小的可佩可拿。那僧托于掌上，笑道："形体倒也是个宝物了！还只没有实在的好处，须得再镌上数字，使人一见便知是奇物方妙。然后携你到那昌明隆盛之邦，诗礼簪缨之族，花柳繁华地，温柔富贵乡去安身乐业。"石头听了，喜不能禁，乃问："不知赐了弟子那几件奇处，又不知携了弟子到何地方？望乞明示，使弟子不惑。"那僧笑道："你且莫问，日后自然明白的。"说着，便袖了这石，同那道人飘然而去，竟不知投奔何方何舍。

后来，又不知过了几世几劫，因有个空空道人访道求仙，忽从这大荒山无稽崖青埂峰下经过，忽见一大块石上字迹分明，编述历历。空空道人乃从头一看，原来就是无材补天，幻形入世，蒙茫茫大士、渺渺真人携入红尘，历尽离合悲欢炎凉世态的一段故事。后面又有一首偈云：

无材可与补苍天，枉入红尘若许年。

此系身前身后事，倩谁记去作奇传？

诗后便是此石坠落之乡，投胎之处，亲自经历的一段陈迹故事。其中家庭闱阁琐事，以及闲情诗词倒还全备，或可适趣解闷；然朝代年纪，地舆邦国却反失落无考。

…………

……因毫不干涉时世，方从头至尾抄录回来，问世传奇。从此空空道人因空见色，由色生情，传情入色，自色悟空，遂易名为情僧，改名《石头记》为《情僧录》。东鲁孔梅溪则题曰《风月宝鉴》。后因曹雪芹于悼红轩中披阅十载，增删五次，纂成目录，分出章回，则题曰《金陵十二钗》。并题一绝云：

满纸荒唐言，一把辛酸泪。

都云作者痴，谁解其中味！

出则既明，且看石上是何故事。按那石上书云：

当日地陷东南，这东南一隅有处曰姑苏，有城曰阊门者，最是红尘中一二等富贵风流之地。这阊门外有个十里街，街内有个仁清巷，巷内有个古庙，因地方窄狭，人皆呼作葫芦庙。庙旁住着一家乡宦，姓甄，名费，字士隐。嫡妻封氏，情性贤淑，深明礼义。家中虽不甚富贵，然本地便也推他为望族了。因这甄士隐禀性恬淡，不以功名为念，每日只以观花修竹、酌酒吟诗为乐，倒是神仙一流人品。只是一件不足：如今年已半百，膝下无儿，只有一女，乳名唤作英莲，年方三岁。

一日，炎夏永昼，士隐于书房闲坐，至手倦抛书，伏几少憩，不觉朦胧睡去。梦至一处，不辨是何地方。忽见那厢来了一僧一道，且行且谈。

只听道人问道："你携了这蠢物，意欲何往？"那僧笑道："你放心，如今现有一段风流公案正该了结，这一干风流冤家，尚未投胎入世。趁此机会，就将此蠢物夹带于中，使他去经历经历。"那道人道："原来近日风流冤孽又将造劫历世去不成？但不知落于何方何处？"那僧笑道："此事说来好笑，竟是千古未闻的罕事。只因西方灵河岸上三生石畔，有绛珠草一株，时有赤瑕宫神瑛侍者，日以甘露灌溉，这绛珠草始得久延岁月。后来既受天地精华，复得雨露滋养，遂得脱却草胎木质，得换人形，仅修成个女体，终日游于离恨天外，饥则食蜜青果为膳，渴则饮灌愁海水为汤。只因尚未酬报灌溉之德，故其五内便郁结着一段缠绵不尽之意。恰近日这神瑛侍者凡心偶炽，乘此昌明太平朝世，意欲下凡造历幻缘，已在警幻仙子案前挂了号。警幻亦曾问及，灌溉之情未偿，趁此倒可了结的。那绛珠仙子道：'他是甘露之惠，我并无此水可还。他既下世为人，我也去下世为人，但把我一生所有的眼泪还他，也偿还得过他了。'因此一事，就勾出多少风流冤家来，陪他们去了结此案。"

那道人道："果是罕闻。实未闻有还眼泪之说。想来这一段故事，比历来风月事故更加琐碎细腻了。"那僧道："历来几个风流人物，不过传其大概以及诗词篇章而已；至家庭闺阁中一饮一食，总未述记。再者，大半风月故事，不过偷香窃玉、暗约私奔而已，并不曾将儿女之真情发泄一二。想这一干人入世，其情痴色鬼、贤愚不肖者，悉与前人传述不同矣。"那道人道："趁此何不你我也去下世度脱几个，岂不是一场功德？"那僧道："正合吾意。你且同我到警幻仙子宫中，将蠢物交割清楚，待这一干风流孽鬼下世已完，你我再去。如今虽已有一半落尘，然犹未全集。"道人道："既如此，便随你去来。"

却说甄士隐俱听得明白，但不知所云"蠢物"系何东西。遂不禁上前施礼，笑问道："二位仙师请了。"那僧道也忙答礼相问。士隐因说道："适闻仙师所谈因果，实人世罕闻者。但弟子愚浊，不能洞悉明白，若蒙大开痴顽，备细一闻，弟子则洗耳谛听，稍能警省，亦可免沉沦之苦。"二仙笑道："此乃玄机不可预泄者。到那时不要忘我二人，便可跳出火坑矣。"士隐听了，不便再问。因笑道："玄机不可预泄，但适云'蠢物'，不知为何，或可一见否？"那僧道："若问此物，倒有一面之缘。"说着，取出递与士隐。

士隐接了看时，原来是块鲜明美玉，上面字迹分明，镌着"通灵宝玉"

四字，后面还有几行小字。正欲细看时，那僧便说已到幻境，便强从手中夺了去，与道人竟过一大石牌坊，上书四个大字，乃是"太虚幻境"。两边又有一副对联，道是：

假作真时真亦假，无为有处有还无。

士隐意欲也跟了过去，方举步时，忽听一声霹雳，有若山崩地陷。士隐大叫一声，定睛一看，只见烈日炎炎，芭蕉冉冉，所梦之事便忘了大半。又见奶母正抱了英莲走来。士隐见女儿越发生得粉妆玉琢，乖觉可喜，便伸手接来，抱在怀内，斗他顽耍一回，又带至街前，看那过会的热闹。

方欲进来时，只见从那边来了一僧一道：那僧则癞头跣脚，那道则跛足蓬头，疯疯癫癫，挥霍谈笑而至。及至到了他门前，看见士隐抱着英莲，那僧便大哭起来，又向士隐道："施主，你把这有命无运、累及爹娘之物，抱在怀内作甚？"士隐听了，知是疯话，也不去睬他。那僧还说："舍我罢，舍我罢！"士隐不耐烦，便抱女儿撤身要进去，那僧乃指着他大笑，口内念了四句言词道：

惯养娇生笑你痴，菱花空对雪澌澌。

好防佳节元宵后，便是烟消火灭时。

士隐听得明白，心下犹豫。……

这士隐正痴想，忽见隔壁葫芦庙内寄居的一个穷儒姓贾名化、表字时飞、别号雨村者走了出来。这贾雨村原系胡州人氏，也是诗书仕宦之族，因他出于末世，父母祖宗根基已尽，人口衰丧，只剩得他一身一口，在家乡无益，因进京求取功名，再整基业。自前岁来此，又淹蹇住了，暂寄庙中安身，每日卖字作文为生，故士隐常与他交接。

…………

雨村吟罢，因又思及平生抱负，苦未逢时，乃又搔首对天长叹，复高吟一联曰：

玉在匮中求善价，钗于奁内待时飞。

恰值士隐走来听见，笑道："雨村兄真抱负不浅也！"雨村忙笑道："不过偶吟前人之句，何敢狂诞至此。"因问："老先生何兴至此？"士隐笑道："今夜中秋，俗谓'团圆之节'，想尊兄旅寄僧房，不无寂寥之感，故特具小酌，邀兄到敝斋一饮，不知可纳芹意否？"雨村听了，并不推辞，便笑道："既蒙厚爱，何敢拂此盛情。"说着，便同士隐复过这边书院中来。

须臾茶毕，早已设下杯盘。那美酒佳肴自不必说。二人归坐，先是款斟漫饮，次渐谈至兴浓，不觉飞觥限斝起来。当时街坊上家家箫管，户户弦歌，当头一轮明月，飞彩凝辉，二人愈添豪兴，酒到杯干。雨村此时已有七八分酒意，狂兴不禁，乃对月寓怀，口号一绝云：

时逢三五便团圆，满把晴光护玉栏。

天上一轮才捧出，人间万姓仰头看。

士隐听了，大叫："妙哉！吾每谓兄必非久居人下者，今所吟之句，飞腾之兆已见，不日可接履于云霓之上矣。可贺，可贺！"乃亲斟一斗为贺。雨村因干过，叹道："非晚生酒后狂言，若论时尚之学，晚生也或可去充数沽名，只是目今行囊路费一概无措，神京路远，非赖卖字撰文即能到者。"士隐不待说完，便道："兄何不早言。愚每有此心，但每遇兄时，兄并未谈及，愚故未敢唐突。今既及此，愚虽不才，'义利'二字却还识得。且喜明岁正当大比，兄宜作速入都，春闱一战，方不负兄之所学也。其盘费余事，弟自代为处置，亦不枉兄之谬识矣！"当下即命小童进去，速封五十两白银，并两套冬衣。又云："十九日乃黄道之期，兄可即买舟西上，待雄飞高举，明冬再晤，岂非大快之事耶！"雨村收了银、衣，不过略谢一语，并不介意，仍是吃酒谈笑。那天已交了三更，二人方散。

…………

真是闲处光阴易过，倏忽又是元宵佳节矣。士隐命家人霍启抱了英莲去看社火花灯，半夜中，霍启因要小解，便将英莲放在一家门槛上坐着。待他小解完了来抱时，那有英莲的踪影？急得霍启直寻了半夜，至天明不见，那霍启也就不敢回来见主人，便逃往他乡去了。那士隐夫妇，见女儿一夜不归，便知有些不妥，再使几人去寻找，回来皆云连音响皆无。夫妻二人，半世只生此女，一旦失落，岂不思想，因此昼夜啼哭，几乎不曾寻死。看看的一月，士隐先就得了一病；当时封氏孺人也因思女构疾，日日请医疗治。

不想这日三月十五，葫芦庙中炸供，那些和尚不加小心，致使油锅火逸，便烧着窗纸。……只可怜甄家在隔壁，早已烧成一片瓦砾场了。只有他夫妇并几个家人的性命不曾伤了。急得士隐惟跌足长叹而已。只得与妻子商议，且到田庄上去安身。偏值近年水旱不收，鼠盗蜂起，无非抢田夺地，鼠窃狗偷，民不安生，因此官兵剿捕，难以安身。士隐只得将田庄都折变了，便携了妻子与两个丫鬟投他岳丈家去。

他岳丈名唤封肃，本贯大如州人氏，虽是务农，家中都还殷实。今见女婿这等狼狈而来，心中便有些不乐。幸而士隐还有折变田地的银子未曾用完，拿出来托他随分就价薄置些须房地，为后日衣食之计。那封肃便半哄半赚，些须与他些薄田朽屋。士隐乃读书之人，不惯生理稼穑等事，勉强支持了一二年，越觉穷了下去。封肃每见面时，便说些现成话，且人前人后又怨他们不善过活，只一味好吃懒做等语。士隐知投人不着，心中未免悔恨，再兼上年惊唬，急忿怨痛，已有积伤，暮年之人，贫病交攻，竟渐渐地露出那下世的光景来。

可巧这日拄了拐杖挣挫到街前散散心时，忽见那边来了一个跛足道人，疯癫落脱，麻屣鹑衣，口内念着几句言词，道是：

世人都晓神仙好，惟有功名忘不了！古今将相在何方？荒冢一堆草没了。

世人都晓神仙好，只有金银忘不了！终朝只恨聚无多，及到多时眼闭了。

世人都晓神仙好，只有姣妻忘不了！君生日日说恩情，君死又随人去了。

世人都晓神仙好，只有儿孙忘不了！痴心父母古来多，孝顺儿孙谁见了？

士隐听了，便迎上来道："你满口说些什么？只听见'好''了''好''了'。"那道人笑道："你若果听见'好''了'二字，还算你明白。可知世上万般，好便是了，了便是好。若不了，便不好；若要好，须是了。我这歌儿，便名《好了歌》。"士隐本是有宿慧的，一闻此言，心中早已彻悟。……士隐便说一声："走罢！"将道人肩上褡裢抢了过来背着，竟不回家，同了疯道人飘飘而去。

（二）十日谈（节选）①

卜伽丘

第四天·序

最亲爱的女士们，听了那些有识之士的见解，又凭着我自己经常看到、听到的，我一向认为那妒忌的狂飙疾风，只是袭击着高楼危塔，摇撼着大树的最高枝。可是我发觉我这想法是错了。为了一心躲避那狂风的无情袭击，我不但逃到了平地上，而且不得不躲进那最深邃的幽谷。读过这几篇故事的人大约都会有这样的看法——这些故事我都是用那不登大雅之堂的佛罗伦萨方言写成的，而且写的还是散文，又不曾题名献词，只是平铺直叙，不敢有丝毫卖弄。可是尽管这样，我依然逃不了遭人妒忌的厄运，那一阵阵的无情狂风，刮得我天昏地黑，刮得我站不住脚跟——那尖刻的毒牙把我咬得遍体鳞伤。直到这时候我才彻底明白了聪明人常说的一句话，在这个世界上只有"苦难"才不会遭人的妒忌。

贤明的女士们，有人读了这些故事，认为我太喜欢你们了，又说我

---

① [意]卜伽丘：《十日谈》，方平、王科一译，上海：上海译文出版社，2004年，第237—240页。

这样心甘意愿地侍候你们、安慰你们，实在不成体统；有的甚至还怪我不该这么奉承你们。另有些人，极力显得一派心平气和，却又说我这样一把年纪，不应该纵谈风月，迎合妇道人家的心思。还有些人，只装作关怀我的声誉，劝我还是跟缪斯女神住在派纳塞斯山①上来得好，不要一味在你们的队伍里厮混，尽说些废话。

还有些人哪里出于善意，分明居心恶毒，说是我应当深谋远虑，好生想想怎样去挣我的面包——总不能光谈着这些劳什子，去喝西北风。另外又有些人为了要诋毁我的作品，处心积虑地要证明我讲给你们听的故事，都是凭空捏造，完全与事实不符的。

尊贵的女士们，我为你们效劳，艰苦奋斗，受尽这狂飙疾风的摧残，利齿毒牙的噬咬，弄得头破血流。天主明鉴，不管他们怎么说，我总是冷静地听着他们，玩味着他们的话。在这件事上，全靠你们出力来支持我，不过我并不敢就此吝惜自己的力量；即使我不跟他们展开论战，也少不得要申斥他们一番，好让我的耳根暂时清静一下，因为我的作品到现在还不曾写满三分之一，就有这许多狂妄的敌人，要是眼前不赶紧对付他们，那他们的气焰一定会越发嚣张，将来一下子就会把我打垮了；到那时候，任你们有多大的力量，也无济于事了。

在驳斥他们之前，我想先讲一篇故事，作为自己的辩白，这不是一个完整的故事，而是一个有头无尾的故事，这样，就不致和我们那一群可爱的朋友们所讲的故事混在一起，好有个区分。我这故事是针对那班诽谤我的人讲的。

从前，我们城里有个男子，名叫腓力·巴杜奇，他出身微贱，但是手里着实有钱，也很懂得处世立身之道。他有一个妻子，彼此相亲相爱，互相体贴关怀，从无一言半语的龃龉。只是人生难免一死，他那位贤德

———————
① 原注：派纳塞斯山（Parnaggus），希腊中部的一座山峰，相传是司掌文艺的缪斯女神所住的地方。

的太太后来不幸去世，只留给他一个将近两岁的亲生儿子。丧偶的不幸使他哀痛欲绝，逾于常情。他觉得从此失了一个良伴，孤零零地活在世上，再没有什么意思了；就发誓抛弃红尘，去侍奉天主；并且决定带他的幼儿跟他一起修行。他把全部家产都捐给慈善团体，带着儿子径往阿西那奥山，在山头找到一间小茅屋住了下来，靠着别人的施舍，斋戒祈祷过日子。

他眼看儿子一天天长大，就十分留心，绝不跟他提到那世俗之事，也不让他看到这一类的事，唯恐扰乱了他侍奉天主的心思；要谈也只跟他谈那些永生的荣耀，天主和圣徒的光荣；要教也只限于教他背诵些祈祷文。父子二人就这样在山上住了几年，那孩子从没走出茅屋一步，除了他的父亲外，也从没见过别人。

这位好心的人儿偶尔也要下山到佛罗伦萨去，向一班善男信女讨些施舍，然后再回到自己的茅屋来。

光阴如箭，腓力已是个老头儿，那孩子也有十八岁了。有一天，腓力正要下山，那孩子问他到哪儿去。腓力告诉了他，那孩子就说：

"爸爸，你现在年事已高，耐不得劳、吃不得苦了。何不把我带到佛罗伦萨去，领着我去见见你那班朋友和天主的信徒呢？想我正年轻力壮，以后你有什么需要，就可以派我下山去，你自己就可以在这里休养休养，不用再奔波了。"

这位老人家觉得如今儿子已长大成人，又看他平时侍奉天主十分勤谨，认为即使让他到那浮华世界里去走一遭，谅必也不致迷失本性了，所以私下想道："这孩子也说得有道理。"于是第二次下山的时候，果真把他带了去。

那小伙子看见佛罗伦萨城里全是什么皇宫啊，邸宅啊，教堂啊，而这些都是他生平从未见识过的，所以惊奇得了不得，一路上禁不住向父亲问长问短，腓力一一告诉他——可是哪儿回答得尽这许多，这个问题才回答好，那个问题又跟着来了。父子俩就这样一个尽问、一个尽答，一路行来，可巧遇见一队衣服华丽、年轻漂亮的姑娘迎面走来——原来是刚刚参加婚礼回来的女宾。那小伙子一看见她们，立即就问父亲这些是什么东西。

"我的孩子，"腓力回答，"快低下头，眼睛盯着地面，别去看它们，它们全都是祸水！"

"可是它们叫什么名堂呢？"那儿子追问道。

那老子不愿意让他的儿子知道她们是女人，生怕会唤起他的邪恶的肉欲，所以只说："它们叫作'绿鹅'。"

说也奇怪，小伙子生平还没看见过女人，眼前许许多多新鲜事物，像皇宫啊，公牛啊，马儿啊，驴子啊，金钱啊，他全都不曾留意，这会儿却冷不防对他的老子这么说："啊，爸爸，让我带一只绿鹅回去吧。"

"唉，我的孩子，"父亲回答说，"别闹啦，我对你说过，它们全都是祸水。"

"怎么！"那小伙子嚷道，"祸水就是这个样儿的吗？"

"是啊。"那老子回答。

儿子却说："我不懂你的话，也不知道为什么它们是祸水；我只觉得，我还没看见过这么美丽、这么逗人爱的东西呢。它们比你时常给我看的天使的画像还要好看呢。看在老天的面上，要是你疼我的话，让我们想个法儿，把那边的绿鹅带一头回去吧，我要喂它。"

"不行，"他父亲说，"我可不答应，你不知道怎样喂它们。"

那老头儿这时候才明白，原来自然的力量比他的教诫要强得多了，他深悔自己不该把儿子带到佛罗伦萨来……不过我不打算把这段故事讲下去了，就此言归正传吧。

…………

三、众家评说

（一）关于《红楼梦》

中国古代文学史中，杰出的小说作品不胜枚举。而要论影响力之大之深，《红楼梦》堪居首位。不仅续作层出不穷，关于《红楼梦》的评点与讨论，在作者生活着的时代即已开始。后世针对这部奇书的研究更是蔚为大观，"红学"在20世纪的文学研究中声势颇大。《红楼梦》如一座取之不尽的宝藏，极度丰富的内涵、空前精致的技巧，使它超越时空的限制，体现出永恒的生命力。陈维昭认为《红楼梦》在思想层面无论对哪一个时期而言都具有强烈的现代性：

> 它探究的是一种关于人的存在的终极关怀，人类不停地追问这一问题；但这一问题的终极答案却不是人类自身能够提供的，于是，终极关怀便成为人类永恒的追问。从这一角度看，《红楼梦》的意义将是永恒的。自《红楼梦》诞生以来，每一个时代，当人们追问存在的终极意义的时候，当人们探讨传统思想的艰难历程的时候，人们就会引入《红楼梦》在这一方面的思考，于是，《红楼梦》便在每一位阐释者的当代语境中获得了现代性。[①]

《红楼梦》在写作方法上，全不同于传统的小说做法。其中，人物

[①] 陈维昭：《红学通史》，上海：上海人民出版社，2005年，第1—2页。

塑造取得的成就已是学界共识。鲁迅认为《红楼梦》在中国小说史上的价值，主要在于打破传统：

> 至于说到《红楼梦》的价值，可是在中国底小说中实在是不可多得的。其要点在敢于如实描写，并无讳饰，和从前的小说叙好人完全是好，坏人完全是坏的，大不相同，所以其中所叙的人物，都是真的人物。[①]

其实，《红楼梦》对人物形象的刻画，不仅在于真实无讳饰，还在于用心理、细节、对比、谶纬等多元手段将人物性格进行多重组合，形成系统。周书文将小说中的人物形象系统视为重要研究对象：

> 曹雪芹笔下的人物形象是充分个性化的，又好像受形象系统的融化；人物有各自的个性化运动史，又好像受周围人际关系变幻的诱导与制约；人物在各自的地位上都是主角，有相对的独立性，又是形象系统的一个网结，受形象系统的牵制；人物有自身的个性意义，又有超越个性描写，处于形象系统有机联结中的系统功能。[②]

《红楼梦》对传统小说写法的突破，除了形象塑造方面，叙事艺术亦新颖精巧。与作者同时的评论者便已注意到"草蛇灰线、伏脉千里""手挥目送、注彼写此"的手法。20世纪八九十年代，西方叙事学在国内学界引发热潮，关于《红楼梦》叙事学的研究，也逐渐兴起，尤以叙事

---

① 鲁迅：《中国小说的历史的变迁》，《中国小说史略》，南昌：江西教育出版社，2017年，第206页。
② 周书文：《〈红楼梦〉的艺术世界》，北京：书目文献出版社，1990年，第207页。

声音、叙事结构、叙事修辞等方面的研究为多。陈维昭论述了《红楼梦》多重结构所展现的深不可测的艺术境界：

> 《红楼梦》的多重性结构营造了一种深不可测的境界。这多重性结构的营造意识来自不同的传统思想，其多重性结构正是中国思想的丰富性的结晶。简单说来，它有一层象征结构，这一结构可以描述为"空—色—空""石—玉—石"，它与哲学、宗教、文化相关；它还有另一个结构层：写实结构，这一结构可以描述为"政治与爱情""家散与人亡""贾府与大观园"，这一结构层与历史、社会、政治、道德相关；从叙事结构层的角度看，它又可以描述为：作者设置叙述人，叙述人叙述石头的故事，叙述人所叙述的故事中的石头叙述贾府等四大家族的故事，这一结构层与小说艺术相关；《红楼梦》还有一个谶纬的结构层，具体展开为"预言与应验""抗争与宿命"，这一结构层与谶纬文化相关，谶纬文化虽则是经史文化的附庸，但实际上已是经史文化的不可或缺的补充，无论是在文人阶层还是在平民百姓之中，它都具有广泛而深远的影响力，它要解答的正是人在终极关怀上的追问；正因为这个谶纬结构层的设置，《红楼梦》的终极关怀得到了最为深刻的表现。——这一层层的结构交叠在一起，《红楼梦》便成了一个深不可测的梦魇。而在每一个结构层的营造上，曹雪芹都是精心结撰，把各种写作传统推向极致。①

《红楼梦》的写作，将古代章回小说的优势发挥到了极致。它的思

---

① 陈维昭：《红学通史》，上海：上海人民出版社，2005年，第2页。

想性和艺术性不仅是对前代小说的突破，也为后世的创作贡献养分，更为不同时代的读者提供诠释与体验的空间。

（二）关于《十日谈》

《十日谈》是 14 世纪西方文学的杰作，对后世西方文学，特别是叙事文学，产生了难以估量的影响，尤其具有当时文学作品里并不多见的现实主义倾向。肖明翰认为：

> 其实，薄迦丘早在大瘟疫之前就已对佛罗伦萨的社会和人们的生活方式、道德观念持批评态度。虽然《十日谈》以大瘟疫为背景，但书中没有一个故事反映大瘟疫，那些批判世俗观念、揭露教会腐败和人们堕落的大量故事中也没有一个发生在大瘟疫时期。薄迦丘实际上是把大瘟疫作为一个具有震撼力的象征隐喻来使用：一个堕落了的社会犹如一场人们惟恐避之不及的瘟疫。

> 但薄迦丘的青年男女离开佛罗伦萨绝不仅仅是逃避，他们更是在探寻一种新的生活方式和价值观念。所以他们一到风景如画的乡村，第一件事就是订立"规章制度"和"推选一个领袖"，也就是说要建立新秩序。他们决定把领袖的"操劳和光荣每天授给一个人"，于是轮流充当国王或女王。这无疑是一种新的社会。……其实在《十日谈》里，薄迦丘一方面用青年们的故事对意大利的社会现实和人们的精神状况直接进行批判；另一方面，他又通过描写这种"天堂"般的生活来与之对照。他对这种生活的大量渲染无疑是在表达他的社会理想。这种理想自

然不是基督教的天堂或者耶稣的"千年理想国",而是建立在他的人文主义思想上的地上乌托邦。①

我国传统的评论,往往将批判教会的腐败堕落作为意大利文艺复兴时期人文主义作家的共同特点,强调薄伽丘对中世纪天主教会的批判精神,但实际上薄伽丘作品的重点不是对宗教进行批判,他无意和但丁一样肩负救世使命,只是以社会观察家的敏锐视角观察、体验和描写社会,展示被中世纪禁欲主义压制了千年的人性,歌颂人类崇高的智慧。如学者王军所认为的:

> 但丁凭借着不朽巨著《神曲》,全面总结了中世纪文化,宣告了一个时代的终结,奠定了他中世纪最后一位伟大诗人的历史地位。内心充满矛盾冲突的彼特拉克,以优美的抒情诗歌反映了社会的剧烈变革,揭示了处于变革中的人们焦躁不安的精神世界,因而被视为连接中世纪和新时代的桥梁;薄伽丘则以惊世骇俗的小说《十日谈》宣告了一种崭新的人生观的诞生,他把目光完全投向现世生活,以玩世不恭的态度对待中世纪的道德规范,以戏谑的语言和幽默的文风展示社会现实,调侃跟不上社会价值观念变化的各色人物,堪称第一位勇敢地迈入近现代社会的文化巨人。②

俄罗斯的文学评论界认为薄伽丘《十日谈》的重点在于确立人文主

---

① 肖明翰:《〈坎特伯雷故事〉与〈十日谈〉——薄伽丘的影响和乔叟的成就》,《国外文学》2002年第3期,第84页。
② 王军:《薄伽丘和〈十日谈〉的另一种解读——纪念薄伽丘诞辰七百周年》,《外国文学》2013年第4期,第29页。

义者的新理想，也因为这一理想而需要与宗教进行斗争，主张人脱离上帝而独立：

> 说《十日谈》主要是一部讽刺作品是不对的，但也不能认为薄伽丘好像并不反对现存的社会秩序。和差不多所有的文艺复兴时期的伟大作家一样，对薄伽丘来说，最重要的是从美学上确立爱、宽容、智慧、勇敢、美等新理想——人文主义者所认为的全人类永恒的理想。在十四世纪，要确立人文主义的理想，就要与中世纪的宗教禁欲主义思想进行斗争，因此，薄伽丘在描写封建社会、商人社会或教会时，既不拒绝采取讽刺手法，也不放弃社会批评。
>
> ············
>
> 如何回答人与上帝的关系问题，决定一个思想家是属于中世纪还是属于文艺复兴时期？在《十日谈》里，这个问题在头两个故事里就彻底明朗化了。夏波莱托成为圣徒，即人与上帝的中介人，使整个圣徒设置、人与超验世界的中介的权能都值得怀疑了。人文主义者薄伽丘与邪教徒、神秘论者，甚至后来的宗教改革者不同，他不是为建立人与上帝的直接联系而奋斗，他主张人脱离上帝而独立，他表明世俗世界的人的逻辑与神的世界的逻辑是完全不同的。[①]

总之，一部《十日谈》，诉说着人生百态，悲欢与离合，正如田晓菲所说，"在这座桃花源里，有阶级的差别、职责的分担、权威的制约。当瘟疫制造混乱、夺去人们道德观念的时候，薄伽丘用文字创造出一个

[①] [俄]高尔基世界文学研究所编纂：《世界文学史》第三卷上册，上海：上海文艺出版社，2013年，第123、125页。

人类文明社会的缩影"①。生命本身就是故事，当生命结束的时候，故事也就完结了。

⟨⟩ 思考与讨论

1.《红楼梦》为何不具"朝代年纪，地舆邦国"？

2.请谈谈《红楼梦》刻画人物的方法。

3.如何看待《红楼梦》的第一回？

4.《十日谈》具有和但丁《神曲》一样非常复杂和井井有条的艺术结构，像数学一样精密，请找出它们，并讨论其哲学和神学的象征意义。

5.请探讨黑死病对于整个欧洲文化走向的深刻影响，以及其影响在薄伽丘《十日谈》中的反映和体现。

6.请探讨《十日谈》中所提到的天主教的腐败及薄伽丘对此所持有的态度。

⟨⟩ 延伸阅读

◆ [明]冯梦龙"三言"（《喻世明言》《警世通言》《醒世恒言》）（人民文学出版社，2020年）

"三言"是明代冯梦龙编撰的三部拟话本小说集《喻世明言》《警

---

① 田晓菲：《留白：秋水堂文化随笔》，桂林：广西师范大学出版社，2019年，第263页。

世通言》《醒世恒言》的合称。这三部小说集内容丰富、题材广阔，堪
称宋、元、明三代白话短篇小说的精粹。作品中的内容几乎涉及当时社
会的所有领域和阶层，除传统的帝王将相、才子佳人、神魔鬼怪之外，
市民阶层形象也成为故事的主角。其中的许多经典篇目，如《杜十娘怒
沉百宝箱》《白娘子永镇雷峰塔》《玉堂春落难逢夫》《庄子休鼓盆成
大道》《十五贯戏言成巧祸》等，不仅为中国文学史贡献了一批典型的
人物形象，还为后世俗文学作品提供了源源不断的养分。

◆ [清]吴敬梓：《儒林外史》（人民文学出版社，2018年）

《儒林外史》是清代吴敬梓所著白话章回体讽刺小说。这部作品在
形式上虽为长篇，但不同人物的故事可各自成为相对独立的单元。小说
以儒林士子生活为题材，通过形形色色的儒生各具面貌的人生遭际，表
现了作者对士人群体命运的深思与忧虑。作品中对八股士、假名士的刻
画入木三分，辛辣地讽刺了当时八股取士的科举制度造成的人性扭曲。
在思想的深刻程度及小说艺术技巧的成熟程度上，《儒林外史》可跻身
清代小说巅峰之列。

◆ [英]乔叟：《坎特伯雷故事集》（方重译，上海译文出版社，
1993年）

《坎特伯雷故事集》是以中世纪英语写成的，被称为英国文学史上
最受喜爱的作品之一。故事围绕包括乔叟在内的三十一位朝圣者的旅程
展开。他们从伦敦一家客店出发，踏上前往坎特伯雷大教堂的漫长旅程。
客栈老板提议朝圣者每个人讲述四则故事，排遣旅途时光，讲得最好的
人归来后可以享用一顿免费的晚餐。乔叟描述了社会各阶层鲜活的人物
形象，将幽默与写实结合。这些故事格调各异，对14世纪晚期英格兰
风土人情有入木三分的精彩刻画，经久不衰。故事颇具道德意味，鼓励

读者反思人生。

◆ [西班牙] 塞万提斯：《堂吉诃德》（张广森译，上海译文出版社，2006 年）

《堂吉诃德》是西班牙作家塞万提斯的小说。16 世纪骑士文学逐渐式微，但是在西班牙却风行一时。塞万提斯通过写作这部"反骑士"的小说作品，描写堂吉诃德穿着破烂盔甲，骑着瘦马，大战风车的荒诞行径，以戏仿的方式彻底摧毁了风靡一时的骑士文学。小说对 16 世纪的西班牙社会进行批判，为文学史贡献了一个受尽天下嘲笑却依然坚持做自己，依然坚信自己行为正确的理想主义者形象。

一、背景与导读

通常所讲的文艺复兴，是指 14 世纪中叶至 16 世纪在欧洲发生的思想文化运动，"文艺复兴"（Renaissance）一词的原意是"希腊、罗马古典文化的再生"。但从实际来看，欧洲文艺复兴运动与其说是"古典文化的再生"，不如说是欧洲"近代文化的开端"；文艺复兴作为历史上第一次资产阶级思想解放运动，以"人文主义"为核心理念，促进了人的觉醒，强调了人的价值，为现代资本主义的发展做了必要的思想文化准备。

而"中国的文艺复兴"的说法，来源于 19 世纪末 20 世纪初中国最早的一批"睁眼看世界"的觉悟者和先行者，他们在经历器物变革、制度变革的失败之后，最终将探索中国出路的目光投向思想文化的变革。在一众近代学人中，胡适被称为"中国文艺复兴之父"，他在写作"The Chinese Renaissance"（《中国的文艺复兴时代》1923 年，英文版）之前，就常以西方文艺复兴论述中国文学的进化观念。在西方，文艺复兴向来被视作古与今的分界线，被视为现代性时间意识形成的标志；而鸦片战争以来近代中国的民族危机，则迫使率先觉醒的知识分子产生了变革时代的激切要求，他们一方面致力于探寻一条有别于传统的现代化之路，另一方面积极承担起开启民智的启蒙重任。

美国学者格里德在《胡适与中国的文艺复兴——中国革命中的自由主义（1917—1937）》一书中说："大致回顾一下胡适的思想与愿望的记录，也许，人们更可能想到的是欧洲的启蒙运动，而不是欧洲的文艺复兴。"[1]无独有偶，余英时先生在《文艺复兴乎？启蒙运动乎？——一个史学家对五四运动的反思》中也指出：胡适不断以"中国的文艺复兴"来解释五四新文化运动，并不是因为五四新文化运动更加接近于欧洲的文艺复兴，而是因为"文艺复兴"这一信念更有利于为他所倡导的新文化运动服务。[2]我们从近代梁启超的"新民说"、《论小说与群治之关系》到胡适、陈独秀的《文学改良刍议》、《文学革命论》、白话文学的提倡，周作人的《平民的文学》和《人的文学》，再到鲁迅的"立人"主张、《狂人日记》的横空出世，等等一系列文化主张和文艺实践中，都可以看到思想启蒙和文学启蒙的双重性。

人文主义思想的发展贯穿西方古罗马时代、文艺复兴时代和启蒙时代，形成了一系列价值理念：肯定人性和人的价值，大力倡导尊重个人的基本权利，宣扬个性解放，追求自由、民主、平等，崇尚理性，反对蒙昧，等等。近代中国思想启蒙的先行者在实行"拿来主义"的时候，并未详细甄别，这或许是"中国的文艺复兴"的提法引发争鸣的主要原因。但正如周作人认为的那样，五四新文学的本质就是对"人"的重新发现，人性的健全发展、个人精神建设的迫切，催生了周氏兄弟"改造国民灵魂"的重要文学命题，也奠定了此后现代文学的"新文学传统"——

① [美]格里德：《胡适与中国的文艺复兴——中国革命中的自由主义（1917—1937）》，鲁奇译，南京：江苏人民出版社，2010年，第265页。
② [美]余英时：《现代危机与思想人物》，北京：生活·读书·新知三联书店，2005年，第75—103页。

以人道主义的精神去观察记录和研究"人生诸问题"。

本讲选取了周作人的文论《人的文学》、鲁迅的小说《狂人日记》和歌德的诗剧《浮士德》，通过对读中西方启蒙思潮中的经典作品，理解中西方人文主义精神在时间和内蕴上的差异。

二、作品选目

（一）人的文学（节选）[①]
周作人

我们现在应该提倡的新文学，简单的说一句，是"人的文学"。应该排斥的，便是反对的非人的文学。

…………

欧洲关于这"人"的真理的发见，第一次是在十五世纪，于是出了宗教改革与文艺复兴两个结果。第二次成了法国大革命，第三次大约便是欧战以后将来的未知事件了。女人与小儿的发见，却迟至十九世纪，才有萌芽。……中国讲到这类问题，却须从头做起，人的问题，从来未经解决，女人小儿更不必说了。如今第一步先从人说起，生了四千余年，现在却还讲人的意义，从新要发见"人"，去"辟人荒"，也是可笑的事。但老了再学，总比不学该胜一筹罢。我们希望从文学上起首，提倡一点人道主义思想，便是这个意思。

[①] 周作人著，钟叔河编：《周作人散文全集》第二卷，桂林：广西师范大学出版社，2009年，第85—89页。

我们要说人的文学，须得先将这个人字，略加说明。我们所说的人，不是世间所谓"天地之性最贵"，或"圆颅方趾"的人。乃是说，"从动物进化的人类"。其中有两个要点，（一）"从动物"进化的，（二）从动物"进化"的。

…………

这两个要点，换一句话说，便是人的灵肉二重的生活。古人的思想，以为人性有灵肉二元，同时并存，永相冲突。肉的一面，是兽性的遗传；灵的一面，是神性的发端。人生的目的，便偏重在发展这神性；其手段，便在灭了体质以救灵魂。所以古来宗教，大都厉行禁欲主义，有种种苦行，抵制人类的本能。一方面却别有不顾灵魂的快乐派，只愿"死便埋我"。其实两者都是趋于极端，不能说是人的正当生活。到了近世，才有人看出这灵肉本是一物的两面，并非对抗的二元。兽性与神性，合起来便只是人性。……

…………

这样"人"的理想生活，应该怎样呢？首先便是改良人类的关系。彼此都是人类，却又各是人类的一个。所以须营一种利己而又利他，利他即是利己的生活。第一，关于物质的生活，应该各尽人力所及，取人事所需。换一句话，便是各人以心力的劳作，换得适当的衣食住与医药，能保持健康的生存。第二，关于道德的生活，应该以爱智信勇四事为基本道德，革除一切人道以下或人力以上的因袭的礼法，使人人能亨自由真实的幸福生活。这种"人的"理想生活，实行起来，实于世上的人无一不利。富贵的人虽然觉得不免失去了他的所谓尊严，但他们因此得从非人的生活里救出，成为完全的人，岂不是绝大的幸福么？这真可说是二十世纪的新福音了。只可惜知道的人还少，不能立地实行。所以我们要在文学上略略提倡，也稍尽我们爱人类的意思。

但现在还须说明，我所说的人道主义，并非世间所谓"悲天悯人"

或"博施济众"的慈善主义，乃是一种个人主义的人间本位主义。……

用这人道主义为本，对于人生诸问题，加以记录研究的文字，便谓之人的文学。其中又可以分作两项，（一）是正面的，写这理想生活，或人间上达的可能性；（二）是侧面的，写人的平常生活，或非人的生活，都很可以供研究之用。……简明说一句，人的文学与非人的文学的区别，便在著作的态度，是以人的生活为是呢，非人的生活为是呢这一点上。材料方法，别无关系。即如提倡女人殉葬，即殉节的文章，表面上岂不说是"维持风教"；但强迫人自杀，正是非人的道德，所以也是非人的文学。中国文学中，人的文学本来极少。从儒教道教出来的文章，几乎都不合格。……

一九一八年十二月七日

（二）狂人日记（节选）[①]

鲁迅

某君昆仲，今隐其名，皆余昔日在中学时良友；分隔多年，消息渐阙。日前偶闻其一大病；适归故乡，迂道往访，则仅晤一人，言病者其弟也。劳君远道来视，然已早愈，赴某地候补矣。因大笑，出示日记二册，谓可见当日病状，不妨献诸旧友。持归阅一过，知所患盖"迫害狂"之类。语颇错杂无伦次，又多荒唐之言；亦不著月日，惟墨色字体不一，知非一时所书。间亦有略具联络者，今撮录一篇，以供医家研究。记中语误，一字不易；惟人名虽皆村人，不为世间所知，无关大体，然亦悉易去。至于书名，则本人愈后所题，不复改也。七年四月二日识。

[①] 鲁迅：《鲁迅全集》第一卷，北京：人民文学出版社，2005年，第444—455页。

一

今天晚上，很好的月光。

我不见他，已是三十多年；今天见了，精神分外爽快。才知道以前的三十多年，全是发昏；然而须十分小心。不然，那赵家的狗，何以看我两眼呢？

我怕得有理。

…………

三

晚上总是睡不着。凡事须得研究，才会明白。

他们——也有给知县打枷过的，也有给绅士掌过嘴的，也有衙役占了他妻子的，也有老子娘被债主逼死的；他们那时候的脸色，全没有昨天这么怕，也没有这么凶。

最奇怪的是昨天街上的那个女人，打他儿子，嘴里说道："老子呀！我要咬你几口才出气！"他眼睛却看着我。我出了一惊，遮掩不住；那青面獠牙的一伙人，便都哄笑起来。陈老五赶上前，硬把我拖回家中了。

拖我回家，家里的人都装作不认识我；他们的眼色，也全同别人一样。进了书房，便反扣上门，宛然是关了一只鸡鸭。这一件事，越教我猜不出底细。

前几天，狼子村的佃户来告荒，对我大哥说，他们村里的一个大恶人，给大家打死了；几个人便挖出他的心肝来，用油煎炒了吃，可以壮壮胆子。我插一句嘴，佃户和大哥便都看我几眼。今天才晓得他们的眼光，全同外面的那伙人一模一样。

想起来，我从顶上直冷到脚跟。

他们会吃人，就未必不会吃我。

你看那女人"咬你几口"的话，和一伙青面獠牙人的笑，和前天佃户的话，明明是暗号。我看出他话中全是毒，笑中全是刀。他们的牙齿，全是白厉厉的排着，这就是吃人的家伙。

照我自己想，虽然不是恶人，自从踹了古家的簿子，可就难说了。他们似乎别有心思，我全猜不出。况且他们一翻脸，便说人是恶人。我还记得大哥教我做论，无论怎样好人，翻他几句，他便打上几个圈；原谅坏人几句，他便说"翻天妙手，与众不同"。我那里猜得到他们的心思，究竟怎样；况且是要吃的时候。

凡事总须研究，才会明白。古来时常吃人，我也还记得，可是不甚清楚。我翻开历史一查，这历史没有年代，歪歪斜斜的每叶上都写着"仁义道德"几个字。我横竖睡不着，仔细看了半夜，才从字缝里看出字来，满本都写着两个字是"吃人"！

书上写着这许多字，佃户说了这许多话，却都笑吟吟的睁着怪眼睛看我。

我也是人，他们想要吃我了！

四

早上，我静坐了一会。陈老五送进饭来，一碗菜，一碗蒸鱼；这鱼的眼睛，白而且硬，张着嘴，同那一伙想吃人的人一样。吃了几筷，滑溜溜的不知是鱼是人，便把他兜肚连肠的吐出。

我说："老五，对大哥说，我闷得慌，想到园里走走。"老五不答应，走了；停一会，可就来开了门。

我也不动，研究他们如何摆布我；知道他们一定不肯放松。果然！我大哥引了一个老头子，慢慢走来；他满眼凶光，怕我看出，只是低头向着地，从眼镜横边暗暗看我。大哥说："今天你仿佛很好。"我说："是的。"大哥说："今天请何先生来，给你诊一诊。"我说："可以！"

其实我岂不知道这老头子是刽子手扮的！无非借了看脉这名目，揣一揣肥瘠：因这功劳，也分一片肉吃。我也不怕；虽然不吃人，胆子却比他们还壮。伸出两个拳头，看他如何下手。老头子坐着，闭了眼睛，摸了好一会，呆了好一会；便张开他鬼眼睛说，"不要乱想。静静的养几天，就好了。"

不要乱想，静静的养！养肥了，他们是自然可以多吃；我有什么好处，怎么会"好了"？他们这群人，又想吃人，又是鬼鬼祟祟，想法子遮掩，不敢直捷下手，真要令我笑死。我忍不住，便放声大笑起来，十分快活。自己晓得这笑声里面，有的是义勇和正气。老头子和大哥，都失了色，被我这勇气正气镇压住了。

但是我有勇气，他们便越想吃我，沾光一点这勇气。老头子跨出门，走不多远，便低声对大哥说道，"赶紧吃罢！"大哥点点头。原来也有你！这一件大发见，虽似意外，也在意中：合伙吃我的人，便是我的哥哥！

吃人的是我哥哥！

我是吃人的人的兄弟！

我自己被人吃了，可仍然是吃人的人的兄弟！

…………

七

我晓得他们的方法，直捷杀了，是不肯的，而且也不敢，怕有祸祟。所以他们大家连络，布满了罗网，逼我自戕。试看前几天街上男女的样子，和这几天我大哥的作为，便足可悟出八九分了。最好是解下腰带，挂在梁上，自己紧紧勒死；他们没有杀人的罪名，又偿了心愿，自然都欢天喜地的发出一种呜呜咽咽的笑声。否则惊吓忧愁死了，虽则略瘦，也还可以首肯几下。

他们是只会吃死肉的！——记得什么书上说，有一种东西，叫"海乙那"①的，眼光和样子都很难看；时常吃死肉，连极大的骨头，都细细嚼烂，咽下肚子去，想起来也教人害怕。"海乙那"是狼的亲眷，狼是狗的本家。前天赵家的狗，看我几眼，可见他也同谋，早已接洽。老头子眼看着地，岂能瞒得我过。

最可怜的是我的大哥，他也是人，何以毫不害怕；而且合伙吃我呢？还是历来惯了，不以为非呢？还是丧了良心，明知故犯呢？

我诅咒吃人的人，先从他起头；要劝转吃人的人，也先从他下手。

八

其实这种道理，到了现在，他们也该早已懂得，……

忽然来了一个人；年纪不过二十左右，相貌是不很看得清楚，满面笑容，对了我点头，他的笑也不像真笑。我便问他，"吃人的事，对么？"他仍然笑着说，"不是荒年，怎么会吃人。"我立刻就晓得，他也是一伙，喜欢吃人的；便自勇气百倍，偏要问他。

"对么？"

"这等事问他什么。你真会……说笑话。……今天天气很好。"

天气是好，月色也很亮了。可是我要问你，"对么？"

他不以为然了。含含胡胡的答道，"不……"

"不对？他们何以竟吃？！"

"没有的事……"

"没有的事？狼子村现吃；还有书上都写着，通红斩新！"

他便变了脸，铁一般青。睁着眼说，"有许有的，这是从来如此……"

---

① 原注：英语Hyena的音译，即鬣狗，产于非洲、小亚细亚及亚洲西南部，一种食肉兽，常跟在狮虎等猛兽之后，以它们吃剩的兽类的残尸为食。

"从来如此，便对么？"

"我不同你讲这些道理；总之你不该说，你说便是你错！"

我直跳起来，张开眼，这人便不见了。全身出了一大片汗。他的年纪，比我大哥小得远，居然也是一伙；这一定是他娘老子先教的。还怕已经教给他儿子了；所以连小孩子，也都恶狠狠的看我。

…………

十二

不能想了。

四千年来时时吃人的地方，今天才明白，我也在其中混了多年；大哥正管着家务，妹子恰恰死了，他未必不和在饭菜里，暗暗给我们吃。

我未必无意之中，不吃了我妹子的几片肉，现在也轮到我自己，……

有了四千年吃人履历的我，当初虽然不知道，现在明白，难见真的人！

十三

没有吃过人的孩子，或者还有？

救救孩子……

一九一八年四月

（三）浮士德（节选）①

歌德

天堂序曲②

[天主。天兵③。后跟梅菲斯特费勒斯。]

[三位天使长上。

拉斐尔　太阳按照古老的方式

　　　　在兄弟天体④的赛歌中轰鸣，

　　　　她以雷霆般的步武

　　　　完成着既定的旅程。

　　　　天使们一见她元气勃勃，

　　　　虽无人能探测她的深浅；

　　　　不可思议的崇高功业

---

① [德]歌德：《浮士德》，绿原译，北京：人民文学出版社，2003年，第8—11页。

② 原注：本幕约写于一七九七年，《开场白》之前。这里提出了全剧的主旨，即撒旦到天堂来，请求上帝允许他下凡，去引诱浮士德，而上帝深信浮士德具有不断进取的精神，不会受到诱惑，因此允许了这个请求。作者的这个构思一方面来源于他儿时见过的根据民间传说改编的傀儡戏，同时更明显地受到《旧约·约伯记》头二章的影响。关于这一点，歌德曾对艾克曼这样说过（1825）："如果我的浮士德的剧情同《约伯记》有几分相似，那也是十分正确的，为此我毋宁应受到奖励，而不是受到责备。"

③ 原注：参见《新约·路加福音》第二章第十三节。"忽然有一大队天兵，同那天使赞美神说，在至高之处荣耀归于神，在地上平安归于他所喜悦的人。"天兵由天使长率领，天使长在此处共有三位，按品位次序而上：拉斐尔居末位，故最先出场；米迦勒居首位，由他结束歌唱。这个次序首见于狄奥尼修斯·阿依俄帕吉塔的《天堂圣秩》，但丁的《神曲·天堂》在这一点上亦以此为根据。

④ 原注：指其他星球。

正像开天辟地①一样庄严。

加百列 而豪华的地球飞快地

快到难以想象地围着旋转；

天堂的光明正与深沉而

可怕的黑夜交相替换；

大海从深邃的岩底泛起，

浩浩荡荡地四下奔腾，

岩石与大海接着被卷进了

永远迅速的天体运行。

米迦勒 而阵阵狂飙从大海到陆地

又从陆地回到大海竞相咆哮，

愤怒地在四处形成了

一副效应十分深刻的链条。

那边一道毁灭性的电闪

照亮了道路以待霹雳②；

可是，主啊，你的使者③仍崇敬

你的时日之轻盈的推移。

三 人 天使们见了便元气勃勃，

虽无人能探测你的深浅，

你所有的崇高功业，

像开天辟地一样庄严。

---

① 原注：原文为"第一天"，指上帝第一天开天辟地，分出昼夜的"崇高功业"。
② 原注：破坏性的电闪为雷鸣开路。
③ 原注：希腊文"天使"的直译。

梅菲斯特[①]主啊，既然你又一次屈尊光降，垂询我们的一切近况，加之你惯常乐于把我惠顾，所以你今天也看见我厕身你的仆从之中。请原谅[②]，我说不出什么豪言壮语，虽然难免为在座诸位所揶揄；我的慷慨激昂肯定会惹你见笑，假如你没有把笑人的习惯戒除掉。关于太阳和大千世界我不知说些什么，我只知道，人类是怎样在把自己折磨。世界的小神[③]总是秉性难移，而且就像第一天那样古怪离奇。假如你没有把天光的光泽交给他，他也许会过得稍好一些。他把它称作"理性"，可一旦运用起来，却变得比任何野兽还要残忍。请允许我打个比方，我看它就像一只长腿蚱蜢又飞又跳，跳着飞着一下子钻进草丛去唱它的老调；唯愿它永远躺在草丛里才好！可什么垃圾废料，他都要伸着鼻子掏上一掏。

天　主 你再没有什么要同我聊聊？你来总是为了发发牢骚？难道你永远觉得人世间一无是处？

梅菲斯特 是啊，主！我发现那里糟糕透顶，依然如故。人们悲惨度日，甚至使我不胜怜悯；我简直不想去折磨那些可怜的生灵。

天　主 你可认识浮士德？

梅菲斯特 那位博士？

天　主 我的仆人[④]。

---

① 原注：全称为"梅菲斯特费勒斯"，简称"梅菲斯特"。按希腊文解释，意为"不爱光者""不爱浮士德者"；按希伯来文解释，意为"破坏者——撒谎者"，转义为"魔鬼"。但是，他的性格和形象在《浮士德》全剧中是十分复杂的，不能按照一种印象予以简单化。

② 原注：梅菲斯特从此处开始流露嘲弄口吻，这个口吻尤见于所谓"像第一天那样古怪"，即重复提到天使长前句所谓"开天辟地"的那个第一天。

③ 原注：指人。与其他生物比较，人显得崇高；就整体而论，又显得渺小。参见莱布尼兹《辩神论》第一章第一一七节："人在他的世界里就仿佛是一个小神。"

④ 原注：参阅《旧约·约伯记》第一章第八节。"耶和华向撒旦说，你曾用心察看我的仆人约伯没有？"

梅菲斯特 当然！他侍奉您非同一般。人间的烟火这蠢货一概不沾。心神骚乱使他好高骛远，他多少明白一半自己的疯癫；他想摘天上最美的星斗，他想寻地上最高的乐趣，可远远近近满足不了那深处激动的心曲。

天　　主 纵然他现在侍奉我有点浑沌，我将很快把他引向清明。小树发青，园丁就会知道，花与果实将装饰未来的光阴。

梅菲斯特 您赌点什么？您肯定会输掉，如果您允许我把他慢慢引上我的大道！

天　　主 只要他活在人世间[1]，你要试一试我不阻拦。人只要努力，犯错误总归难免[2]。

梅菲斯特 那就谢您了；因为我从不愿同死人纠缠。我最爱丰满鲜嫩的颜面。我不会在家里接待一具尸骸；它之于我，犹如老鼠见猫一般。

天　　主 好吧，随你去吧！去诱引那个灵魂脱离他的源头[3]，只要你抓得住他[4]，就把他随身拽上你的歧途，到你不得不交代的时候，你就会含羞带愧地承认：一个善人即使在他的黑暗的冲动中，也会觉悟到正确的道路[5]。

梅菲斯特 好吧！是非分明不会拖得很久。我毫不为我的赌赛发愁。如果我达到目的，就请您允许我鼓起胸膛把凯歌高奏。让他一辈子去啃尘土[6]，而且甘心情愿，像那条大名鼎鼎的蛇，我的同族。

---

① 原注：也就是说，人活一天就要接受一天的考验。
② 原注：名句。人不怕犯错误，但怕不努力。
③ 原注：指神赋予人的不断努力向上的天然本性。
④ 原注：只要你能掌握他的本质，从而施加影响。
⑤ 原注：此二句概括浮士德自强不息的一生。
⑥ 原注：参见《旧约·创世记》第三章第十四节。"你必须用肚子行走，终生吃土。"蛇是人的第一个引诱者，后来变成了魔鬼，故梅菲斯特尊称他为"同族"。

天　　主 那时你尽可以随便来见我①；我从不曾憎恶过你的同类。在所有否定的精灵中间，促狭鬼②最不会使我感到累赘。人的行动太容易松弛③，他很快就爱上那绝对的安息；因此我愿意给他一个伙伴，刺激他，影响他④，还得像魔鬼一样，有创造的能力。——可你们，真正的神之子⑤，欣赏丰富而生动的美吧！让永远活跃永远生动的化育者⑥以爱的温柔栅栏围绕你们，而那飘浮于游移现象中的一

---

① 原注：梅菲斯特作为魔鬼并不能随便见到天主。但如他打赌胜利，天主惠允他那时可以随时到天堂来。

② 原注：原义为幸灾乐祸的恶作剧者，耍手段的小流氓，后转义为爱说笑打趣的人。梅菲斯特一贯冷嘲热讽，阴阳怪气，故以此名称之。

③ 原注：天主对于人的最重要的要求就是"行动"。梅菲斯特却自信能把浮士德"引上我的大道"，并把他的努力转变为"绝对的安息"。浮士德后来自己认识到"行动"的福音（"太初有为"），这本是符合天主的心意，但此刻梅菲斯特已化犬而入其室。天主让魔鬼去与那自动"爱上绝对安息"的人交朋友，乍看之下似乎有点矛盾。如果说他认为与魔鬼的交游有益于医治人所惯有的怠惰，这似乎是从一个虚假的前提出发，因为梅菲斯特的任务正在于引诱浮士德趋向满足，躺上"睡椅"，而不是促使他进一步行动。但是，须知浮士德是"一个善人"，"觉悟到正确的道路"，因此"只要他活在人世间"，他便能够经受魔鬼所安排的种种危难。总而言之，天主和梅菲斯特的这场辩难，不仅有圣经上的根据，而且有社会批判的意义。

④ 原注：梅菲斯特认为人（"世界的小神"）"秉性难移"；天主却愿给浮士德"一个伙伴"以便"刺激他""影响他"，则反映了歌德对于人生的辩证观点。

⑤ 原注：天主这时从梅菲斯特掉过脸来同天使长和天兵们讲话。所谓"真正的神之子"，不包括撒旦和堕落的天使在内。参见《新约·启示录》第十二章第九节："大龙就是那古蛇，名叫魔鬼，又叫撒旦，是迷惑普天下的。他被摔在地上，他的使者也一同被摔下去。"第十二章第十二节："所以诸天和住在其中的，你们都快乐吧！只是地与海有祸了，因为魔鬼知道自己的时候不多，就气忿忿地下到你们那里去了。"

⑥ 原注：指生生不已的宇宙本身。这句话的意思是：化育者的美，即生生不已的创造的美，会在你们身上引起爱，这种爱会把你们束缚住，而这种束缚又使你们觉得温柔而不可抗拒。事实上，每种爱都限制人对于其对象的思维。

切[1]，请用持久的思维将它们固定！

[天界关闭，天使长散开。]

梅菲斯特 （独白）我愿意时不时见一见这位老头儿[2]，当心不跟他闹别扭。一位伟大的天主同魔鬼本人讲话，竟这么富于人情味，实在难能可贵。

三、众家评说

（一）关于《人的文学》和《狂人日记》

关于周作人《人的文学》及其相关文论对中国五四时期及此后现代文学的价值与意义，研究者予以了充分肯定：

五四时期周作人提出的"人的文学"是个响亮的口号和精辟的命题，彼时周作人对欧美文学与文论素有研究，颇有心得，找到了对近代文化和文学思潮的精妙概括。对"人的文学"这一命题，胡适后来在《新文学大系·建设理论集》导言中指出，文学革命的中心思想不外两个东西，一是"活的文学"，另一是"人的文学"，"周先生把我们那个时代所要提倡的种种文

---

① 原注：现象世界要在永恒的变化中来理解。不是一般的理智，而是高级的理性，才能在变迁中认识持久，才能利用超时间的观念或理念（柏拉图）来把握倏忽即逝的个别现象。

② 原注：梅菲斯特对天主的亲昵而调笑的称谓。

学内容,都包括在一个中心观念里,这个观念叫作'人的文学'"。句句不离相关功绩的胡适承认自己只是推动"文字工具的革新",强调周作人"人的文学"的口号是鼓吹"文学内容的革新",并且"人的文学"的革新立意和方向感很强,是一个"中心观念",从总体上可统摄两个口号。胡适的这个定位,充分证明周作人这一命题对新文学的塑造及其未来走向的重要意义。

....

从对"人"的要求过渡到对"文"的要求,周作人最后给出了"人的文学"的定义,即"用这人道主义为本,对于人生诸问题,加以记录研究的文字,便谓之人的文学"。在这里,"人的文学"是同宣扬"儒教道教"和"兽道鬼道"的封建迷信的"非人的文学"根本对立的。……

周作人强调新式"个人主义的人间本位主义",为的是用"人的文学"这一观念来排斥中国一切"非人的文学"。……周作人旗帜鲜明地启用"人的文学"和"非人的文学"这一对应概念来进行区分,将旧文学贬斥为"非人的文学",而将新文学定义为"人的文学"。其主张虽然有些抽象,但恰与五四时期个性解放的热潮相合,成功地将文学革命从"死""活"对立的语文转型之革命,推向了更为深层的思想解放,从而在内容上最终确立了五四时期及以降现代文学的思想基型,对文学革命的深化和推进起到很大的作用。[①]

有研究者将周作人的这篇文论和鲁迅的《狂人日记》相对照,从而揭示《人的文学》的标志性与经典性。而这种互文研究也为我们全面理

---

① 陈雪虎:《"人"的发明与"五四"的知觉构型:解读并透视〈人的文学〉》,《河南社会科学》2016年第1期,第79、81页。

解周作人与鲁迅示范了新路径：

　　周作人的《人的文学》应该是鲁迅《狂人日记》的文学理论续篇。它的功绩还在于继续延伸鲁迅的命题，全面详细解读鲁迅《狂人日记》的思想意义，并为解释这篇小说做普及文学理论的后续工作。因为在当时，周作人与鲁迅的思想是完全一致的。

　　自《狂人日记》发表以后，不但影响了整个中国现代文学界和读书界，周作人应该更是深受启示。他自己后来也写了一篇同样题材的小说，名为《真的疯人日记》，在《晨报副刊》上分为上、下两次发表。只不过因为描写太冷静，语言欠生动，故事也有些拖沓，并没有引起读者的注意，所以后来周作人便不再写小说也未可知。但是他此时的思想与鲁迅基本相同，这个时期鲁迅和周作人的文章，都是非常注意书写妇女儿童问题，他后来还专门写了几篇文章，解读《狂人日记》的阅读体会和有关史料可谓一解。因此，周氏兄弟"五四"时期的文章都是可以对照互文来读的。周作人"人的文学"的现代范本，就应该是鲁迅的《狂人日记》。……
　　…………

　　鲁迅在《狂人日记》中提出要"救救孩子"，周作人认为这是一个非常前卫的命题，因为中国连人是什么的问题都还没有解决。他介绍说："欧洲关于这'人'的真理的发见，第一次是在十五世纪，于是出了宗教改革与文艺复兴两个结果。第二次成了法国大革命，第三次大约便是欧战以后将来的未知事件了。女人与小儿的发见，却迟至十九世纪，才有萌芽。古来女人的位置，不过是男子的器具与奴隶。中古时代，教会里还曾讨论女子有无灵魂，算不算得一个人呢。小儿也只是父母的所有品，又不认他是一个未长成的人，却当他作具体而微的成人，因此又不知演了多少家庭的与教育的悲剧。"他指出我们的文化里有表彰节妇"殉节"的杀戮；还有推崇郭巨埋儿残杀儿童的所谓孝道。所以对于中国的现状还谈不到妇女儿童的问题，因为我们连这第一步——人的问题，都没有解决。女性的发现和儿童的发现，都应该是人的发现的子题，而人的发现才是真正的母题。当西方谈论妇女儿童的时候，我们还没有解决人的发现这个问题；当然三个发现在中国有时是相互交叉进行的，所以中国要补这门课，在周作人那里首先关注的是人的发现。

....

我们可以说周作人的《人的文学》是对鲁迅《狂人日记》的理论阐释，而鲁迅的《狂人日记》则是周作人《人的文学》的小说创作范本。因为他说："用这人道主义为本，对于人生诸问题，加以记录研究的文字，便谓之人的文学。"而《狂人日记》正是这一记录的杰出小说，是真正的人的文学，是一个觉醒者的声音，是铁屋子中的"呐喊"。

今天重读《人的文学》的时候，我以为也应该重读《狂人日记》，对于鲁迅与周作人的前期作品，很有必要进行互文研究。我们只有在理解了鲁迅之后，才能够理解一个真正的周作人；同时不了解周作人，也不能全面地认识鲁迅。还是那句老话，要把一个时代的作家，放到他的那个时代中去，使得人物和作品回到历史的原点，以利于我们看清历史的真面目，认识一个作家创作的心灵路程。①

---

① 张铁荣：《一篇类似〈狂人日记〉的文学理论文章——周作人〈人的文学〉的理论意义》，《关东学刊》2019年第5期，第44—46页。

（二）关于《浮士德》

美国学者哈罗德·布鲁姆在谈论"西方正典"时指出，"歌德代表的是一个终结而不是起点"，他借德国文学批评家埃内斯特·柯尔提乌斯的精彩洞见，指出欧洲文学有一个从荷马到歌德的连续传统：

> 柯尔提乌斯所论的歌德是文学文化的完善者和最后代表，这一文学文化始于荷马，再经维吉尔到但丁，随后在莎士比亚、塞万提斯、弥尔顿和拉辛的作品中达到了高峰。只有具备歌德式魔鬼才力的作家才能集如此众多名家之大成而不会因此衰竭……关于歌德的最大审美之谜不在于他的抒情和叙事成就，因为这两项成就都不容置疑，真正的谜在于《浮士德》，它在西方主要的戏剧体诗中是最为怪异和最难以同化的……
> …………
> 尼采和柯尔提乌斯从十分不同的角度观察到，歌德自身就代表了整个一种文化，即存在于长期传统之中的文学人文主义文化，这一传统自但丁延续到《浮士德·第二部》，后者正是维柯所说的贵族时代中的经典性成就……歌德代表一种终结，而不是全新的开始。直到他死后约一个世纪，贤哲们才在他之后崛起……[1]

《浮士德》在西方文学史上的独特魅力，正是在于其"终结性"。

---

[1] [美]哈罗德·布鲁姆：《西方正典：伟大作家和不朽作品》，江宁康译，南京：译林出版社，2005年，第158、164页。

全剧在剧情上涵盖了包罗万象的历史与现实，承载了欧洲自荷马以来的文学、文化、艺术的伟大传统。不仅如此，该剧的创作手法也集结了欧洲出现过的各种形式性要素。译者绿原曾谈及这一点：

> 除了内容上博大精深，包括哲学、神学、神话学、文学、音乐等多方面的知识外，更有形式上的错综复杂，其中有抒情的、写景的、叙事的、说理的种种不同因素，有希腊式悲剧、中世纪神秘剧、巴洛克寓言剧、文艺复兴时期流行的假面剧、意大利的行会剧以及英国舞台的新手法、现代活报剧等等——这些五花八门的体裁几乎采用了每一种已知的西方格律，如第一部的双行押韵体、自由体、颂诗体、合唱体，第二部更添加了八行体、三行隔句押韵体、三音格诗体等，不一而足。①

还有不少学者指出，《浮士德》是近代人的圣经，记录了欧洲知识分子自文艺复兴到 19 世纪初的真理探索和人生理想探索。我国著名的德国文化研究专家宗白华的相关评说具有代表性：

> 近代人失去希腊文化中人与宇宙的谐和，又失去了基督教对上帝虔诚的信仰，人类精神上获得了解放，得到了自由，但也就同时失所依傍，彷徨，摸索，苦闷，追求，欲在生活本身的努力中寻得人生的意义与价值，歌德是这时代精神伟大的代表。他的主著《浮士德》，是人生全部的反映与其他问题的解决（现代哲学家斯宾格勒 Spengler 在他的名著《西土沉沦》中，称近代文化为浮士德文化）。歌德与其替身浮士德一生生活的

---

① [德]歌德：《浮士德》，绿原译，北京：人民文学出版社，2003年，"前言"第
4—5页。

内容，就是尽量体验近代人生特殊的精神意义，了解其悲剧而努力，以求解决其问题，指出解决之道。①

歌德揭示的"时代精神"，蕴藏于《浮士德》开篇后不久发生的两场赌赛里。出现在《天堂序曲》中的上帝与梅菲斯特的赌赛，是关于人类能否实现及怎样实现理想的赌赛，也是关于人类是否具有理性的赌赛。随后，浮士德与梅菲斯特定下的赌赛亦围绕这两个问题展开。歌德认为，不仅上帝对自己的造物充满了信心，人类也极为自信——浮士德相信自己永远不会奉行魔鬼的非理性哲学，即便可能会误入歧途，但理性一旦识破假象，就会重返追求真理的大道，在人生的追求中永不止步。歌德实际上是借浮士德之口说出了欧洲文化视野下的"人论"：

> 在我的胸中，唉，住着两个灵魂，一个想从另一个挣脱掉。一个在粗鄙的爱欲中以固执的器官附着于世界；另一个则努力超尘脱俗，一心攀登列祖列宗的崇高灵境。哦，如果冥冥中确有精灵，在天地之间活动着从事统治，那么请从金色的氛围中降临，把我引向新的、彩色的生活！②

浮士德的"两个灵魂"代表了人的二元性，其实质是"二希"传统对人类身心二元结构认识的延续。无论是古希腊神话，还是古希伯米神话，"神造人"通常被描述为两个不可分割的过程，首先是创造身体，其次才是赋予灵魂。这种文化基因，经"柏拉图—笛卡尔"传统在西方占统治地位，成为人们认识自我的出发点。歌德在此基础上的辩证思考，重申了人类自身的复杂性，反映了人类探求真理的艰巨性。也有学者指

① 宗白华：《美学与意境》，北京：人民文学出版社，1987年，第66页。
② [德]歌德：《浮士德》，绿原译，北京：人民文学出版社，2003年，第34页。

320

出，浮士德的"两个灵魂"体现了康德所探讨的自然欲求和道德律令之间的矛盾，而浮士德的追求就是实现两者结合的"新的、彩色的生活"，由此引申出著名的"浮士德精神"①，成为后人研修《浮士德》的重点之一。

浮士德形象的积极意义在于向人们指出了一条精神净化之途，一条为追求崇高理想而奋斗不息的道路。然而，我们无法忽略与浮士德相伴而行的魔鬼梅菲斯特。梅菲斯特自认是一个永远存在的否定、不断活动着的否定，总是喜欢与他人作对；而在上帝眼中，他是人类活动中不可或缺的部分，虽然常想作"恶"，但是往往"刺激"和"影响"人类，增进人类的创造能力，以免他们陷入惯有的怠惰。从这个角度而言，他既是一个狡猾的诱惑者，又扮演着鼓励者的角色，具有辩证性。一些学者甚至认为，浮士德和梅菲斯特实际上是人的一分为二，两者相生相克、相辅相成，代表了人类将在自身的矛盾和困惑中、在对自身生存状态的不满足中，不断地提升自我。②

歌德赋予浮士德的求索路径，正是歌德作为极具个性魅力的伟大作家的精神投影。歌德懂得生活的当下性，强调践行的价值，而不愿意迷失在对过去和未来的忧思之中，传达的是欧洲资产阶级最宝贵也最具悲剧性意义的"进取精神"。

---

① 吴笛主编：《多维视野中的百部经典·外国文学卷》，杭州：浙江古籍出版社，2004年，第95页。
② 潘一禾：《故事与解释——世界文学经典通论》，上海：学林出版社，2000年，第203页。

⊙ 思考与讨论

1. 从中西文化比较的视野，梳理"人的发现"的思想、文学价值。

2. 为什么说周氏兄弟"改造国民灵魂"的文学主张，突出了中国文学中"个人现代化"的内涵和意义，并成为现代文学有别于传统文学的核心概念？

3. 分析《狂人日记》第一部分"今天晚上，很好的月光"的写法，并结合小说结尾段"有了四千年吃人履历的我"，来思考鲁迅塑造了一个怎样的"我"。

4. 作为中国现代文学史上第一篇具有现代形式和现代精神的白话小说，《狂人日记》为何使用了一个文言的序？

5. 我国的德国文学研究专家冯至曾指出，《浮士德》的主题是"天行健，君子以自强不息"。请结合中西方不同的文化语境，思考"浮士德精神"的内涵。

✿ 延伸阅读

◆ 周作人:《平民的文学》(周作人:《艺术与生活》，北京十月出版社，2011 年)

在 1918 年发表《人的文学》之后，1919 年初，周作人又提出了"平民文学"的概念。"平民文学"是与封建传统"贵族的文学"相对的，以人道主义为本的"为人生的文学"，这是周作人对此前"人的文学"的具体化与深入化。

◆ 鲁迅：《伤逝》（《鲁迅全集》第二卷，人民文学出版社，2005年）

《伤逝》发表于 1925 年，是鲁迅小说中唯一以青年男女恋爱为题材的小说。与当时普遍流行的恋爱题材小说不同，鲁迅在这篇小说中并不讴歌自由恋爱，反而为五四式的爱情唱起了挽歌，深刻地揭示了个性解放的局限性。

◆ ［英］阿伦·布洛克：《西方人文主义传统》（董乐山译，生活·读书·新知三联书店，1997年）

该书以人文主义为核心理念勾勒梳理文艺复兴、启蒙运动，19 世纪、20 世纪和新世纪的西方思想史。内容跨越哲学、文学、历史、社会学、政治学、心理学、艺术史等多个领域，对于我们了解西方传统、思考现代中国的发生以及现代文学的兴起会有所助益。

◆ 刘纳：《嬗变——辛亥革命时期至五四时期的中国文学》（中国社会科学出版社，1998年）

该书以大量史料和对各种类型作品的分析，对辛亥革命时期、1912—1919 年、五四时期三个阶段不同的文学风貌做了梳理勾勒，以文学思潮为背景，从作家群的心理变化入手，分析文学思想和情感的变化，以此探寻中国文学在此期间所发生的从"旧"到"新"的历史嬗变。该书填补了现代文学发生前二十年中国近代文学研究过于疏漏的空白，论述精到，很多观点令人耳目一新。

◆ ［法］皮埃尔·阿多：《别忘记生活：歌德与精神修炼的传统》（孙圣英译，华东师范大学出版社，2015 年）

"别忘记生活"是歌德的一句名言，从中可以看出歌德对生活的热爱。"精神修炼"源自古代哲学，通过这种日常的实践，个体可以努力改变自我看待世界的方式，从而改变自身。皮埃尔·阿多在本书中分析了歌德在"精神修炼"这一历史悠久的西方传统中的位置，并给出了自身的理解。本书的积极意义，不仅在于对歌德及其作品的精微阐释，更在于提供了一条切实可行的生活之道，即专注于当下，捕捉每一刻的幸福，体验存在的每一瞬间，因为"所有的情景、所有的瞬间都具有无限的价值，因为它就是全部永恒的代表"。

第十四讲

从『庸众』到『俗众』：知识分子的社会化写作

更多讲解，请扫描

一、背景与导读

法国社会学家布尔迪厄指出，"知识分子是一个二维的人"，既属于"一个自主的知识界"，又"必须赋予自己在知识场以政治行动所需要的某种能力和权威"，而这不管怎么说都是"在知识场之外来运作的"。这种二维属性是知识分子的重要特点，使他们在处理社会公共事务时难免有所摇摆："或是退守到自律的学术或艺术领域实现某种理想，或是进入社会层面履行政治活动者角色。"[①] 不少知识分子兼作家在探寻社会化写作后不久，会对自己的身份、责任和位置产生深层的困惑与焦虑。他们就像布尔迪厄所描述的，一度在对社会公共领域的热心和冷漠的两种态度之间举棋不定，无法确立自身与大众之间的合理距离。

近现代以来，如何处理以启蒙为使命的知识分子与大众之间的关系，可谓中国新文学展开得最为深刻、持久的探索，至今生生不息。现代意义上的"启蒙"思想来自西方，其本质是一种以理性精神进行的自我和他者"祛魅"行为，既指向外界又指向自身，意在摆脱启蒙者与被启蒙

① 周宪：《审美现代性批判》，北京：商务印书馆，2005年，第497—498页。

者双向的"不成熟"状态。现代中国，知识分子大多自觉以西方文化盗火者身份对落后民众进行单向度"启蒙"，难免有水土不服之处，由此而遭遇的困境亦不在少数。当祥林嫂向作为知识分子的"我"问询到底人有无魂灵、有无地狱而得到闪烁其词的回答时，鲁迅已经在思考，知识分子或许该放下自上而下的精英式启蒙姿态。可能正如后起作家赵树理所言，走下"文坛"做一个"文摊"文学家^①，融入大众，才是真正合适的中国式启蒙之道。

因此，20世纪三四十年代以后，文学视点开始下移至底层大众。其间，从沈从文温情回望"湘西世界"边民、老舍平等注视北平小市民、张爱玲将自我汇入都市市民，到"十七年"文学确立工农兵主体，港台小说精心刻写"小人物"，乃至新时期文学重返"启蒙"之途，迎来"后启蒙"时代，都可以清晰看到，知识分子与大众在近一个世纪由疏离逐渐走向融合共生的关系脉络。80年代初期，当被称为"最后一个京派"的汪曾祺在一片伤痕和反思声浪中重拾人性传统，试图调和现代与传统、自然与文明、神圣与世俗的关系时，知识分子与大众之间的精神维系呈现出新生态。

如果说中国新文学更多地呈现了知识分子与大众日渐相融的态势的话，那么在启蒙思想的发生地，知识分子与大众之间的关系则日益走向分离。自19世纪下半叶以降，"孤独的艺术家"开始在各国文学作品里萌芽，在20世纪已经发展成为一个普遍的现象。卡夫卡笔下的"饥饿艺术家"，经历了一个从风靡全城的荣光到被人厌弃的落寞的变化。强大的社会力量扭曲了艺术家的命运，不解真意的公众以麻木和诋毁将这位苦恋艺术的艺术家送上了殉道的祭台。契诃夫、托马斯·曼等一大批正在经历旧社群解体的作家们，都多多少少描写过艺术家与公众的生

---

① 李杭春主编：《多维视野中的百部经典·中国现当代文学卷》，杭州：浙江古籍出版社，2004年，第217页。

活隔膜、艺术家成为公众的局外人的作品。这些在艺术与社会的夹缝中艰难地寻找平衡点的艺术家形象，正是知识分子与公众走向脱节的直观反映。

本讲选取了鲁迅的《示众》（1925）、汪曾祺的《受戒》（1980）、英语诗人 W.H. 奥登的《关注》（1930）和《诗悼叶芝》（1939）。从《示众》式对"庸众"高高在上的批判姿态和悲悯情怀，到《受戒》中与俗众消泯距离、一窥俗世清新之美，大家可以看到自五四至当代的思想启蒙路途中，中国知识分子与大众关系的变迁。而从奥登的两首代表诗作中，我们可以看到同时期的西方知识分子在世界局势波云诡谲时刻的社会化写作和时过境迁之后的艺术反思。

二、作品选目

（一）示众（节选）[①]
鲁迅

首善之区的西城的一条马路上，这时候什么扰攘也没有。火焰焰的太阳虽然还未直照，但路上的沙土仿佛已是闪烁地生光；酷热满和在空气里面，到处发挥着盛夏的威力。许多狗都拖出舌头来，连树上的乌老鸦也张着嘴喘气，——但是，自然也有例外的。远处隐隐有两个铜盏相击的声音，使人忆起酸梅汤，依稀感到凉意，可是那懒懒的单调的金属

[①] 鲁迅：《鲁迅全集》第二卷，北京：人民文学出版社，2005年，第120—121页。

音的间作，却使那寂静更其深远了。

只有脚步声，车夫默默地前奔，似乎想赶紧逃出头上的烈日。

"热的包子咧！刚出屉的……。"

十一二岁的胖孩子，细着眼睛，歪了嘴在路旁的店门前叫喊。声音已经嘶嗄了，还带些睡意，如给夏天的长日催眠。他旁边的破旧桌子上，就有二三十个馒头包子，毫无热气，冷冷地坐着。

"荷阿！馒头包子咧，热的……。"

像用力掷在墙上而反拨过来的皮球一般，他忽然飞在马路的那边了。在电杆旁和他对面，正向着马路，其时也站定了两个人：一个是淡黄制服的挂刀的面黄肌瘦的巡警，手里牵着绳头，绳的那头就拴在别一个穿蓝布大衫上罩白背心的男人的臂膊上。这男人戴一顶新草帽，帽檐四面下垂，遮住了眼睛的一带。但胖孩子身体矮，仰起脸来看时，却正撞见这人的眼睛了。那眼睛也似乎正在看他的脑壳。他连忙顺下眼，去看白背心，只见背心上一行一行地写着些大大小小的什么字。

刹时间，也就围满了大半圈的看客。待到增加了秃头的老头子之后，空缺已经不多，而立刻又被一个赤膊的红鼻子胖大汉补满了。这胖子过于横阔，占了两人的地位，所以续到的便只能屈在第二层，从前面的两个脖子之间伸进脑袋去。

秃头站在白背心的略略正对面，弯了腰，去研究背心上的文字，终于读起来——

"嗡，都，哼，八，而，……。"

胖孩子却看见那白背心正研究着这发亮的秃头，他也便跟着去研究，就只见满头光油油的，耳朵左近还有一片灰白色的头发，此外也不见得有怎样新奇。但是后面的一个抱着孩子的老妈子却想乘机挤进来了；秃头怕失了位置，连忙站直，文字虽然还未读完，然而无可奈何，只得另看白背心的脸：草帽檐下半个鼻子，一张嘴，尖下巴。

又像用了力掷在墙上而反拨过来的皮球一般，一个小学生飞奔上来，一手按住了自己头上的雪白的小布帽，向人丛中直钻进去。但他钻到第三——也许是第四——层，竟遇见一件不可动摇的伟大的东西了，抬头看时，蓝裤腰上面有一座赤条条的很阔的背脊，背脊上还有汗正在流下来。他知道无可措手，只得顺着裤腰右行，幸而在尽头发见了一条空处，透着光明。他刚刚低头要钻的时候，只听得一声"什么"，那裤腰以下的屁股向右一歪，空处立刻闭塞，光明也同时不见了。

但不多久，小学生却从巡警的刀旁边钻出来了。他诧异地四顾：外面围着一圈人，上首是穿白背心的，那对面是一个赤膊的胖小孩，胖小孩后面是一个赤膊的红鼻子胖大汉。他这时隐约悟出先前的伟大的障碍物的本体了，便惊奇而且佩服似的只望着红鼻子。胖小孩本是注视着小学生的脸的，于是也不禁依了他的眼光，回转头去了，在那里是一个很胖的奶子，奶头四近有几枝很长的毫毛。

"他，犯了什么事啦？……"

…………

一九二五年三月一八日

（二）受戒（节选）①

汪曾祺

第四天一大清早小英子就去看明子。她知道明子受戒是第三天半夜，——烧戒疤是不许人看的。她知道要请老剃头师傅剃头，要剃得横摸顺摸都摸不出头发茬子，要不然一烧，就会"走"了戒，烧成了一片。

---

① 汪曾祺：《受戒》，上海：文汇出版社，2020年，第56—59页。

她知道是用枣泥子先点在头皮上，然后用香头子点着。她知道烧了戒疤就喝一碗蘑菇汤，让它"发"，还不能躺下，要不停地走动，叫作"散戒"。这些都是明子告诉她的。明子是听舅舅说的。

她一看，和尚真在那里"散戒"，在城墙根底下的荒地里。

一个一个，穿了新海青，光光的头皮上都有十二个黑点子。——这黑疤掉了，才会露出白白的、圆圆的"戒疤"。和尚都笑嘻嘻的，好像很高兴。她一眼就看见了明子。隔着一条护城河，就喊他：

"明子！"

"小英子！"

"你受了戒啦？"

"受了。"

"疼吗？"

"疼。"

"现在还疼吗？"

"现在疼过去了。"

"你哪天回去？"

"后天。"

"上午？下午？"

"下午。"

"我来接你！"

"好！"

……

小英子把明海接上船。

小英子这天穿了一件细白夏布上衣，下边是黑洋纱的裤子，赤脚穿了一双龙须草的细草鞋，头上一边插着一朵栀子花，一边插着一朵石榴花。她看见明子穿了新海青，里面露出短褂子的白领子，就说："把你那外面的一件脱了，你不热呀！"

他们一人一支桨。小英子在中舱，明子扳艄，在船尾。

她一路问了明子很多话，好像一年没有看见了。

她问，烧戒疤的时候，有人哭吗？喊吗？

明子说，没有人哭，只是不住地念佛。有个山东和尚骂人：

"俺日你奶奶！俺不烧了！"

她问善因寺的方丈石桥是相貌和声音都很出众吗？

"是的。"

"说他的方丈室比小姐的绣房还讲究？"

"讲究。什么东西都是绣花的。"

"他屋里很香？"

"很香。他烧的是伽楠香，贵得很。"

"听说他会作诗，会画画，会写字？"

"会。庙里走廊两头的砖额上，都刻着他写的大字。"

"他是有个小老婆吗？"

"有一个。"

"才十九岁？"

"听说。"

"好看吗？"

"都说好看。"

"你没看见？"

"我怎么会看见？我关在庙里。"

明子告诉她，善因寺一个老和尚告诉他，寺里有意选他当沙弥尾，不过还没有定，要等主事的和尚商议。

"什么叫'沙弥尾'？"

"放一堂戒，要选出一个沙弥头，一个沙弥尾。沙弥头要老成，要会念很多经。沙弥尾要年轻，聪明，相貌好。"

"当了沙弥尾跟别的和尚有什么不同？"

"沙弥头，沙弥尾，将来都能当方丈。现在的方丈退居了，就当。石桥原来就是沙弥尾。"

"你当沙弥尾吗？"

"还不一定哪。"

"你当方丈，管善因寺？管这么大一个庙？！"

"还早呐！"

划了一气，小英子说："你不要当方丈！"

"好，不当。"

"你也不要当沙弥尾！"

"好，不当。"

又划了一气，看见那一片芦花荡子了。

小英子忽然把桨放下，走到船尾，趴在明子的耳朵旁边，小声地说：

"我给你当老婆，你要不要？"

明子眼睛鼓得大大的。

"你说话呀！"

明子说："嗯。"

"什么叫'嗯'呀！要不要，要不要？"

明子大声地说："要！"

"你喊什么！"

明子小小声说："要——！"

"快点划！"

英子跳到中舱，两支桨飞快地划起来，划进了芦花荡。

芦花才吐新穗。紫灰色的芦穗，发着银光，软软的，滑溜溜的，像一串丝线。有的地方结了蒲棒，通红的，像一支一支小蜡烛。青浮萍，紫浮萍。长脚蚊子，水蜘蛛。野菱角开着四瓣的小白花。惊起一只青桩（一种水鸟），擦着芦穗，扑鲁鲁鲁飞远了。

············

一九八〇年八月十二日，写四十三年前的一个梦

（三）奥登诗歌选读
奥登

关 注[①]

在我们的时代请关注这一幕，

如鹰鹫或戴头盔的飞行员般将其审视：

云层突然分开——看那儿！

闷烧的烟头在花坛上冒着青烟，

时值本年度的第一场游园会。

往前移步，正可一览山峦的景致，

透过度假酒店的玻璃窗；

走入那边意兴阑珊的人群，

凶险的，安逸的，穿裘皮大衣的，着制服的，

三三两两围坐在预定桌位旁，

表情木然地听着乐队情绪激昂的演奏，

转往别处，却见农夫和他们的狗

端坐厨房里，在风雨交加的沼泽中。

很久以前，你这个头号反派人物

---

① [英]W.H.奥登：《奥登诗选：1927～1947》，马鸣谦、蔡海燕译，上海：上海译文出版社，2014年，第51—54页。

就比北方巨鲸更要强悍有力，

对促狭生活的缺憾早已了然，

在康沃尔，门迪普，或奔宁荒野[①]，

你对出身名门的矿主们多有批评，

见他们不作回应，便令他们痛不欲生

——直到躺入坟茔才得解脱。

每一天，你都要和崇拜者们交谈，

在淤塞的海港，在废弃的工厂，

在令人窒息的果园，在那个

鸟兽绝迹的寂静山岭。

你饬令邪恶立即发动进攻：

突然出现在各处港口，打断了

酒吧里悠闲自在的交谈，

招手将你挑中的人叫到外边，

如往波光潋滟的水面扔出一块石头。

会召见那些俊美、病弱的少年，

还有那些独居自处的妇女——

你在乡村教区的代理人；

而在粗蛮农夫的田地间，

在鼬鼠发炎的鼻窦和眼珠里，

会发动那支潜伏着的强大军队。

准备已毕，开始散布你的谣诼，

轻松而可怕地竭力引发憎厌情绪，

夸大其辞的传播，终会演变成

---

① 原注：康沃尔、门迪普、奔宁荒野都是英国的地名，其中门迪普亦称门迪普山；这些区域都是石灰岩地貌。

某种极端风险、某类大恐慌，
散乱无序的民众，如狂风乍起时的
碎纸片、破衣烂衫和瓶瓶罐罐，
顿感无尽的焦虑和恐惧。

追求幸福的人们，所有 ①
顺着你的思路、认同天真愿望的人，
那一天的到来会比你们预想的稍迟一些；
它已迫近，与那个邈远的午后截然不同；
那时，在礼服的窸窣声和跺脚声中，
他们已为那些堕落少年们颁发了奖品。
你不能退场，不，不能，
即便你收掇好行李、一小时后就要动身，
哼着曲子，这就要逃到主干公路上：
那个日子曾属于你们；神游症、
不规则呼吸和交替支配的受害者 ②，
历经了某段焦虑的漂泊岁月，
在癫狂爆发的瞬间已开始分崩离析，
或就在某种典型性疲劳中永久地沉沦。

1930 年 3 月

---

① 原注：奥登在编辑1945年的《诗选》时，不但为该诗加上了标题"关注"，还删去了第三诗节起始的八行诗句。在删去的诗行里，奥登的矛头直指资本家、教师、教士等社会核心阶层，表现出明显的社会批判倾向。

② 原注：根据富勒先生考证，这里出现的几个医学术语与美国心理学家威廉·麦克道格尔发表于1926年的《变态心理学纲要》有关："神游症"是病理性的遗忘状态，"不规则呼吸"是精神疾病的典型症状，"交替支配"指不同人格的交替出现。

诗悼叶芝^①

（逝于 1939 年 1 月）

I

他消逝于寒冬时节：

溪流封冻，机场迹近荒芜，

积雪模糊了露天雕像的身形；

水银柱沉入了弥留之日的口唇。

我们许可了怎样的仪器^②

他死去的那天如此阴暗凄冷。

远离了他的疾病，

狼群继续奔行在常绿的森林，

农夫之河不曾受时髦码头的诱引；

悲痛的语言已令

诗人之死与他的诗篇泾渭分明。

但对于他，这是他自己的最后的下午，

一个被护士和谣言包围的下午；

他身体的各省已叛乱，

他意识的广场空空如也，

寂静侵入了郊区，

---

① [英]W.H.奥登：《奥登诗选：1927～1947》，马鸣谦、蔡海燕译，上海：上海译文出版社，2014年，第393—396页。

② 原注：这一句初版时为"O all instruments we have agree"（呵，所有的仪表都同意），穆旦先生翻译此诗时所参照的即是这个初始版本。在现代文库版中，奥登将它修改为"O what instruments we have agree"。

知觉的脉流已停歇；他汇入了他的景仰者。

此刻，在一百座城市间被传诵，

他全然置身于那些陌生的爱意，

要在另一种树林里找寻他的快乐，

还须领受异域良知法则的惩治。[①]

一个死者的言辞

将在活人的肺腑间被改写。

而在未来的显要与喧嚣中，

当经纪人在交易所的场子里如野兽般嘶吼，

当穷人对他们身受的种种苦痛已习以为常，

当每个身在自我牢狱中的人几乎确信他的自由，

数以千计的人仍会想起这个日子

如同会记起某天，当做了稍不寻常的事。

我们许可了怎样的仪器

他死去的那天阴暗凄冷。

‖

你像我们一样愚钝；你的天赋挽救了一切：

贵妇人的教区，肉身的衰败，你自己。

疯狂的爱尔兰刺激你沉浸于诗艺。

---

① 原注：富勒先生指出，"另一种树林"喻指以纸张为媒介的文化领域，"异域良知法则"指其他国家和地区的评论界。马克·特洛伊安在《哀歌之现代化：试读奥登〈诗悼叶芝〉一诗》中做出了另一种解释，他认为"另一种树林"譬喻了地狱的开端，恰如但丁在地狱之行前发现自己"处在一片黑暗的树林中"，而"异域良知法则"可以理解为亡灵世界的法律。

而今爱尔兰的癫狂和天气依然如故，

因为诗歌不会让任何事发生：它在官吏们

从未打算干预的自造的山谷里得以存续，

从那些与世隔绝的忙碌而忧伤的牧场、

从那些我们信任且将终老于斯的阴冷市镇

一路向南方流淌；它将幸存，

以偶然的方式，在某个入海口①。

III

大地，请接纳一位尊贵的客人：

威廉·叶芝已长眠安枕。

让这个爱尔兰佬躺下

倾献出他的全部诗艺。②

在黑夜的梦魇里

全欧洲的狗狂吠不已，

活着的人族等待着，

---

① a mouth：原本是"出入口"的含义，结合上文提到的"flows on south"，译者认为奥登将诗歌的传播比作水的流动，其路径是向南方的；考虑到爱尔兰四面环海的地理环境，译者将"mouth"理解为"入海口"。当然，我们还可以从最广泛的"嘴巴"含义上去解读，可以喻指叶芝的诗歌会被读者吟诵，这里尤指奥登本人。

② 穆旦先生将"vessel"直译为"器皿"。黄福海先生认为，结合下一行出现的"emptied"，"vessel"有宗教层面的喻义，比如《旧约·耶利米书》第四十八章第十一节写道："摩押自幼年以来常享安逸，如酒在渣滓上澄清，没有从这器皿倒在那器皿里，从未被掳去。因此，他的原味尚存，香气未变。"从词义上看，"vessel"在后世英语中逐渐发展为"a person as a container of qualities or feelings"的含义，宗教性指涉已经减弱了。译者考虑到这首诗的侧重点在于哀悼并不信仰基督教的叶芝，而且奥登此时尚未真正皈依基督教，暂且译为"爱尔兰佬"，但"爱尔兰的器皿"仍然不失为一个重要的解读角度。

怀着憎恨彼此相隔；

智力所受的羞辱
从每个人的表情里透露，
而每一只惊愕的眼睛
都藏含了无尽的悲悯。

跟着，诗人，跟着走
直至暗夜的尽头，
用你无拘无束的声音
让我们相信犹有欢欣；

用诗句的耕耘奉献
将诅咒变成一座葡萄园，
歌唱人类的不成功，
苦中来作乐；

在心灵的荒漠中
让治愈的甘泉开始流涌，
在他岁月的囚笼中
教会自由的人如何去称颂。

1939 年 2 月

三、众家评说

（一）关于《示众》

优秀的小说在内在精神上多有一种延续性，它不仅贯穿在作家一生的创作中，也体现在不同小说家对同一形而上意义问题的探索中。启蒙，于近现代中国社会而言，源自知识分子对大众的唤醒意图。五四以来，知识分子自觉担当开启民智、革新思想的使命，以笔为旗重塑国民魂，书写了一部知识分子与大众关系的嬗变史。《示众》就是一部具有启蒙意义的标志性小说，它淡化叙事情节和人物刻画，而是以"看客"为切入口，仅一幅速写般的线条画便深刻地呈现国民灵魂病的深层症候，对看客群像进行了一次集中而深入的展示。钱理群等人甚至把它视作鲁迅小说乃至现代小说"启蒙"主题与艺术的母题式书写：

> 《示众》是鲁迅对人生世界的客观把握与对心灵世界的主观体验二者的一种契合；而《示众》在艺术表现上的"无情节，无人物性格刻画"……的特点，就使它具有极大的包容性，内含着多方面的"生长点"——我们甚至可以把《呐喊》《彷徨》与《故事新编》中的许多小说都看作《示众》的生发与展开，从而构成了一个系列，不仅"示众"的场景，"看／被看"的二元对立图景在《狂人日记》《孔乙己》《明天》《头发的故事》《药》《阿Q正传》《祝福》《长明灯》……以至在《铸剑》《理水》《采薇》……中一再出现。 ①

---

① 钱理群、王得后选编：《鲁迅小说》，杭州：浙江文艺出版社，2007年，"前言"第3页。

《示众》塑造了一群没有灵魂的看客形象，"看"与"被看"是他们存在的二维形态。知识分子从启蒙主义的角度率先看到并且揭示了这种"看"的无知与"被看"的无奈、无辜与无用，以及其背后所潜藏着的危机。可以说，"看客心理"可谓中国人最普遍最根深蒂固的群体心理，这种心理对国家、民族、社会乃至个人的危害十分深重，它使英雄们的血沦为无味国土里闲人们生活的盐。研究者马宏柏曾着力从"看客"形象塑造来阐释鲁迅所嫌恶的"国民性"：

> 鲁迅用传神的画笔勾勒下他们的外貌、动作，具现出神髓：他们没有明确目的，空虚无聊到极点，稍有风吹草动即可引来他们的呆看；他们聚拢来看"示众"，并不想弄清罪状，更不想表示同情。一个工人似的粗人发出"他犯了什么事"的疑问，不仅得不到回答，反被众目一致地盯得局促地溜走。在这里问罪状成了多余！他们有着惊人的自私和冷漠：为了"看"，你推我挤，各不相让，对挨打的小孩无恻隐之心，反而落井下石；对跌倒的车夫无救助之意，反而齐声喝彩。他们来看"示众"，却不知自己被鲁迅"示众"在作品中，让读者看到了一种典型的社会病——可怕的灵魂麻痹症，感到沙漠一样极端无聊冷漠的社会气氛。①

鲁迅率先看到并批判庸众们的"看客心理"，担当了开拓者和变革者的使命，但五四以来知识分子是站在精英立场上俯瞰大众也是不争的事实。历史发展证明，精英式启蒙昭示着知识分子与大众之间存在着思

---

① 马宏柏：《从"看客"形象看鲁迅"改造国民性思想"的发展》，《扬州师院学报》（人文社会科学版）1986年第3期，第15页。

想错位，诚如张岩泉所质疑的：

> ……启蒙者资格从何而来？中国现代启蒙者对此几乎从不
> 怀疑，对人类文化思想遗产掌握时间上的早和数量上的多使他
> 们推定自己生命质量也高人一等，已知、先知、多知与未知、
> 后知、少知的区别催生了自信。然而，依鲁迅的说法，一切均
> 为历史中间物，个人是将被超越与遗弃的有限存在。……在今
> 日，知识分子即使仍忝列"文化长老"或"文化长子"，也大
> 可虚心向大众学习许多有益的东西。①

《示众》的写作，是鲁迅对以"看客心理"标示的国民精神世界的
一次剖视和批判，深层次里也隐含着"看者"与"被看者"的隔膜、启
蒙者与被启蒙者的隔膜。

（二）关于《受戒》

汪曾祺兼有"抒情的人道主义者""最后一个京派""最后一个士
大夫"等称号，其创作个性中有现代京派的传承，也有江南士大夫的情
调，但绝无旧文人的酸腐气。他的作品多以"趣味"和"诗性"为审美
追求，将以儒、释、道为核心的中国文化"大传统"与以民间日常生活
为底子的"小传统"在世俗层面统一起来，并以《受戒》《大淖记事》
等的特异书写为 20 世纪 80 年代文学整体样貌注入新质素。早在《受戒》
发表的 1980 年，唐挚便敏锐地把握到其充满世俗味的情趣与生机：

---

① 张岩泉：《启蒙：大众已不是那个大众》,《粤海风》1999年第3期，第59—60页。

作者写的是和尚的生活。但有趣的是，这里竟既无神秘幽玄的气氛，也无枯寂虔诚的信念，更无矫揉虚伪、道貌岸然的戒律清规；在这里，佛门子弟与世俗红尘并无不可逾越的深沟，倒是充满了人间的情趣与生机。作者那支现实主义的笔，不想给他所写的对象增添什么圣洁色彩，他所精妙刻画的却是真正触动过他心弦的本色生活。原来，这个旧社会的江南水乡，当和尚也不过是谋个"管饭的"地方。正是在这个特定时代的背景下，作者纵横恣肆的笔，剥去了神的冷漠的庄严妙相，还给我们一个人的、温暖的情趣世界。[1]

小说名为《受戒》，所谓"受戒"，就是在头上烧戒疤，烧了戒疤，便成了一个合格的和尚。从佛教戒律上来说，这是身份的转换，亦是与世俗隔绝的开始。常态叙事下，这样的情节或情绪未免总带着点悲壮或凄凉，但在汪曾祺的笔下，竟呈现出了一种世俗的力量与轻逸的喜气。《受戒》名为"受戒"实写"破戒"，而这种"破戒"，因为作者注入的生命意识、世俗况味与清新格调，并无宗教亵渎之感。毕飞宇这样评价：

> 汪曾祺是按照世俗生活的世俗精神来描写庙宇的。……那些和尚都是日常生活里的人，都是民间社会里的普通人，都是这些普通人的吃、喝、拉、撒。……他是站在"生活的立场"上写作的，而不是"宗教的立场"。这才是关键。[2]

---

[1] 唐挚：《赞〈受戒〉》，《文艺报》1980年第12期，第43页。
[2] 毕飞宇：《倾"庙"之恋——读汪曾祺的〈受戒〉》，《北京文学》2020年第1期，第103页。

《受戒》承续五四启蒙文学以来以"人"为本位的精神血脉，却悄悄地改写了作家作品与民众之间的隔膜状态，在"新思想"与"旧生活"之间找到了微妙的平衡点，引领世俗价值融入当代审美理念中：

> 对于汪曾祺的《受戒》，同样可借鉴"抒情考古学"：小处入手，大处着眼，既重微观，也重宏观，将小说的"新思想"及其讲述的"旧生活"皆放置于当时的社会生活和历史背景中进行考察，当然，落脚点是"人"。
>
> 如果聚焦于《受戒》中的佛徒行状和寺院生活，不难发现，这篇小说呈现了出家动机的理性化、信仰的形式化及寺院生活的世俗化。①

汪曾祺把宗教生活还原给了日常与生计，充分地肯定世俗价值，不批判，不谴责，亦不憎恨。这种写作立场，正如其夫子自道，"追求的不是深刻，而是和谐"②。《受戒》式当代叙事，意味着作家们调整了写作姿态，逐渐进入俗世生活并致力于挖掘其中的美。与此相应，中国现当代文学中的"民众"塑形，也由精英叙事下的"庸众"转为民间视角下的"俗众"，文学启蒙价值诉求转向世俗层面，获得生生不息的生命力。

《受戒》创设了一个僧俗融合、雅俗共赏、边界模糊的浑融世界，弱化、消解了矛盾，呈现出一种世俗之净美。

---

① 闫作雷：《"抒情考古学"：汪曾祺〈受戒〉的一种读法》，《文学评论》2020年第1期，第101页。
② 汪曾祺：《汪曾祺的写作课》，南京：江苏凤凰文艺出版社，2020年，第195页。

（三）关于奥登诗歌

在充满幻灭和颓废的 20 世纪 20 年代，英语诗歌方面的杰出代表是艾略特，然而自从他于 1928 年旗帜鲜明地把自己定义为"文学上是古典主义者，政治上是保皇主义者，宗教上是英国国教高教会派信徒"之后，他在年轻一代中便失去了曾经的先锋派吸引力。关于这一时期的英国诗坛，美国学者贝雷泰·E.斯特朗是这样描述的："在英国，20 世纪 20 年代和 30 年代分别代表着高级现代主义（High Modernism）的两个不同阶段：第一个十年以 T. S. 艾略特的《荒原》为代表；第二个十年以有关共产主义具有拯救力的诗歌为代表。"[①] 奥登以 1930 年出版的《诗集》迅速成为诗坛焦点，甚至以他的姓氏冠名了同时期优秀的青年诗人们——奥登一代（the Auden Generation），还出现了一个专有的词——奥登风（Audenesque）。

英国批评家杰弗里·格里格森认为奥登是 20 世纪 30 年代英语诗坛的"庞然怪物"，英国学者雷纳·埃米格在多年后沿用了他的说法，戏称自己的奥登研究是在"驯服庞然怪物"。然而，奥登并不是一个容易被"驯服"的"庞然怪物"。理查德·达文波特·海因斯曾这样评说奥登："他就像一位百科全书编纂者，喜欢搜集、分类和诠释大量的信息，力图将自然现象、精神体验、人类历史和私人情感融合成一个体系。"[②] 在诗歌技巧上，奥登对英国自盎格鲁－撒克逊时代以来的大部分诗歌均

---

① [美]贝雷泰·E.斯特朗：《诗歌的先锋派：博尔赫斯、奥登和布列东团体》，陈祖洲译，南京：南京大学出版社，2011年，第123页。

② 蔡海燕：《"道德的见证者"：奥登诗学研究》，北京：中国社会科学出版社，2020年，第6页。

有研究，不但能写严肃诗，还能写轻松诗，举凡颂歌、十四行诗、田园诗、挽歌、谣曲、宗教诗剧等都有尝试，屡有创获。

奥登之所以能够"横空出世"于英国诗坛，除了他本身的诗学素养和诗歌魅力之外，离不开特殊的时代语境。青年诗人朱利安·贝尔的剖白说明了奥登核心影响力的实质：

> 到了1933年底，情形已经发生了变化，我们谈论的唯一话题几乎就是当代政治，绝大多数的较优秀毕业生是共产主义者，或者说，是左派。文学上的兴趣仍在持续，只不过性质有了不少改变；在以奥登先生为首的牛津派的影响下，我们成了共产主义的同盟。的确，要说共产主义在此时的英国主要是一种文学现象（一种"战后第二代"规避荒原的尝试），这一点都不为过。[1]

贝尔是一位到过中国教书而最终死在了西班牙战场的诗人，他的话表明了他们那代知识分子纷纷"向左转"的历程，也间接指出了奥登影响力的来源是20世纪30年代特殊的历史语境以及奥登自身的时代敏感性。奥登的名诗《关注》，正是拉开社会之帷幕的代表作。

奥登"介入"时代的左倾立场也让中国现代知识分子备感亲近。杜运燮在《我和英国诗》里讲述了他喜爱奥登的原因：

> 这些诗人的思想在英国被认为也受马克思主义的影响，是左派，他们当中的C.D.刘易斯还参加过英国共产党，奥登和斯本德都曾参加西班牙人民的反法西斯战争。……我当时参加联

---

[1] 蔡海燕：《"道德的见证者"：奥登诗学研究》，北京：中国社会科学出版社，2020年，第9页。

大进步学生团体组织的抗战宣传和文艺活动，因此觉得在思想感情上与奥登也可以相通。①

王佐良在分析穆旦的学术渊源时，也谈到了联大学子们普遍接受奥登的现象："我们更喜欢奥登。原因是他的诗更好懂，他的那些掺和了大学才气和当代敏感的警句更容易欣赏，何况我们又知道，他在政治上不同于艾略特，是一个左派……"②由此可见，面对动荡不安的社会环境，中国青年知识分子更愿意亲近相似成长背景的奥登，也更愿意像彼时的奥登那样以左倾立场"介入"时代，积极探索文学的社会取向化道路。

然而，当越来越多的英国人将奥登视为左派诗人的领袖时，他却开始反思自己在英语诗坛的处境，包括"诗人的文化身份"和"诗人与政治活动的关系"。到了1939年，他的反思促成了一个后来引起广泛争议的选择——移居美国。这一行为在大西洋两岸掀起了轩然大波，乃至中国学者也往往语带惋惜地表示"奥登离开战争中的英国，去了美国"，难掩"动摇易帜"的叹息之意。《诗悼叶芝》是奥登在美国创作的第一首诗歌，面对势必会甚嚣尘上的流言蜚语，奥登在一定程度上以该诗展开了自辩，认为诗歌在"自造的山谷"里得以存在，虽"不会使任何事发生"，但可以"教会自由的人如何称颂"。

不同的历史语境、身份背景和秉性才情，造就了不同的知识分子。奥登的诗学之路生动地体现了他对艺术与人生、诗人与社会、私人领域与公共领域这些基本命题的探索。正如不少评论家所言，奥登之所以更杰出、更吸引人，是因为他总是拒绝社会赋予他的角色，拒绝以公共面

---

① 杜运燮：《我和英国诗》，王圣思：《"九叶诗人"评论资料选》，上海：华东师范大学出版社，1995年，第403—404页。

② 王佐良：《穆旦：由来与归宿》，杜运燮等：《一个民族已经起来：怀念诗人、翻译家穆旦》，南京：江苏人民出版社，1987年，第1—2页。

孔示人。然而，诗人又不可避免地与时代之种种变迁发生着必然联系，他不可能对它们的存在无动于衷。当时代的悲剧"纠缠着我们的私生活"时，诗人发出的声音，既是个人的，也是公众的，既是当代的，也是历史的。

◎ 思考与讨论

1.《示众》刻画了一群无名无姓无整体却神形兼备的"看客"形象，试结合原作进行阐释。

2. 阿诺尔德·范热内普在《过渡礼仪》中说："世俗世界与神圣世界之间不存在兼容，以至一个个体从一个世界过渡到另一世界时，非经过一中间阶段不可。"从这个维度看，"受戒"在《受戒》中有何种意义？

3.《诗悼叶芝》中的名句"诗歌不会使任何事发生"，一度成为不少人拒绝对文学作品进行道德判断的依据。请结合具体的历史语境谈谈你的认识。

4. 袁可嘉在20世纪40年代后期撰写了一系列题旨为"新诗现代化"的文章，多有论及奥登的诗歌创作和诗学策略在中国新诗现代化进程中的推动作用。请结合"九叶诗人"的创作理解这种影响。

✿ 延伸阅读

◆ 沈从文：《萧萧》（岳麓书社，2013 年）

《萧萧》是沈从文湘西乡土写实类小说的代表作品，边地、孤女、童养媳、越轨、背伦、发卖、沉潭、生子、复轨、命运轮回，由这一系列关键词可见萧萧人生多舛，沈从文却屡屡将其置于生死边缘与峰回路转之间，并最终得以抹平"劣迹"、保全性命，重回平常人生轨迹。如此笔法，表面有惊无险，却并未从内质上减轻《萧萧》深重的悲剧性。

◆ 张爱玲：《金锁记》（《张爱玲全集·倾城之恋》，北京十月文艺出版社，2019 年）

《金锁记》细致描摹一众人物在由传统迈向现代时心灵所经历的冲突碰撞，亦借由曹七巧连结了"世俗"（小市民）与"精英"（大户人家），将雅、俗做了一番新的解读。张爱玲赋予曹七巧这样一个人物灵魂深剖之笔力。到底是金钱扭曲了人性，还是人性扭曲了金钱观，是这部小说值得深挖的问题之一。

◆ 黄春明：《儿子的大玩偶》（北京联合出版公司，2019 年）

在时代变迁与城镇化进程中，底层小人物坤树丧失尊严求生存，却也在时代的夹缝中求取了生活的进步，儿子有了，生活也有了起色。虽然结尾处儿子不认识褪去脸上油彩的坤树，但这略带心酸的结尾不曾改变生活的好转趋势。小说在贫贱夫妻百事哀的惯常叙事基调上，叠加进坤树与阿珠的相濡以沫，也自有其温馨动人之处。

◆ ［美］萨义德：《知识分子论》（单德兴译，生活·读书·新知三联书店，2016 年）

萨义德曾应邀发表系列演讲，谈论现代知识分子的自处之道。在他看来，我们有关知识分子的研究"不但范围惊人，而且研究细致深入"，"现成可用的有数以千计有关知识分子的各种历史和社会学，以及有关知识分子与民族主义、权力、传统、革命等无穷无尽的研究"。萨义德眼中的知识分子，不仅仅是知识的拥有者，更是一种态度、品质和精神，像真正的流亡者那样具有边缘性，不被任何东西驯化。

第十五讲

现代变迁：城乡的流动

一、背景与导读

　　本讲所选的是三篇小说——鲁迅的《故乡》、沈从文的《三三》和李锐的《扁担》。其中《故乡》存目，《三三》是节选本。

　　这样的背景虽然过于宏大，但或许仍有一提的必要：20世纪中国城市文明取得长足进展，中国由传统的乡土社会逐步转变为现代城市社会，城市人口由20世纪50年代不足百分之十增长到新世纪第一个十年的百分之五十左右。大量的文学作品与这一历史进程相关，比如说，蔚为大观的乡土小说往往离不开现代文明视野的烛照。

　　但只要稍稍细化就可以发现这一进程内部的复杂性。比如，单就不同的历史阶段而言，城市化趋向以及由此形成的城乡关系就是极不相同的。20世纪二三十年代是一种畸形的都市文明，与之相联系的是传统乡村的淳朴与破败。五六十年代城市仅是工业和国家力量的象征，就生活层面而言，城市很容易在乡村的对照下滑向小资产阶级的范畴。80年代以降，更深更广的城市化进程不仅深刻撼动了乡土中国的社会结构，也深刻撼动了乡土中国的文化心理。

　　与这种城乡流动相联系的作家个人经验及审美意识更是千差万别。

鲁迅《故乡》中的"我"回到阔别二十余年的故乡，没有感到亲切与温情，感受到的是心灵的荒凉与重压；由此而触发"我"对于未来人生道路的思考。《三三》中，远方的"城里生活"在少女三三的心上还没有明确的形象，无论是意识上还是愿望上都显得朦胧而又飘忽，作家"贴到人物来写"又让这种朦胧变得清晰可辨。《扁担》中，不管是骤然而至的袭击，还是侵蚀着皮肉的磨砺，对于乡下人金堂来说，城市都是一个陌生而恐怖的存在。因此，他回到故乡时的号啕不仅包含着悲愤的怨诉，也包含着深切的依恋与依靠。这类作品可以说不胜枚举，现象显得歧异而缤纷，但在其背后，又似乎隐现着某种内在的联系。

二、作品选目

（一）故乡（存目）
鲁迅

（二）三三（节选）[①]
沈从文

杨家碾坊在堡子外一里路的山嘴路旁。堡子位置在山湾里，溪水沿了山脚流过去，平平地流，到山嘴折湾处忽然转急，因此很早就有人利

[①] 沈从文：《三三》，《沈从文全集》卷九，太原：北岳文艺出版社，2002年，第11—12、35—38页。

用它，在急流处筑了一座石头碾坊，这碾坊，不知什么时候起，就叫杨家碾坊了。

从碾坊往上看，看到堡子里比屋连墙，嘉树成荫，正是十分兴旺的样子。往下看，夹溪有无数山田，如堆积蒸糕，因此种田人借用水力，用大竹扎了无数水车，用椿木做成横轴同撑柱，圆圆的如一面锣，大小不等竖立在水边。这一群水车，就同一群游手好闲的人一样，成日成夜不知疲倦地咿咿呀呀唱着意义含糊的歌。

一个堡子里只有这样一座碾坊，所以凡是堡子里碾米的事都归这碾坊包办，成天有人轮流挑了仓谷来，把谷子倒进石槽里去后，抽去水闸的板，枧槽里水冲动了下面的暗轮，石磨盘带着动情的声音，即刻就转动起来了。于是主人一面谈说一件事情，一面清理簸箩筛子，到后头上包了一块白布，拿着一个长把的扫帚，追逐着磨盘，跟着打圈儿，扫除溢出槽外的谷米，再到后，谷子便成白米了。

到米碾好了，筛好了，把米糠挑走以后，主人全身是灰，常常如同一个滚入豆粉里的汤圆。然而这生活，是明明白白比堡子里许多人生活还从容，而为一堡子中人所羡慕的。

凡是到杨家碾坊碾过谷子的，皆知道杨家三三。妈妈十年前嫁给守碾坊的杨，三三五岁，爸爸就丢下碾坊同母女，什么话也不说死去了。爸爸死去后，母亲做了碾坊的主人，三三还是活在碾坊里，吃米饭同青菜小鱼鸡蛋过日子，生活毫无什么不同处。三三先是眼见爸爸成天全身是糠灰，到后爸爸不见了，妈妈又成天全身是糠灰，……于是三三在哭里笑里慢慢地长大了。

…………

一早上，母女两人就提了一篮鸡蛋，向大寨走去。过桥，过竹林，过小小山坡，道旁露水还湿湿的，金铃子像敲钟一样，叮叮地从草里发出声音来，喜鹊喳喳地叫着从头上飞过去。母亲走在三三的后面，看到三三苗条如一根笋子，拿着棍儿一面走一面打道旁的草，记起从前总爷家管事先生问过她的话，不知道究竟是些什么意思。又想到几天以前，白帽子女人说及的话，就觉得这些从三三日益长大快要发生的事，不知还有许多。

她零零碎碎就记起一些属于别人的印象来了……一顶凤冠，用珠子穿好的，搁到谁的头上？二十抬贺礼，金锁金鱼，这是谁？……床上撒满了花，同百果莲子枣子，这是谁？……四个奶妈还说不合式，这是谁？……那三三是不是城里人？……

若不是滑了一下，向前一窜，这梦还不知如何放肆做下去。

因为听到妈妈口上连作呸呸，三三才回过头来："娘，你怎么，想些什么，差点儿把鸡蛋篮子也摔了。你想些什么？"

"我想我老了，不能进城去看世界了。"

"你难道欢喜城里吗？"

"你将来一定是要到城里去的！"

"怎么一定？我偏不上城里去！"

"那自然好极了。"

两人又走着，三三忽然又说："娘，娘，为什么你说我要到城里去？"

母亲忙说："你不去城里，我也不去城里。城里天生是为城里人预备的，我们自然有我们的碾坊，不会离开。"

不到一会儿，就望到大寨那门楼了，总爷家在大寨南方，门前有许多大榆树和梧桐树，两人进了寨门向南走，快要走到时，就望到些榆树下面，有许多人站立，好像看热闹似的，其中还有一些人，忙手忙脚地搬移一些东西，看情形好像是总爷家发生了什么事情，或者来了远客，或者还有别的原因，所以母女两人也不什么出奇，仍然慢慢地走过去。三三一面走一面说："莫非是衙门的官来了，娘，我在这里等你，你先过去看看吧。"妈妈随随便便答应着，心里觉得有点蹊跷，就把篮子放下要三三等着，自己赶上前去了。

这时恰巧有个妇人抱了自己孩子向北走，预备回家去，看到三三了，就问："三三，怎么你这样早，有些什么事？"但同时却看到了三三篮里的鸡蛋了，"三三，你送谁的礼呢？"

三三说："随便带来的。"因为不想同这人说别的话，故低下头去，用手攀弄那个盘云的葱绿围腰扣子。

那妇人又说："你妈呢？"

三三还是低着头用手向南方指着："过那边去了。"

那女人说："那边死了人。"

"是谁死了？"

"就是上个月从城中搬来在总爷家养病的少爷，只说是病，前一些日还常常同管事先生出外面玩，谁知就死了。"

三三听到这个，心里一跳，心想，难道是真话吗？

这时，母亲从那边也知道消息了，匆匆忙忙地跑回来，脸儿白白的，到了三三跟前，什么话也不说，拉着三三就走，好像是告三三，又像是自言自语地说："就死了，就死了，真不像会死！"

但三三却立定了，三三问："娘，那白脸先生死了吗？"

"都说是死了的。"

"我们难道就回去吗？"

母亲想想，真的，难道就回去？

因此母女两人又商量了一下，还是到总爷家去看看，知道究竟是些什么原因，三三且想见见那白帽子女人，找到白帽子女人一切就明白了。但一走进总爷家门边，望到许多人站在那里，大门却敞敞地开着，两人又像怕人家知道他们是来送礼的，不敢进去。在那里就听到许多人说到这个白脸人的一切，说到那个白帽子女人，称呼她为病人的媳妇，又说到别的，都显然证明这些人并不同这两个城里人有什么熟识。

三三脸白白的拉着妈妈的衣角，低声地说"走"，两人就走了。

…………

到了磨坊，因为有人挑了谷子来在等着碾米，母亲提着蛋篮子进去了，三三站立溪边，眼望一泓碧流，心里好像掉了什么东西，极力去记忆这失去的东西的名称，却数不出。

母亲想起三三了，在里面喊着三三的名字，三三说："娘，我在看虾米呢。"

"来把鸡蛋放到坛子里去，虾米在溪里可以成天看！"因为母亲那么说着，三三只好进去了。磨盘正开始在转动，母亲各处找寻油瓶，三三知道那个油瓶挂在门背后，却不作声，尽母亲各处去找。三三望着那篮子就蹲到地下去数着那篮里的鸡蛋，数了半天，后来碾米的人，问为什么那么早拿鸡蛋往别处去送谁，三三好像不曾听到这个话，站起身来又跑出去了。

起八月五日迄九月十七日（青岛）[1]

（三）扁担[2]

李锐

金堂坐在地上，两只手上各握了一块浑圆的卵石，屁股下面垫了一块汽车轮胎，轮胎的两头朝上兜着，四角打洞，用绳子吊在腰上。两条半截的大腿下面又用铁丝横绑着一截扁担，这截横着的木头把两条残肢

---

[1] 原注：本篇发表于1931年9月15日《文艺月刊》第2卷第9号。署名沈从文。

[2] 李锐：《扁担》，《太平风物——农具系列小说展览》，北京：生活·读书·新知三联书店，2006年，第85—97页。

连成一体。缠在腰间的麻绳上还吊着一只认不出颜色的塑料袋，袋子里装着半塑料瓶的水和杂七杂八的食物，有金堂自己捡来的，也有别人给的。金堂弯下腰，双手支地，用力一撑，绑着扁担和轮胎的身体就能些微地离开地面，而后，前倾的身子努力一挪，人就可以向前挪动一点儿。随着身体的挪动，腰里的那只塑料袋就会沙沙作响地来回乱晃。如果和他迎面碰上，猛然看一眼，会让你吓一跳，因为你一下子根本认不出这蓬头垢面浑身稀烂的一团东西到底是什么怪物。像这样一撑一挪地朝前移动身体，根本就是一种挣扎，很慢，也很吃力，每一次最多能挪三四寸。这是金堂现在学会的行走方式。金堂以前不是这样走路的，金堂以前是高高大大的个子，有两条又粗又壮的长腿。金堂是南柳村老木匠传灯爷调教出来的徒弟，是乱流河一带小有名气的木匠。人们常常看见金堂把他那根特制的短扁担往肩膀上一挑，一头是木匠家具，一头是铺盖，四处游荡健步如飞。每年冬天金堂都是这样担子一挑，健步如飞地出去找活儿干。可现在，木匠家具没有了，铺盖没有了，两条腿也没有了，蓬头垢面一身稀烂的金堂只能这样挪。眼前是个长长的缓坡，所以就更慢，也更吃力。但是金堂早已经学会了耐心，早已经不再用还有多远，什么时候能到这样的问题折磨自己。金堂现在已经闹明白了，一个人如果他不能站起来用两条腿走路，那他就得换个活法。比如，他就根本不能想"还有多远？""什么时候能到？"这样的问题。这都是长着腿的人想的事情，一个没有腿的人想这些事情就是自己给自己找罪受，找双份的罪受，就是自己跟自己过不去，就是自己把自己放到油锅里煎熬，就是自己把自己往死路上逼。就像那个医生说的，金堂已经学会了心理调整，已经把自己的心调整得像手里的那两块卵石，冰冷，坚硬，所有的棱角都打磨得又光又圆。

可是，眼前的这个缓坡不一样，这是金堂要挪过的最后一个坡了，坡顶上是一个拐弯，顺着弯道拐过山嘴就算是熬到家了。秋天傍晚的蓝天下面，墨绿的山野间金黄火红一派斑斓，一派斑斓的山坡底下是这条又白又长的路。一撺一挪的金堂，忽然在满山的斑斓里停了下来，他忽然发现自己下意识当中加快了"步伐"。金堂黑得像锅底一样的脸上露出来两排白闪闪的牙齿。金堂不由得骂起自己来，你个狗日的急啥呀你，你这一辈子剩下的工夫都不用再着急了，你就急眼前这两步呀？急得找死呀你？你现在连死都不是囫囵个儿的啦，你小子现在连死都只剩下半截子啦，你还急个屁呀你？这么笑着、骂着，金堂突然听见半空里传来一阵画眉子好听的叫声。金堂仰起脸来，把那张黢黑的"锅底"迎向晚霞满天的金光，迎向半空里稍纵即逝的鸟叫声。

其实一直到现在，金堂也没有彻底弄明白，自己到底是怎么就一下子变成眼下这个样子的。村里一伙人约好了出去打工，都说北京好找活儿干，离家又不太远。没有想到到了北京转了六七天也没找着个干的。金堂想，自己有手艺，不能再和那些憨憨们搅和了。于是，金堂就单独和大伙分了手。可分了手，金堂才知道，走在北京的人海里，比自己一个人走在荒山野岭里要孤单得多。金堂听人说郊区盖大楼的地方好找活儿，金堂就往郊区走。可北京的郊区也太大，转了两三天还是觉得在人海里漂。然后，就出事了。金堂现在只能用"出事了"这几个字大致地描述自己的遭遇。出事的时候，天已经黑下来，路灯都亮了，数也数不清的汽车打着晃眼的车灯窜来窜去，窜得让人心烦。金堂知道在大城市里走路要讲究交通规则，所以金堂规规矩矩地走在马路的右边，小心翼翼地操心着自己的担子，唯恐不小心碰了别人。好好的正走着，忽然听见背后一阵急刹车的响声，汽车的橡胶轮子在柏油马路上磨出来一阵尖厉刺耳的可怕响声，有担子压着不好回头，金堂想，这是哪个龟孙把车开得这么快呀？……这个念头一闪，自己就什么也不知道了，只觉得扁担忽然飞起来，肩膀上忽然没有了分量。

等到金堂醒过来的时候，头上缠着绷带，两条腿已经没有了。那个轧了金堂的腿后来又救了金堂的张老板说，他是冤枉死啦，他说金堂是被马路对面的一辆汽车给撞到自己车轮子底下的，可那辆闯了祸的车当时就逃跑了，这件事情已经在交警队备了案。张老板说，他已经为金堂住院掏了三四万块钱了。为了证明自己说的是真话，张老板还把自己车上坐的朋友找来作证。刚刚醒过来的金堂那时候还懵懵懂懂的，还没有真正明白自己到底出了什么事情。金堂拍着空荡荡的被子对医生说，你们咋不问问我，就把我的腿给锯了？医生说，膝盖以下双腿粉碎性骨折，我们只能给你截肢，不截肢就保不住命。医生说，我们不只给你截了肢，还给你开颅取出淤血。你已经整整昏迷了一个星期，以你现在这种状况，已经算是最好、最幸运的了。你以后的生活会很困难，截肢以后你还得做好长期的心理调整。金堂就哭了，金堂说，我现在成了残废人有啥好的？有啥幸运？我宁愿死，也不愿意这样活……谁叫你们把我救活的？我把你的腿也锯了，你愿意不愿意呀你？你幸运不幸运呀你？……我活我死是我自己的事，凭啥用你们给的幸运呀？

那时候金堂特别爱哭，连金堂自己也弄不明白，为什么自己为了一点针头线脑的小事都要流眼泪，好像一辈子的眼泪全都攒到一块儿了。可那时候爱哭的金堂还根本没有真正弄明白，一个从此永远站不起来的人到底意味着什么。后来，一直等到坐到那两块又粗又硬的砖头上，金堂才真正尝到了没有腿的人是什么滋味。

看见金堂哭，张老板也哭。张老板说，兄弟，我原来也是个木匠，我是从一个木匠熬成老板的，我这老板其实也不是啥了不起的老板，也没有几个钱，就是个包工头。保险公司说现在责任弄不清楚，不负责理赔。你放心，兄弟，不管保险公司管不管，不管找不找得着那个逃跑的小子，我都管你的医疗费，花多少钱我都管！你那些木匠家具和铺盖，我都给你留着呢……

金堂把盖着的被子掀起来，金堂说，我现在要木匠家具还有啥用处？

我这后半辈子你们谁管呀你们？你们谁能给我保险呀你们？……

那时候，金堂截了肢的两条大腿还包着雪白的纱布，看上去怪怪的，就像两截白花花的棉花墩子。那时候金堂总会出现幻觉，总是觉得自己的两条腿还在，还是活生生的，会疼，会痒，下了床会走路。那时候，金堂常常在梦里挑着担子翻山越岭健步如飞，然后，又在梦里幸福得热泪横流失声痛哭。

有张老板的照应，金堂一连三四个月没有和家里联系。因为他一直没有想好怎么向家里人说这件事情，一直没有想好回家以后怎么办？还有一件事被金堂死死地闷在心里，他当时翻来覆去想得最多的就是：像这副样子，就当一个吃饭喝水的废物，就当一个别人的累赘，今后还有没有必要再活着了。一直等到医生说，可以回家继续疗养了，张老板毫不犹豫地把金堂接到自己的工地上。张老板拍着胸脯说，兄弟，放心，你跟着我，有我一口饭吃，就有你一口饭，有我一口水喝，就有你一口水！我那儿人手多，照顾起来方便得多。你要是想回家，我就派人送你回去。你要是想把老婆接来，就给家里写封信，我给你出路费。金堂二话不说跟上张老板去了他的工地。金堂想，反正死在哪儿也是死。

从汽车里被人抬出来的时候，金堂躺在担架上看见满街白花花的槐花，闻见槐花浓浓的香气，眼泪一下子又冒了出来。

张老板已经习惯了这样的场面，他拉起金堂的手拍拍，张老板说，兄弟，想开点儿兄弟。你这是心理还没调整好呢！你少了两条腿，可这花花世界，草照长，花照开，什么也没少。你就是死了，这花花世界还是什么也没少。兄弟，每天每天，这世界上得死多少人呀，你想过吗？多得你数也数不清！兄弟，你要是把这件事情想明白了，你就算是想开了你！

张老板这么说话的时候，金堂心里好像是被什么东西敲开一条缝，忽然亮了一下。接着，槐花和槐花的香气就都没有了。金堂被人抬进一个黑乎乎的大工棚，工棚里大白天也亮着灯，迎面卷过来一阵浓浓的汗臭味儿，长长的两排地铺上，乱七八糟地堆放着铺盖、衣服、手套、饭盒、脸盆和满是泥污的鞋。金堂想，我的腿要是没被锯了，我就应该挤在这些地铺上跟他们一块儿干活儿挣钱呢。在工棚的最里边，显眼地放着一张木床，床头下边放着一个便盆，便盆旁边是自己的木匠家具和铺盖卷。张老板没有说瞎话，张老板不光给自己特殊预备了这张床，他还真的保存着自己所有的东西。眼泪又涌上来，金堂不好意思叫人看见，赶紧把脸扭到一边去。

有张老板在，金堂的吃喝拉撒都有人管，每天张老板还叫人把金堂裹在床单里，背出去晒晒太阳。金堂还是觉得自己懵懵懂懂的，还是觉得自己没有想好到底什么时候死。

终于把金堂从懵懵懂懂当中惊醒过来，是因为出了一件谁也没有想到的事，是因为张老板自己出事了。那天张老板在工地上查看工程进度，不知怎么回事，突然从十几层高的楼上掉下一个固定脚手架用的铁螺栓来，正好落在张老板的头顶上，当场就把人砸死了。工头一死，工人们全都慌了神，全都在问这几个月的工资找谁领呀。乱了一两天之后，看看根本没有人管了，工棚里所有的人一哄而散，全都跟着别的工头走了，走得一个也不剩。因为没领上工资，有的人走的时候还赌气拆走了电灯电线，拆走了地上铺的木头板。没有了张老板的安排，立刻就没有任何一个人再来看一眼金堂。平常满满当当的工棚里，挤满了人，也挤满人的声音和气息。现在，突然一下子什么都没有了，就像一个忽然散了场的戏台和电影院。就像是遭了抢劫，四处空空荡荡的，没有人影，没有声音，也没有呛人的汗臭味儿。看着被洗劫一空遍地狼藉的工棚，金堂觉得自己好像又被什么东西狠狠地撞了一下，被撞到一个上不着天下不着地的深渊里，被撞到了一处没有人烟的千里大漠上。金堂不知所措地躺在眼前的绝境当中。一直等到一阵急迫的便意在肚子里绞起来，金堂才想到，从此再也不会有人来管自己吃饭喝水，也再也不会有人来给自己递便盆了。没有了电灯，工棚里黑得像个地洞，只有远处被撩开一半的门帘漏进一小片阳光。金堂急出来满头的大汗，扭来扭去，终于从木床上滚到地下。可是，滚到地下还是不能拉，因为连那个便盆也不知是被人扔了还是被人拿走了。金堂一时没了主意，总不能坐在地上就直接把屎拉出来，总不能抹得自己满屁股屎尿吧。情急之中，金堂抓过身边垫地铺用的砖头，把两块砖分开两三寸摆好，然后，用手撑着地把身体挪到砖头上。刚刚坐到砖头上，憋不住的屎尿骤然而下，呛人的臭味儿从身体下边带着一股热气冲腾而上。几个月来在舒服的床单和棉褥上躺惯了，屁股和大腿上的皮肉被坚硬粗糙的砖头硌得疼得钻心。尽管身边一个人也没有，尽管没有任何人看见自己，可金堂还是被羞辱得无地自容，还是被羞辱得热泪横流。就是从那一刻起，坐在坚硬粗糙的砖头上，坐在自己的屎尿上，坐在椎心彻骨的疼痛上，金堂才真真切切看清楚了，也真真切切体会到了，一个没有双腿的人活着到底意味着什么；一个没有双腿的人要活下去，到底是一件多么艰难、屈辱的事情。

可是，这还仅仅是个开头。拉过大便之后，很快人就饿了。身边没有任何可吃的东西，金堂也不知道到哪儿去找吃的。从手术之后就一直光着下身的金堂，到这时候才想起来，如果想要出去找吃的，就得先给自己找一条遮羞的裤子。好在金堂自己的东西还没有人敢抢，金堂从行李卷里翻出一条裤子，把两条长出来的裤腿翻转上来用绳了·系在大腿根上，又用捆行李的绳子当腰带把裤子系好。然后，金堂翻过身子，胸腹着地，像条虫子一样，朝着那一小片阳光钻过去，爬出了空无一人的工棚。终于，金堂凭着自己的努力看见了蓝天，看见了阳光，看见了远处的人群。金堂发现槐花已经开始落败，初夏的微风里，白花花的槐花大雪纷纷地飘落了满街满地。一切都恍如隔世，张老板说得不错，这个世界上每天每天不知道要死多少人，可是，草照长，花照开，这个世界上什么也没少……

最初碰见的行人都有几分惊讶地看着金堂，然后很快就各自走开了。金堂一点也不奇怪，金堂早就知道，在大城市的人海里走路，比在荒山野岭里走路要孤单得多。只是金堂不知道该向谁张嘴要吃的，金堂觉得从自己身边路过的人身上都不像是带着吃的东西……说到底，当初也是堂堂五尺高的汉子，金堂这一辈子还从来没有伸手向别人乞讨过，羞愧难容的金堂根本就张不开嘴。正午的太阳已经很有几分力量，金堂爬进槐树的阴影里，立刻，像白雪一样铺在地上的槐花吸引住了金堂的眼睛。饥饿难当的金堂抓起一把槐花塞进嘴里，贪婪地咀嚼起来。这一辈子金堂从来没有想到过，落了枝的槐花竟然是这么好吃，这么香甜，一股甜丝丝的汁液在嘴里喷溅、涌动，又在贪婪的咀嚼中顺着嘴角淌下来……金堂不顾一切，不管有没有尘土，也不管是不是夹杂了树叶，他一把又一把地把槐花塞进嘴里，一直到被呛得把满嘴的槐花喷出来……

那天傍晚，金堂爬回工棚，又爬到自己的木床上的时候，他装了满肚子的槐花，连打出来的饱嗝都是香香甜甜的槐花味儿。那天晚上，金堂没有哭。那天晚上，金堂下定了一个决心：要自己爬回家。为了实现这个决心，金堂决定，自己要做充分的准备之后再上路。最要紧的，是先要学会走路。不能再像虫子一样爬了，这样爬太费力气，也太慢，而且一天下来就把衣服磨破了。

从此，金堂就把这个被人废弃的工棚，当作自己开始新人生的训练基地。金堂开始了自己的"创世纪"。

当初医生为了病人考虑尽量多留下的大腿，现在反而成了一种负担，这两截提不起来的大腿成了金堂最大的累赘，只要身体向上一撑，两截大腿就会重重地垂下来。不过到底是木匠，金堂很快就想出办法来。他比画一下长短，把担行李工具用的那条扁担锯断，再把锯短的扁担绑在大腿上，然后再从这截扁担中间连一根绳子捆到腰上。为了经久耐磨，金堂又把绑扁担的绳子换成了铁丝。经过这一番改造之后，那两截没有根的大腿，就又和身子连成一体了，再走起路来果然轻巧了许多。看着自己的发明创造，金堂一阵苦笑，他没想到，这条跟着自己走遍四方的扁担，到头来竟然派了这样的用场，竟然变成了自己身体的一部分。金堂想，好，现在我有了一条腿啦，我已经能站住了。接下来，金堂用斧头剁下一块褥子当坐垫，可是棉褥子很快就磨破了。以后又在工地上找到装水泥用的化纤编织袋，这一次倒是又轻巧又耐用，可屁股受不了，很快又把屁股磨破了。一直到捡到了一个废轮胎，经过一番试用，改造，这个难题才算是最终解决了。金堂笑笑，金堂想，现在我有了皮鞋了。可是，用手走路，手也受不了，也被磨得皮开肉绽。一开始，金堂捡了工地上别人扔的旧手套，可手套也是一两天就破。终于有一天，金堂捡到两把泥瓦工抹沙灰墙用的木头抹子。金堂用自己的锯把抹子的前半截板子锯下来，抹墙用的抹子就变成一副很得手的"撑子"。这副经过改装的撑子，让金堂舒舒服服地用了半个月才磨坏的。有了这个启发，金堂一直盼望着能捡到两把铁抹子，有一段时间，金堂甚至把这个愿望的实现看成自己能不能回家的奇迹，可是奇迹终究没有再现，金堂只好再想别的办法。直到有一天，金堂在建筑工地的沙堆旁边筛出来的石头里，看见了一堆圆圆的卵石，金堂觉得自己简直就是受了菩萨的点化和天恩。当金堂从那一堆大大小小的乱石当中挑出来两块合手的石头时，他又笑又叫，高兴得想唱歌。金堂想，好，这下我就有另外一条腿啦！就是不站起来，我也能走路啦，我也能走远路啦！金堂忽然想起来在工棚里被一个录音机唱了无数遍的老歌：

走四方，路迢迢，水长长，

迷迷茫茫，一村又一庄。

看夕阳，落下去，又回来，

地不老天不荒，岁月长又长……

其实，眼前没有夕阳，也没有村庄，只有遮天蔽日的大楼，川流不息的汽车，熙熙攘攘的人群。在这成千上万像蚂蚁一样的人群里，没有任何一个人认识金堂，也没有任何一个人想知道，这个坐在地上手里拿着石头的半截人到底为什么高兴得唱起来。

在经过了差不多一个月的准备和练习之后，金堂觉得自己可以上路了。在一个夏天的早上，金堂毫不犹豫地扔掉了自己所有的木匠家具和铺盖卷，只把最需要的东西绑在自己身上，毫无留恋一撑一挪地"走"出了那个废弃的工棚，金堂在楼群的缝隙中看看太阳，然后，毅然转身向西，开始了自己回家的旅程。就像那首老歌里唱的：路迢迢，水长长，迷迷茫茫……

金堂只担心一件事，金堂不知道自己是不是能真的活着挪到家。按照金堂的计划，自己必须在夏秋两季之内到家。如果到了冬天，大雪封山，那就只有冻死在半路上了。

金堂挪出北京，沿着公路一路向南：高碑店，保定，望都，定州，石家庄。从石家庄又一路向西：井径，获鹿。从获鹿挪上太行山：娘子关，阳泉，寿阳，榆次。从榆次再向南：太谷，平遥，介休，霍州，洪洞，临汾。从临汾再向西，过汾河，挪上吕梁山。一上吕梁山，金堂就觉得自己快要挪到家了。刚一上吕梁山，就有个开嘣嘣车的好心人，拉上金堂爬了二十里的大坡。

一路上金堂被无数的人可怜过，同情过，嘲笑过，辱骂过。一路上金堂在公共汽车站的阳棚下边，在公共厕所，候车大厅，树底下，山洞里，甚至就在大马路边上，都住过，睡过。他在城市里被成群的乞丐们抢劫过三次，跟流浪的野狗抢过同一块馒头，在太行山上被一对善心的老人留在家住过两夜。他被一个好心的警察免费送上了火车，可只坐了两站，就又被面冷心狠的列车员轰下车来。一路上，风吹，日晒，雨淋，饥寒交迫，人情冷暖，都被金堂反反复复、一寸一寸地尝过，一寸一寸地挪过。在经过这一切，尝过这一切之后，金堂慢慢悟出一个道理：一个人活在世上，如果他只想得到一种东西，只要求得到一种东西，那这个人肯定是一个天天难受的人。

日复一日挪动在漫漫旅途上，挪动在长得永远没有头的公路边上，金堂只担心一件事，每当有汽车呼啸着从背后开过来的时候，金堂都有一点害怕，担心它们会不会再把自己碾到轮子底下。那样，自己就真的回不了家了。可每当汽车们卷着尘土呼啸而过之后，金堂就会笑话自己，你狗日的还是就想着一件事呀你。金堂无数次地在心里设想过，见了家里的亲人们自己到底应该说什么。总不能告诉他们，自己现在不是一个天天难受的人吧？可不是难受的人，自己这个半截人又是个什么样的人呢？……这个难题太难，金堂自己也答不上来。

在金堂的上衣兜里，有一支捡来的圆珠笔和一个也是捡来的小电话簿，电话簿撕得只剩下两页纸，在这两页纸上金堂画了总共二十一个"五"字，每五天，画一个"五"字，第二十一个"五"字还剩下两笔没有画完。

现在，金堂终于挪到那个缓坡的顶头，把那节长长的山路留在了自己的身后。有汗水顺着肮脏的鬓角流下来，被汗水浸透的身体开始散发出难闻的气息。

终于。

金堂终于拐过山嘴，终于坐在自己熟悉的路边上。金堂一眼就看见了五人坪村口的老神树。天已经快要黑了，山谷里没有风，老神树柔和的影子在最后的天光下静静地站立着。在老神树温柔的身子后面，飘荡着几缕熟悉的炊烟。有狗叫声远远地传过来。眼泪猛然像一阵暴雨喷涌而下。浓烈的汗酸味儿，没弄干净的屎尿味儿，浑身上下渍满了毛孔的污垢和尘土味儿，从褴褛的衣服和蓬头的长发里，呛人地弥漫出来。从夏天到秋天，被自己盼望了一百多个日日夜夜的事情，现在却如此安静，如此无声无息地突现在眼前，金堂扔下手里支撑身体用的两块卵石，号啕大哭：

"死吧……死吧……现在就死！现在死了，你狗日的心里就平展啦……死吧！死吧！死吧！你狗日的倒是死呀你——！"

满是死茧的手掌重重地拍起了路面上的灰尘，尖利的石子扎在手上，可他一点也没有感觉到疼痛。随着哭喊声俯仰的身体，手掌越来越重地在山路上拍打出闷重的响声，终于，有鲜血从掌心里进溅出来。可是，鲜血、汗水和疼痛，都止不住金堂快乐、悲伤、幸福、绝望的号啕。这一辈子，金堂还从来没有这么痛快地号啕过。随着俯仰的身体，那截绑在大腿下面的扁担，也在路面的石头上碰出骨碌骨碌的响声。

…………

西元二〇〇五年一月二十日傍晚草毕
二十二日清晨改定于太原家中

三、众家评说

（一）关于《故乡》

阅读小说的时候，准确而完整地理解作品是我们的阅读目标。不同的读者有不同的感受，不同的读者有不同的读法，但如何能贴近作品得到完整的理解，这需要我们既能够穿透细节，又能顾及全篇。对于鲁迅的某篇小说或者小说中的某一人物，同样有一个联系作品总体来正确理解的问题。对于这个问题，严家炎先生曾有过细致的分析：

　　例如，《故乡》中的闰土，在有些同志心目中，竟成了一个偷偷地藏碗碟于草灰里的人物，因而被认为"未尝没有小市民气"，并不那么纯朴老实。这样的理解符合作品实际，符合鲁迅原意吗？恐怕不但不符合，而且与作品本身大相径庭。我们都记得，小说里的中年闰土，已经被几十年的沉重压迫压得从肉体到精神都变了形，他屈从于生活，承认了命运，老实、忠厚到了近于麻木的程度。老主人家让他任意挑选自己需要的东西，他只选取了一些旧桌椅和香炉、烛台，还要了最不值钱的只能做肥料的草灰，这一切都说明他安于命运，毫无非分之想。放着可以光明正大地取到的更为值钱的东西不要，却去偷偷摸摸将碗碟埋在草灰里，这不是太不近情理，也太不符合闰土的思想性格了吗？！如果闰土竟然做这类小偷小摸的事，那还成其为什么闰土！"我"又何用从始至终对他怀着极其依恋而又"非常悲哀"的感情！其实，只要我们联系《故乡》通篇对人物的描写，联系整个作品弥漫着的沉重的悲剧气氛（杨二嫂身上的喜剧色彩实际上只是通过对照来加重主人公的悲剧气氛），具体分析有关段落，那么，草灰里埋碗碟之谜不难得到解答。小说是在临近篇末才写到这一点的："母亲说，那豆腐西施杨二嫂，自从我家收拾行李以来，本是每日必到的，前天伊在灰堆里，掏出十多个碗碟来，议论之后，便定说是闰土埋着的，他可以在运灰的时候，一齐搬回家里去，杨二嫂发现了这件事，自己很以为功，便拿了那狗气杀，飞也似的跑了，亏伊装着这么高底的小脚，竟跑得这样快。"这哪里是在说闰土，分明是在说杨二嫂！我们从作者含有深意的叙述语调，皮里阳秋的讽刺笔法，以及整段文字的感情色彩，都可以感到作者是在暗示：这埋藏碗碟和发现碗碟的，实在是同一个人！当初她

"每日必到"，就是为了钻空子干这类事；想不到后来草灰归了闰土，她枉费心机，又恼又恨，于是干脆把藏着的碗碟"掏出"，栽到闰土身上，自己摇身一变成了有功之人，"拿了那狗气杀，飞也似的跑了"。事情很明显：一个毫不知情的人，怎会忽然想到要在草灰里搜索东西呢？作案人做了报案人，自以为很聪明，其实却是这样愚蠢！可见真正有小市民气的，决不是闰土，只能是杨二嫂。如果从作品总体着眼，我们就决不会对一个重要细节发生这类不应有的误解。[1]

（二）关于《三三》

童庆炳、刘锡庆、王富仁主编的《中学生课外阅读与欣赏·中国现代小说卷》"选编者言"说：

> 三三是一个温柔善感、朴实纯洁的乡下少女，她以少女朦胧的情怀和无邪的天真思恋关心着那个到乡下养病的青年。她对他萌生了自己也说不清的爱，但出于害羞她不愿意在母亲和外人面前流露真实的情感，她常常绕话向母亲询问他的病情和言谈，甚至惟恐别人看出她的想法而有意说反话，若真有机会面对面遇见他，她又要像小兔子遇见陌生人一般地跑开。小说对三三的心理揣摩得逼真细腻，对三三美丽的容貌也刻画得惟妙惟肖，她的一颦一笑、一举一动都交相呼应，生趣盎然。全文笼罩在淡远清丽的诗意氛围中，结尾处缭绕着无法言尽的哀

---

[1] 严家炎：《论世而后知人，顾全方能通篇——鲁迅研究的一点感想》，《问学集：严家炎自述》，北京：人民日报出版社，2014年，第85—86页。

愁，感情既悠长且深远。①

当然，人物是作家笔下的一个符号，他们常常是作家审美理想的表达。这就要求我们把小说人物与作家创作在总体上联系起来，甚至与周边的作家联系起来。对此吴福辉曾把沈从文与京派联系在一起。他说：

> 京派作家的文化性格多笃厚、通达、从容、中和状，少昂扬激烈，其小说往往达到一种和谐、圆润、静美的境地，表现出一种纯情性。只因为一心追求纯美，包括生命之纯美和艺术之纯美的统一，才会使他们的作品那样热衷于表现一系列纯洁少女的形象，沈从文《三三》中的三三，《边城》的翠翠，《长河》的夭夭，皆温柔、明净、晶莹剔透，从内心到外表都是姣好的。至于乡民，往往纯朴到浑然不觉，暗示着一种民族性格的内核。②

（三）关于《扁担》

对中国而言，20世纪是一个"现代化"长驱直入的世纪，"现代化"已经变得不可置疑，成了一个"神话"。但是，当一个个具体的生命遭遇这庞然人物的时候，其结局和命运是不尽相同的，那么，对于这样的历史情境，从个体生命出发的感受又如何呢？翟永明依托李锐的《太平风物》对此进行了探寻。他说：

---

① 童庆炳、刘锡庆、王富仁主编：《中学生课外阅读与欣赏·中国现代小说卷》，成都：四川人民出版社，2001年，第114页。
② 吴福辉：《乡村中国的文学形态》，《春润集》，上海：复旦大学出版社，2012年，第48页。

　　"现代化"内涵宽广，可以指涉人类社会生活各个维度，大到民族的富国强民梦想，小到个体的思想解放、个性觉醒，它体现于经济、政治、文化、伦理道德等社会各个层面。由于它负载着很少被质疑的正面价值，因此长期以来被人们视为一个绝对真理或一个绝对信仰，成为贯穿一个多世纪的宏伟"神话"。在历史的不同阶段，"现代化"神话都有不同的侧重。特别是20世纪90年代市场经济带动社会整体转型以来，"现代化"神话可以表征为高效快速的经济增长、钢筋水泥铸造的现代城市、流行时尚的生活样式、物质丰富的生活理想，以及各种服务于市场经济为基础的形而上的意识形态、价值理想等。虽然不同的语境赋予"现代化"神话不同的内涵，但物质贫困、文化落后的乡村始终作为"现代化"神话的另一极而存在，相应地"现代化"也成为乡村走向富裕和文明的必由之路。面对"现代化"神话的强势逻辑，李锐的"农具系列"以人文主义视角描绘了农村走向"现代化"过程中身体与精神所遭受的戕害，乡村文化精神的瓦解，从而有力地质疑了"现代化"神话，有效地完成了底层文学的伦理承担。

　　"遮天蔽日的大楼，川流不息的汽车，熙熙攘攘的人群"成为现代化城市中最有现代意味的场景。当一个底层的乡下人带着梦想来到现代化的城市之后，面对这些眼花缭乱的现代场景，所遭遇的不仅仅是梦想的破灭，甚至包括身体与精神的戕害。《扁担》中金堂是乱流河一带小有名气的木匠，他"高高大大的个子，有两条又粗又壮的长腿"，"人们常常看见金堂把他那根特制的短扁担往肩膀上一挑，一头是木匠家具，一头是铺盖，四处游荡健步如飞"。后来他跟村里的一伙人去城里打工，这一盲目而从众的"现代化"追求之路，竟然是金堂梦魇的开始。尽管金堂"规规矩矩""小心翼翼"地适应城市的交通规则，可他还是被城里的汽车夺去了双腿。可怜的金堂为了生存，为了回家，把那条"跟着自己走遍四方的扁担"锯短，绑在那两截没有根的大腿上。乡村"扁担"进城后这种奇特而荒谬的变形，本身也隐喻了扁担主人金堂那乡村健壮的身体移入城里后所遭遇的荒谬而悲惨的命运。身心备受残害的金堂下决心"要自己爬回家"。他以手为脚，一撑一撑地从冰冷残酷的城市挪回自己的乡村。经受了数不清的磨难之后，当他终于看见村口的"老神树"时，"鲜血、汗水和疼痛，都止不住金堂快乐、悲伤、幸福、绝望的号啕"。这声声"痛快地号啕"不仅是一个卑微的弱者对于自我命运的悲鸣，更是一个"进城乡下人"对于现代化城市罪恶的控诉。①

◎ 思考与讨论

1. 谈谈上述三篇小说给你留下的最鲜明的印象，并对此加以分析。

2. 上述三篇作品之间有无内在关联？若无，为什么？若有，试加以申说。

3. 结合乡村都市流转的人生场景，说说相对于其他知识学科，文学给你提供了怎样不同的人生体验和理解。

---

① 翟永明：《生命的表达与存在的追问——李锐小说论》，北京：商务印书馆，2013年，第193—194页。

延伸阅读

◆ 鲁迅：《朝花夕拾·小引》（《鲁迅全集》第二卷，人民文学出版社，2005 年）

要读懂《朝花夕拾》，读懂鲁迅笔下的爱与恨，就不能略过这篇《小引》。《朝花夕拾》是鲁迅在 1926 年 2 月至 11 月间写下的，时代、社会、个人的诸多动荡与其儿时故乡生活的宁静形成鲜明对照，"思乡的蛊惑"里既包含了作者个人的回忆，也隐藏着丰富深刻的社会内容。

◆ 李锐：《太平风物·农具的教育》（生活·读书·新知三联书店，2006 年）

李锐的《太平风物》是一部较为奇特的短篇小说集。为什么要把传统农具作为小说言说的主要意象？在创作小说集《厚土》之后二十年，为什么又要写下相似题材的作品？为什么要采用"超文本拼贴"样式？读完作者的《农具的教育》，或许你对这部作品会有更深刻的理解。

第十六讲

涅槃重生：不绝的传统

一、背景与导读

本讲所选的篇目是两部长篇小说的节选，陈忠实的《白鹿原》和莫言的《生死疲劳》。

《白鹿原》（1992）以陕西渭河平原上的"仁义村"——白鹿村为背景，勾勒白、鹿两家三代的恩怨情仇，其间夹杂着 20 世纪上半叶中国的风云变幻。小说当中，儒家的历史气运和制度化的生活安排，形形色色的"气"与抗争，构成《白鹿原》生动的生命气质与文化景象。《生死疲劳》（2005）是诺贝尔文学奖获得者莫言的一部重要作品。小说抓住中国几千年来社会的根本——农民与土地的关系问题，借佛教的"六道轮回"结构布局，采用古典章回体的写作方式，呈现农民对土地的情感畸变和乡村社会面临的剧烈变革。

众所周知，晚清以来，中国文学一直师法西方。《西游记》写唐僧西天取经，渺渺茫茫程途十万八千里。中国作家没有经历过玄奘的八十一劫难，但"盗天火，煮自己的肉"，借力西方文学成就自家文学的现代化，却与玄奘取真经的意图伦理没有多少差别。西方文学的输入，自内而外地改造着中国文学的观念与形制。典型的如中国文学的分类。

现代中国的文学版图中，唯有诗歌、小说、散文、话剧四类，这个文学分类的知识，完全是西方的知识传统。且不说中国文学的论、说、辞、序、诏、策、章、奏、颂、歌、赞、铭、诔、箴、祝、纪、传、檄等何以湮没于历史的烟尘古道之中，即便是文学史上盛极一时的赋、词、曲、戏剧等，也早已销声匿迹了。

故园荒芜，胡不归！

莽莽苍苍的中国文学传统，当然不会因为西方文学的全面挤压而魂魄尽散，它不过是伏线千里，时强时弱，潜存于作家和读者的历史意识和审美生命中罢了。它会因因缘时势和世事的易变而焕发出坚韧的生命力，借助作家们的大创造，迸发不朽的艺术魅力。如今，涵化古今、汇通中西，堪称是当代文学令人喜悦的景象。远的不说，单就近三十年来看，像陈忠实的《白鹿原》、莫言的《生死疲劳》、韩少功的《马桥词典》、李锐的《太平风物》、王安忆的《天香》和《考工记》、金宇澄的《繁花》、阿来的《云中记》、李洱的《应物兄》等，都是相当重要的作品。儒、释、道或《易经》，朴质的民间文化，《山海经》《庄子》《史记》《世说新语》《金瓶梅》《红楼梦》等，俱成为作家取之不尽、用之不竭的创作资源。

本讲所选的两个篇目，其意即在让大家看到经过文学现代化洗礼的当代作家，返归中国文学古典传统的大胆尝试和卓越努力。

二、作品选目

（一）白鹿原（节选）①

陈忠实

第十六章

……………

白孝文重新来到贺家坊戏台下。《葫芦峪》正演到热闹处，台下一片静默。白孝文小心翼翼地插进人窝里，却怎么也听不进看不下去，哐哐嘟嘟的梆子声锣钹声失去了魅力令人心烦。他心不在焉地站了一会儿又退出人窝，干脆回家去了。清爽的夜风抚拂着他的脸，脑子里浮现着田小娥那光亮的胸脯和大腿，鼻腔里残留着那身体里散出的奇异的气味儿，相比之下，自己那个婆娘简直就是一堆粗糙无味的豆腐渣了。甭看都是女人，可女人跟女人大不一样。他走进白鹿村村口时开始懊悔，离家门愈近愈觉心底发虚。他硬着头皮走进街门时感到一种异样的气氛，他的豆腐渣似的女人急慌慌走到院中，看见他失声叫道："哎呀你才回来……土匪打抢了……"白孝文像当头挨了一棍差点栽倒，立即奔进上房，父亲白嘉轩躺在奶奶的炕上呼吸微弱，连呻唤都很艰难，冷先生正在桌子上的油灯下配制药膏。孝文像从火灼的热炕上跌入冰窖，眼前一黑栽倒在脚地上不省人事了。

---

① 陈忠实：《白鹿原》，北京：人民文学出版社，2004年，第250—254页。

这场洗劫干得十分干净利落，时机的选择再好不过，村子里十室九空，男人女人引着孩子看戏去了。白嘉轩给牛马拌了第二槽草料，一个人坐在圈场上摇着扇子乘凉。今年收成不错，老天爷许是看到黑娃们搅起的动乱而有意赐惠庄稼人连下了两场好雨，麦子豌豆在农协狂妄的喧嚣中蓬蓬冒起来孕穗结荚。牛马吞嚼草料的优雅的声音从敞开的窗孔传出来，比戏台上弦索声美妙悦耳。堆积在铡墩前铡碎的苜蓿散发的清香在夜风中弥漫。村子里十分静谧。仙草走来了，一手端着一盘鸡蛋一手提着酒壶，放到鹿三夜晚露宿乘凉的木板上。白嘉轩舒悦地笑笑，善知人意的妻子恰到好处地送来他想吃想喝的东西，贤淑地斟下一杯酒就走出圈场去了。白嘉轩喝一杯酒浑身都活络起来，吱儿吱儿咂得酒盅响着。这当儿从背后伸过一双手卡住他的脖子把他从木板上拽翻到地上，另一双手扭住他的双手，一块烂布塞住了嘴巴。他的双手被捆在背后，随之就被人提起来，才看见他面前站着三个人。他们拽着他走出圈场进入街门，他看见院子里还站着两三个人；他被推推搡搡拉到上房正厅，看见一根明柱上绑着妻子仙草，母亲白赵氏被一个土匪扭着手压着头按在祭祖的方桌边上，两个桌腿上绑着他的两个儿媳。他们把他的双腿捆到一起让他站着，然后就把一把明晃晃的鬼头刀横到他的脖子前，问他银元在哪儿藏着，白嘉轩揣摩对方是纯粹要钱还是既要钱又要命？如果是前者不是后者，那他就准备折财保命；如果是后者不是前者，那么他就准备折命保财，不至于人财两空。在他准备进一步猜测土匪们的真实目的时，一个土匪用刀尖挖掉他口里的烂布又挑破他的裤裆："你不说话我先把你阉了！"白嘉轩怒骂道："老子老命都不要了还要老二？割了拿回去敬你祖宗去！"土匪却不恼，转过身用刀尖挑破仙草的裤子，仙草羞怯地喊："他爸……"白嘉轩骂："小人才欺侮女人！"白赵氏在方桌边上招供了："在南墙上你们挖去！"土匪进入里间，铁器挖凿土坯墙壁和土块跌落的杂乱的响声使白嘉轩不忍卒听就闭上了眼睛。土匪们得手以后大摇大摆从后门出去了。他们告别之前没有忘记留给他一个永久性的纪念，用那根顶后门用的榆木杠子在他后腰上抽击了一下，他顿时眼前金星迸溅着栽倒了。

同时遭到抢劫的还有鹿家，劫难发生的过程大同小异。那阵子鹿子霖被贺耀祖邀去坐在戏楼的礼宾席上观赏麻子红的精彩表演，不无担心地算计着白孝文钻进圈套的进程。鹿子霖女人娘家在贺家坊，午饭后跟着前来叫她的侄儿回娘家看戏去了。屋里只剩下鹿泰恒以及常年守着活寡心灰意冷的兆鹏媳妇。土匪们把鹿泰恒背缚着用皮绳绕过大梁吊到空中，却对兆鹏媳妇十分客气地说："嫂子，你睡你的觉，甭害怕没有你的事。"他们用刀尖在鹿泰恒脸上划一道口子，再逼问银元藏在哪达？鹿泰恒叫着喊着骂着却始终不说银元的藏处，直到老汉脸膛胳膊胸脯脊背大腿被刀尖拉成像碎布条一样稀烂。土匪们把所有墙壁都挖得坑坑洼洼，把箱子柜子都翻得乱七八糟，把铺地的方砖揭起来挖下去，仍然没有找到银元。土匪们仿效田福贤鹿子霖整死贺老大的刑法，把鹿泰恒从屋梁上蹾下来，再拉皮绳吊起来又松开皮绳蹾下来，反复蹾了几次，直到蹾得鹿泰恒骨头断裂，尻子里涌出一堆鲜血搅和的粪便，又在当胸戳了一刀。

白鹿原刚刚潮起"忙罢会"的庆贺气氛和升平景象一下子低落了，一些准备演戏的村庄纷纷改变主意，没有心思和兴趣组织唱戏的事了。"忙罢会"开始笼罩上恐怖的气氛。白狼的传闻再度神秘地流传。遭劫后的第二天早晨，鹿家和白家的街门上都发现了土匪留下的手迹："白狼到此。"新老亲戚见面以后没有多少兴致交谈收成，白狼的种种传闻在酒席茶桌上成为热门话题。抢劫白鹿两家的白狼和烧毁白腿乌鸦兵粮台的白狼以及只吮血不食肉的白狼被连结在一起，有人说在峪道里看见过一对脱皮掉毛的老白狼引着一大群狼子狼孙，骚扰抢劫时像两腿的人，遇到抵抗打击时全现出四条腿逃窜了。

漩涡的中心反倒是平静的，白嘉轩已经清醒过来，接受冷先生的悉心治疗。治疗分两套措施同步进行，每天早晨空腹时和睡觉前煎服汤药，间隔一天由冷先生亲自给腰部伤位上裹缠膏药。白嘉轩不能翻身转腰，死死地仰躺在炕上接待前来看望他的亲戚好友和乡邻族人，他没有愤恨没有伤感甚至连剧烈的痛楚也不呻唤出来，平静淡漠地接受热切意诚的问候和安慰。七八天以后，腰伤刚见明显好转，背上和臀部压出的褥疮红肿化脓引起高烧，白嘉轩几次烧得昏迷。仙草整天侍候在炕边端屎端尿擦洗身子，仍然没有能够阻止褥疮的发生。冷先生重新开了药方主治高烧，给褥疮配制了外敷药面儿，白嘉轩终于从又一次危机里缓活下来，显然变得十分虚弱了。他微微喘着气对孝文说："你整天立在炕跟前做啥？该死的话你立在这儿也不顶啥喀！你该弄啥快弄啥去。"孝文显得忧愁而又恓惶，那个破烂砖瓦窑的景象像克化不开的积食整得他心虚神移痛苦不堪。白嘉轩以为儿子为自己煎熬操心，就问："咱村过会的日子快到咧。给戏班子磨面买菜的事安顿停当了没？"白孝文说："现在还演啥戏哩！我跟麻子红把戏退咧！"白嘉轩瞪着眼问："谁叫你退戏？"孝文解释说："咱家遭了难，子霖叔家刚刚过罢丧事，谁还有心演戏凑热闹？我跟子霖叔商量了就说算咧不演戏咧。"白嘉轩摆一下头嘲弄地笑了："说定要演的戏就要演不能退。你把你子霖叔叫来我跟他说。"

鹿子霖头上绾着守孝的白布圈来了。白嘉轩说："子霖，你听我一句话，这戏一定要演，底里嘛缓后我再给你说。"鹿子霖述陷在深沉的悲痛和仇恨里，对演戏仍然提不起兴趣。白嘉轩说："土匪正是想看你我的哭丧脸儿哩！明白吗？偏给他个不在乎的笑脸儿。明白吗？"

所有亲朋好友包括田福贤前来看望的时候，白嘉轩都保持着一种不失体面的大家风范，惟有姐夫朱先生走进来时他显得难以抑制的动情。他不顾朱先生和家人的百般劝阻，硬是要坐起来，疼得他渗出一头虚汗，才在妻子仙草垫给他的被子上斜倚起来。白嘉轩开门见山地说："哥呀，你甭听人说白狼长白狼短的混话！不是白狼是黑狼——"朱先生虽然明智，却一时解不开白狼黑狼的隐喻。白嘉轩就一语道破："这是黑娃做的活！"朱先生不由一惊。

白嘉轩清清白白记得，土匪得手后大摇大摆走出后门时，一个土匪像记起一件未办完的事一样返身又走进后门，顺手从后门背后捞起了那榆木杠子走到他的跟前，在抢起杠子之前，那个土匪说："你的腰挺得太硬太直了！"对这句似乎耳熟的话来不及回忆对证，他腰里就挨了致命的一击昏死了。白嘉轩经冷先生抢救活来后的第一个反应，就是那个土匪拦腰抽击之前的那句话，他努力追寻关于这句话的记忆，终于想到了鹿三。等到在他炕前只有鹿三一个人的时机里，白嘉轩像聊闲话那样不经意地问："三哥，你记得不记得有这回事？黑娃逃学，我给他买了笔墨纸砚叫他念书，他给你说了一句'我嫌嘉轩叔的腰挺的太硬太直'。有这话没这话？""有有有。那驴日的说过不止一回哩！"鹿三说，"我叫他来给牛割草他说过这话。我叫他替我来顶工，他硬要跟嘉道到渭北去熬活就是不上这儿来，还是那句话：'我嫌嘉轩叔腰挺的太硬太直我害怕'。你这会儿咋就想起这话了？"白嘉轩闭上眼睛似乎很疲惫地说："我躺在炕上脑子闲了乱想哩！"……白嘉轩向姐夫朱先生详细叙说了他的确凿无疑的证据："土匪白狼就是黑娃！"

"噢！这下是三家子争着一个鏊子啦！"朱先生超然地说，"原先两家子争一个鏊子，已经煎得满原都是人肉味儿；而今再添一家子来煎，这鏊子成了抢手货忙不过来了。"

（二）生死疲劳（节选）[1]

莫言

第一部 驴折腾

第一章　受酷刑喊冤阎罗殿　　遭欺瞒转世白蹄驴

我的故事，从一九五〇年一月一日讲起。在此之前两年多的时间里，我在阴曹地府里受尽了人间难以想象的酷刑。每次提审，我都会鸣冤叫屈。我的声音悲壮凄凉，传播到阎罗大殿的每个角落，激发出重重叠叠的回声。我身受酷刑而绝不改悔，挣得了一个硬汉子的名声。我知道许多鬼卒对我暗中钦佩，我也知道阎王老子对我不胜厌烦。为了让我认罪服输，他们使出了地狱酷刑中最歹毒的一招，将我扔到沸腾的油锅里，翻来覆去，像炸鸡一样炸了半个时辰，痛苦之状，难以言表。鬼卒还用叉子把我叉起来，高高举着，一步步走上通往大殿的台阶。两边的鬼卒噘口吹哨，如同成群的吸血蝙蝠鸣叫。我的身体滴油淅沥，落在台阶上，冒出一簇簇黄烟……鬼卒小心翼翼地将我安放在阎罗殿前的青石板上，跪下向阎王报告：

"大王，炸好了。"

我知道自己已经焦煳酥脆，只要轻轻一击，就会成为碎片。我听到从高高的大堂上，从那高高大堂上的辉煌烛光里，传下来阎王爷几近调侃的问话：

"西门闹，你还闹吗？"

实话对你说，在那一瞬间，我确实动摇了。我焦干地趴在油汪里，身上发出肌肉爆裂的噼啪声。我知道自己忍受痛苦的能力已经到达极限，

---

[1] 莫言：《生死疲劳》，杭州：浙江文艺出版社，2022年，第3—9页。

如果不屈服，不知道这些贪官污吏们还会用什么样的酷刑折磨我。但如果我就此屈服，前边那些酷刑，岂不是白白忍受了吗？我挣扎着仰起头——头颅似乎随时会从脖子处折断——往烛光里观望，看到阎王和他身边的判官们，脸上都汪着一层油滑的笑容。一股怒气，陡然从我心中升起。豁出去了，我想，宁愿在他们的石磨里被研成粉末，宁愿在他们的铁臼里被捣成肉酱，我也要喊叫：

"冤枉！"

我喷吐着腥膻的油星子喊叫：冤枉！想我西门闹，在人世间三十年，热爱劳动，勤俭持家，修桥补路，乐善好施。高密东北乡的每座庙里，都有我捐钱重塑的神像；高密东北乡的每个穷人，都吃过我施舍的善粮。我家粮囤里的每粒粮食上，都沾着我的汗水；我家钱柜里的每个铜板上，都浸透了我的心血。我是靠劳动致富，用智慧发家。我自信平生没有干过亏心事。可是——我尖厉地嘶叫着——像我这样一个善良的人，一个正直的人，一个大好人，竟被他们五花大绑着，推到桥头上，枪毙了！……他们用一杆装填了半葫芦火药、半碗铁豌豆的土枪，在距离我只有半尺的地方开火，轰隆一声巨响，将我的半个脑袋，打成了一摊血泥，涂抹在桥面上和桥下那一片冬瓜般大小的灰白卵石上……我不服，我冤枉，我请求你们放我回去，让我去当面问问那些人，我到底犯了什么罪？

在我连珠炮般的话语中，我看到阎王那张油汪汪的大脸不断地扭曲着。阎王身边那些判官，目光躲躲闪闪，不敢与我对视。我知道他们全都清楚我的冤枉，他们从一开始就知道我是个冤鬼，只是出于某些我不知道的原因，他们才装聋作哑。我继续喊叫着，话语重复，一圈圈轮回。阎王与身边的判官低声交谈几句，然后一拍惊堂木，说：

"好了，西门闹，知道你是冤枉的。世界上许多人该死，但却不死；许多人不该死，偏偏死了。这是本殿也无法改变的现实。现在本殿法外开恩，放你生还。"

突然降临的大喜事，像一扇沉重的磨盘，几乎粉碎了我的身体。阎王扔下一块朱红色的三角形令牌，用颇不耐烦的腔调说：

"牛头马面，送他回去吧！"

阎王拂袖退堂，众判官跟随其后。烛火在他们的宽袍大袖激起来的气流中摇曳。两个身穿皂衣、腰扎着橘红色宽带的鬼卒从两边厢走到我近前。一个弯腰捡起令牌插在腰带里，一个扯住我一条胳膊，试图将我拉起来。我听到胳膊上发出酥脆的声响，似乎筋骨在断裂。我发出一声尖叫。掖了令牌的那位鬼卒，搡了那个扯我胳膊的鬼卒一把，用一个经验丰富的老者教训少不更事的毛头小子的口吻说：

"妈的，你的脑子里灌水了吗？你的眼睛被秃鹫啄瞎了吗？你难道看不见他的身体已经像一根天津卫十八街的大麻花一样酥焦了吗？"

在他的教训声中，那个年轻的鬼卒翻着白眼，茫然不知所措。掖令牌的鬼卒道：

"还愣着干什么？去取驴血来啊！"

那个鬼卒拍了一下脑袋，脸上出现恍然大悟般的表情。他转身跑下大堂，顷刻间便提来一只血污斑斑的木桶。木桶看上去十分沉重，因为那鬼卒的身体弯曲，脚步趔趄，仿佛随时都会跌翻在地。

他将木桶沉重地蹾在我的身边，使我的身体都受了震动。我嗅到了一股令人作呕的腥气；一股热烘烘的腥气，仿佛还带着驴的体温。一头被杀死的驴的身体在我脑海里一闪现便消逝了。持令牌的鬼卒从桶里抓起一只用猪的鬃毛捆扎成的刷子，蘸着黏稠的、暗红的血，往我头顶上一刷。我不由得怪叫一声，因为这混杂着痛楚、麻木，犹如万针刺戟般的奇异感受。我听到自己的皮肉发出噼噼啪啪的细微声响，感受着血水滋润焦煳的皮肉，联想到那久旱的土地突然遭遇甘霖。在那一时刻，我心乱如麻，百感交集。那鬼卒如一位技艺高超、动作麻利的油漆匠，一刷子紧接着一刷子，将驴血涂遍了我的全身。到最后，他提起木桶，将其中剩余的，劈头浇下来。我感到生命在体内重新又汹涌澎湃了。我感到力量和勇气又回到了身上。没用他们扶持，我便站了起来。

尽管两位鬼卒名叫"牛头"和"马面"，但他们并不像我们在有关阴曹地府的图画中看到的那样真的在人的身躯上生长着牛的头颅和马的脑袋。他们的身体结构与人无异，所不同的只是他们的肤色像是用神奇的汁液染过，闪烁着耀眼的蓝色光芒。我在人世间很少见过这种高贵的蓝色，没有这样颜色的布匹，也没有这样颜色的树叶，但确有这样颜色的花朵，那是一种在高密东北乡沼泽地开放的小花，上午开放，下午就会凋谢。

在两位身材修长的蓝脸鬼卒挟持下，我们穿越了似乎永远都看不到尽头的幽暗隧道。隧道两壁上，每隔十几丈就有一对像珊瑚一样奇形怪状的灯架伸出，灯架上悬挂着碟形的豆油灯盏，燃烧豆油的香气时浓时淡，使我的头脑也时而清醒时而迷糊。借着灯光，我看到隧道的穹隆上悬挂着许多巨大的蝙蝠，它们亮晶晶的眼睛在幽暗中闪烁，不时有腥臭的颗粒状粪便，降落在我的头上。

终于走出隧道，然后登上高台。一个白发苍苍的老婆婆，伸出白胖细腻与她的年龄很不相称的手，从一只肮脏的铁锅里，用乌黑的木勺子，舀了一勺洋溢着馊臭气味的黑色液体，倒在一只涂满红釉的大碗里。鬼卒端起碗递到我面前，脸上浮现着显然是不怀好意的微笑，对我说：

"喝了吧，喝了这碗汤，你就会把所有的痛苦烦恼和仇恨忘记。"

我挥手打翻了碗，对鬼卒说：

"不，我要把一切痛苦烦恼和仇恨牢记在心，否则我重返人间就失去了任何意义。"

我昂然下了高台，木板钉成的台阶在脚下颤抖。我听到鬼卒喊叫着我的名字，从高台上跑下来。

接下来我们就行走在高密东北乡的土地上了。这里的一山一水、一草一木我都非常熟悉。让我感到陌生的是那些钉在土地上的白色木桩，木桩上用墨汁写着我熟悉的和我不熟悉的名字，连我家那些肥沃的土地上，也竖立着许多这样的木桩。后来我才知道，我在阴间里鸣冤叫屈时，人世间进行了土地改革，大户的土地，都被分配给了无地的贫民，我的土地，自然也不例外。均分土地，历朝都有先例，但均分土地前也用不着把我枪毙啊！

鬼卒仿佛怕我逃跑似的，一边一位摽着我，他们冰凉的手或者说是爪子紧紧地抓着我的胳膊。阳光灿烂，空气清新，鸟在天上叫，兔在地上跑，沟渠与河道的背阴处，积雪反射出刺目的光芒。我瞥着两个鬼卒的蓝脸，恍然觉得他们很像是舞台上浓妆艳抹的角色，只是人间的颜料，永远也画不出他们这般高贵而纯粹的蓝脸。

我们沿着河边的道路，越过了十几个村庄，在路上与许多人擦肩而过。我认出了好几个熟识的邻村朋友，但我每欲开口与他们打招呼时，鬼卒就会及时而准确地扼住我的咽喉，使我发不出半点声息。对此我表示了强烈的不满。我用脚踢他们的腿，他们一声不吭，仿佛他们的腿上没有神经。我用头碰他们的脸，他们的脸宛如橡皮。他们扼住我喉咙的手，只有在没有人的时候才会放松。有一辆胶皮轮子的马车拖着尘烟从我们身边飞驰而过，马身上的汗味让我倍感亲切。我看到身披白色光板子羊皮袄的车把式马文斗抱着鞭子坐在车辕杆上，长杆烟袋和烟荷包拴在一起，斜插在脖子后边的衣领里。烟荷包摇摇晃晃，像个酒店的招儿。车是我家的车，马是我家的马，但赶车的人却不是我家的长工。我想冲上去问个究竟，但鬼卒就像两棵缠住我的藤蔓一样难以挣脱。我感到赶车的马文斗一定能看到我的形象，一定能听到我极力挣扎时发出的声音，一定能嗅到我身上那股子人间难寻的怪味儿，但他却赶着马车飞快地从我面前跑过去，仿佛要逃避灾难。后来我们还与一支踩高跷的队伍相遇，他们扮演着唐僧取经的故事，扮孙猴子、猪八戒的都是村子里的熟人。

从他们打着的横幅标语和他们的言谈话语中，我知道了那天是一九五〇年的元旦。

在即将到达我们村头上那座小石桥时，我感到一阵阵的烦躁不安。一会儿我就看到了桥下那些因沾满我的血肉而改变了颜色的卵石。卵石上粘着一缕缕布条和肮脏的毛发，散发着浓重的血腥。在破败的桥洞里，聚集着三条野狗。两条卧着，一条站着。两条黑色，一条黄色。都是毛色光滑、舌头鲜红、牙齿洁白、目光炯炯有神。

莫言在他的小说《苦胆记》里写过这座小石桥，写过这些吃死人吃疯了的狗。他还写了一个孝顺的儿子，从刚被枪毙的人身上挖出苦胆，拿回家去给母亲治疗眼睛。用熊胆治病的事很多，但用人胆治病的事从没听说，这又是那小子胆大妄为的编造。他小说里描写的那些事，基本上都是胡诌，千万不要信以为真。

在从小桥到我的家门这一段路上，我的脑海里浮现着当初枪毙我的情景：我被细麻绳反剪着双臂，脖颈上插着亡命的标牌。那是腊月里的二十三日，离春节只有七天。寒风凛冽，彤云密布。冰霰如同白色的米粒，一把把地撒到我的脖子里。我的妻子白氏，在我身后的不远处号哭，但却听不到我的二姨太迎春和我的三姨太秋香的声音。迎春怀着孩子，即将临盆，不来送我情有可原，但秋香没怀孩子，年纪又轻，不来送我，让我心寒。我在桥上站定后，猛地回过头，看着距离我只有几尺远的民兵队长黄瞳和跟随着他的十几个民兵。我说：老少爷儿们，咱们一个村住着，远日无仇，近日无怨，兄弟有什么对不住你们的地方，尽管说出来，用不着这样吧？黄瞳盯了我一眼，立刻把目光转了。他的金黄的瞳仁那么亮，宛若两颗金星星。黄瞳啊黄瞳，你爹娘给你起这个名字，可真起得妥当啊！黄瞳说：你少啰嗦吧，这是政策！我继续辩白：老少爷们儿，你们应该让我死个明白啊，我到底犯了哪条律令？黄瞳说：你到阎王爷那里去问个明白吧。他突然举起了那支土枪，枪筒子距离我的额头只有半尺远，然后我就感到头飞了，然后我就看到了火光，听到了仿佛从很远处传来的爆响，嗅到了飘浮在半空中的硝烟的香气……

我家的大门虚掩着，从门缝里能看到院子里人影绰绰，难道她们知道我要回来吗？我对鬼差说：

"二位兄弟，一路辛苦！"

我看到鬼差蓝脸上的狡猾笑容，还没来得及思考这笑容的含义，他们就抓着我的胳膊猛力往前一送。我的眼前一片昏黄，就像沉没在水里一样，耳边突然响起了一个人欢快的喊叫声：

"生下来了！"

我睁开眼睛，看到自己浑身沾着黏液，躺在一头母驴的腚后。天哪！想不到读过私塾、识字解文、堂堂的乡绅西门闹，竟成了一匹四蹄雪白、嘴巴粉嫩的小驴子。

三、众家评说

（一）关于《白鹿原》

好作品之为好作品，经典之为经典，并不在于文学有一个恒定的"好"或"伟大"的标准，而取决于作品有没有超强的对话能力，可以穿越时空，和不同时代、区域，不同文化背景，不同生命经验的人构成思想和情感的共振。《白鹿原》就是一部有丰富、饱满的对话能力的小说。这部小说的文学史脉络，郜元宝把它上溯到20世纪80年代的"寻根文学"：

《白鹿原》塑造了白、鹿两家和其他小姓、外来户众多人物形象，有的性格稳定，有的复杂多变；有的善恶分明，有的经过一番善恶转换之后变得模糊起来。作者写人，主要基于20世纪80年代中期韩少功《文学的"根"》和阿城《文化制约着人类》等论著的文化观念，有时则听凭不为文化制约的人性的自然流露。前者视人物负载文化信息的多寡而显出性格的单一或多面，后者却突破文化拘囿，显出浑然丰满的自然人性。前者如白嘉轩等，后者似乎只有田小娥一个典型。①

《白鹿原》饱满的审美内蕴，是通过一系列的人物形象实现的，特别是白嘉轩这个"族长"形象，堪称是当代文学史上一个伟大的创造。在他的身上，儒家的道德光辉与血腥残忍交织在一起。日本学者盐旗伸一郎看到了白嘉轩的"强"和"弱"：

> 白嘉轩是一条骨头硬的英雄汉子。除了他以外，《白鹿原》中还有不少英雄。他/她们都很坚强，但也有软弱的一面，哪怕是一点或一刹那，他们的坚强和软弱往往出自一个源泉。不是他们的一贯坚强和正确，而是他们"强中有弱、弱中有强"的复杂和矛盾使其性格更为真实、更有魅力。
> 白嘉轩是中国农民中典型的强者。他的硬骨头是在多灾多难的中国农村磨练出来的，他的坚强主要以儒家传统仁义道德为精神支柱。与此同时，他的"弱"也出于他一生奉行的儒家传统，作品中，他"表里不一""跟人攀比""爱面子"都是

---

① 郜元宝：《为鲁迅的话下一注脚——〈白鹿原〉重读》，《文学评论》2015年第2期，第99页。

较为突出的表现。①

任何一个作家，都不是在荒漠中成长起来的，其创作的根基，一个在作家个人的生命里头，另一个在人类文学的经验积累当中，两者交会化合，成就着作家的文学生命。在被问及中外古今哪个作家、哪部作品对其长篇写作影响最大时，陈忠实回答：

中国当代作家王蒙的《活动变人形》、张炜的《古船》，哥伦比亚的马尔克斯的《百年孤独》和《霍乱时期的爱情》，意大利的莫拉维亚的《罗马女人》以及美国的谢尔顿的几部长篇。还有劳伦斯的刚刚被解冻了的那本书。很难说哪一本书影响最大，所有这些作家创造的这些优秀的艺术成果都在不同的某一个方面给过我长篇艺术的良好启示，譬如说上述两位中国当代作家的那两部作品，一本写旧北京，一本写农村，都对我当时正在思考着的关于这个民族的昨天有过启迪。谢尔顿的作品启发我必须认真解决和如何解决作品可读性。而马尔克斯的两部作品则使我的整个艺术世界发生震撼。②

这种溯源，其实往往当不得真。这并不是说作家的回答不诚实，而是说，写作是一门心灵的艺术，作家从事创作时，明言的层面上，能够提及的对自己有影响的作家和作品，多是作家能够意识到的；而对作家影响最深刻、最坚固的，恰恰可能是作家意识不到的。不过，在另外的一个起源——生活经验、个人记忆的层面上，作家的创作，大多很难摆

① [日]盐旗伸一郎：《站在"鸡卵"一侧的文学——今读〈白鹿原〉》，《小说评论》2011年第2期，第122页。
② 陈忠实：《关于〈白鹿原〉的答问》，《小说评论》1993年第3期，第6页。

脱"故乡"的影子。有人问陈忠实："西安周围有没有一个叫白鹿原的地方或村庄？滋水河是否就是你家门前的溺河？"陈忠实说：

> 西安东郊确有一道原叫白鹿原，这道原东西长约七八十华里，南北宽约四五十华里，北面原坡下有一道灞河，西部原坡下也有一条河叫浐河，这两条河水围绕着也滋润着这道古原，所以我写的《白鹿原》里就有一条滋水和润河。这道原的南部便是终南山，即秦岭。地理上的白鹿原在辛亥革命前分属兰田、长安和咸宁三县分割辖管，其中兰田辖管的面积最大，现在仍然分属于兰田、长安和灞桥区三县（区）。我在兰田长安和咸宁县志上都查到了这个原和那个神奇的关于"白鹿"的传说。兰田县志记载："有白鹿游于西原。"白鹿原在县城的西边所以称西原，时间在周。取于"竹书记年"史料。①

《白鹿原》的写作，是陈忠实对"故乡"的一次精神的修复和记忆的打捞。

（二）关于《生死疲劳》

莫言生于齐鲁之邦。齐鲁给人的联想，多是孔子、儒家和儒学等。但是，在中国早期的神话和神仙信仰中，中原所能见到的最高的山，就是泰山，所知最近的海，就是东海，所以齐鲁之地在早期中原人的想象中，是与神仙鬼怪联系在一起的。《庄子》的《齐谐志》、西汉时的

---

① 陈忠实：《关于〈白鹿原〉的答问》，《小说评论》1993年第3期，第7页。

东方朔及清代的蒲松龄等，即是儒学之外的另一脉络。在如今的山东作家中，张炜的创作多有儒风，而莫言的小说则多有"野语"的成分，《生死疲劳》即为代表。有论者在谈及莫言的这部小说时认为：

> 整部小说的灵感来源、逻辑起点与架构模式，便来自纯粹的东方宗教文化观念、民间信仰元素与"民间传奇式"叙述方式。"生死疲劳"之名，典出自《八大人觉经》，据莫言自承，是他参观承德庙宇时，偶然看到"六道轮回"的字样，而被激发的创作灵感。整部长篇，便以地主西门闹大闹阴曹地府后得以重回人世为起始，架构了其六世投胎、六道轮回的叙述主线，演绎起一整部几代人的恩怨情仇。构思的奇巧之处还在于，每次轮回作为不同动物的自身体验与观察视角迥然相异，随之而选择的表达方式与语言风格亦多端变幻，避免了传统叙述方式可能带来的视角单一、铺叙单调、蕴意单纯的常规缺陷，将一段极可能流于庸常、陷于俗套的"新中国乡村故事"，解构得生趣盎然、奇幻多姿。对于自幼聆听各种丰富多彩民间传说成长、长久浸润于东方传统文化的中国读者，此种叙事内容与表达方式，具有一种天然契合的共鸣体验与审美认同；而对于世界上其他文化背景的读者，亦创设了某种独到新鲜的阅读经验与审美共振。①

《生死疲劳》这部小说的创造性或曰独异之处，不是写地主，不是写轮回，而是它的独特的视角——动物的视角。褚云侠在《作为方法论的"六道轮回"——论〈生死疲劳〉对传统叙事的改造》中认为：

---

① 张洪波：《莫言小说的"中国经验"与艺术传达——以〈生死疲劳〉为中心的考察》，《扬子江评论》2014年第5期，第39页。

《生死疲劳》中牲畜的动物性所形成的"狂欢"与沉重的历史构成一种张力，以戏谑、幽默的方式消解着历史的沉重性。小说经常将富有张力结构的内容放置在同一个章节中，用"重"与"轻"两种方式讲述发生在同一时间范畴内的故事，如第三章"洪泰岳动怒斥倔户，西门驴闯祸啃树皮"、第十四章"西门牛怒顶吴秋香，洪泰岳喜夸蓝金龙"、第二十五章"现场会高官发宏论，杏树梢奇猪炫异能"、第四十三章"黄合作烙饼泄愤怒，狗小四饮酒抒惆怅"等。牲畜的世界也在用戏谑的方式不断指涉和隐喻着人类的世界，和人类的历史互为补充。①

正如有的批评家所指出的："莫言通过动物变形记的戏谑来打破历史的线性固定和压制。这些动物走过历史，它们的足迹踏乱了历史的边界和神圣性，留下的是荒诞的历史转折和过程。"②评论家论小说，是一种"论"法；而作家论小说，自然也有自家的小说之道。在莫言自己看来，《生死疲劳》不过是一种"影响的焦虑"下的一次大胆尝试：

纵观小说发展的历史，到了托尔斯泰、巴尔扎克之后，史诗性的宏大叙事已经到达了顶峰。如果要写一部所谓的带有历史意义的作品，按照传统的现实主义的写法，显然是写了一个故事，仅仅是和过去的故事不一样。

即使天才的现实主义作家也只能写出一部跟《静静的顿河》类似的作品。在这样的境遇下，逼得现代作家在小说叙事上不

---

① 褚云侠：《作为方法论的"六道轮回"——论〈生死疲劳〉对传统叙事的改造》，《小说评论》2019年第2期，第34—35页。
② 陈晓明：《莫言研究》，北京：华夏出版社，2013年，"序言"第4页。

得不另辟蹊径。

这么多年来，中国的、外国的许多小说家挖空心思地尝试着离经叛道，是因为那些大师的作品已经到达无法超越的高度，新小说派也好，感觉派也好，福克纳也好，卡夫卡也好，都是在寻找另外的叙事角度，而真正的原因是为了避免和真正的大师正面交锋，显然不是对手。但是，重建宏大叙事确实是每个作家内心深处的情结。所有的作家都梦想写一部史诗性的皇皇巨著。而我既不想落入窠臼，又舍不掉情结，还想独树一帜，所以《生死疲劳》只是另辟蹊径的一种努力。①

《生死疲劳》是莫言在中西古今的汇通中，完成的一次成功的尝试。

思考与讨论

1. 请对《白鹿原》中的白嘉轩、朱先生、田小娥进行人物形象分析。

2.《佛说八大人觉经》有觉知“多欲为苦，生死疲劳，从贪欲起，少欲无为，身心自在”的说法，小说名为“生死疲劳”，有何寓意？

3. 中国古典小说的叙事资源、美学资源，对当今小说有何借鉴意义？

① 莫言：《向中国古典小说致敬》，原载《新京报》（2005年12月29日），引自《当代作家评论》2006年第2期，第156页。

✿ **延伸阅读**

◆ 韩少功：《马桥词典》（作家出版社，1996 年）

《马桥词典》是一部微观史学和宏观史学相结合的志书类小说。小说以一百一十五个词条构造出一个叫作"马桥"的村庄的地方社会史、语言史、生活史。微观上，作家聚焦于一地之字、词、名、物，力图把目光投向词语后面的人和事，感受语言中的生命内蕴；宏观上，作家却是在历史的延长线上打通一地之千年史学脉络，并以马桥为镜鉴，写照出中国历史。

◆ 李锐：《太平风物：农具系列小说展览》（生活·读书·新知三联书店，2006 年）

《太平风物》以《王祯农书》所列部分农具为条目构建而成。小说副标题是"农具系列小说展览"，全书以十四种农具为条目——包括"袴镰""残摩""青石碨""连枷""樵斧""锄""耕牛""牧笛""桔槔""扁担""铁锹""镢""犁铧""耧车"，结撰十四章而成小说。小说内容并非演绎农具的起源与用途，而是写现代社会现代人的生活。

◆ 贾平凹：《老生》（人民文学出版社，2014 年）

小说仿照《山海经》的空间架构，叙写秦岭山脉深处山阴、岭宁、三台、双凤四地的动物、植物和人事。《老生》沿袭《山海经》的鸿蒙之气和原始神秘气息，作家在四个故事的开始和中间分别引入《山海经》的原文和阴歌唱师的师生问答，加上结尾，小说九次引入《山海经》的内容。

◆ 王安忆:《天香》(人民文学出版社, 2011 年)

王安忆的《天香》以晚明时期上海园林("天香园""愉园")和绣品("天香园绣")为机杼,结撰江南士绅人家的家道、世运与人事。小说以时间为经,在"物"的荣衰与更迭中写照晚明百年时间申家六代人的命运,同时映照出晚明中国在"现代"前夜"玩物丧志"的历史面目。

◆ 李洱:《应物兄》(人民文学出版社, 2020 年)

《应物兄》有"形""神"两端。其"形",为济州大学邀请哈佛大学东亚系教授、著名儒学家程济世回国组建儒学研究院,这是小说的核心事件。由这个核心线索,《应物兄》串联起政界、商界、学界、文艺界等,串联起各色人物,并由各色人物而串联起中西古今的百家之学。其"神",则为根本之追问——儒学究竟是什么?儒学是否真的是救世之学?等等。